# 落红不是无情物

## 中国古典诗词选鉴

池万兴 著

商务印书馆
创于1897　The Commercial Press

2018 年·北京

**图书在版编目(CIP)数据**

落红不是无情物:中国古典诗词选鉴 / 池万兴著.
—北京:商务印书馆,2018
ISBN 978－7－100－15939－5

Ⅰ.①落… Ⅱ.①池… Ⅲ.①古典诗歌－鉴赏－中国
Ⅳ.①I207.22

中国版本图书馆 CIP 数据核字(2018)第 047108 号

**落红不是无情物:中国古典诗词选鉴**

池万兴　著

商 务 印 书 馆 出 版
(北京王府井大街36号　邮政编码100710)
商 务 印 书 馆 发 行
苏州市越洋印刷有限公司印刷
ISBN 978－7－100－15939－5

2018 年 6 月第 1 版　　　　开本 640×960　1/16
2018 年 6 月第 1 次印刷　　　印张　19
定价:57.00 元

# 目 录

# 前 言

诗歌是人类灵魂的写照。我国是举世闻名的诗歌王国，中华诗歌源远流长，名家辈出，佳作如林。从《诗经》到《楚辞》，从汉乐府民歌到南北朝民歌，从魏晋之音到南朝宫体，从唐诗宋词到元曲以及明清诗歌，中华诗歌的历史长河波澜起伏，绵延不绝。诗歌是中华民族优秀文化遗产宝库中最为耀眼的明珠。翻开古典诗歌的宝卷我们就可以看到，历史上那些优秀的诗人、词人，如屈原、曹植、鲍照、谢灵运、陶渊明、李白、杜甫、白居易、苏轼、陆游、辛弃疾等，他们既是优秀的文学家，也是具有忧国忧民意识和高尚道德情操的志士，更是中国优秀传统文化的代表人物。他们在作品中所表现出来的"哀民生之多艰""但悲不见九州同"的忧国忧民意识；"安得广厦千万间，大庇天下寒士俱欢颜"的悲天悯人情怀；"生当作人杰，死亦为鬼雄"的大丈夫英雄气概；"海内存知己，天涯若比邻"的广交朋友的宽广胸襟；"会当凌绝顶，一览众山小"的自信和登高望远的豪情；"请君莫奏前朝曲，听唱新翻《杨柳枝》"的改革创新的勇气，以及"沉舟侧畔千帆过，病树前头万木春"的辩证思想；"咬定青山不放松"的坚定信念；"化作春泥更护花"的奉献精神……是中华民族精神的凝聚、民族传统优秀文化的精髓，积淀着先人们的道德与感情、智慧与审美、信念与追求，并以其特有的艺术表现手法和丰富的思想内涵，成为中华民族的文化经典，成为独具审美价值的中华古代文化精粹。学习与欣赏优秀的古代诗歌作品，能培养丰富的情感、陶冶深邃的性情，同时能提升审美品位和文学素

养,进而培养人文精神,塑造完美的个性人格。孔子就曾说过:
"诗,可以兴,可以观,可以群,可以怨。迩之事父,远之事君,多
识于鸟兽草木之名",认为诗歌可以激发情志,可以观察社会,可
以广交朋友,可以怨刺不平;近可以侍奉父母,远可以侍奉君王,
还可以知道不少鸟兽草木的名称。所以我国自古提倡"诗教",
重视诗歌对人的教育鼓舞作用与完美人格的培养。

当然,时过境迁,大浪淘沙。由于古代诗歌所描绘的生活离
我们已经比较遥远,古代社会生活和我们今天的生活已经有很
大的差距。所以,对于今人,尤其是对于青少年朋友来说,古典
诗歌,尤其是古典诗词的这些价值和功能还只是潜在的、隐约的
东西,要将它们实在化、清晰化,转变为现实,只有通过鉴赏才能
实现。一首诗或一首词,即使具有很高的审美价值,如果从来没
有人鉴赏它,那么它的价值也就形同虚设,发挥不了作用。诗词
鉴赏,恰恰在作品与读者之间架设一座桥梁,使二者的沟通成为
可能。文学鉴赏是实现文学作品价值与功能的中间环节。这一
环节决定着文学作品价值与功能的实现。而我们要阅读和鉴赏
古代诗词,就要了解古代诗词的特点,了解古代诗词产生的方式
以及作者所寄寓的丰富的情感。

一是中国古代诗词具有丰富的情感内涵。

与外国诗歌不同的是,我国古代诗词不是以叙事为主,而是
以抒情为本的。因此抒情是我国古代诗词的主要审美特征,情
是诗词的灵魂。诗词之所以给人"一唱三叹"的审美感受,关键
是能以情动人。诗词是社会生活和诗人心灵的反映。因此人在
社会生活中的各种情感,无一不在诗词中得到表现。即使是吟
咏自然山水、田园风光的诗歌,往往具有以山水比兴象征的意
味,具有丰富的情感内涵。人们在社会生活中的情感是丰富多
彩的,而且诗词也具有表现人们各种情感的功能。古代诗词中
经常予以表现的情感主要是爱情、友情、别情、乡情这几类人们
生活当中最为主要的情感。当然,热爱祖国、同情人民、反抗暴

政、揭露黑暗的爱国、忧民的情感,也是古代诗词中经常表达的情怀。但诗词无论表现哪方面的题材内容,表现人们内心何种情感,都必须是真实的、生动的。只有真实、生动,才能以真动人,以情动人。虚情、矫情、伪情都缺乏感染力。在漫长的历史长河中,那些抒发人们爱国、忧民的高尚理想和情操的作品,往往在文学史上具有持久的影响力,并受到后人深深的景仰与崇敬。这些深沉的爱国情感,感人至深,催人泪下。例如,屈原在他的《离骚》中抒写其"虽九死其犹未悔"的爱国主义和忧国忧民的情怀。司马迁赞颂说:"推此志也,虽与日月争光可也。"屈原高尚的情操和人格精神为后代诗人所崇尚和效法。在屈原精神和《离骚》的感召下,抒写爱国主义情怀的诗词在我国古代诗歌的历史长河中发出耀眼的光芒。例如,"僵卧孤村不自哀,尚思为国戍轮台。夜阑卧听风吹雨,铁马冰河入梦来"。风雨交加之夜,卧病在床的老诗人梦中也不忘驰骋疆场,杀敌报国。这是多么执着的爱国情怀,多么深沉的未酬之志!岳飞的一曲《满江红》,千百年来,其壮志凌云、气吞山河、壮怀激烈的赤忱,其词中抗金救国的坚定意志和必胜信念,对后人都具有极大的鼓舞作用,并产生了极为深远的巨大影响。文天祥《过零丁洋》中"人生自古谁无死,留取丹心照汗青"的诗句,气贯长虹,使多少有志之士为之洒下热泪。

爱是人类最为普遍的情感活动,也是文学作品永恒的主题。爱情则是诗词中反复咏唱的古老而又新鲜的题材。从《诗经》的"国风"到汉乐府民歌,从南朝乐府到文人的爱情诗词,一部中国诗歌史,可以说就是一条爱情的黄河、长江。《诗经》中的《静女》,汉乐府民歌中的《上邪》,敦煌曲子词中的《菩萨蛮》等,都是民间的赤裸裸的爱情曲。文人诗词中更是充满了爱的歌唱。如北宋词人秦观的《鹊桥仙》:"纤云弄巧,飞星传恨,银汉迢迢暗度。金风玉露一相逢,便胜却人间无数。柔情似水,佳期如梦,忍顾鹊桥归路。两情若是久长时,又岂在朝朝暮暮。"此词熔写景、抒情、议论于一炉,叙写牵牛、织女二星相爱的神话故事,赋予这对仙侣浓郁的人情味,讴歌了真挚、细腻、纯洁、坚贞的爱情。词中明写天上双星,暗写人间情侣。其抒情,以乐景写哀,以哀景写乐,倍增其哀乐。读来荡气回肠,感人肺腑。在爱情的悲歌中,对那些被活活拆散的爱情表现出无穷怨愤和悔恨的诗词,尤使人心头震颤,潸然泪下。如陆游的《沈园二首》:"城上斜阳画角哀,沈园非复旧池台。伤心桥下春波绿,曾是惊鸿照影来。""梦断香消四十年,沈园柳老不吹绵。此身行作稽山土,犹吊遗踪一泫然。"这两首诗是诗人七十五岁时凭吊被迫离异的前妻唐琬的遗踪而写。如果我们把两首绝句看成一幅画,那么在画角、斜阳、小桥、流水、柳树、台池这些忧伤的背景中,诗人在默然徘徊,在黯然独行。这是一幅何等凄婉的画面?他虽然垂垂老矣,犹涕泪纵流,因为形可朽而情不绝!这种哀婉深挚的情,矢志不渝的爱,其感人的力量至深至切。

我们中华民族有许多优良的传统,重视友谊是其中的优良传统之一。因此朋友之间的友情也是我国古代诗词中常常歌咏的内容。无论是民间诗词还是文人作品,历代都产生过大量的歌颂友谊的名篇佳作。"海内存知己,天涯若比邻",成了家喻户晓、脍炙人口、千古传诵的名句。又如,曹植的《野田黄雀行》,王维的《渭城曲》,高适的《别董大二首》,王昌龄的《芙蓉楼送辛渐》,李白的《赠汪伦》,杜甫的《春日忆李白》,岑参的《白雪歌送武判官归京》,白居易的《赠元稹》,苏轼的《水龙吟·闾丘大夫孝终公显尝守黄州》等,都是著名的表达友情的诗篇。李白《赠汪伦》中的"桃花潭水深千尺,不及汪伦送我情",以明白浅显的语言,表达朋友之间真挚纯洁的深情,脍炙人口。他的《闻王昌龄左迁龙标遥有此寄》:"杨花落尽子规啼,闻道龙标过五溪。我寄愁心与明月,随风直到夜郎西",为朋友遭贬心中充满了愁思,竟想象无知无情的明月,能将自己对朋友的思念带到辽远的夜郎之西,交给那不幸的迁谪者。诗中充满了对朋友不幸遭遇的同情和关切,给人的审美感受也是非常强烈的。

"人有悲欢离合,月有阴晴圆缺,此事古难全。"人世间的悲欢离合是人生最为普遍的情感活动之一,也是诗词常常表现的题材,所以对别情的讴歌在诗词中占有重要位置。古人离别,无论是夫妻、情人,或是兄弟、朋友,大抵都有一种悲伤的情调,极少有欢愉之色:"悲莫悲兮生别离,乐莫乐兮新相知。""相见时难别亦难。"所以别情多是悲情,给人一种"悲"的审美感受,如李白脍炙人口的七绝送别诗《黄鹤楼送孟浩然之广陵》:"故人西辞黄鹤楼,烟花三月下扬州。孤帆远影碧空尽,唯见长江天际流。"后两句着意描写友人"西辞"。一片孤帆,伴着诗人的朋友漂向水天相连的远方,直至帆影消失在碧空尽头,诗人却仍伫立楼头,凝眸远望,不愿离去。诗中没有一个字说到离愁别思,但字里行间却分明流露出因朋友远去而产生的惆怅与留恋。王勃的《江亭夜月送别二首》:"江送巴南水,山横塞北云。津亭秋月夜,谁见泣离群?""乱烟笼碧砌,飞月向南端。寂寞离亭掩,江山此夜寒。"诗人通篇表面写景,而"乱烟""离亭""夜寒"等意象的描写,把诗人送别后的留恋顾望之状、凄凉寂寞之情,清晰地展现在纸上。柳永《雨霖铃》中的传世名句"多情自古伤离别,更那堪冷落清秋节"的感叹,更道出了离别之时难舍难分的情感波澜。

乡情是孤悬于外的游子思念家乡的一种普遍的情感活动。我国古代由于交通不便、消息闭塞,所以抒写游子思乡的诗词也不少。其中有些抒发浓厚而又深挚的思乡之情的小诗,读来亲切有味,而且能深深触动读者心弦。如唐朝诗人贺知章的《回乡偶书》:"少小离家老大回,乡音无改鬓毛衰。儿童相见不相识,笑问客从何处来。"少年离家时血气方刚,而如今回乡已是鬓发疏落,其中的感慨自然很多。本应是哀情,后两句却是以欢乐的场面表现。儿童的问话极富生活情趣,真切自然。岑参《逢入京使》:"故园东望路漫漫,双袖龙钟泪不干。马上相逢无纸笔,凭君传语报平安。"诗写游客邂逅京使,托他捎带口信回家的情境。诗来自生活,反映生活,信手写来,不事雕琢,亲切之味,真挚感人。

总之,抒写人类普遍、丰富的情感活动是我国古代诗词最基本、最显著的特征。诗词中情感的表现是多方面的。汉代的《毛诗序》曰:"诗者,志之所之也;在心为志,发言为诗,情动于中而形于言。"晋代陆机《文赋》提出"诗缘情而绮靡"。唐代李善在《文选·文赋》注中说:"诗以言志,故曰缘情。"明代汤显祖在《耳伯麻姑游诗序》中则从人性的本原着眼,把情感与诗歌联系起来:"世总为情,情生诗歌。"对中国诗词来说,一首诗词如果不能以情来感染人,就失去了它存在的价值。因此情感是诗的生命。诗词的情感要能给人以美的感受,成为美的情感,就必须具有"真"的特质。故情贵真,情真才能情美,真情才是美情,真情才能动人。正如《庄子·渔父》所云:"真者,精诚之至也。不精不诚,不能动人。故强哭者虽悲不哀,强怒者虽严不威,强亲者虽笑不和。真悲无声而哀,真怒未发而威,真亲未笑而和。真在内者,神动于外,是所以贵真也。"自古以来能打动人的都是抒发真情实感的诗篇,而抒发真情实感,就是我国古代优秀诗词的基本特征之一,也是诗歌鉴赏过程中能够触动鉴赏者情感活动的关键所在。

二是丰富大胆的想象和联想是我国古代诗词的重要表现特征。

想象是人在头脑里对已储存的表象进行加工改造形成新形象的心理过程。它是为了达到一定目的而有意进行的创造性思维活动。从一定意义上说,没有想象就没有诗歌;没有想象,诗歌就不能飞翔。诗词只是如实地描绘,描绘得再好也只能得其"形",而不能传其"神"。人的思想情感是非常丰富复杂的,仅仅依靠概念和逻辑还不能充分表达出来。即使能准确地表达,也只是以"理"服人,而不能以"情"动人。要使诗词的情感能够具备感染读者的力量,就必须借助艺术形象,而艺术形象的塑造则离不开作者丰富的想象和联想。诗词的作者要在形式的规范下最大限度地把人的心灵感受和丰富的情感表达出来,就需要丰富的想象、联想和大胆的幻想与夸张,突破物我之间、理想与现实之间、时空之间的界限。正如陆机《文赋》里所说的那样,"精骛八极,心游万仞""观古今于须臾,抚四海于一瞬"。通过想象和联想从而达到自由地宣泄情感、表达思想、拓展境界的目的。李白、屈原这样气质的诗人尤其喜欢驰骋想象,上穷青天、下及黄泉,创造出奇伟瑰丽的幻想世界。如李白的《梦游天姥吟留别》:"半壁见海日,空中闻天鸡。千岩万转路不定,迷花倚石忽已暝。熊咆龙吟殷岩泉,栗深林兮惊层巅。云青青兮欲雨,水澹澹兮生烟。列缺霹雳,丘峦崩摧。洞天石扉,訇然中开。青冥浩荡不见底,日月照耀金银台。霓为衣兮风为马,云之君兮纷纷而来下。虎鼓瑟兮鸾回车,仙之人兮列如麻。"诗人构思了一场游仙的梦幻来寄托自己的理想。诗人用他的生花妙笔,驰骋新奇生动的想象,运用惊人大胆的夸张,描绘了迷离奇妙的幻想世界,塑造了从自然界到仙界的一系列丰富多彩的形象,并将神话传说融入瑰丽奇伟的艺术境界中,使得此诗有着浓郁的浪漫情调与色彩。南宋词人辛弃疾的《破阵子》:"醉里挑灯看剑,梦回吹角连营。八百里分麾下炙,五十弦翻塞外声。沙场秋点兵。马作的卢飞快,弓如霹雳弦惊。了却君王天下事,赢得生前身后名。可怜白发生!"写自己醉里挑灯看剑,梦中驰骋杀敌。那壮阔盛大的军容,横戈跃马的战斗,以及辉煌胜利、千秋功名,不过全是想象出来的梦境。壮烈和悲凉、理想和现实,形成了强烈的对照。作者的一腔忠愤,无论在醒时还是在醉里、梦中都不能忘怀,是他高昂而深沉的爱国之情、献身之志的生动体现。鉴赏诗歌,捕捉意境,则是对作品的艺术形象进行再创造的过程。这一再创造的审美意识活动,离开了读者生动活泼的想象和艺术联想将是无法实现的。

三是古典诗词是语言艺术的殿堂,具有丰富的表现力。

诗词是语言的艺术。诗词的篇幅一般比较短小,诗人要在十分有限的字数里表达极为丰富、细腻的思想感情,就必须在语言文字上下功夫,使诗歌具有高度凝练的内涵特征。我国古代的诗词大多以短小的抒情诗为主。古体诗按照诗句的字数主要可分四言、五言、七言,杂言诗占一小部分。代表中国古典诗歌定型、成熟的律诗、绝句,多则五十六字,少则二十字。词的篇幅也比较短小,最短的只有十几个字,如《十六字令》。要在有限的篇幅里涵盖尽可能丰富的思想和情感,就需要作者用最精炼、最优美、最富于表现力的语言去描景写物,表情达意。古人写诗文,喜新求异,注重锤炼,讲究言简意赅,讲究字异而义同,炼字之功非常重要。其目的是要将最恰当、贴切的词语用在最合适的位置上,以取得最好的表达效果。词语的选择、锤炼,必须富有创新精神,达到"语不惊人死不休"的境界,直到形成所谓的"诗眼"。在中国古典诗词中,通过炼字、炼句、炼意而达到高度的凝练,这是不少诗人所追求的最高境界。"为求一字稳,耐得半宵寒。""吟成五字句,用破一生心。""炼精诗句一头霜。"其情殷殷,其志切切,令人敬仰与叹服。唐代诗人贾岛为锤炼《送无可上人》中"独行潭底影,数息树边身"两句诗,竟然费去三年的功夫,因此他自己道作诗过程中的艰辛说:"二句三年得,一吟双泪流。"像贾岛这样锤炼诗句的诗人,在中国古代并非个别,许多诗人也因此而闻名,如钱起、孟浩然、白居易、李贺、韦应物、柳宗元、王安石等。古典诗词语言优美,词汇丰富,音节和谐,表现力极强,是一座座语言艺术的殿堂与高峰。读者在鉴赏古典诗词时,一定要仔细体会诗人的情感和诗词的"诗眼"之所在,充分揣摩诗歌丰富的内涵,才能真正领悟诗歌的意趣。

四是诗贵含蓄,切忌直露。

与诗词高度凝练的特点相关,诗词表达含蓄也是其重要特点。由于诗词形式、篇幅的限制,诗人丰富的思想情感要通过凝练的字词来表达，那么这有限的字词里面涵盖了丰富的信息，使得诗词表达显得十分含蓄。所谓含蓄，指的是诗词的语言传递的信息有含而不露、耐人寻味的特点。古代诗评家把含蓄作为评价诗歌成就的重要标准。刘勰认为，作家的思想情感应存在于艺术形式之中和之外，给读者广泛的想象的空间。南宋诗论家严羽在《沧浪诗话》中认为语言直露是诗的大忌："语忌直，意忌浅，脉忌露。"清人沈祥龙《论词随笔》："含蓄无穷，词之要诀。含蓄者意不浅露，语不穷尽，句中有余味，篇中有余意，其妙不外寄言而已。"清陈廷焯也说："意在笔先，神余言外……若隐若见，欲露不露，反复缠绵，终不许一语道破。"诗词表达的含蓄，实际上是诗人充分利用语言符号的多义指向和暗示性，使其含有比字面上所表达的更多的内容和信息，从而具有引人入胜的艺术魅力。意义深刻的文章总是显得文采丰盛，而把不尽的意味曲折地包含在诗词的字里行间，这样的文章才能令读者品味再三，从中体味无限。如"沉舟侧畔千帆过，病树前头万木春""不识庐山真面目，只缘身在此山中""欲把西湖比西子，淡妆浓抹总相宜"等。再如，唐代王昌龄《长信秋词》："奉帚平明金殿开，且将团扇共徘徊。玉颜不及寒鸦色，犹带昭阳日影来。"这首诗虽然写失宠于汉成帝的宫妃班婕妤的痛苦生活，但对此却未置一词，而是巧借宫妃的一个动作含蓄地表达出来：她在寒秋清晨仍舞动着一把合欢团扇，使人感到是在希冀昭阳殿君恩再度降临；她感觉自己的美丽容颜，尚不及那带东方日影而来的寒鸦的颜色，表明已经意识到自己的命运不如寒鸦。诗人直写的很少，却能让读者从字里行间感受到宫妃的无限幽怨的情感和深刻的痛苦。正如清代沈德潜在《唐诗别裁》中评论的那样："优柔婉丽，含蕴无穷，使人一唱而三叹。"

柳宗元的《江雪》："千山鸟飞绝，万径人踪灭。孤舟蓑笠翁，独钓寒江雪。"这首诗表面看起来十分简单，诗人描绘了在大雪纷飞的江面上，一叶小舟，一个渔翁，独自在寒冷的江面上垂钓的情景。但是诗人要通过这幅情景,传达什么样的内容和情感呢?实际上诗人用"千山""万径"这两个词为下面的"孤舟"和"独钓"这两句做铺垫,使这两句的意象更加孤独与凄冷。"鸟飞绝""人踪灭"表达了一种极端的寂静和绝对的沉默。这样下面两句的描写原来是属于静态的,但是放在这种绝对幽静与寂寞的背景下,反倒显得活跃起来了。通过这幅画面,我们看到这样一个孤独的老者冒雪垂钓,内心也感受到了诗人那政治上失意的抑郁苦闷以及饱受打击的内心世界,感受到他那孤独与清高的性情。这样联想自己经历的困苦与磨难,有了和诗人近似的生活体验,就与诗人的情感产生了共鸣。这首诗由千山、飞鸟、万径、人踪、孤独、寒江雪等种种意象构成了一个寂静而清冷的意境,进入到这个艺术境界,读者就会感受到诗人清苦孤傲的性格特点。

中国古代优秀诗词的含蓄,就是用极少量具体、可感的艺术形象来表现极其丰富的生活内容和思想感情;以瞬间表现永恒,以有限传达无限,以少胜多;用富于概括性和内涵丰富的形象去遥指天外,给读者以想象的无限广阔的空间。

五是诗词具有鲜明的节奏感与和谐的韵律性。

中国古典诗词是结构严谨而又节奏、韵律和谐,具有音乐美的文学样式,节奏和韵律是诗歌语言音乐美的最重要的因素。诗词的节奏是指诗句词句中的音节有规律的间歇和停顿,相当于音乐中的节拍。它是根据感情表现的强弱高低来安排声音的长短抑扬与之相配合的。格律诗的节奏首先是由它的形式严格限制而决定的。在我国古典格律诗中,五言诗一般是二三节拍,七言诗则多是二二三节拍。它讲究词句停顿时间长短的对称平衡和协调一致,把内在情感的跌宕起伏纳入严格的音节进行之中。词是配合宴乐乐曲而填写的歌词。诗和词都属于韵文的范围,但诗只供吟咏,词则入乐而歌唱。词中声韵的规定特别严格,用字要分平仄,每个词调的平仄都有所规定,各不相同。诗词平上去入的排列组合和长短句形成的节奏，以及不同的平仄押韵使得诗词读起来朗朗上口，跌宕起伏，乐感极强，如同精美的乐章。杜甫擅长格律诗的创作，于严整的格律中见出情感的起伏跌宕，于严整中显出节奏的抑扬顿挫。他晚年的诗歌尤其如此，《秋兴》八首、《咏怀古迹》五首、《登岳阳楼》等就是代表作。李清照的词《声声慢》写愁怀，即个人的不幸遭遇和国家兴亡交织的沉重哀伤，词的前三句七组叠字，分别写徘徊不定的行为、孤寂冷落的环境和悲愁哀苦的心境。"觅""凄""戚"重复回环，层层递进，字字含情，定下了哀伤的情感基调。词的韵律与所要表达的情感和谐统一，恰切地表达了词人幽微寂寞的心路历程。由于诗词的鲜明节奏与和谐的韵律，使得诗词呈现出极为丰富的音乐美。我们只有吟诵诗词，投入感情，才能进入诗境词境，陶醉于其中。

# 观 石 鼓

庚　阐

命驾观奇逸,径骛造灵山。
朝济清溪岸,夕憩五龙泉。
鸣石含潜响,雷骇震九天。
妙化非不有,莫知神自然。
翔霄拂翠岭,绿涧漱岩间。
手澡春泉洁,目玩阳葩鲜。

从诗题即可看出,这是一首描写石鼓山风物景色的诗篇。石鼓,即石鼓山,在今湖南省衡阳市北门外,雄踞在蒸水与湘江汇合处,因山有高两米的大石鼓而得名。石鼓山峻峭挺拔,风景秀丽。庚阐曾为零陵太守,自然要游历石鼓山。这首诗就是诗人游览石鼓山的"游记"。

"命驾"二句,写诗人要游览神奇飘逸的石鼓山了,车马径直奔驰到灵秀的石鼓山下。这两句写出了车轻马疾,亦写出了诗人游历石鼓山的轻快愉悦的心情。"朝济清溪岸,夕憩五龙泉",到达石鼓山下,诗人早晨渡过那清清的溪水,傍晚方到达清澈见底的五龙泉。"朝济""夕憩",实际上是虚写,极言时间之长,不但写出诗人的游踪,而且暗示了石鼓山的奇伟壮观、高峻挺拔,路上景色迷人,让人流连忘返。五龙泉水从山上奔腾宣泄而下,在山下形成清清的溪流,缓缓流过。这正暗示了诗人已由山下攀缘而上,登到山腰。这两句线索鲜明,游踪清晰,表现出游记诗的特色。

"鸣石含潜响"四句,紧承上句,正因为山上的泉水奔腾而下,冲击着巨大的石鼓,才发出沉重而响亮的声音,这声音犹如雷霆万钧,声震九天。"鸣石"即石鸣,这里写石头在水波冲击中发出的声响。这句色彩鲜明,声音清越,词句清丽,气势流动,真是一幅绝妙的山水画。面对这壮丽的自然界的奇观,怎能不使人发出"妙化非不有,莫知神自然"的感叹呢!然而,这奇异壮丽的景观,却是自然天成,并非人力所能为。它既是那么神秘莫测,又是那般自然纯朴。诗人将写景与抒情巧妙地结合起来,景物的细腻刻画就使得情感的抒发水到渠成,恰到好处。写得极为生动别致,很有特色。

然而石鼓山的景致并非唯有水石相搏,色彩也并不只是青白相间。诗人站在山间,抬头望去,"翔霄拂翠岭";向下远眺,"绿涧漱岩间"。你看那悠悠飘动的白云就像嫦娥的广袖轻轻拂过那郁郁葱葱的山岭,那云彩好像为山岭撑起一把巨大的遮阳伞,使那青翠的山岭色彩更为浓烈。再向下望去,那五龙泉的泉水从山涧潺潺地流过,似乎在漱洗那岩间的尘埃,使山更青、水更绿。这里一个"拂"字,一个"漱"字,用词极为准确、生动,富于流动感,具有动态美、色泽美、音韵美。"手澡春泉洁,目玩阳葩鲜"又是一幅画面。诗人欣喜地掬起一捧春水,那春水是那般的鲜亮、光洁、柔滑,顺着手指很快地滑落了,又汇入那潺潺的溪水,欢笑着、跳跃着流走了。诗人茫然若失,猛一抬头,却瞥见鲜艳夺目的花朵在阳光照耀下闪闪发光,艳丽照人,香气四溢,令人陶醉。"玩"是观赏之意。这四句就是四个画面:那悠悠飘动的白云,那青翠欲滴的山岭,那翠绿幽深的山涧小溪,那欢快歌唱、光滑细腻的春泉,那鲜艳夺目的花朵,那浓烈宜人的芳香。各个画面清晰,色彩浓烈,气势流动,富有力度。静中有动,以动写静,既表现了山林的幽深寂静,又毫无板滞、寂寞之感。

这首诗虽然还明显地表现出游记诗的特点,很像《楚辞》中的游历描写,并不像陶渊明、王维的山水诗那样有浑融完整的意境和精工刻画的描写、高度清新洗练的语言。但这首诗却打破玄言诗的束缚,既能概括地写雄奇壮阔的景物,又能细致入微地刻画自然事物的动态。在那些自然景物的描写中,熔铸了诗人无限喜悦的主观感情。通过对这些自然景物的画面及诗人自己在其中活动的描写,表现了对于山光水色的喜悦之情。语言清新工丽,对谢灵运和陶渊明的山水诗产生了巨大而深刻的影响,在谢灵运的山水诗中明显可以看到此诗的影子。

(原载贺新辉主编:《古诗鉴赏辞典》,中国妇女出版社 1988 年版,第 576~577 页)

# 秋 日

### 孙 绰

萧瑟仲秋日,飙唳风云高。

山居感时变,远客兴长谣。

疏林积凉风,虚岫结凝霄。

湛露洒庭林,密叶辞荣条。

抚菌悲先落,攀松羡后凋。

垂纶在林野,交情远市朝。

淡然古怀心,濠上岂伊遥!

　　孙绰是东晋著名的玄言诗人,但他的作品也有些清新可诵的佳篇。这首《秋日》写秋天山林中自然界景色的变化,通过景物的刻画,表现其乐于逍遥林野的放逸心情。

　　诗的开头,"萧瑟"二句就给人以强烈的节届深秋之感。眼前的景物已萧条寂寥,白云悠悠,又是那样的高远,天空如此空阔,不知它一直要伸展到什么地方。那飙唳的秋风,不比一般的秋风,它是那样的杀气腾腾。它不仅是凄凉的,那凄凉之中还分明有一股肃杀逼人之气。它所过之处,黄叶纷飞,万木颤抖,声音是那样凄厉。"飙唳"是风吹动时的声音。这两句不仅写出了"萧瑟""云高"的秋景,而且描绘了那深秋特有的"飙唳"的秋风声。这景象、色彩、音响、感觉又怎能不引起人们的"时变"之感呢?"山居感时变,远客兴长谣"二句,紧承上句而来。这"时变"之感,因萧瑟的秋景和"飙唳"的秋风而来。而这远客的"长谣"之兴,又是由"时变"之感而来。这山居的"远客"所兴的"长谣",既是对于时光流逝、人生易老的感叹,也可能是对于"隐而不仕"的悲叹。诗人借景表情,这萧瑟的秋景已不是纯客观、自在的自然界的秋景,而带上了诗人"时变"的思想感情,有了人为加工的成分,不再是纯粹的大自然自身。这正如石头不再是地质学意义上的石头,花草也不再是植物学意义上的花草那样。在这客体的景物中,已移入了诗人的主观情感,使景不再是客观意义上的景,情也不再是主观意义上的情,而是将情和景结合了起来,以景表情,情因景见、景中带情。

"疏林积凉风,虚岫结凝霄。湛露洒庭林,密叶辞荣条"四句,紧承上句"山居感时变"而来。山林之中,秋风由弱变强,逐渐有了寒意。山谷更为空旷幽深,云彩凝结的苍穹更为辽阔高远。"虚岫"指空谷,"凝霄"指凝云。这里一个"积"字,一个"结"字,写出了时光的流逝、自然景物的变化。铺满黄叶的庭院台阶,霜露重重,茂盛繁密的富有生机活力的绿叶逐渐由绿变黄,辞别"家园",离开"母体",像浮萍一样游荡在空中,飘荡在林间草野,寻找各自的"归宿"。留下那光秃秃的树枝,在秋风中发出凄厉的哀鸣。这是一幅多么浓烈的画卷!就在这浓烈的图画中,有一股强烈的感情扑面而来。我们看到的不仅是浓烈惨淡的"正西风落叶下长安"的秋色,更主要的是感受到时光流逝、人生易老的一种深沉的感叹。音节如此嘹亮,情感如此低沉,真像听到天际"飙唳"咆哮的风声。它悲凉凄紧,盘旋回荡,使人感到无限的寒意,使人沉思,惹起人们一缕对时光易逝、人生短促的愁绪。

"抚菌悲先落"六句,承上抒情。菌草早早地衰败凋零,经不起风吹霜打,然而青松却万古长青。"菌"是隐花类植物,多寄生于其他物体之上,生命极为短促。自然界虽然富于变化,人生易老,万物无常,但是"垂纶在林野"就会"交情远市朝"。只要"淡然古怀心",就可"濠上岂伊遥"了。"垂纶",指垂钓,纶是钓绳。"淡然"是清静淡泊的样子。"濠上"句,是用《庄子·秋水》中庄子与惠子游于濠梁之上的典故。正因为万物无常、人生易老,所以只有逍遥林野,远离市朝,清静淡泊,清心寡欲。这样也就会和庄子、惠子的濠上之游没有太大的距离,才能放任自然、无忧无虑,才能得到人生的真正乐趣吧!据史书记载,孙绰曾"居于会稽,游放山水,十有余年"。末四句正表现了诗人放逸山林、企慕隐逸的心情。这种心情也是时代的产物。魏晋之际,由于社会动乱、政治黑暗,文人感到生死莫测、祸福无常,为了全身免祸,于是隐逸之风大盛。士大夫们不论在野的还是在朝的,大都以隐逸为清高,以山林为乐土。这样诗人不仅谈玄说理,而且描绘山水之作也逐渐多了起来。这首诗正是这种风气的产物和代表。

这首诗虽杂有仙心佛心,以庄子思想作结,明显表现出玄言诗的特征,但语言清淡,刻画景物工丽细致、生动形象、富于变化,用典灵活,有一定真情实感,所以具有一定的审美意义。这种写法为后来的山水诗开了门径,对谢灵运和陶渊明产生了较大的影响。

（原载贺新辉主编:《古诗鉴赏辞典》,中国妇女出版社1988年版,第580~581页）

# 代放歌行

## 鲍 照

蓼虫避葵堇，习苦不言非。

小人自龌龊，安知旷士怀？

鸡鸣洛城里，禁门平旦开。

冠盖纵横至，车骑四方来。

素带曳长飙，华缨结远埃。

日中安能止，钟鸣犹未归。

夷世不可逢，贤君信爱才。

明虑自天断，不受外嫌猜。

一言分珪爵，片善辞草莱。

岂伊白璧赐，将起黄金台。

今君有何疾，临路独迟回？

《放歌行》是乐府《相和歌辞》名。代，是仿作的意思。沈德潜在《古诗源》里评曰："明远乐府，如五丁凿山，开人世所未有。后太白往往效之。五言古亦在颜、谢之间。"又曰："抗音吐怀，每成亮节，其高处远轶机、云，上追操、植。"在这首乐府诗中，鲍照强有力地表达了寒士被压抑的义愤，控诉了高门士族垄断政权的不合理制度。

建立宋王朝的刘裕虽起自平民，但他仍不能不把政权建立在高门大族的社会基础上。当时朝臣，除了少数是他从京口起事时的得力助手如刘穆之、徐羡之出身寒微外，其余仍是东晋以来的士族。如无特殊的关系，一般孤贫之士的进身是很难的。鲍照，位卑人微、才高气盛。生于昏乱之世，奔走于生死之路。

因而他只能在以抒情为表达手段的诗歌里,将生平蓄积的满腔复杂的不平情绪和寒士被压抑的义愤宣泄出来。

"蓼虫避葵堇"四句,诗人用比兴的手法抒写小人心胸狭隘,不知旷士广阔坦荡的胸怀,这就好像蓼虫不知道甜味是怎么回事一样。"蓼虫",是生在水蓼上面的虫。水蓼是有辣味的植物。"葵""堇"都是可食的甜草。诗人通过自然界的蓼虫不知甜味而抒发对小人不知旷士怀抱的轻蔑。这样就使自然界与社会,主观情感与想象、理解结合在一起,从而客观化、对象化,构成既由理智不自觉地干预而又饱含情感的艺术形象,使自然外物不再是自然事物本身,而染上一层情感色彩。自然界的蓼虫不再是自生自灭的自身,而注入了诗人轻蔑的情感;情感也不再是诗人主观的情绪自身,而成为融合了一定理解、想象后的客观形象。

"鸡鸣洛城里"至"钟鸣犹未归"八句,写洛阳城中官宦们风尘仆仆、忙于钻营奔走的情景。京城中雄鸡刚鸣,宫门才开,上朝的达官贵人们就车盖相撞、冠冕相碰,从四面八方飞驰而来。这里"冠盖"和"车骑"相对。"纵横至"和"四方来"都是描写官宦们蜂拥而至的情景。他们的素带在大风中飘扬,华丽的系结、冠冕的彩色帽带上凝结了远途的尘埃。达官们日中时还未停止上朝钻营,深夜还奔走未归。"钟鸣"即深夜戒严之后。诗人描绘了一幅"平旦上朝图":那纵横奔驰的车骑,那膘肥体壮的大马,那亭亭的车盖,那在风中飘荡的绸带,那车后扬起的滚滚飞尘,那落上尘埃的帽带……这里不仅有场面的铺陈和大笔勾勒,使读者看到"意气骄满路,鞍马光照尘"的官宦们的趾高气扬,而且着意刻画了官宦们华丽的帽缨上蒙上的远途的尘埃,气势流动,刻画细腻传神,形象十分鲜明。就在这客观的描写中,"写尽富贵人尘俗之状"(沈德潜《古诗源》),抒发了诗人对官宦们以京城为行乐处的奔走钻营的极大蔑视、厌恶,使情感和形象达到完满的统一。

"夷世"句以下,是模拟官场中的庸俗口吻,是仕途中的小人对于当朝的歌颂并询问旷士的话。这是一个很难碰到的太平盛世,贤德的君主确实爱惜人才。英明的决定出于天子自己的判断,贤君决不会受外人言论的影响而猜疑贤才。臣子只要对朝政有一言之益,就会封给其爵位和领地。士人只要有片善可取之处,便征召为官,使之与草野辞别。"珪",上阔下方的瑞玉,古代封爵的符信。"岂伊"二句是说:岂但赏赐白璧,还将建筑黄金台来广延贤才呢!"白璧赐",《史记·平原君虞卿列传》中说:虞卿去"说赵孝成王,一见赐黄金百镒,白璧一双"。"黄金台",相传战国时燕昭王于易水东面筑黄金台,置千金于其上,以招致天下贤士。末二句是诗人假设官场中人物问旷士:面临仕途,太平盛世,为何独迟疑不前呢?诗人在这里实用反语,曲折委婉地表达对当时门阀制度的强烈怨愤和受压抑的苦闷。魏晋以来,用人不以才而以势,南朝重门第,以致黄口小儿、纨绔子弟,亦起家为常侍。鲍照本"北州衰沦,身地孤贱"(《拜侍郎上疏》),故终沉沦下位,怎能不抒发自己被压抑的愤懑之情?

这首诗构思精巧,诗人以蓼虫不知甜味起兴,抒发了对官场的憎恶,表达了被压抑在社会底层的人物的心声,形象鲜明,语言精当,情感充沛,具有强烈的现实意义。鲍照在南朝绮罗香泽之气充斥弥漫之秋,能上追两汉,不染时风,堪称中流砥柱,"慷慨任气,磊落使才,在当时不可无一,不能有二"(刘熙载《艺概》)。所以丁福保在《八代诗精华录笺注》中说:"李杜皆推服明远,称曰'俊逸'。明远字字炼,步步留,以涩为厚。凡太炼则伤气,明远独俊逸,又时出奇警,所以独步千秋,衣被百世。"

(原载贺新辉主编:《古诗鉴赏辞典》,中国妇女出版社1988年版,第724~725页)

# 登幽州台歌

陈子昂

前不见古人，后不见来者。
念天地之悠悠，独怆然而涕下。

　　陈子昂的《登幽州台歌》作于武则天万岁通天二年（697）。当时陈子昂在征讨契丹的武攸宜军中任参谋。幽州台在幽州蓟县，其故址在今北京市西南。

　　这首诗只有短短四句。作者感慨万端，意绪悲凉，好像是在慨叹宇宙的无穷和生命的短暂，又流露出一种孤独寂寞之感。这种悲感究竟为何而发？包含着怎样的具体内容？又给读者以怎样的启示？要回答这些问题，必须结合陈子昂的为人和写作时的具体情况加以探讨。

　　陈子昂不仅是杰出的诗人，而且是一位具有远见卓识的政治家，但他在政治上的遭遇却是不幸的。他生活在初唐时期，从青年时代起就怀抱建功立业的壮志，关心现实、关心国家的命运。入仕之初，任麟台正字，这是一个整理国家藏书的小小官职。可是他却不因地位卑微而缄默，多次上书批评朝政得失，提出建议，要求采纳，表现了高度的政治热情和勇气。当时武则天为了镇压政治反抗，任用酷吏，滥施刑罚，对此陈子昂多次上书批评，不为武则天采纳，后来一度因"逆党"被株连下狱。出狱后，他感到自己的理想已经破灭，很难再有所作为。但是，诗人内心深处立功报国的火焰仍然没有熄灭，随武攸宜出征契丹，就是这种意愿的具体表现。

　　武则天万岁通天元年（696），契丹李尽忠、孙万荣等攻陷营州。武则天委派武攸宜率军征讨。陈子昂在武攸宜幕府担任参谋，随同出征。武为人轻率，少谋略。次年兵败，情况紧急，陈子昂请求遣万人作为前驱以击敌，武不允。稍后，陈子昂又向武进言，不听，反把他降为军曹。陈子昂接连受到挫折，眼看报国宏愿成为泡影，因此十分郁闷。他登上蓟北楼（即幽州台），慷慨悲吟，写下了《登幽州台歌》以及《蓟丘览古赠卢居士藏用七首》等著名诗篇。

"前不见古人，后不见来者"，这里的"古人"，是指古代那些能够礼贤下士的贤明君主。《蓟丘览古》与《登幽州台歌》是同时之作。《蓟丘览古》七首，对战国时代燕昭王礼遇乐毅、郭隗，燕太子丹礼遇田光等历史人物和掌故表示羡慕。但是，像燕昭王那样的前代贤君既不复见，后来的贤明之主也来不及见到，自己真是生不逢时啊！登台远眺时，诗人只见茫茫宇宙，天长地久，不禁感到孤单寂寞，悲从中来，怆然流泪了。

长期以来诗人仕途失意的苦闷，体国却受打击的悲愤，政治理想完全破灭的苦痛，都在这短短的四句诗中倾泻出来。这首诗深刻地表达了封建社会中正直而富有才华的士人遭受压抑的悲哀，反映了他们在失意中孤单寂寞的情怀。

这种孤独悲凉之感，在封建社会遭遇困厄的贫寒士子中是十分普遍的。相传为屈原所作的《远游》中就有"惟天地之无穷兮，哀人生之长勤。往者余弗及兮，来者吾不闻"的句子。阮籍《咏怀》诗中也有"去者余不及，来者吾不留"之句，抒发了他身处乱世的忧生之嗟。《登幽州台歌》中"前不见古人，后不见来者"二句就是从上引屈原、阮籍的诗句变化而来，陈子昂的思想感情也正与屈原、阮籍有相通之处。

唐朝是我国封建社会中一个强大、昌盛的王朝，陈子昂所处的武则天时代又处于唐王朝的上升期，但还是存在打击、压抑有用之才的极不合理的现象。这种现象在过去时代是根本无法完全避免的。《登幽州台歌》反映了这种现象，表现了诗人怀才不遇的悲感，具有深刻的典型意义。因此，千百年来一直引起人们的共鸣。而由于作者并没有在诗中直接叙说为何怀才不遇，只是十分含蓄地传达了一种深沉强烈的情绪，所以读者即使并无诗人那样不幸的遭遇和痛苦的情感，也还是可以被那种登高远眺、极目古今的宏伟胸襟，那种苍茫辽阔、雄浑有力的艺术境界所打动。

本诗语言刚健有力，质朴自然，绝无矫揉造作、过度雕饰之病。这在初唐诗坛上是卓然不同的。

诗的上两句俯仰古今，写出空间的辽阔。第三句构成了一个无限广阔的背景，在这广阔的背景上，第四句描绘了诗人孤单寂寞、悲哀苦闷的情绪，两相映照，分外动人。读这首诗我们会深刻感受到一种苍凉悲壮的气氛，面前仿佛出现了一幅北方原野的苍茫辽阔的图景。而在这个图景面前，兀立着一位胸怀大志、却因报国无门而感到孤独悲伤的诗人形象，因而深深为之感动。

全诗直抒胸臆，壮怀激烈，突然而起，戛然而止，像是感情的洪流在那一刹那间决口而出，又以同样的方式束隐于苍茫。诗中没有用一个字去描绘具体的景物，但那沉着的笔力、开阔的境界、雄浑的格调，却激发起读者的想象，使读者仿佛立身于历史的激流之中，看到了无边无际的天宇和苍茫辽远的原野，听到了震撼人心的慷慨悲歌，感受到一种悲壮的美。

# 感遇三十八首（其二）

陈子昂

兰若生春夏，芊蔚何青青。

幽独空林色，朱蕤冒紫茎。

迟迟白日晚,袅袅秋风生。
岁华尽摇落,芳意竟何成?

感遇诗共三十八首,是诗人暮年辞官归乡后所作。所谓"感遇",即有感于遭遇之意。这首诗以兰若自比,寄托了个人的身世之感。

首联先从兰若的枝叶上着笔,赞美香兰和杜若的秀丽芬芳。春生夏长的兰若枝繁叶茂,郁郁葱葱,艳丽芬芳。但香兰和杜若的美,固然在其花色的艳丽芬芳,秀色可人。可是花儿再芬芳美丽,还需要青翠茂盛的绿叶的扶持与陪衬。只有花叶相映,枝茎交合,互相陪衬,方能相得益彰,兰若才可显示出绚丽多姿的情趣与艳丽来。所以,诗作的第二句便选用了"芊蔚""青青"两个同义词来形容其茂盛,而中间又贯一"何"字,就使诗人面对秀丽芬芳的兰若,其内心的喜悦与赞美之情托盘而出,溢于言表。

"幽独空林色,朱蕤冒紫茎"一联,写兰草和杜若幽独地生于林中,有着空绝群芳的秀色。她那艳丽的朱红色的花下垂,覆盖在紫茎的上面,鲜艳极了。这里以"朱"与"紫"浓墨重彩地加以刻画,并用一个"冒"字,将"朱蕤"(朱红色下垂的花)、"紫茎"连成一体。这一句不但刻画出了兰若的身姿,突出了她花簇纷披的形态,而且色彩对比十分鲜明,使人更觉其艳丽芬芳,也更写出了花的动态感,给人以摇曳多姿、妩媚动人的体验与感受。"朱蕤冒紫茎"与曹子建《公宴诗》中"朱华冒绿池"的名句有异曲同工之妙。诗人赞美香兰和杜若的秀色,以群花的相形失色来反衬兰若的卓然风姿,大大增强了诗的艺术效应,给人以孤芳自赏而又高洁卓越的感受。

"迟迟白日晚,袅袅秋风生"二句,由赞美兰若的秀色高洁转而感慨芳华摇落、好景不长。夏尽秋来,白日渐短,而红花、绿叶也由盛逐渐衰落。"迟迟"二字,便巧妙地写出了这种时序和花色逐渐变化的过程。诗人更以"袅袅"二字形容秋风乍起,芳花摇落，不但传神而且写出了诗人的惋惜之情。

"岁华尽摇落，芳意竟何成"二句，借用宋玉《九辩》中"萧瑟兮草木摇落而变衰"的句意，借花草之凋零来悲叹年华的流逝、理想的破灭，寄托了诗人的身世之感。

这首诗运用传统的比兴手法，以香花香草比喻自己高洁的情怀；以"幽独空林色"压倒群芳的兰若风姿，比喻自己出众的才华；以芳花的摇落无成，借以反映政治上的失意，表达不能有所作为的苦闷。全诗比兴寄托，寓意凄婉，感慨遥深，发人深思。

（原载贺新辉主编：《全唐诗鉴赏辞典》，中国妇女出版社1997 年版，第 679~680 页）

# 感遇三十八首（其四）

陈子昂

乐羊为魏将，食子殉军功。
骨肉且相薄，他人安得忠？
吾闻中山相，乃属放麑翁。
孤兽犹不忍，况以奉君终。

这是一首咏史诗。诗人借两则对比鲜明的历史故事的抒写，夹叙夹议，借古讽今，抒发自己对时事的深沉感慨。全诗质朴雄健，寄寓遥深，很有现实意义。

根据有关史料记载，陈子昂写这首诗时，正是武则天执政之时。当时武则天为了夺取政权，杀了许多李唐王朝的宗室亲族，甚至杀了太子李宏、李贤、皇孙李重润。武则天的残暴行径，不但没有受到谴责，反而上行下效。满朝文武大臣为了效忠于则天皇后，表明自己的心迹，竟干出了许多自以为是

"大义灭亲"的残忍事,卖亲杀友以求荣。如大臣崔宣礼犯了罪,武则天想赦免他。他的外甥霍献可却坚决要求判处舅舅崔宣礼以死刑,并以头触殿阶流血,表明自己大公无私、不徇私情。这种恶风劣习一时蔓延开来,众人纷纷仿效。陈子昂对这种残忍奸伪的政治风气十分憎恶与愤怒。可是,在当时则天皇后的专制统治下,他不便于正面揭露与谴责,于是便写了这首咏史诗,借古以喻今,隐晦曲折地表达自己对这种丑恶现实的态度。

"乐羊为魏将,食子殉军功"二句,诗人首先拈出这则历史故事,以古喻今。乐羊是战国时魏国的将军,魏文侯命他率兵攻打中山国。中山国是一个小国家,面对大军压境,一时想不出救国的策略。这时乐羊的儿子恰好在中山国,于是就有人建议以乐羊的儿子为人质,作为乐羊退兵的交换条件。但乐羊不答应,继续围攻中山国。中山国君在无可奈何的情况下,就把乐羊的儿子杀死,煮成肉羹,派人送给乐羊。乐羊为了表示自己忠于魏国,就吃了一杯儿子的肉羹。魏文侯虽然重赏了他的军功,但是怀疑他心地残忍,因而并不重用他。正因为如此,所以诗人评论说:"骨肉且相薄,他人安得忠?"人言虎毒不食子,对于这样以食子邀功的残忍之人,什么事情做不出来呢?故诗人对他的残忍行径予以深刻地揭露和鞭挞。

诗人在讲了乐羊"食子殉军功"的故事之后,又拈出另一则与之对比鲜明的故事:"吾闻中山相,乃属放麑翁。"中山相,即指秦西巴。他是中山国君的侍卫。中山君孟孙曾到野外去打猎,得到一只小鹿,就交给秦西巴把它带回去。老母鹿一路跟着,悲鸣不已。秦西巴看到这种情景,深感动物也是母子情深,不忍心将小鹿带回去杀掉,便把它放走了。中山君不但没有怪罪秦西巴,反而认为秦西巴是个忠厚善良的人,后来便任用他做王子的太傅,教导太子。正因为这样,所以诗人评论说:"孤兽犹不忍,况以奉君终",对秦西巴的仁厚慈善予以高度的赞扬。

这首咏史诗选取这两则故事意在说明，一个为了贪立军功，居然忍心吃儿子的肉羹，骨肉之情薄到如此！这样的人，对别人岂能有忠心！而另外一个怜悯孤兽，擅自将国君的猎物放生，却意外地被提拔做王子的太傅。这样的人，对一只孤兽尚且有恻隐之心，何况对他的国君呢？

诗人以两则历史故事进行对比，以夹叙夹议的手法，批评了那些"食子殉军功"的残忍、奸诈之徒。因此，陈沆《诗比兴笺》评曰，"刺武后宠用酷吏淫刑以逞也"，可谓深得本诗之旨。

（原载贺新辉主编：《全唐诗鉴赏辞典》，中国妇女出版社1997年版，第680~682页）

# 晚次乐乡县

### 陈子昂

故乡杳无际，日暮且孤征。
川原迷旧国，道路入边城。
野戍荒烟断，深山古木平。
如何此时恨，嗷嗷夜猿鸣。

这是一首抒写羁旅怀乡的律诗，是诗人从故乡蜀地东行，途经乐乡县时所作。乐乡县，唐时属山南道襄州，故城在今湖北荆门北。"次"是停留的意思。

"故乡杳无际，日暮且孤征"二句，诗人先从"故乡"落笔，以"日暮"相承，为全诗定下了一个"日暮乡关何处是"的伤感情调。故乡早已在远方消失，无影无踪，暮色苍茫之中，自己仍在孤独地行进着。这两句中，首句的"杳无际"联系着回头望的动作,虽用赋法,却出于深情。次句以"孤征"承"日暮",日暮时还在赶路,本已够凄苦孤独的了,何况又是独自一人,更是倍觉凄凉。这就使这种日暮乡关之思表现得更为深刻。

"川原迷旧国,道路入边城"二句紧承首联,将异乡孤征的感觉及旅途的劳累、寂寞、凄凉写得更具体。这里"旧国"即首句中的"故乡"。故乡看不到了,眼前所见河流、平原无不是陌生的景象,因而行之若迷。第四句中的"边城",意为边远之城,这里指乐乡县。因为乐乡县在先秦时属楚地,这对中原来说,自然是边远之地。"道路"即第二句中的"孤征"之路。这一句写诗人终于在暮霭沉沉之中来到了乐乡县城内,暂时歇脚。

"野戍荒烟断,深山古木平"二句,写入城前见到过的野外戍楼上的缕缕荒烟,这时已在视野中完全消失,深山上参差不齐的林木,看上去也模糊一片。这里诗人以"烟断""木平"写夜色的浓重,极为逼真。烟非自断,而是被夜色遮断;木非真平,而是被夜色荡平。这里用词极为贴切,想象极为丰富,尤其是一个"平"字用得出神入化。这两句在写景的同时又将诗人的乡愁剥进了一层,使情景交融,浑然一体。"野戍荒烟"与"深山古木"原是孤征道路上的一点可怜的安慰,这时就要全部被夜色所吞没。不用说,随着夜的降临,诗人的乡情也愈来愈浓重了。这一夜无疑又是一个不眠之夜。

"如何此时恨,嗷嗷夜猿鸣"二句,写无尽的乡思之愁。随着夜幕的降落,当诗人面对这寂寥的夜幕时,他那隐忍已久的感情再也无法控制,脱口而问"如何此时恨"。诗人觉得最使人感到寂寞、凄凉,最使人彻夜难眠的,无过于深山密林中传来的那一声又一声的猿鸣了。入暮以后渐入静境,猿鸣必然更为清亮而凄婉。这就使诗意更为深长悠远,抒发了无尽的乡思之愁,给人一种回味无穷的感受。

这首诗,前六句写视觉形象,后二句写听觉形象。在画面之外复又响起声音,从而使质朴的形象蕴有无穷的韵味。全诗以时间为线索。诗人根据抒情的需要取景入诗，又在写景的基础上进行抒情。笔法细腻，结构严谨。

（原载贺新辉主编：《全唐诗鉴赏辞典》，中国妇女出版社1997年版，第682～683页）

## 春夜别友人

陈子昂

银烛吐青烟，金樽对绮筵。
离堂思琴瑟，别路绕山川。
明月隐高树，长河没晓天。
悠悠洛阳道，此会在何年。

这首诗是诗人将赴东都洛阳时告别友人所作，并不是朋友将要远行，而是诗人送赠友人之诗。

这首律诗没有铺写别离的情景，而是以饯别宴上举杯之间的意念活动为主，写了独自远行的孤寂凄苦，借此反衬了与友人相聚的欢乐，表现了朋友之间难分难离的情谊。

"银烛吐青烟，金樽对绮筵"，写别筵将尽，分手就在眼前的撩人心绪和寂静状态。诗人捕捉了这一时刻的心理状态作为诗意的起点，单刀直入但却自然地进入感情的高潮，情怀极为深挚感人。在这两句中，诗人用"吐""对"两个动词巧妙地联结了"银烛""青烟""金樽""绮筵"四个带有修饰成分的名词，渲染了筵席的丰盛和华美，使读者可以想象得到：烛光熠耀、青烟缭绕、觥筹交错、色鲜味香。可面对这种丰盛的筵席，离人相对无言，怅然无绪，目光只是凝视着银烛的青烟出神。

"离堂思琴瑟,别路绕山川",紧承首二句的意脉。诗人化用《诗经·鹿鸣》"我有嘉宾,鼓瑟鼓琴"的典故,用"思琴瑟"三个字,表明诗人深为诚挚亲热的友情所感动。从章法结构上来看,全篇也因这三个字由实写转入虚写。乐极生悲,是人之常情。诗人面对"绮筵",脑海里翻腾着离别友人之后的痛苦。因此"别路绕山川"一句,便是诗人想象自己与友人辞别启程,将登上坎坷的征途,绕山环水,饱尝踽踽独行的寂寥。这两句将离情的缠绵写得极为深刻传神。

"明月隐高树,长河没晓天",承上诗意,进一步写把臂送行。这两句分别通过对春、秋拂晓时分景色的想象,从时间上表明自己将自春徂秋,早早起身,匆匆奔波于征途。

末二句"悠悠洛阳道,此会在何年",用表示路遥的"悠悠"领起,表示茫然无期的"何年"煞尾。前呼后应,激荡回环,表现了对此次相逢的留恋,对分离的悲痛忧伤。"此会"二字,又由意念活动转向现实的描写,与首联相照应,使全篇结构紧凑完整。

(原载贺新辉主编:《全唐诗鉴赏辞典》,中国妇女出版社1997年版,第683~684页)

# 燕 昭 王

陈子昂

南登碣石馆,遥望黄金台。
丘陵尽乔木,昭王安在哉?
霸图今已矣,驱马复归来。

这首诗为《蓟丘览古》七首之二。燕昭王,战国时燕国国君,公元前 312 年起执政。当时诸侯割据,燕昭王广招天下贤能之士,得乐毅、郭隗而重用,使原来衰败弱小的燕国逐渐强大起来,并且打败了当时的强国——齐国,称雄一时。

这首五言古诗同《登幽州台歌》一样,是诗人随建安郡王武攸宜东征契丹时所作。当时诗人为随军参谋,可是他所跟随的武攸宜虽出身亲贵,但对军事全然不通。陈子昂作为随军参谋,屡献奇计,不被采用。他剀切陈词,反遭贬斥,降为军曹。诗人身居边地,登临碣石山顶,极目远眺,触景生情,有感于燕昭王广招贤才、振兴燕国的史事,抚今追昔,吊古抒情,写下了这首诗,以表达怀才不遇、报国无门的痛苦心情,反映了诗人积极向上的强烈进取精神和深沉的忧患意识。

诗的开篇两句"南登碣石馆,遥望黄金台",首先点出凭吊的地点碣石山顶和凭吊的事物黄金台。由此引发出抒怀之情,为后四句做铺垫。碣石馆,即碣石宫,是当时建立在今河北省乐亭县西南的碣石山上的亭阁。燕昭王时,梁人邹衍入燕,燕昭王便为之筑碣石宫,并师事之。黄金台,指燕昭王在易水东南所筑的黄金台。昭王置千金于台上,以招揽天下贤能之士。不久,燕昭王果然招来了乐毅等豪杰,昭王亲为推毂,国势日盛。后来乐毅率领燕国军队,麾师伐齐,连克七十余座城池,使齐几乎灭亡。诗人在这里写这两处古迹,意在集中表现燕昭王求贤若渴、礼贤下士的英明君主的风范。从"登"和"望"两个动作中,读者不难体会诗人对古代的贤圣是何等的向慕!这两句之所以写碣石馆和黄金台,实际上是为下文张本,为将武攸宜和燕昭王进行对比做铺垫。

"丘陵尽乔木,昭王安在哉?"紧承前意,以深沉的感情,凄凉的笔调,描绘了眼前乔木丛生、苍茫荒凉的景色,抒发了对世事沧桑的感慨。这两句似乎是实景描写,实际上寄寓了诗人对现实的牢骚与不满。诗人在想,为什么乐毅事魏,未见奇功,在燕国却干出了惊天动地的伟业呢?道理很简单,是因为燕昭王知人善任。因此，这里明谓不见昭王，实际上是诗人以乐毅自比而发的牢骚，也是感叹自己生不逢时，英雄无用武之地。诗人由景衬情，寓情于景，借古以讽今。对古代圣王的怀念，正是对现实君王的抨击，是说现实社会缺少燕昭王那样求贤若渴的圣明君主。其感慨是十分深沉的，含义是极为丰富的。

"霸图今已矣，驱马复归来"二句以画龙点睛之笔，以婉转哀怨的情调，写出昭王之不可见，霸图之不可求，国士的抱负之不得实现，只得挂冠归还，发出"今已矣"的慨叹。这反映了诗人对圣明帝王的追求，抒发了自己怀才不遇的感慨。据史载，诗人写此诗的前一年，契丹攻陷营州，并威胁着檀州诸郡。而朝廷派来征战的将领却如此昏庸，这怎能不令诗人为国运担忧呢？因而诗人只好感叹霸图难再、国事日非了。同时，面对危局，诗人的济世安邦之策，又不被武攸宜采纳，反遭压抑与排挤，这就更使诗人感到前途渺茫、知音难觅。这首诗从客观上揭露了唐朝统治阶级的昏庸腐朽。

这首吊古诗借古讽今，寄托遥深，感情深沉，词句朴质，有较强的艺术感染力。

（原载贺新辉主编：《全唐诗鉴赏辞典》，中国妇女出版社1997年版，第1257～1258页）

# 感遇十二首（其一）

张九龄

兰叶春葳蕤，桂华秋皎洁。

欣欣此生意，自尔为佳节。

　　谁知林栖者,闻风坐相悦。

　　草木有本心,何求美人折?

　　这首诗是诗人谪居荆州时所作,含蓄蕴藉,寄托遥深,对扭转六朝以来的浮艳诗风起过积极的作用,历来受到评论家的重视。高棅在《唐诗品汇》里指出:"张曲江公《感遇》等作,雅正冲淡,体合《风》《骚》,骎骎乎盛唐矣。"

　　"兰叶春葳蕤,桂华秋皎洁"二句,互文见意:兰在春天,桂在秋季,它们的叶子多么繁茂,它们的花儿多么皎洁。这种互文,实际上是各个兼包花叶,概括全株而言。春兰用葳蕤来形容,具有茂盛而兼纷披之意。而"葳蕤"二字又点出兰草迎春勃发,具有无限的生机与活力。桂用皎洁来形容,桂叶深绿,桂花嫩黄,相映之下,自觉有皎洁明净的感觉。而"皎洁"二字,又十分精练简要地点出了秋桂清雅的特征。

　　正因为写兰、桂都兼及花叶,所以第三句便以"欣欣此生意"加以总括。第四句又以"自尔为佳节"加以赞颂。这就巧妙地回应了起笔两句中的春秋,说明兰、桂都各自在适当的季节而显示它们或葳蕤或皎洁的生命特点。一般选注本将三四两句解释为,"春兰秋桂欣欣向荣,因而使春秋成为美好的季节",认为写兰只写叶,写桂只写花。这样的解释未必符合诗意。这大概是将"自尔为佳节"一句中的"自"理解为介词"从",又转变为"因";把"尔"理解为代词"你"或"你们",用以指兰、桂。这样的解释值得商榷。首先,前两句尽管有"春""秋"二字,但其主语分明是"兰叶"和"桂花",怎能将"春""秋"看成主语,说"春秋因兰桂而成为美好的季节"呢? 其次,如果这样解释,便与下面的"谁知林栖者"两句无法贯通。再次,统观全诗,诗人着重强调的是一种不求人知的情趣,怎么会把兰、桂抬到"使春秋成为美好季节"的地步呢? 根据诗人的创作意图,结合上下文意来看,"自尔为佳节"的"自",与杜甫诗句"卧柳自生枝"中的"自"为同一意义。至于"尔",应该是副词而不是代词,与"卓尔""率尔"中的"尔"词性相同。"佳节"在这里也不能解释为"美好的季节",而应该理解为"美好的节操"。诗人写了兰叶、桂花的葳蕤、皎洁,接着说,兰叶、桂花如此这般的生意盎然,欣欣向荣,自身就形成一种美好的节操。用"自尔"作"为"的状语,意在说明那"佳节"出于本然,出于自我修养,既不假外求,亦不求人知。这就自然而然地转入下文:"谁知林栖者,闻风坐相悦。草木有本心,何求美人折?"

诗的前四句写兰、桂而不及人。"谁知林栖者"一句,突然一转,引出了居住于山林之中的美人。"谁知"两字对兰、桂来说,大有出乎意料之感。美人由于闻到了兰、桂的芳香,因而产生了爱慕之情。"坐",犹深也、殊也,表示爱慕之深。诗从无人到有人,是一个突转,诗情也因之而起波澜。"闻风"二字本于《孟子·尽心下》:"圣人,百世之师也,伯夷、柳下惠是也。故闻伯夷之风者,顽夫廉,懦夫有立志。闻柳下惠之风者,薄夫敦,鄙夫宽。奋乎百世之上,百世之下,闻者莫不兴起也。"张九龄便运用这一典故,使诗意更为含蓄委婉、情意深厚。

"草木有本心,何求美人折"又一转折。林栖者既然闻风相悦,那么,兰、桂若有知觉,应该很乐意接受美人折花欣赏了。然而诗意却另辟蹊径,忽开新意。兰逢春而葳蕤,桂遇秋而皎洁,这是其本性,并非为了博得美人的折取欣赏。实际上,诗人以此来比喻贤人君子的洁身自好,进德修业,也只是尽他作为一个人的本分,而并非借此来博得外界的称誉提拔,以求富贵利达。当然,不求人知,并不等于拒绝人家赏识;不求人折,更不等于反对人家采摘。从"何求美人折"的语气和作者遭谗被贬的身世来看,这正是针对不被人知、不被人折的情况而发的。"不以无人而不芳","不吾知其亦已兮,苟余情其信芳",乃是全诗的命意之所在。全诗句句写兰、桂，都没有写人，但从诗歌的完整意象里，读者便不难看见人，看到封建社会里某些自励名节、洁身自好之士的品德。

（原载贺新辉主编：《全唐诗鉴赏辞典》，中国妇女出版社1997年版，第689～690页）

# 感遇十二首（其四）

### 张九龄

孤鸿海上来，池潢不敢顾。
侧见双翠鸟，巢在三珠树。
矫矫珍木巅，得无金丸惧？
美服患人指，高明逼神恶。
今我游冥冥，弋者何所慕！

这是一首以寓言形式指斥时政的诗。诗人以孤鸿自喻，以双翠鸟喻其政敌李林甫、牛仙客之流，寄寓了自己的身世之感。这首诗大约作于唐玄宗开元二十四年（736）李林甫、牛仙客执政之后、诗人被贬为荆州刺史时。

"孤鸿海上来，池潢不敢顾"二句以孤鸿与大海相对比，突出了两种不同的物象。沧海是那样的浩瀚广阔，无边无际；孤鸿是这样的渺小，无依无靠。这两种物象的并举对比，已经衬托出了人生于天地之间，是何等的渺小了。何况这又是一只离群索居的孤鸿。这样，海与雁比，海就愈见其广大，而雁愈见其渺小了。相形之下，就更突出了鸿雁的孤单与寥落。可见，首句并非平淡写来的客观物象，而是寄寓了诗人丰富的情感在其中。次句突然一折，为下文开出局面。这只孤鸿经历过大海的惊涛骇浪，何至见到城外区区的护城河水也不敢回顾一下呢？这一句是象征诗人在人海茫茫中，经历了太多的大风大浪而格外有所警惕。这也反衬出下文的双翠鸟燕巢于木上，自以为安乐，而不知烈火即将焚烧到它们。这两句抓住两种对比鲜明的客观物象来描写，寄寓遥深，含蓄深刻。

"侧见双翠鸟，巢在三珠树"二句写政敌的气焰。他们窃据高位，就像一对身披翠色羽毛的翠鸟，高高营巢在神话中所说的三珠树上。"侧见"二字写这只孤鸿连双翠鸟也不敢正面去看一眼，只能偷偷地"侧"视他们。这就非常形象地衬托出了李林甫、牛仙客的气焰熏天，不可一世，炙手可热。

"矫矫珍木巅，得无金丸惧。美服患人指，高明逼神恶"四句是孤鸿忠告双翠鸟的话。

你们不要总是自以为是，不要太得意了！你们闪光的羽毛这样显眼，难道就不怕猎人用金弹丸来猎取你们吗？岂不知树大招风吗？你们高踞于"珍木"之颠，加上你们美丽的毛色，是很容易引起猎人的注意与兴趣的。难道你们不怕"金丸"吗？这两句是诗人假托孤鸿的口气，以温和友好的口气对他的政敌提出了诚恳的忠告。这里没有愤怒，没有嘲弄，更没有幸灾乐祸，只是诚恳的忠告，显出宽容大度的风范。

"美服患人指"二句，讲出了全诗的主题思想，忠告他的政敌，才华和锋芒的外露，容易教人把你作为猎取的对象；窃据高而显眼的地位，容易让别人不能容忍而对你厌恶。这既是对双翠鸟的忠告与担忧，也是当时的处世哲学，具有一箭双雕的作用。

"今我游冥冥，弋者何所慕"二句写自己的打算与态度。今天我既不想重新返回海面，也不流连池潢。我将在苍茫无际的宇宙中自由自在地翱翔，没有一个固定的位置，没有一片不变的区域，四处飞翔。猎人们虽然渴望猎取，可是又将从何处去猎取呢?这两句表明自己的生活态度和行为准则。

全诗以孤鸿自喻,借物喻人,语意双关,深沉含蓄,寄托遥深。叙事议论,行文缜密,不失为一篇优秀的寓言讽刺诗。

# 感遇十二首(其七)

### 张九龄

江南有丹橘,经冬犹绿林。
岂伊地气暖,自有岁寒心。
可以荐嘉客,奈何阻重深!
运命唯所遇,循环不可寻。
徒言树桃李,此木岂无阴?

这首五言律诗写于737年,作者遭贬荆州之后。这种诗体最初为魏晋诗人阮籍创造,唐初陈子昂善用此诗体。这种诗体多用比兴、象征手法表达作者郁结不平之气和高洁的胸怀,曲折地传达诗人对现实的态度。因此,诗中通过对丹橘的赞美和不向恶势力屈服的高洁品质来体现诗人的节操。

"江南有丹橘,经冬犹绿林"二句,诗人一落笔便直接赞美江南丹橘,经冬犹绿、不畏严寒的特点。由此二句,很容易想起屈原的名作《橘颂》。屈原在《橘颂》中赞美橘树云:"后皇嘉树,橘徕服兮。受命不迁,生南国兮。"其托物喻志之意,尤为明显。诗人张九龄同屈原一样,同为南方人,对橘有特殊的感情,且张九龄的谪居地荆州的治所江陵(即先秦时楚国的郢都),本来是著名的产橘区,因此张九龄对橘就更有深情了。诗人对橘树那种经冬犹绿林,凌风傲霜、岁寒不凋的品格予以深情的歌颂。

"岂伊地气暖,自有岁寒心"二句,承前句意,以"岂伊""自有"做进一层的申说,解释丹橘并不因为"地暖"而"犹绿",而是独具的"自有岁寒心"的特质才使然,表达了诗人对丹橘的敬赞心情,借歌颂丹橘抒发了作者孤高自洁的情怀。这两句诗人先以"岂伊"反诘语一"纵",又以"自有"肯定语一"收",跌宕生姿,富有波澜。

"可以荐嘉宾,奈何阻重深"二句,从歌颂丹橘的品质,转入称道丹橘的用途。说"可以",说"奈何",可供宴飨嘉客,奉献君王,却因道路险阻、山重水深而不得,以此形象地比喻自己遭受排挤、不被重用的忧愤心情。诗的上半部分称颂丹橘"经冬犹绿林"。它结出累累硕果,只求贡献于人们,更显出丹橘品格的高洁。这样的嘉树美果按理应该是荐之于嘉宾的,然而却为重山深水所阻隔,为之奈何? 读此句,如闻诗人慨叹、哀婉之声。

"运命唯所遇,循环不可寻"二句,紧承前两句。丹橘的命运、遭际在诗人的心中久久萦回,他思绪难以平静,由橘及人,便自然而然地想到了"命运不可寻"的问题。在诗人的思绪中,命运的好坏是由于遭遇的不同,而其中的道理,如周而复始的自然之理一样,是无法追究的。此二句,诗人的情感活动极为复杂,看似无可奈何的自遣之词,又似有难言的隐衷,委婉深沉。最后,诗人以反诘语气收束全诗:"徒言树桃李,此木岂无阴?"人们都忙于种植那些桃树、李树,而对橘树却不感兴趣。难道橘树不能遮荫,没有用处吗? 指斥"徒言桃李"的偏见,为丹橘的不为人重视鸣不平,借以尖锐地抨击了唐玄宗听信谗言、排斥贤良之士的昏庸统治。

全诗以丹橘自喻,运用比拟象征手法,于委婉曲折中见悲慨之情。

# 湖口望庐山瀑布水

张九龄

万丈红泉落,迢迢半紫氛。
奔流下杂树,洒落出重云。
日照虹霓似,天清风雨闻。
灵山多秀色,空水共氤氲。

《太平御览》卷四十一引慧远法师《庐山记》曰:"庐山南有石门,似双阙,壁立千余仞,而瀑布流焉。"瀑布是庐山的奇景,唐人诗中咏庐山瀑布的名作很多。这首诗是其中的一首。湖口,在今九江市隔江之东,以其在鄱阳湖口得名。唐为江州戍镇,归洪州大都督府统辖。张九龄这首诗,约为他出任洪州都督转桂州都督前后所作。

张九龄在写这首诗之前,有一曲折生动的经历。开元十一年(723),张说为相,张九龄深受器重,引为本家,擢入中书舍人。开元十四年(726),张说被罢宰相,九龄也因此被贬为太常少卿。不久出为冀州刺史。他上疏请改授江南一州,以便照顾年老的母亲。玄宗"优制许之,改为洪州都督,俄转桂州都督,仍充岭南道按察使"(《旧唐书·张九龄传》)。这就是他对朝廷深为感激的一段曲折遭际。对张九龄来说,虽然失去宰相的依靠,却获皇帝的恩遇。为此,他踌躇满志,在诗中微妙地表达了这种心态。

"万丈红泉落,迢迢半紫氛",写瀑布从高高的庐山飞泻而下,远望仿佛来自半天之上。"万丈"壮其山高,绘其瀑长,雄伟壮观。"迢迢"谓天远,从天而降,气势非凡。"红泉"指瀑布,《太平御览》卷七十一引周景式《庐山记》曰:"泉在黄龙南数里,即瀑布水也。土人谓之泉潮。其水出山腹,挂流三四百丈,飞湍于林峰山表,望之若悬索。"因为在阳光照耀下,发出璀璨的色彩,故曰"红泉"。"紫氛"指水气。这一联"红泉""紫氛"相映,色彩艳丽,光彩夺目,将庐山瀑水的雄伟、壮观以及它的秀丽多姿、光彩照人的神韵就全部表现出来了,给人以无穷的魅力!

"奔流下杂树,洒落出重云",写瀑布非凡的气势与迷人的风姿。那青翠高耸的庐山,杂树丛生,云气缭绕。远望瀑布,或为杂树遮断或被云气掩映,不能看清全貌。但诗人以其神写其貌,形容瀑布是奔腾流过杂树,潇洒脱出云气,其风姿多么豪放有力,泰然自若。这一联将瀑布的流动感、飞洒之势与磅礴奔腾、浪花四溅的神韵描绘得淋漓尽致,使人仿佛身临其境,感受亲切。

"且照虹霓似,天清风雨闻",写瀑布的神采声威。阳光照耀,远望瀑布,若彩虹当空,神采高赡。天气晴朗,又似闻其响若风雨,声威远播。这一联不仅写其势,而且状其声。瀑布那虹霓似的美丽光彩和那飞扬流洒若风雨扑面而来的情景与体验,被写得活灵活现,生动逼真,给人以赏心悦目、回肠荡气的艺术享受。

"灵山多秀色,空水共氤氲",兼写秀山和瀑水,赞叹瀑布的境界。庐山本似仙境,原多秀丽景色,而以瀑布最为引人入胜。它与天空连成一片,真是天地和谐化成的精醇,境界何等恢宏阔大。瀑布从山顶奔泻,远望如挂在天空,水气如烟云融成一片,给人以似幻似仙的感受。

这首诗全从一个"望"字落笔,因而诗人描写的是庐山瀑水的远景。所写瀑水,来自高远,穿过阻碍,摆脱迷雾,得到光照,更闻其声,积天地化成之功,不愧为秀中之秀。这不正是诗人遭遇和情怀的绝妙、形象的比喻吗!所以,诗人摄取瀑布水什么景象,采用什么手法,选择什么语言,表现什么特点,实则都依照自己的遭遇和情怀来取舍。因此,这就使这首诗寓比寄兴,景中有人,象外有音,节奏舒展,情调悠扬。赏风景而自怜,写山水以抒怀,又处处显示着诗人自己的神采和情怀。因而,瀑布景象实际上就成了诗人自我的化身,其艺术成就是十分高超的。

（原载贺新辉主编:《全唐诗鉴赏辞典》,中国妇女出版社1997年版,第691~692页）

## 望月怀远

张九龄

海上生明月,天涯共此时。
情人怨遥夜,竟夕起相思。
灭烛怜光满,披衣觉露滋。
不堪盈手赠,还寝梦佳期。

这首五言律诗诗人作于开元二十五年(737)遭贬荆州以后。诗中通过对月夜怀念亲人的形象刻画,表达了作者对亲人深沉怀念的诚挚之情,曲折地反映了诗人遭贬后的孤独冷寞处境和悲凉痛苦之情。全诗运用比兴手法,以明月起兴,以明月结篇,借月托情,抒写怀抱。

诗一开篇直接点题,点明望月怀远。"海上生明月"一句,境界雄浑阔大,气象非凡,是千古传诵的名句。此句和谢灵运的"明月照积雪",谢朓的"大江流日夜"以及作者的"孤鸿海上来"等名句一样,都具有一种浑然天成、超凡脱俗的气象。这一句完全是景,点明诗题中的"望月"二字。而"天涯共此时"即由景转入写情,转入怀远。谢庄《月赋》中有"隔千里兮共明月",张若虚《春江花月夜》中有"海上明月共潮生",苏东坡《水调歌头》词中有"但愿人长久,千里共婵娟"等。这些都是写月的名句,其写月与人、物的关系,旨意皆大致相同。这两句写出诗人与亲人远隔两地,天涯海角,但却共此明月,互相怀念。这是一笔写双方,明月是联系纽带,也是展开想象的空间环境。

"情人怨遥夜,竟夕起相思"二句转进一层,以情人怨恨夜长,整夜相思不寐,反衬自己对亲人的深深怀念。不说自己怀远,反说远方亲人见月思己,在转折反衬中表达对亲人真挚深厚的相思之情。这两句以"怨"字为中心,以"情人"与"相思"相呼应,以"遥夜"与"竟夕"相吻合,上承起首二句,一气呵成,而又浑然天成,不着斧凿痕迹。

"灭烛怜光满,披衣觉露滋"又转入写自己月夜怀远的情态。竟夕相思不能入睡,这怪谁呢?是屋里烛光太亮了。于是诗人灭烛,披衣步出门庭,光线(月光)还是那么明亮。这天涯共对的此时明月,竟是这般撩人心绪,使人看到它那姣美圆满的光华,更难以入眠。

"不堪盈手赠,还寝梦佳期"二句,以"盈手"相赠,意即抓一把月光赠给远方的亲人。月可"盈手",想象尤为奇特,更显情真意切。说"不堪",正说"盈手赠"之不得实现,赠给对方一把月光,象征着赠给对方一团火热的情思。月光虽然是不能赠的,然而情思总是要寄托的。那就只好求之于梦中了,希望做一个好梦,实现佳期相会的心愿。结尾结得哀婉缠绵,真挚动人。

(原载贺新辉主编:《全唐诗鉴赏辞典》,中国妇女出版社1997年版,第692~693页)

# 归 燕 诗

张九龄

海燕虽微眇,乘春亦暂来。

岂知泥滓贱,只见玉堂开。

绣户时双入,华堂日几回。

无心与物竞,鹰隼莫相猜。

　　据阮阅《诗话总龟》卷十七引《明皇杂录》说,"张九龄在相,有謇谔匪躬之诚。明皇怠于政事,李林甫阴中伤之。方秋,明皇令高力士持白羽扇赐焉。张九龄作《归燕诗》贻李林甫。"从这段记载可以推知,这首诗应写于张九龄被罢相的前夕。张九龄是玄宗开元年间的名相,以直言敢谏著称,但也由此而得罪了李林甫、牛仙客等人。由于李林甫、牛仙客的毁谤,玄宗皇帝渐渐疏远了张九龄。开元二十四年(736),张九龄被罢相,贬为荆州刺史。这首诗大约写于这年秋天。

　　这首诗是一首借咏物以抒怀的诗。诗所吟咏的是一只将要归去的燕子。但是,诗人并没有精工细致地描绘燕子的体态丰神,而是以海燕自比,以鹰隼喻其政敌李林甫之流。通过对比,说明哲理,隐喻自己的身世之感,表达自己"无心与物竞"的情怀。

　　"海燕虽微眇,乘春亦暂来"二句,诗人以海燕自喻,说自己虽然出身微贱,来自民间,没有什么根基与庇护,力量弱小,不像李林甫那样出身华贵、根深蒂固。但自己是有自知之明的,在圣明的时代,自己只不过暂时来朝廷为皇帝效忠,如燕子春来秋去一样,是不会久留的。这里一个"微眇",隐喻自己出身微贱,势单力薄,没有根基。一个"暂"字,写自己暂居朝廷,如燕子般不会长久。"乘春"是说趁着圣明的时代,才得以"暂来"。这犹如孟浩然所说的"端居耻圣明"一样,由"春"人们自然会想到开明的政治。

"岂知泥滓贱,只见玉堂开。绣户时双入,华堂日几回"四句,以燕子不知"泥滓"之贱,只见"玉堂"开着,便一日数次地出入其间,衔泥作窠,不知辛苦。这里以燕子衔泥作窠来隐喻自己在朝为相,努力为国家推荐人才,日夜辛苦,惨淡经营,没有个人目的,不为自己私利,只为"玉堂"着想,希望"玉堂"更加光辉灿烂。这里"绣户""华堂""玉堂"都是隐喻朝廷,写自己和李林甫一起,共同出入朝廷,都在为皇上和朝廷效忠。自己自知微贱,因此努力尽心于王事,并没有与李林甫为敌之意。这四句含蓄委婉,寓意深刻。

"无心与物竞,鹰隼莫相猜"二句告诫李林甫之流,我无心和你们争权夺利,你们也不必猜忌、中伤我。我自知微贱,如今已很满足了,你们还要和我争什么呢?这两句表面看来似乎是乐天知命,与世无争,实际上也是牢骚满腹。当时大权已落在李林甫手中,张九龄自知不可能有所作为,他不得不退让,但心中自然有愤懑与不平,只不过他的牢骚并不明显而是比较隐晦曲折罢了。刘禹锡就曾在《读张曲江集作·并引》中说,张九龄被罢相后,"有拘囚之思,托讽禽鸟,寄词草树,郁然与骚人同风"。由《归燕诗》看来,刘禹锡所说不谬。

(原载贺新辉主编:《全唐诗鉴赏辞典》,中国妇女出版社1997年版,第693~694页)

# 望洞庭湖赠张丞相

孟浩然

八月湖水平,涵虚混太清。
气蒸云梦泽,波撼岳阳城。
欲济无舟楫,端居耻圣明。
坐观垂钓者,徒有羡鱼情。

这首五言律诗写于开元二十年(732)前后,当时张九龄正居相位。诗人漫游洞庭,面对烟波浩渺的湖水,触景生情,写这首诗给张九龄,希望得到赏识。

诗的前四句着力描写洞庭湖的自然景色。开篇两句点出时间为秋天,并着意描摹八月中秋水势浩大、湖面平溢、碧天倒映、上下天光浑然一体的汪洋辽阔的湖光水势。它汪洋浩阔,水天相连,润泽着万树千花,容纳了大大小小的河流,胸襟极为阔大。

"气蒸云梦泽,波撼岳阳城"二句独运妙笔,以精炼警策的语言,概括了洞庭湖的典型特色。"气蒸云梦""波撼岳阳"极为形象地再现了八百里洞庭广阔雄伟的气势,透露了诗人宽阔的胸怀和昂扬奋发的精神。

"欲济无舟楫,端居耻圣明"由写景转入自身,引发出不甘寂寞、积极用世的思想。诗人以巧妙的比喻,自然地抒发感情,用欲渡洞庭没有舟楫,含蓄地表明自己欲见用于世而无人援引、无人推荐的处境;以端居无为、愧于圣世,透露出对朝廷的忠心。这两句正是全诗的关键所在。

"坐观垂钓者,徒有羡鱼情"二句以比兴手法,点明诗题,照应全篇,使全诗形成了一个完整统一的整体。写"徒有羡鱼之情",反映了诗人不甘寂寞而又不得不寂寞的无可奈何的心情,含蓄曲折地表明了作者积极进取的精神。这两句,诗人巧妙地运用了"临渊羡鱼,不如退而结网"的古训,另翻新意;而且"垂钓"也正好同"湖水"照应,因此既不露痕迹,但希求援引的心情是不难体味的。

总之,全诗境界雄浑壮阔,情景交融,音节响亮,形象鲜明,可谓状难状之景如在目前。

(原载贺新辉主编:《全唐诗鉴赏辞典》,中国妇女出版社1997年版,第695页)

# 过故人庄

### 孟浩然

故人具鸡黍,邀我至田家。
绿树村边合,青山郭外斜。
开轩面场圃,把酒话桑麻。
待到重阳日,还来就菊花。

这首五言律诗写诗人应邀去田家饮酒的情景。诗人以清新质朴的语言,生动地描绘了农村优美的自然风光,刻画了主客开怀畅饮、尽兴谈吐的生动场面,表达了诗人热爱田园风光,珍惜与农民兄弟友谊的真挚情感。

诗的首联直接交代受故人邀请,到农家居处去饮酒的原因。以故人准备鸡黍美酒,点明诗人受到平常而又最亲切的接待。主人没有排场,客人不讲虚礼,暗示出诗人与故人友情之深厚。这两句中,故人"邀"而我"至",文字上没有渲染,就像农家的生活那样淳朴平淡。虽不着笔力与辞藻，平静而自然，但对于将要展开的生活内容来说，确是极好的导入，显示了气氛与环境特征。下面六句诗的情景，都是由这一个"至"字生发出来的。

第二联笔势转向描写赴约途中所见的山村幽美的景色。以远近交织的笔法，疏密相间的画面层次，勾画出这个小山村是在青山之下，绿树环绕之中，流露了对山村的欣赏和热爱之情，十个字便极为鲜明地勾勒出一幅色彩明丽的水彩画。正由于这个村庄地处平畴而又遥接青山，山清水秀，平畴旷野，诗人觉得清凉幽静而又绝不荒凉孤僻。所以，故人在这样幽美的自然环境与社会环境中，宾主双方才能临窗举杯，"开轩面场圃，把酒话桑麻"。这两句形象、具体、生动地描绘了朋友对坐、开轩畅饮的情态。朋友频频举杯，面对场圃粮蔬，嘻笑谦让，共话农家桑麻之事。这里"开轩"二字，也似乎是很不经意地写入诗中的。但由于前两句写的是村庄的外景，这里叙述人在屋中饮酒交谈，酒酣身热，自然地推开轩窗。而这轩窗一开，就使外面秀丽的景色一下子映入了户内。饮酒赏景、漫话桑麻，更给人以心旷神怡之感。二、三联的结合，就使绿树、青山、村舍、场圃、桑麻和谐地打成一片，构成一幅优美宁静的田园风景画。而宾主的欢笑以及关于桑麻的话语，都仿佛萦绕在读者的耳畔。这里融无限喜悦之情于景色描写之中，进一步揭示了诗人与故人之间淳朴深厚的友谊。

尾联写作者与友人依依惜别的心情，巧用下次重阳再会做设想，深刻地揭示了诗人性格淳朴、感情真挚、留恋田园的思想特点。这淡淡的两句，似乎是信手拈来的诗句，却使故人相待的热情、做客的愉快和主客之间的亲切融洽都跃然纸上了。

清黄白山评论此诗说："全首俱以信口道出，笔尖几不着点墨。浅之至而深，淡之至而浓，老之至而媚。火候至此，并烹炼之迹俱化矣。王孟并称,意尝不满于孟,若此作,吾何间然?"(《唐诗摘抄》)黄白山此论颇为精当。全诗按时间顺序,完整地写出了诗人从赴约到告别的全过程,首尾相应,层次分明。虽无跳越跌宕的惊人之笔,但有娓娓道来的娱人之趣。语言通俗质朴,感情诚恳真挚。句式对仗工稳而不板滞,写景自然而不落俗套,极富生活气息。整首诗在自然平淡中显出动人的艺术魅力和风采。

# 夏日南亭怀辛大

### 孟浩然

山光忽西落,池月渐东上。
散发乘夕凉,开轩卧闲敞。
荷风送香气,竹露滴清响。
欲取鸣琴弹,恨无知音赏。
感此怀故人,中宵劳梦想。

孟浩然在四十岁时赴长安、洛阳考进士,不第后隐居鹿门山。这首诗借对所居处优美安静的典型环境描写,通过身处孤寂环境而怀念友人的感受,委婉曲折地抒发了自己求仕不得的苦闷心情。

"山光忽西落,池月渐东上"二句以景起首,开篇点出时间。诗人以恬淡清新的笔触,描绘了夏日傍晚晚霞隐去、池月东升、月明星稀、幽静旷达的山林景色。写日落用"忽",写月升用"渐",不但传达出夕阳西下与素月东升给人的实际感觉,而且"夏日"可畏而"忽落",明月可爱而"渐"起,只表现出一种心理的快感。这样,夏日月夜的幽静景色和自然恬淡的环境气氛,便被和盘托出。

"散发乘夕凉,开轩卧闲敞"二句,形象地描写诗人独自一人散发乘凉、开窗躺卧的姿态。诗人沐浴之后,洞开庭户,散发不梳,靠窗而卧,描绘了居处的空寂与冷寞,不但写出一种闲情,同时也写出一种适意。此二句以景衬情,融情于景,揭示出诗人的心态与处境。

"荷风送香气,竹露滴清响"二句,运用以动显静的手法,极为形象地创造了风送荷香、竹露滴响的夏日月夜特有的优美迷人的境界。以晚风徐来、荷香轻荡,显示出环境之寂静。在这种深远的境界之中,熔铸了诗人对大自然山水的深情,表现了他对美好理想的追求。这两句诗炼字铸句而又不露斧凿痕迹。所以沈德潜在《唐诗别裁》中称赞说"一时叹为清绝"。

"欲取鸣琴弹,恨无知音赏"二句,由景写人,诗笔转入进一步的心理描写,刻画了诗人独处幽境、缺少知己的苦闷心情。以恨无知音,表达他不见用于世的痛苦和不甘寂寞、积极进取的心情。一个"恨"字,饱含着极为复杂的感情,反映了他对社会现实的愤慨与抗议。诗人由因环境的清幽绝俗而想到弹琴以驱除这种寂寞,打破这种清幽。但一想起弹琴,又自然地想到"知音"上来,便生出"恨无知音赏"的哀叹来。这不但绝妙地刻画出了人物细腻复杂的心理活动,而且自然而然地过渡到了怀人上来。过渡极为自然,逻辑十分严密。

"感此怀故人,中宵劳梦想"二句紧承上句,诗人此时希望能有知音在身边,闲话清谈,驱逐寂寞,共度良宵。可愿望无由达成,自然生出惆怅来。"怀故人"的心态一直进入深夜,带到梦中。这就将诗人自己月夜孤独的感受和政治上的失意情怀汇合在一处,凝聚在对友人的思念中。诗中把对友人的真挚思念之情抒发得淋漓尽致,情透纸背,意味深远。

全诗以景起,以情结,中间情景相衬,写得景真情深,自然真切。文字如行云流水,层递自然,由境及意而浑然一体,极富韵味。

# 夜归鹿门歌

### 孟浩然

山寺鸣钟昼已昏,渔梁渡头争渡喧。
人随沙岸向江村,余亦乘舟归鹿门。
鹿门月照开烟树,忽到庞公栖隐处。
岩扉松径长寂寥,唯有幽人自来去。

这首七言古诗写傍晚自涧南园经岘山,往鹿门隐居处途中的情景。全诗通过对鹿门居处山水景物的描写,渲染了隐居生活闲适自由的乐趣,表达了诗人对美好境界的强烈追求。诗题中的"鹿门",即鹿门山,在今湖北襄阳市东南。原名苏岭山,汉建武时,襄阳侯习郁建庙于此山上,刻二石鹿置于庙道口,此庙称鹿门庙,后来便称此山为鹿门山。孟浩然曾在这里隐居。

"山寺鸣钟昼已昏,渔梁渡头争渡喧"二句,描写黄昏时分人们争相渡江、匆忙回家的情形。诗人听着山寺传来黄昏报时的钟响,望见渡口人们抢渡回家的喧闹。这悠然的钟声和嘈杂的人声,显出山寺的寂静幽僻与世俗的喧闹。两相对照,使诗人在船头闲望沉思的神情和潇洒超脱的襟怀,如在目前。这两句抓住了山寺晚钟、日落黄昏、争相竞渡的细节场景,渲染了一派喧闹的气氛。

"人随沙岸向江村,余亦乘舟归鹿门",写村民沿着沙岸回家,诗人乘舟回鹿门山,语含超脱世俗、归隐山林的乐趣。诗在以热衬冷中,写得极为亲切而自然,不带任何雕琢的痕迹。

"鹿门月照开烟树,忽到庞公栖隐处"二句承上,写鹿门山的山色朦胧、月明烟开的幽静景色。庞公，即庞德公，东汉时的隐士，襄阳人，也曾隐居鹿门山。《后汉书·逸民传》："庞公者，……荆州刺史刘表数延请，不能屈。……后遂携其妻子登鹿门山，因采药不返。"诗人被这美景陶醉了。面对这种美景，诗人似乎忽然领悟到庞德公当年为什么要在这里隐居了。这种微妙的心理活动，由一个"忽"字传达无余。

"岩扉松径长寂寥，唯有幽人自来去"二句，写诗人孤洁清高、一尘不染、脱离世俗的境界。说"长寂寥"，说"自来去"，既写其孤高自赏，又写其不甘寂寞的痛苦复杂的心情，反映了诗人追求孤高寂寥的幽深环境和怀才不遇、被迫隐居的复杂思想。

这首诗的主旨是写清高隐逸的情怀。诗中所写从日落黄昏、月悬夜空，从汉江舟行到鹿门山途，实质上是从尘杂世俗到寂寥自然的隐逸道路。诗人以谈心的语调，自然的结构，省净的笔墨，疏豁的点染，真实地表现出自己内心的体验和感受，生动地刻画出一位恬然超脱的隐士形象。全诗自然质朴，不加斧凿，表现出清新、自然、淡远的风格。

# 秋登万山寄张五

### 孟浩然

北山白云里，隐者自怡悦。
相望始登高，心随雁飞灭。
愁因薄暮起，兴是清秋发。
时见归村人，平沙渡头歇。
天边树若荠，江畔洲如月。
何当载酒来，共醉重阳节。

这首诗写秋天登山怀友。先述隐居山林，因怀人而登高眺望，后写所见清秋薄暮景色，希望到重阳那天，同来登高饮酒。日暮归雁，唤起愁心；清秋发兴，引出结句；共醉重阳之望，以写相思之情。

诗题《秋登万山寄张五》，"万山"一作"兰山"。兰山在今山东临沂市南，一说即今四川高县的石门山。孟浩然未曾隐居此地，故疑"兰"为"万"字之误。"张五"，岑仲勉先生《唐人行第录》云："（此诗题）或作《九月九日岘山寄张子容》，或作《秋登万山寄张文馆》；按谭为张五，子容为张八，两不相蒙，疑后世传抄，诗与题混，然此首寄谭抑子容，殊难定也。馆，僵，舒适之意，文馆其子容号欤？"据作者《寻张五回夜园作》"闻就庞公隐，移居近洞湖"句，知张谭亦曾隐居鹿门山。张子容，先天二年（713）进士，曾贬乐城（今浙江乐清市）尉，和孟浩然友善。

"北山白云里，隐者自怡悦"两句，意谓隐者身处云山，悠然自得。北山，指张五隐居处；隐者，指张五。这两句从陶弘景《诏问山中何所有赋诗以答》"山中何所有，岭上多白云。只可自怡悦，不堪持赠君"中活化而来，对张五隐居的北山高入云天、云雾缭绕、幽静秀丽的景色以及张五"怡悦"自得、心情淡泊的境界予以大笔勾勒，歆慕之情溢于言表。

"相望始登高，心随雁飞灭"，写思念张五才登高相望，虽然远不可见，但心却随着那消失在彼方的飞雁而来到他的身旁，"相望"表明了对张五的深切思念。由于思念之切便登高远望，望而不见人，但见大雁南飞，便寄心于雁，随雁而往。这两景既是叙事，又是写景兼抒情，情景交融，浑然一体。

"愁因薄暮起，兴是清秋发"二句，承上写来，诗人清秋时能触发登高相望的兴致，却因薄暮望不见友人的隐居之所而引发了淡淡的哀愁。这两句写诗人清秋登山，到了日暮黄昏之时仍在远望。这就将诗人对朋友真挚、深切的思念之情，通过日光的推移,表达得淋漓尽致。正因为思念之切,才远望之久。这两句实际上也暗写了山色的美丽。

"时见归村人,平沙渡头歇。天边树若荠,江畔洲如月"四句,写薄暮眺望所见。天色薄暮,农夫们三三两两逐渐归来。他们在沙渡边的渡口上暂歇待渡,显得那么悠闲自得,从容不迫,和睦友善。再放眼向远处望去,一直看到天边。那天边的树在薄暮黄昏时分,看起来犹如荠菜一般细微渺小,而那江畔的沙洲在黄昏的朦胧中却清晰可见,似乎蒙上了一层月色。这四句是全篇的精华所在。诗人既未着力刻画人物的动作,也未着力描写景物的色彩,用朴素的语言如实写来,是那样平淡、那样自然,既能显示出乡村的静谧气氛,又能表现出自然界的优美景色。"天边树若荠"二句,也是由薛道衡《敬酬杨仆射山斋独坐》"遥原树若荠,远水舟如叶"变化而来,不过运用得十分自然。这正如皮日休所说的:"遇景入咏,不拘奇抉异。……涵涵然有干霄之兴,若公输氏当巧而不巧者也。"

"何当载酒来,共醉重阳节"二句,希望张五重阳节能来相叙,以慰思念之情。这两句也照应开端,既点明"秋"字,更表明了对张五的深切思念,从而显示出真挚的友情。

# 秦中感秋寄远上人

孟浩然

一丘常欲卧,三径苦无资。
北土非吾愿,东林怀我师。
黄金燃桂尽,壮志逐年衰。
日夕凉风至,闻蝉但益悲。

孟浩然家境贫困,又素有退隐之愿,而慧远与陶渊明复相友善。诗中用"三径""东林"的典故，或许以此比拟远上人和作者自己。本诗题一作《秦中寄远上人》。从全诗的内容来看，当为诗人在长安落第后的作品。

"一丘常欲卧，三径苦无资"，正面写欲隐居山林之意。"一丘"，据《晋书·谢鲲传》："（明帝）问曰：'论者以君方庾亮，自谓何如？'答曰：'端委庙堂，使百僚准则，鲲不如亮。一丘一壑，自谓过之。'"后世便以"一丘"代指隐居于山林丘壑之中。"三径"，据《三辅决录》记载，王莽专权时，兖州刺史蒋诩辞官回乡，荆棘塞门，于院中辟三径，唯与求仲、羊仲来往。又陶渊明曾谓亲朋曰："聊欲弦歌以为三径之资可乎？"后来多以"三径"指退隐家园。这两句分别用两个典故表示隐居田园的志趣。但"苦无资"三字，又透露出诗人穷困潦倒的苦况。

"北土非吾愿，东林怀我师"紧承上句，表达自己不愿做官、意欲隐居的思想。"北土"指秦中，亦即京都长安。这是士子们追求功名之地，这里用以代替入仕为官。这一句表达了不愿入仕为官的思想。那么，既然不愿做官，意欲何为呢？"东林怀我师"的一个"怀"字做了回答，表明了对"我师"的尊敬与爱戴，暗示出追求隐逸的思想，并紧扣诗题中的"寄远上人"。"东林"，晋僧人慧远初居庐山西林寺，后来因为来问道者日多，刺史桓伊为他于山之东另立房殿，号称东林寺。慧远是著名高僧，又与诗题中的"远上人"之名恰好相同，因此诗人借此以表达钦慕之意。

"黄金燃桂尽，壮志逐年衰"，写滞留京城的遭遇和境况，透露出不得志、穷困潦倒的苦涩。"黄金燃桂"用的是《战国策·楚策》中的典故："楚国之食贵于玉，薪贵于桂。"这里比喻留在京都长安的贫困处境。由于处境的贫困，希望的渺茫，世态的炎凉，因此诗人的"壮志"也逐年衰落，表现出心灰意懒于功名的境况。这两句对偶不求工稳，流畅自然，含义极为丰富。

"日夕凉风至,闻蝉但益悲"二句,照应诗题"感秋"二字。凉风徐徐,蝉鸣益悲,深秋将尽,隆冬即到。"黄金桂尽",何以卒岁?不能不使诗人产生哀伤的情绪和愁苦的心情。再加之诗人身居北土,旅况艰难,官场失意,呼吁无门,举步维艰,怎能不"益悲"呢?这两句将诗人在京都的遭遇和盘托出,难怪诗人有"北土非吾愿,东林怀我师"之想了。

(原载贺新辉主编:《全唐诗鉴赏辞典》,中国妇女出版社1997年版,第696~697页)

# 宿桐庐江寄广陵旧游

### 孟浩然

山暝听猿愁,沧江急夜流。
风鸣两岸叶,月照一孤舟。
建德非吾土,维扬忆旧游。
还将两行泪,遥寄海西头。

这首五言律诗写得情真景切,朴质淡雅,简练而有内涵。诗人曾漫游吴越之间,他以自己深切的感受,描绘出一幅孤寂、空漠的月夜江宿图。

"山暝听猿愁,沧江急夜流"二句,写山色昏暗,猿声凄切,山水湍急,风声飒飒,树叶沙沙,一叶扁舟,月下孤泊。环境的清寂、情绪的悲凉,于一开始就表现出来了。这是以景托情、以动写静的手法。至于沧江的急流,本来已给舟宿之人一种寂寞、冷清的感受,再加上一个"急"字,这种不平静的感情,便简直要激荡起来了。它似乎无法控制,而像江水一样急于寻找它的归宿了。这起首二句,便透露了诗人旅途落寞的心境。

"风鸣两岸叶,月照一孤舟"是千古传诵的名句。风吹得木叶沙沙作响,风之急如同江水一般。月夜本来是美丽的,有月按说也还不失一种慰藉。但月光所照,唯沧江中之一叶孤舟,诗人的孤寂感就更加沉重了。我们不妨将前四句联系起来看,便可以进一步想象:风声伴着猿声是作用于听觉的;月涌江流不仅作用于视觉,同时还必然有置身于舟上的动荡不定之感,这就构成了一个深远清峭的意境,而一种孤独感和情绪的动荡不宁都蕴含其中了。诗人写景,好像信手拈来,毫不雕琢,却又那样生动贴切,充满情趣。

"建德非吾土,维扬忆旧游"二句转入抒情。建德再好而非故乡,正有着"虽信美而非吾土兮,曾何足以少留"的感受。回又回不去,留下又不免有"独在异乡为异客"之感,这就自然而然地产生出怀念扬州老友的情感来。这种思乡怀友的情感,在眼前这特定的环境下相当强烈,不由使诗人潸然泪下。他幻想着凭借沧江夜流,将自己的两行热泪带向大海,将自己的思念、孤独,一起带给在大海西头的扬州旧友。这四句,诗人构思奇特,凭托滚滚江水寄去他的眼泪,以解自己的孤寂和思念之心,并希望这种痛苦的心情能为朋友所理解。这丰富的想象,渲染了诗人的情致。此诗前景后致,互相渗透,熔为一炉,恰到好处。

这首诗虽然写得平淡,似乎纯是写景怀友,但结合诗人写这首诗时的处境和心境来看,此诗的主旨恐怕不单纯是为了思乡怀友。诗人孟浩然四十岁到长安应试失败后才漫游吴越,这种漫游大概并非单纯的游山玩水,欣赏自然风光,恐怕也有为排遣苦闷而做长途跋涉的动机在其中。所谓"山水寻吴越,风尘厌洛京",就是这种心境的写照。这种为排遣失意苦闷的漫游,自不免会带上浓重的郁郁寡欢情绪。但是,在这首诗中,诗人却只淡淡地把"愁"说成怀友之愁,而没有往更深处去揭示。这正是孟浩然诗"淡"而有味的特色。这种"淡"

味,却别有情致。一方面,对于自己的故交旧友来说,只要点到这种地步,朋友自然会了然于心。另一方面,如果真将那种求仕失败的心情说得过于明白直露,反而会带来尘俗乃至寒碜的气息,不但有失面子,而且会败坏诗歌所给人的清远疏淡的印象。

(原载贺新辉主编:《全唐诗鉴赏辞典》,中国妇女出版社1997年版,第698~699页)

## 早寒有怀

孟浩然

木落雁南渡,北风江上寒。
我家襄水曲,遥隔楚云端。
乡泪客中尽,归帆天际看。
迷津欲有问,平海夕漫漫。

这首五言律诗即景抒怀,表现客中苦寒思乡之情。诗题有的版本作《早寒江上有怀》。诗的头两句以比兴手法开篇,用"木落""雁飞"领起,捕捉了最有典型性的事物,点出秋末冬初的节候特征,并渲染北风劲吹、江上早寒的气氛,为下文思乡做铺垫。

二、三两联紧承一联,由天气的寒冷、大雁的南渡,引发出游子怀乡思归之情。落木萧萧,鸿雁南飞,北风呼啸,天气严寒。面对这种萧瑟的眼前景物,诗人思乡之情不免油然而生。但思乡又不能马上回乡,以遥隔楚地点明离家之远,以乡泪流尽极言思乡时间之久和思乡感情之强烈,并以天际孤帆表露诗人孤独冷寂的处境。隔楚云而望襄水,思乡久而泪流尽,极目望而见征帆,恰逢木落雁飞之时,归家之心尤切。这反映了作者谋取功名失败后郁闷、悲凉、灰心、失望的复杂感情。这里的"襄水"亦即"襄河"。汉水在襄阳一带水流曲折,所以作者以"曲"来概括之。"遥隔"二字,不仅表明了远,而且表明了两地隔绝,不能归去。这个"隔"字,已透露出思乡之情。诗人家住襄阳,古属楚国,故诗中称"楚云端"。这既能表现出地势之高,又能表现出仰望之情,可望而不可即,也能透露出思乡的情绪。第五句"乡泪客中尽"紧承第四句,不仅点明了乡思,而且把这种感情一泄无余;不仅自己这样思乡,而且家人也在盼望着自己的归去。遥望着"天际"的"归帆",家人失望了,大有"过尽千帆皆不是,斜晖脉脉水悠悠"之感。诗人写家人的期盼,虽是假托想象之词,但更加有力地反衬了诗人思乡之深情。

最后两句以迷津自状。问迷津而寻渡口,眼前只有海水茫茫。借问迷津表达寄托之意,既曲折而深刻地表达了作者不甘寂寞、积极上进的心情,同时也流露了得不到引荐、仕途茫然的苦闷惆怅之意。痛苦慨叹与不甘失败的情绪交织在一起,见于字里行间。结句"平海夕漫漫",写滔滔江水,与海相平,暮色苍茫,水天漫漫。这种景色,完全烘托出作者迷茫的心情:渡口在哪儿? 道路在何方? 哪里是归宿? 人烟稀少,能找谁来指引? 结句极为精妙,于写景中寄托了诗人怀才不遇的感慨,深化了主题,富有感染力,使全诗的风格含蓄曲折,情调悲慨。

（原载贺新辉主编:《全唐诗鉴赏辞典》,中国妇女出版社1997 年版,第 699～700 页）

# 留别王维

孟浩然

寂寂竟何待,朝朝空自归。

欲寻芳草去,惜与故人违。

当路谁相假,知音世所稀。

只应守寂寞,还掩故园扉。

孟浩然"年四十,来游京师,应进士不第,还襄阳"。在长安,诗人结识了王维、张九龄等人。临离长安,写下这首诗留给王维,目的是向王维申说自己离开长安的原因。

"寂寂竟何待,朝朝空自归",写自己离开长安的原因,那就是"寂寂"二字。这两个字,一方面描述了自己当时在长安"门前冷落鞍马稀"的客观处境;另一方面,也表现了当时诗人内心的空虚和寂寞。两者互为表里,便自然形成了驱赶诗人离开长安的强大力量。他在长安时,为应举求官也曾四处奔走过,所谓"当涂诉知己,投刺匪求蒙"。但结果却是应举不第,求官不得。"朝朝空自归"便是这段长安奔走的真实写照。一个落第士子内心的失落和苦闷,有谁会理解他、同情他呢?因此,他只有孤孤单单地"空自归"了。这两句在诗意上是首尾连贯的。从"寂寂"开始,为了不"寂寂",于是出外奔走,直至归来,两手空空,又复归"寂寂"。第二天重复一遍。"朝朝"二字,正点出这种循环的过程。而"寂寂"的处境与心境始终是陪伴着诗人的。在这种情况下,诗人就不得不考虑自己还在这里"何待"呢?不得不重新考虑自己的去向与道路了。

"欲寻芳草去,惜与故人违",写惜别之情。"欲寻芳草去"一句,紧承上联,申述不堪忍受"寂寂"的结果,产生了离开长安、去往他处的想法。这里"芳草"一词,指可以实现理想的地方,并不一定指归隐田园。但是,虽然"欲去",诗人却并没有离开。为什么呢?第四句做了回答:舍不得与朋友离别。这里一个"惜"字,写出了诗人与王维之间深厚的友情。为了能够和朋友在一起,"我"可以忍受那不堪忍受的"寂寂"孤独,强压下一次又一次"欲去"的念头。这就进一步以对比的手法,从另一个方面描写了诗人与王维的深厚情谊。

"当路谁相假,知音世所稀",再次申说离去的原因。有权势、能够解脱诗人的人,竟然没有一个愿助诗人一臂之力,真正的知己实在是太少了。这样一来,"寂寂"不仅是处境的必然,也成了认识中的必然了。这种认识无情地将诗人唯一的希望击得粉碎。"谁相假"的反诘,虽然是从反面来证实自己的结论,但这反面的肯定中,似乎还包含着说服王维的意思在其中。而透过"说服"这层含义,读者便不难体会到,在此之前,作为知己的王维,是真诚地为诗人的希望奔走过的,并时时给"寂寂"中的诗人以多方面的安慰。王维的"知己"与奔走,给了诗人以希望和安慰,也成了支撑诗人在长安逗留的精神支柱。这自然也是诗人舍不得离开王维的实质。

"只应守寂寞,还掩故园扉",写离开长安的决心。尽管王维为诗人奔走,但由于"当路谁相假,知音世所稀",诗人最后一线的希望也破灭了。他不得不正视这严酷的现实!他也再不能为难朋友了。所以他才毅然下定决心"只应守寂寞,还掩故园扉"了。"只应"二字,表明诗人看透了社会和人生,认识到了自己应该走的道路。他想到这里,毅然归去,也没有向老朋友告别。诗题中的"留"字,就说明了这一点。他之所以如此,大概是怕看见离别的泪水,怕听到王维推心置腹的安慰和情真意切的挽留,怕使朋友难堪。这种不辞而别的举动,自身就在更高的层次上体现出诗人与王维的不同寻常的友情。当然,"只应"也好,"还掩'也好,都不过是牢骚:我"寂寂"的处境似乎是命中注定的,非人力所能改变。对此,我只应心安理得,不能存非分之想。这次的离别,无非是从何处来仍回何处去,言外之意还是请朋友不要为他担忧。

这首诗将人物落第后复杂的心理活动描写得极为生动感人。诗中既有怨愤、牢骚,又有安慰、解脱,感情真挚,颇有余韵。

(原载贺新辉主编:《全唐诗鉴赏辞典》,中国妇女出版社1997年版,第701~702页)

# 与诸子登岘山

**孟浩然**

人事有代谢,往来成古今。
江山留胜迹,我辈复登临。
水落鱼梁浅,天寒梦泽深。
羊公碑尚在,读罢泪沾襟。

这首诗写秋登岘山所见风景和因古迹而引起的人生感叹。诗人所登临的岘山"胜迹"便指羊公碑。据《晋书·羊祜传》记载,羊祜镇守襄阳时,每逢风景佳丽,必至岘山置酒言咏,终日不倦。一次,他曾感慨地对从事中郎邹湛等说:"自有宇宙,便有此山。由来贤达胜士,登此远望,如我与卿者多矣,皆湮灭无闻,使人悲伤。如百岁后有知,魂魄犹应登此也。"邹湛说:"公德冠四海,道嗣前哲,令闻令望,必与此山俱传。"羊祜政绩卓著,死后人们于此山建碑立庙,岁时祭祀。望其碑者,莫不流涕,因名为堕泪碑。孟浩然登上岘山,见到羊公碑,自然会想到羊祜的这番话,不由感叹起来,因此写了这首吊古之作。

首联"人事有代谢,往来成古今",一落笔先从宏观上写起,展开议论。人事更替,转眼即成过去。寒来暑往,春去秋来,花开花落。大至朝代更替,小至人生兴衰,以及人们的生老病死,悲欢离合,人事总是在不断地变化着。与江山相比,人是多么地渺小,人生是多么地短促。正因为如此,所以诗人自然而然地感叹道:"江山留胜迹,我辈复登临。"人生虽然短促,但江山是永恒的,宇宙是永恒的,胜迹是永存的。羊祜昔日登临此山而担心声名湮灭,却终为江山留下胜迹。今日我们来此登临,但不知又将如何呢!首联凭空落笔,似不着题,却引出诗人的浩瀚心事。颔联紧承"古""今"而来,作者的感伤情绪,便是自今日的登临吊古而来,衔接极为自然。

"水落鱼梁浅,天寒梦泽深",写深秋眺望所见。"鱼梁",洲名,在襄阳岘山附近汉水滨。"浅",指水,由于"水落",鱼梁洲更多地呈露出水面。"梦泽",古代的大泽,又称云梦。江南为梦,江北为云。今洪湖、梁子湖等数十湖泊,皆古云梦的遗迹。唐时梦泽已不存,这里指一般湖泊和沼泽地。诗人看到那辽阔的云梦泽,一望无际,令人感到深远。登山望远,天寒水清,水落石出,草木凋零,一片萧条景象。诗人抓住了当时当地所特有的景物,提炼出来,既能表现出时序为严冬,又烘托了诗人感伤的心态。这两句自然清逸,写来毫不着力,为历代的诗评家所赞赏。

"羊公碑尚在,读罢泪沾襟",写诗人面对羊公碑所产生的情感波动。四百多年过去了,朝代的更迭、人事的变迁虽然巨大,但羊公碑仍屹立在岘山上,使人看罢心潮起伏、情不自禁。羊祜之所以能不朽,羊公碑之所以至今犹存,就是因为羊祜为国效力,为百姓做了许多好事。可自己呢!如今仍为"布衣",无所作为,死后就难免湮没无闻了!这和"尚在"的羊公碑相比,令人不禁潸然泪下,感伤不已。

这首诗叙事抒情不加雕饰，淳朴自然，通俗易懂，因此能做到"从静悟中得之，故语淡而味终不薄"。

（原载贺新辉主编：《全唐诗鉴赏辞典》，中国妇女出版社1997年版，第702～704页）

# 晚泊浔阳望庐山

### 孟浩然

挂席几千里，名山都未逢。
泊舟浔阳郭，始见香炉峰。
尝读远公传，永怀尘外踪。
东林精舍近，日暮空闻钟。

这首诗写晚泊浔阳，眺望庐山，发思古之幽情，约作于开元二十一年（733）自吴越还乡途经九江时。吕本中《童蒙诗训》说："浩然诗：'挂席几千里，名山都未逢。泊舟浔阳郭，始见香炉峰。'但详看此等语，自然高远。"本诗一题作《晚泊浔阳望香炉峰》，又题作《望庐山》。浔阳，即今九江市。这首诗的前两联着重叙事，略微见景，稍带抒情，落笔空灵，然气势非凡，大有尺幅千里、一气直下之慨。诗人用淡笔一挥，便把这江山胜处的风貌勾勒出来了，而且还传递了神情。诗人在那千里烟波江上扬帆而下，一路上也未始无山，但总不见名山。直到船泊浔阳城下，头一抬，方见那拔挺秀丽的庐山就在眼前突兀而起。这里"挂席"，即扬帆。香炉峰是庐山的北峰，状如香炉，故名。慧远《庐山记》云："香炉山孤峰独秀，起游气笼其上，则氤氲若香烟。"峰下有瀑布，乃庐山的秀中之秀。唐代许多诗人歌咏过它的美好景色。如"日照香炉生紫烟"（李白），"万丈红泉落，迢迢

.051.

半紫氛"（张九龄），等等。李白用的是七彩交辉的浓笔，写香炉峰青铜般的颜色，被红日映照，从云环雾绕中透射出紫色的烟霞，表现出他热烈奔放的激情和瑰玮绚烂的诗风。而此时的孟浩然只是怡悦而安详地观赏，领略这山色之美，因而他用的纯乎是水墨的淡笔，那么含蓄、空灵，从悠然遥望庐山的神情中隐隐透出一种悠远的情思。这四句诗不事雕饰、纯乎叙事，也不刻意去摹状庐山的景色，而是一气呵成。一个"始"字轻轻一点，才将诗人那欣然悦怡之情显示出来，落笔空灵自如。

后两联以情带景，但情又是内在的，寄寓景物之中。以空灵之笔来写，显得十分自然和谐。远公，即东晋高僧慧远，本姓贾，雁门楼烦人。他在庐山东林寺和隐士刘遗民等结白莲社，后世奉为莲宗初祖。东晋大诗人陶渊明和他也有交往。尾联的"东林精舍"，即东林寺，"精舍"，即佛寺。这四句写香炉峰烟云飘逸，远"望"着的诗人，神思也随之悠然飘忽，引起种种遐想。诗人想起了东晋高僧慧远。他爱庐山，刺史桓伊为他在这里建造了一座禅舍，名"东林精舍"。这里"洞尽山美，却负香炉之峰，傍带瀑布之壑，……清泉环阶，白云满室"。到这儿来的人都感到"神清而气肃"，难怪诗人有"永怀尘外踪"之想了。诗人在遐想，深深怀念这位高僧的尘外幽踪时，夕阳斜照，忽然隐隐约约听到从远处安禅之地的东林寺里传来阵阵钟声。高人不见，空闻钟声，诗人心中不免生起一种无端的怅惘。这里一个"空"字极富情韵，极为含蓄。它不仅含有不尽之意，余音袅袅，而且点出东林精舍正是作者向往之处。"日暮"二字说明闻钟的时刻，而"闻钟"又渲染了"日暮"的气氛，加深了诗的深远的意境，流露出诗人对隐逸生活的钦羡。

（原载贺新辉主编：《全唐诗鉴赏辞典》，中国妇女出版社1997 年版，第 704～705 页）

# 题义公禅房

孟浩然

义公习禅寂,结宇依空林。

户外一峰秀,阶前众壑深。

夕阳连雨足,空翠落庭阴。

看取莲花净,方知不染心。

这首诗作于诗人漫游吴越时。诗题一作《题大禹寺义公禅房》。义公,是位高僧。禅房,是义公坐禅修行的屋宇。诗先点明义公在大禹寺修行;然后写大禹寺雨霁晚晴,景致幽雅;末赞义公品性高洁。

首联"义公习禅寂,结宇依空林",描写禅房的幽寂。"禅寂"是佛家语,意谓坐禅入定、思维寂静,所谓"一心禅寂,摄诸乱意"也。"结宇",即营造房屋。"空林",指人迹罕至的山林。起句看似平淡,但诗人以"习禅"和"空林"相对应,便构成了一种"深林人不知"的空寂境界,描绘出了义公坐禅的环境背景,为全诗写景勾画了一个总背景,也为中间两联描写禅房前景做了有力的铺垫。

颔联"户外一峰秀,阶前众壑深",着意表现禅房位置的高深。门外孤峰高耸,阶前深壑纵横。人到此地,瞻仰高峰,注目深壑,自有一种断绝尘想的意绪和神往物外的志趣。这里"一峰秀"是远景,"众壑深"是近景。从位置上来说,义公禅房俯视群壑,遥对远峰,足见其高;而阶前群壑起伏,连绵纵横,又见禅房之深。这两句诗,景物交叠,气象森阂,雄奇壮观,层次感十分强烈。

颈联"夕阳连雨足,空翠落庭阴",描写雨后空山清幽之景。当雨过天晴之际,夕阳徐下时分,天宇方沐,山峦清静,晚霞夕岚,相映绚烂。翠绿的山影静静地投印在庭院中,阴幽空灵,清爽怡人。这两句从动的方面描写禅院清净爽洁,与前两句从静的方面描写禅院的幽寂高深相结合。虽以写景为主,但景中有人。这时,空翠的水气飘落,禅房庭上,和润阴凉,人立其间,更见出风姿情采,体现出义公的高超眼界和绝俗的襟怀。

尾联"看取莲花净,方知不染心",巧用佛教的比喻赞美禅师虚空高爽的禅心。义公选取了这样美妙的山水环境来修筑禅房,可见他有佛眼般清净的境界,方知他怀有莲花一样纤尘不染的襟怀。"莲花"因其出淤泥而不染的品性,历来被佛教视作圣花。而"不染心",活用禅宗六祖慧能的偈语:"心是菩提树,身为明镜台。明镜本清净,何处染尘埃。"这末尾二句,巧妙地点破了写景的用意。

全诗以突出"清净"为主,由景清写到心净,层层递进,相互照应,笔致疏淡,意境清远,摄人心魄。这首诗深情地赞美义公对佛的虔诚,也寄寓了诗人自己的隐逸情怀。

(原载贺新辉主编:《全唐诗鉴赏辞典》,中国妇女出版社1997年版,第705~706页)

# 舟中晓望

## 孟浩然

挂席东南望,青山水国遥。
舳舻争利涉,来往接风潮,
问我今何适? 天台访石桥。
坐看霞色晓,疑是赤城标。

这首诗是诗人在开元十五年(727)自越州水程往游天台山

的旅途中写的，表现出对名山的一种可望而不可即的感受。

"挂席东南望，青山水国遥"二句，写诗人在拂晓时便扬帆远行，一天的旅途生活又开始了。这里一个"望"字，写出了诗人欲急切领略山光水色的心情。这一个"望"字，贯穿全篇，是全篇的"诗眼"所在。在拂晓的朦胧中，诗人似乎望见了什么，又似乎什么也没望见。因为毕竟"青山水国遥"，水程尚远，而且天刚破晓。但即使如此，这两句也把诗人"时时引领望天末，何处青山是越中"的急切心情淋漓尽致地表达了出来。

"舳舻争利涉，来往接风潮"二句，紧承上句"水国遥"而来，继续写水程。"利涉"一词，出自《易·需卦》"利涉大川"，意思是卦象显吉，宜于远航。"舳舻"，即大船。既然卦象显吉，那么就趁好日子兼程前进吧。这里一个"争"字，表现出心情迫切，兴致勃勃。而"来往接风潮"则以一个"接"字，表现出一个常与波涛为伍的旅人的安定与愉悦感。跟上句相连，便有"乘长风破万里浪"的气概。

"问我今何适？天台访石桥"二句紧承上句，回答欲"何往"的问题。而"天台访石桥"一句，既是诗人自问自答，又遥应篇首"挂席东南望"一句，点出天台山。这样，"何所望""何处往"的问题都得到回答。"天台"，即天台山，为东南名山。而"石桥"又是天台山的胜迹。《太平寰宇记》云："天台山去天不远，路经油溪水，深险清冷。前有石桥，路径不盈尺。长数十丈，下临绝涧，惟忘其身然后能济。济者梯岩壁，援葛萝之茎，度得平路。见天台山蔚然绮秀，列双岭于青霄。上有琼楼、玉阙、天堂、碧林、醴泉，仙物毕具也。"这两句初读似无多少诗意，但只要联想一下这些关于天台山名胜古迹的传说，就不难体悟到诗人"天台访石桥"的心态和陶醉与向往之情。

"坐看霞色晓，疑是赤城标"二句意谓，朝霞映红的天际，是那样璀璨美丽，那大约就是赤城山的尖顶所在吧。这是诗人面对眼前一片霞光所产生的一个猜想。"赤城"山在天台县北，属于天台山的一部分,山中石色皆赤,状如云霞。因此在诗人的想象中,映红天际的似乎不是朝霞,而是山石发出的奇异的光彩。这两句虽承"天台"而来,却又紧紧关合篇首。"坐看"一词照应"望"字,但表情达意却有细微的差异。"望"比较投入,但不一定能望到,有刻意寻求的意味。而"看"则比较随意,与"见"字常常相联。"坐看霞色晓"是一种怡然欣赏的态度。可这里看的并不是"赤城",只是诗人那么猜想罢了。如果说首句由"望"引起的悬念到此已了结,那么"疑"字显然又引起了新的悬念,使篇中无余字,而篇外有余韵,写出了诗人旅途中对名山胜迹的向往心情。

　　这首诗泛泛写来,却首尾相承,转承分明,结构严谨。这正如皮日休所评的"遇景入咏,不拘奇抉异",但却余韵悠长,于平淡中见出超然的神韵来。

　　(原载贺新辉主编:《全唐诗鉴赏辞典》,中国妇女出版社1997年版,第709~711页)

# 岁暮归南山

### 孟浩然

北阙休上书,南山归敝庐。
不才明主弃,多病故人疏。
白发催年老,青阳逼岁除。
永怀愁不寐,松月夜窗虚。

　　据《新唐书·孟浩然传》记载,王维曾邀孟浩然入内署,俄而玄宗至,浩然匿床下,维以实对。帝命其出,并问其诗,浩然乃自诵所作,至"不才明主弃"句,玄宗曰:"卿不求仕而朕未尝弃卿,奈何诬我?"因放还。这就是所谓"转喉触讳"。但此事恐系附会,而《旧唐书》只说他"年四十,来游京师。应进士不第,还襄阳"。这首诗抒发了作者怀才不遇的愤慨和年老归隐的哀伤,大约作于开元十七年(729)九月。

孟浩然"为学三十载,闭门江汉阴",学得满腹文章,又得到王维、张九龄为之延誉,已经颇有诗名。这次应试落第,自然大为懊丧。他想直接向皇帝上书,又犹豫不决。这首诗便是在这种心态极为矛盾复杂的情况下写的。他牢骚满腹而又无处发泄,只好以自怨自艾的形式抒发仕途失意的幽愤。

"北阙休上书,南山归敝庐"二句意谓不要给皇上上书了,还是回归自己的家园吧。"北阙",建于宫殿之北的阙观。汉代尚书奏事、谒见,皆往北阙。"敝庐",即破旧的房屋,这里谦称自己的家园。这两句表面上说的是"休上书",实际上表达的正是"魏阙心常在,金门诏不忘"的深情,只不过现实竟是这样冷酷,仕途竟是这样坎坷,命运竟是这样多舛。对现实的绝望,对落第的悲愤,一腔怨曲,只能从这"北阙休上书"的自怨自艾、自嘲自慰中表达出来。至于"南山归敝庐",那又何尝是诗人的本心和所愿呢? 只不过是无可奈何的一种自我解脱而已。这两句泛泛道来,却将诗人当时矛盾复杂的心理活动全部道出来了。

"不才明主弃,多病故人疏"二句写失意的缘由。四十岁了,仍一事无成,因此诗人的感情十分复杂。他想到自己自幼抱负宏大:"执鞭慕夫子,捧檄怀毛公。感激遂弹冠,安能守固穷!"他也曾自诩"词赋亦颇工"。既然自己志不在小,才也不比他人低,这怎能谓"不才"呢! 可见,"不才"虽是谦辞,但实质上指自己的才华无人赏识,不受重用的愤慨。而不识自己之"才"的不是别人,正是"明主"。由此可见,这一句全是微词。所谓"不才",正是有才;所谓"明主",也并非完全是"明"主。这一句写得有怨怅,有自怜,有哀伤,也有恳求,感情极为复杂。而"多病故人疏"一句更为含蓄委婉,意在言外,表达了对世态炎凉的哀怨。

"白发催年老,青阳逼岁除"二句写迟暮之感。"青阳",即春天。意谓新春将到,逼得旧年除去。时光飞快,白发催老,而宦途渺茫,求仕无门,功名未就。诗人怎能不忧虑焦急、心情沉重呢!这两句诗人用一"催"字、一"逼"字,恰切地表现了不甘以白衣终老此生而又无可奈何的复杂感情。

"永怀愁不寐,松月夜窗虚"二句,写诗人因失意愁闷而耿耿于怀、夜不能寐的孤寂、落寞心情。诗人一直在思考着岁暮年老而一无所成的事,因此陷入了无法解脱的苦闷之中,以致"愁不寐"。"松月夜窗虚"看似写景,实际上仍然是抒情。这一句补充说明"不寐"的情景。从抒情手法来说,这一句仍是借景抒情,情景合一。那迷蒙空寂的夜景,与内心落寞惆怅的心绪是统一和谐的。这就使诗情景交融,余味无穷。

(原载贺新辉主编:《全唐诗鉴赏辞典》,中国妇女出版社1997年版,第711~712页)

# 白雪歌送武判官归京

岑 参

北风卷地白草折,胡天八月即飞雪。
忽如一夜春风来,千树万树梨花开。
散入珠帘湿罗幕,狐裘不暖锦衾薄。
将军角弓不得控,都护铁衣冷难着。
瀚海阑干百丈冰,愁云惨淡万里凝。
中军置酒饮归客,胡琴琵琶与羌笛。
纷纷暮雪下辕门,风掣红旗冻不翻。
轮台东门送君去,去时雪满天山路。
山回路转不见君,雪上空留马行处。

　　岑参是盛唐时代的诗人,尤其擅长边塞诗,被誉为边塞诗人。他曾两次从军出塞,有五六年的边塞生活实践,对边地的奇丽风光有很深的感受。他在诗歌创作上有追求新奇的特点。

　　此诗是一首咏雪送人之作。天宝十三载(754),岑参再度出塞,充任安西、北庭节度使封常清的判官。题中的武某,可能就是岑参前一任的判官。诗人为送武某,写下此诗。

　　这首诗是歌行体。全诗以雪生发,兼及咏雪及送别两个方面。前十句重在咏雪,后十句重在送别,但送别又始终不脱离雪景。全诗用了四个"雪"字:一为送别前的雪,一为饯别时的雪,一为送别时的雪,一为送别后的雪。一切都围绕着雪,雪是景物的中心。

　　"北风卷地白草折,胡天八月即飞雪。"开篇即奇突,未及白雪而先传风声,所谓"笔未到而气已吞"——全是飞雪之精神。北地大雪常随烈风而来,"北风卷地"四字,妙在由风而见雪。"白草",据《汉书》颜师古注曰,乃西北一种草名,王先谦说这种草性至坚韧。然经霜草脆,故能折断。"白草折"又显示出风来得凶猛。八月秋高,而北地已经满天飞雪。"胡天八月即飞雪"的一个"即"字,惟妙惟肖地写出由南方来的人少见多怪的惊奇口吻。

　　"忽如一夜春风来,千树万树梨花开。"这是千古传诵的名句。塞外苦寒,北风一吹,大雪纷飞。诗人以"春风"使梨花盛开比拟"北风"使雪花飞舞,极为新颖贴切。"忽如"二字下笔甚妙,不仅写出了"胡天"变化无常,大雪来得急骤,而且再次传出了诗人惊喜好奇的神情。"千树万树梨花开"的壮美意境,富有浪漫色彩。南方人见过梨花盛开的景象:那雪白的花,不仅是一朵一朵,而是一团一团,花团锦簇,压枝欲低,与雪压冬林的景象极为神似。春风吹来梨花开,竟至"千树万树",重叠的修辞手法表现出景象的繁荣壮丽。"春雪满空来,触处似花开"(东方虬《春雪》),也以花喻雪,匠心略同,但无论豪情与奇趣都要让此诗三分。诗人将春景比冬景,尤其将南方春景比北国冬景,几使人忘记奇寒而内心感到喜悦与温暖,想象、造句俱称奇绝。要品评这千古咏雪名句,可曲借成语云——"妙手回春"。

"散入珠帘湿罗幕,狐裘不暖锦衾薄"两句,诗人以茫茫原野的雪做绮丽的开端之后,着笔从帐外写到帐内。你看,那片片飞"花"飘飘而来,穿堂入户,沾在幕帷上慢慢消融。"散入珠帘湿罗幕"一语,承上启下,转换自然从容,体物入微。"白雪"的影响侵入室内,倘是南方,穿"狐裘"必发炸热。而此地"狐裘不暖",连裹着软和的"锦衾"也觉得单薄。"一身能擎五雕弧"的边将,居然拉不开角弓;平素是"将军金甲夜不脱",而此时是"都护铁衣冷难着"。二句兼都护将军言之,互文见意。这四句,有人认为是表现边地将士的苦寒生活。仅着眼这几句,无疑是对的。但从"白雪歌"歌咏的主题而言,这主要是通过人的感受以及南方人视为反常的事情与天气的奇寒,写白雪的威力。这真是一支白雪的赞歌!通过人的感受写严寒,手法又具体真切,不流于抽象概念。诗人对奇寒津津乐道,使人不觉其苦,反觉冷得新鲜,寒得有趣。这又是诗人"好奇"个性的表现。

"瀚海阑干百丈冰,愁云惨淡万里凝"二句,场景再次转移到帐外,而且延伸到广远的沙漠和辽阔的天空。浩瀚的沙海,冰雪遍地;雪压冬云,浓重稠密。雪虽暂停,但看来天气不会在短期内好转。这两句以夸张的笔墨,气势磅礴地勾勒出瑰奇壮丽的沙漠雪景,又为"武判官归京"安排了一个典型的送别环境。如此酷寒恶劣的天气,长途跋涉将是艰辛的。这里一个"愁"字,隐约对离别分手做了暗示。这也是所谓的"移情"。

"中军置酒饮归客,胡琴琵琶与羌笛。"这两句写中军帐置酒饮别的情景。如果说以上主要是咏雪而渐有寄情,以下则正写送别而以白雪为背景。"胡琴琵琶与羌笛"一句,并列三种乐器,而不是音乐本身,看似笨拙,实际则间接传达了一种急管繁弦的场面以及"总是关山旧别情"的意味。这些边地之乐器,对于送行者来说能触动乡愁；对于送别之外，则另有一番滋味。这首诗所写宴席给读者印象深刻，但落墨不多，这也表明了作者根据题意在用笔上分了主次详略。

"纷纷暮雪下辕门，风掣红旗冻不翻。"诗人送客送出辕门，此时已近黄昏，大雪又纷纷扬扬，傲然翻飞。然而，尽管雪狂风猛，"北风卷地白草折"，但那辕门上的红旗却一动也不动，因为它已经被凝雪冻结了。这一生动而反常的细节，再次传神地写出天气奇寒。而那白雪素地上的鲜红一点，在寒冷的基调上，又给这冷色画面增添了一星暖色，反衬得整个境界更晶莹洁白、银装素裹，也更寒冷。那雪花飞舞的空中不动的物象，使整个画面动中有静、动静相衬，更为生动传神。这是诗人又一处精彩的奇笔异想。

"轮台东门送君去，去时雪满天山路。"送客送到路口，这是轮台东门，尽管依依不舍，毕竟是分手的时刻到了。大雪封山，路可如何走啊！峰回路转，原野茫茫一片。一行人消失在雪地里，身影逐渐由大到小，成为白色地平线上一个个跳动的黑点，终于不见一丝踪影了。但诗人还在深情地目送，久久矗立在雪地里，任凭风雪狂卷！这最后的几句十分动人，为诗歌画上了一笔响亮的结尾。看着"雪上空留"的马蹄印迹，使人想到些什么呢？是对行者难舍难分的留恋？是为其"长路关山何时尽"而发愁？还是为自己"归期未有期"而惆怅？这结尾之妙，使送别情意悠悠不尽，产生了巨大的"模糊性"，令人回味无穷！其意境与古诗"步出城东门，遥望江南路。前日风雪中，故人从此去"有异曲同工之妙。

这首诗充满了奇情妙想。诗人用敏锐的观察力和感受力捕捉边塞奇观，笔力矫健。有大笔挥洒，有细节勾勒，有真实生动的摹写，也有浪漫奇妙的想象，再现了边地瑰丽的自然风光，充满浓郁的边地生活气息。全诗融合着强烈的主观感受，在歌咏自然风光的同时，还表现了雪中送人的真挚情谊。诗情内涵丰富,意境鲜明独特,具有极强的艺术感染力。诗的语言明朗优美,又利用幻域与场景画面交替的配合,形成跌宕生姿的节奏旋律。诗中或两句一转韵,或四句一转韵,转韵时场景必更新变化。开篇入声清音陡促,与风狂雪猛画面配合;进而音韵轻柔舒缓,随即出现"春暖花开"美景;以下又转沉滞紧涩,表现军中共寒情景;末四句渐入徐缓,画面上出现渐行渐远的马蹄印迹,使人低回不已。全诗音情配合极佳,当得"有声画"的称誉。

# 行 路 难

## 李 白

金樽清酒斗十千,玉盘珍馐直万钱。
停杯投箸不能食,拔剑四顾心茫然。
欲渡黄河冰塞川,将登太行雪满山。
闲来垂钓碧溪上,忽复乘舟梦日边。
行路难!行路难!多歧路,今安在?
长风破浪会有时,直挂云帆济沧海。

这是李白所写三首《行路难》的第一首。这首诗从内容来看,该是天宝三载(744)诗人退出朝廷之后,离开长安之前的作品。

大诗人李白生逢大唐帝国的鼎盛时期,素有"济苍生""安社稷"的政治抱负。他像所有封建文人一样,渴望得到君主的赏识,由布衣一跃而成为卿相。这一天终于到了。天宝元年(742),李白四十二岁时,经朋友吴筠的推荐,唐玄宗下诏征赴长安。这时,他以为大显身手、建立"使寰区大定,海县清一"伟业的机会来了,所以他由衷地唱道:"仰天大笑出门去,我辈岂是蓬蒿人!"他的喜悦、兴奋由此可见。李白初到长安,太子宾客贺知章(当时诗坛领袖人物)一见李白的神采,便叹为"谪仙人"。由此,李白的名声更大,就连唐玄宗接见他时,也"降辇步迎,如见园绮"。然而,此时的玄宗皇帝早已丧失了当年励精图治的精神,朝政已被杨国忠、高力士一伙奸臣把持。玄宗皇帝压根也没有想到要去重用李白,只将他看作一只华丽、聪慧的鹦鹉鸟一般,让他供奉翰林,舞文弄墨,替贵妃娘娘写一些消遣的诗词,供玄宗、贵妃欣赏而已。这不能不使李白感到他的政治理想的破灭。同时,他那蔑视帝王权贵的傲岸品性,"安能摧眉折腰事权贵,使我不得开心颜"的傲骨,敢让杨国忠为他磨墨、高力士为他脱靴的举动,自然又招致了这些权臣对他的忌恨与谗毁。因此,李白在宫中逗留将近三年,一直没有得到正式官职。在理想破灭,度过一段狂放纵酒的生活之后,他上疏请还,几十年的功业追求化为泡影。李白在政治道路上第一次大失败,这便是《行路难》的写作背景。

政治上的挫折和打击使李白深悉世路的艰难,他是非常悲愤的。但他却没有就此消沉下去,而是以"长风破浪会有时"的信念,鼓舞自己去重新追求建功立业的机会。正是这样的思想状况,使得这首慨叹个人遭际的诗篇充溢着豪迈乐观的激情,放射出一种壮阔雄浑的盛唐气象。

全诗十二行,可分六层。诗的思路紧紧围绕主观和客观、理想和现实的剧烈矛盾、冲突迅速地展开。

"金樽清酒斗十千,玉盘珍馐直万钱。""金樽""玉盘",写器皿贵重;"清酒""珍馐",写酒馔佳美;"斗十千""直万钱"极言宴饮的丰盛奢华。对此清醇的美酒、珍奇的佳肴,这位"天子呼来不上船,自称臣是酒中仙"的诗人,一定会酒兴大发,"会当一饮三百杯",而且诗兴大作,"一斗诗百篇"了吧?然而没有,面对这些,诗人却是:"停杯投箸不能食,拔剑四顾心茫然。"停下酒杯,投开双箸,蓦然腾身而起,拔出寒光闪闪的宝剑,前后左右,举目四顾,内心无限寂寥惆怅。"举杯消愁愁更愁"啊!丰盛的酒宴,消解不了失意人的苦闷。夸饰饮宴的豪华,亦从反面起兴,烘托诗人内心的茫然。这里"停""投""拔""顾"四个动词,四个连续的动作,形象地展现了诗人内心的苦闷抑郁和感情的激荡变化。

那么,诗人的愁苦从何而来呢?下面两句做了回答:"欲渡黄河冰塞川,将登太行雪满山。"这两句紧承上面的"心茫然"而来,正面写"行路难"。诗人视线移开玉盘金樽,望中尽是险山恶水:黄河天险,坚冰壅塞河道,舟楫无从入水;太行高峰,大雪封锁山路,人马寸步难行。瞻念前程,不寒而栗!

此时,诗人李白正准备东游梁鲁,预料途中遭遇黄河太行之险,原是情理中事。然而,诗人的真正意图却不在这里,而是借山川阻障隐喻政治道路的坎坷。一个怀有远大政治抱负的人物,在受诏入京,有幸接近皇帝的时候,却被"赐金还山",变相撵出了京都长安。这不正像遇到冰塞黄河、雪拥太行吗?此时,奸邪当道,请缨无路,胸中块垒,拔剑难平!茫茫此心,岂是酒馔能慰藉的!但是,李白毕竟是李白,毕竟是诗仙,不是性格柔弱的人。从"拔剑四顾"开始,就显示着不甘消沉,而要继续追求。

"闲来垂钓碧溪上,忽复乘舟梦日边。"途穷归隐,闲居无聊,临清溪而垂钓,该是娱心养气的最好方式了。可就在不知不觉中,却飘飘忽忽驾一叶扁舟,欣欣然驶向红日的近旁,全身都沐浴在那灿烂的光辉之中了,醒来方知是一场美梦。

这美梦,恰是诗人内心世界的写照。诗人在溪边,心却不曾离开"日边"。这里用了两个典故:相传吕尚(姜太公)90岁在渭河边的磻溪钓鱼,得遇周文王;伊尹在受商汤聘用前曾梦见自己乘舟绕日月而过。吕尚和伊尹都是诗人自喻,诗人梦寐以求的就是像这两位先贤那样,受命辅佐圣明君王,做一番济世拯物的事业。

然而,梦境毕竟不是现实。"行路难!行路难!多歧路,今安在?"吕尚、伊尹的遇合增加了诗人对未来的信心,但当他的思路重新落到现实的层面上来时,又再一次感到人生道路的艰难。离宴上,瞻望前程,只觉前路崎岖,歧路甚多,要走的路,究竟在哪里?现实是荆棘满眼、步履维艰的。于是,久郁诗人胸中的不平,再也压抑不住,突如洪水出闸,一发而为"行路难"的连声浩叹。诗人大声疾呼"多歧路",那四通八达的青天大道,而今在哪里啊!这一声声发自肺腑的呐喊,惊心动魄,感人至深。千百年来,激励着多少命运多舛、仕途坎坷、壮志难酬之士!诗人写到紧要处,诗句突然由七言转为三言,一语重出,反复咏叹,节奏急切,音调高亢,适应着诗情的迅速激化,思路推向一个豁然开朗的世界:"长风破浪会有时,直挂云帆济沧海。"诗人的心飞向未来,想得很远很远。他坚信,总有一天会高挂云帆,乘长风破万里浪,穿越广阔的海面,驶向明亮的远方,直到理想的彼岸。理想的翅膀,冲破现实的荫翳;世路的艰难,挡不住热烈而执着的追求。至此,一个有思想、有个性的抒情主人公的形象完整而又栩栩如生地展现在我们面前。

他是这样一个人物:不满于豪华的物质享受,不屈于艰难的现实处境,不甘于闲居野处"独善其身",而以"奋其智能","兼济天下"为己任。尤其可贵的是,他对理想的追求,抱有不可动摇的乐观信念。这正是豪迈奋发、积极向上的唐朝精神的艺术结晶。离开李白的诗歌,很难再发现如此富有浪漫主义色彩的抒情主人公形象。当然,我们不会忘记那位"路漫漫其修远兮,吾将上下而求索"的屈原,那也许是仅有的例外。

读这首诗,我们不禁要惊叹诗人那丰富多彩、变幻莫测的想象!在中国古典诗词中,以酒发端是常有的事。但李白这首诗却没有引出诸如"问月""起舞""对酌"之类的赏心乐事,而是因物起兴,打开诗人郁闷的心扉,触发了一系列联翩的奇想:忽而奔向冰塞川的黄河渡口,忽而又来到大雪封锁的太行山麓。前一瞬分明是"碧溪垂钓"的吕尚,忽然之间又变为"乘

舟梦日边"的伊尹。与上古高贤的神交未能排遣心头的愁苦
郁闷,反而激发了对艰难世路的愤懑。诗人的思绪又飞向未
来、飞向远方,一幅浩瀚大海、扬帆远航的壮丽图景,突然别开
生面地展现在读者面前。金樽、宝剑、冰川、雪山、碧溪、红日、
云帆、沧海,景象瞬息万变,令人目不暇接。人物则由对酒持
剑的饮者,一变而为风尘跋涉的征人,再变而为碧溪垂钓的隐
士、行将受命的贤臣,最后又幻出一个驭海乘风的赳赳健儿。
这实则是诗人幻想的具体形象、自身的投影。一个镜头接着
另一个镜头,一个形象转化为另一个形象;从现实到梦境,从
上古到未来,从咫尺到海角天涯。幻想的野马跨越时间、空间
的局限,在辽阔无垠、瑰丽多变的宇宙中往复来去,驰骋纵横。
而这瑰丽的形象、寥廓的境界,通过大刀阔斧的手法和激情澎
湃的语言表现出来,便形成李白诗歌特有的奔放飘逸的艺术
风格。

# 将 进 酒

## 李 白

君不见,黄河之水天上来,奔流到海不复回。
君不见,高堂明镜悲白发,朝如青丝暮成雪。
人生得意须尽欢,莫使金樽空对月。
天生我材必有用,千金散尽还复来。
烹羊宰牛且为乐,会须一饮三百杯。
岑夫子,丹丘生,将进酒,杯莫停。
与君歌一曲,请君为我倾耳听。
钟鼓馔玉不足贵,但愿长醉不复醒。
古来圣贤皆寂寞,惟有饮者留其名。
陈王昔时宴平乐,斗酒十千恣欢谑。

主人何为言少钱，径须沽取对君酌。

五花马，千金裘，呼儿将出换美酒，与尔同销万古愁。

李白的咏酒诗篇最能表现他的个性。这首《将进酒》与《行路难》最能代表其风格。

《将进酒》原是汉乐府民歌箫铙歌的曲调，古辞多写饮酒放歌的内容。这首诗大约作于天宝十一载（752）。他当时与友人岑勋同在嵩山另一好友丹丘的颍阳山居为客，三人尝登高宴饮，把酒赋诗，其乐融融。人生快事莫若置酒会友，作者又正值"抱用世之才而不遇合"之际，于是满腔不合时宜的悲愤，借酒兴诗情，来了一个干脆痛快的抒发。

"君不见，黄河之水天上来，奔流到海不复回。"颍阳去黄河不远，登高纵目，黄河之水犹如从天边飞来，奔腾咆哮，雄伟壮阔。这两句以"君不见"领起，以黄河起兴。两组排比长句，如挟天风海云向读者迎面扑来。黄河源远流长，落差极大，如从天而降，一泻千里，东走大海。如此壮阔景象，定非肉眼可以穷极，作者是想落天外，"自道其得"，语带夸张。上句写大河之来，势不可挡；下句写大河之去，势不可回。一涨一消，形成舒卷往复的咏叹调，是短促的单句无法比拟的。

接下，"君不见，高堂明镜悲白发，朝如青丝暮成雪"，又连用"君不见"领起，恰是一波未平一波又起，由写景转摹人事。这句用与上句相同的夸张手法，以水之流逝联想起时光之流逝，相互映衬，形象汇合，由豪放转入悲慨，并选用"君不见"以加强声情激荡。如果说前两句为空间的夸张，这两句则是时间范畴的夸张。悲叹人生短促，而不直言、自伤老大，却说"高堂明镜悲白发"，一种搔首顾影、徒呼奈何的情态宛如画出。将人生由青春至衰老的全过程说成"朝""暮"之间的事情，把本来短暂的人生说得更为短暂，与前两句把本来壮阔的说得更为壮阔一样，都是"反向"的夸张。于是开篇的这组排比长句既有比意——以河水的一去不复返喻人生的易逝，又有反衬作用——以黄河的伟大永恒映衬出生命的渺小脆弱。这个开端可谓悲伤至极，却不堕纤弱，是巨人式的感伤，具有惊心动魄的艺术力量。同时，也是由排比开篇的气势造成的。这种开篇的手法作者常用，如"弃我去者，昨日之日不可留。乱我心者，今日之日多烦忧"。这样的开篇，就使全诗的感情色彩大大增加，具有震撼人心的作用。

"人生得意须尽欢，莫使金樽空对月。"此两句由悲转乐，以夸张手法写其豪迈气概。"夫天地者，万物之逆旅也；光阴者，百代之过客也。"悲感虽然不免，但悲观、颓废、沮丧，却非诗人性情之所在。在他看来，只要"人生得意"，便无所遗憾，当纵情欢乐。这两句由"悲"转向"欢""乐"，从此直到"杯莫停"，诗情渐趋狂放。"人生达命岂暇愁，且饮美酒登高楼。"行乐不可无酒，这就入题了。但句中未直写杯中之物，而用"金樽""对月"的形象去描绘，不仅生动，更将饮酒诗意化了；未直接写应该痛饮狂欢，而以"莫使""空"的双重否定句式代替直陈，语气更为强烈。"人生得意须尽欢"，这似乎是消极地宣扬及时行乐的思想，然而这只不过是一种表象而已。诗人"得意"过没有？他曾说，"凤凰初下紫泥诏，谒帝称觞登御筵"，又云"仰天大笑出门去"——似乎得意过，而且十分得意。然而，那只不过是一场幻影、一场黄粱美梦而已！"弹剑作歌奏苦声，曳裾王门不称情。"又曾喟叹："大道如青天，我独不得出"——又似乎压根就没有得意过，有的只是理想的破灭、梦幻的消失，有的只是失望与愤懑。

"天生我材必有用，千金散尽还复来。"诗人虽愤懑，但他并没有就此消沉，而是以他那特有的乐天精神，肯定人生，肯定自我："天生我材必有用。"这是一个令人击节称赞的句子。"有用"而"必然"，何其自信，简直像是人的自我价值宣言。而这个人——个体的"我"，须是大写的。于此，从貌似消极的现象中露出了深藏体内的一种怀才不遇而又渴望被重用的积极本质来，正是"乘风破浪会有时"！为什么不为这样的未来痛饮高歌呢！破费又算得了什么——"千金散尽还复来"！这又是一个高度自信的惊人之句。能驱使金钱而不为金钱所使，足以令一切凡夫俗子们咋舌。人言诗如其人，想诗人"曩昔东游维扬，不逾一年，散金三十余万"，是何等豪举。故此句深蕴在骨子里的豪情，绝非装腔作势者可得其万一。与此气派相当，作者描绘了一场盛宴，那绝不是"菜要一碟乎，两碟乎？酒要一壶乎，两壶乎"？而是整头整头的"烹羊宰牛"，不喝三百杯，决不罢休。多痛快的筵宴！多豪壮的气派！

总上为一段，在豪迈气概统摄下透露出怀才不遇的感慨。

"岑夫子，丹丘生，将进酒，杯莫停。"从这两句起，诗人的狂放之情趋于高潮，诗的旋律加快。诗人那耳热眼花的朦胧醉态跃然纸上，呼之欲出，恍惚使人如闻其高歌劝酒之声："岑夫子，丹丘生，将进酒，杯莫停。"几个短句，忽然加入，不但使诗歌节奏富于变化，而且写来逼真、生动、传神。既是生逢知己，又是酒逢对手，不但到了忘情的程度，诗人甚至忘记了这是在写诗，笔下由诗的书写似乎又还原为生活本色。他不但劝人"将进酒，杯莫停"，而且还要"与君歌一曲，请君为我倾耳听"。从此以下八句，就是诗中之歌了，也是诗人劝酒之歌。这里想象之奇，可谓神思之笔。

"钟鼓馔玉不足贵，但愿长醉不复醒。""钟鼓馔玉"意即富贵生活（富贵人家吃饭时鸣钟列鼎，食物精美如玉），可诗人以为"不足贵"，并放言"但愿长醉不复醒"。诗情至此，便分明由狂放而转为激愤。不仅是酒后吐狂言，而且是酒后吐真言了。以"我"天生有用之材，本当位任卿相，飞黄腾达，然而"大道如青天，我独不得出"（《行路难》）。说富贵不足贵，乃出于愤慨。以下"古来圣贤皆寂寞，惟有饮者留其名"，也只不过是激愤之言。诗人曾喟叹"自言管葛竟谁许"，所以说古人"寂寞"，因此才愿长醉不醒了。诗人此处是用古人之酒杯，浇自家之块垒。

说到"惟有饮者留其名",便举出陈王曹植为例,并化用其《名都篇》中"归来宴平乐,美酒斗十千"之句。

那么,古来酒徒比比皆是,何以偏举"陈王"曹植呢?这与李白一向自命不凡分不开。众所周知,谢灵运曾宣称:"天下才有一石,曹子建独占八斗,我得一斗,天下共分一斗。"可见,曹子建在当时文人心目中是怎样的天才诗人!才高八斗,李白这里是以曹植自诩。第二,李白心目中标为榜样的,是谢安之类的人物。而这类人物中,"陈王"与酒联系较多。这样写便有气派,与前文极度自信的口吻一致。第三,曹植于曹丕、曹叡两朝备受猜忌,有志难伸,写曹植以激发诗人的同情。这里,一提"古来圣贤",二提"陈王"曹植,满纸不平之气。此诗开始似只涉人生感慨,而不染政治色彩,其实全篇饱含一种深广的忧愤和对自我的信念。诗情所以悲而不伤,悲而能壮,即源于此。

"主人何为言少钱,径须沽取对君酌。"刚露一点深衷,又回到饮酒了,而且似乎酒兴更高。以下诗情再入狂放,而且愈来愈狂。"主人何为言少钱",既照应"千金散尽"句,又故作跌宕,引出最后一番豪言壮语:即便千金散尽,也能不惜将出名贵宝物——"五花马"(毛色作五色花纹的良马)、"千金裘"来换取美酒,图个一醉方休。

这结尾之妙,不仅在于"呼儿""与尔",口气甚大,而且具有一种作者一时可能觉察不到的反宾为主的任诞狂放情态。诗人只不过是被朋友邀请去喝酒的客人而已,此刻他却酒酣耳热,忘乎所以,手舞足蹈,高踞一席,颐指气使,要典裘当马,去沽酒畅饮。这种态势,几乎令人不知谁为"主人"了!这快人快语,非不拘形迹的豪迈交情不能出此。诗情至此,狂妄至极,令人嗟叹不已,直至"手之舞之,足之蹈之"了。这也正好淋漓尽致地暗合了诗人酒酣耳热、似醉非醉、似醒非醒的朦胧醉酒状态。接下"与尔同销万古愁"一句,诗人情犹未已,诗已告终,突然又蹦出"与尔同销万古愁"之句,不但与开篇之"悲"关合照应,而且更增加了诗的内涵。这"愁"不是一般的"愁",正如李清照所说,一个舴艋舟,怎能载得动这个"愁"呢!诗人的愁,不是一时的感伤,不是一时的伤春悲秋,而是一种深沉、凝固、永久的"万古之愁"!此愁真可谓"绵绵无绝期"了。那么,这"万古之愁"由何而来呢?读者能不去思考吗?真可谓弦外有音,余韵袅袅了!这种"白云从空,随风变灭"式的结尾,显示出诗人奔涌跌宕的感情激流。

通观全诗,真可谓大起大落,非如椽巨笔、"幽燕老将"不能为之!

# 闻官军收河南河北

杜　甫

剑外忽传收蓟北,初闻涕泪满衣裳。
却看妻子愁何在,漫卷诗书喜欲狂。
白日放歌须纵酒,青春作伴好还乡。
即从巴峡穿巫峡,便下襄阳向洛阳。

这首诗作于广德元年(763)春,作者五十二岁。宝应元年(762)冬,唐朝军队在洛阳附近的横水打了一个大胜仗,收复了洛阳、郑州、汴州(今开封)等地,叛军头目薛嵩、张忠志等纷纷投降。第二年,即广德元年正月,史思明的儿子史朝义兵败自杀,其部将田承嗣、李怀仙等相继投降。当时正流寓梓州(今四川三台)过着漂泊生活的杜甫,听到这个消息,以饱含激情的笔墨,写下了这篇脍炙人口的名作。

诗人于此诗下自注曰:"余田园在东京。"杜甫先世为襄阳人,到祖父时迁去河南,父亲时又迁居杜陵。杜甫便生于杜陵,而"田园在东京"即洛阳。诗的主题是抒写忽闻叛乱已平的捷报，急于奔回老家的喜悦。

"剑外忽传收蓟北，初闻涕泪满衣裳。""剑外"指剑阁以南，即蜀地的代称。蓟北，今河北省北部地区以及叛军根据地范阳一带。这一句起势迅猛，恰切地表现了捷报的突然。"剑外"乃诗人所在之地，"蓟北"乃安史叛军的老巢。诗人多年漂泊"剑外"，艰苦备尝，想回故乡而不可得，就是由于"蓟北"未收，安史之乱未平。如今"忽传收蓟北"，真如春雷乍响，山洪突发。惊喜的洪流，一下子冲开了郁积已久的情感闸门，喷薄而出，涛翻浪涌。

"初闻涕泪满衣裳"就是这惊喜的情感洪流涌起的第一个浪头。消息传来，惊喜的眼泪流满了衣裳。喜极而泣，这是人之常情。但在此处写来，反而增加了文情跌宕之感。"初闻"紧承"忽传"。"忽传"表现捷报来得如此突然。"涕泪满衣裳"则以形传神，表现突然传来的捷报在"初闻"的一刹那所激发的感情波涛。这是喜极而悲、悲喜交集的真实表现。"蓟北"已收，战乱将息，乾坤疮痍、黎元疾苦，都将得到疗救；个人颠沛流离、感时恨别的苦日子，也总算熬过来了，怎能不喜？然而痛定思痛，回想八年来的种种苦难是怎样熬过来的，又不禁悲从中来，无法压抑。可是，这一场浩劫，终于像噩梦一般过去了，自己可以返回故乡了，人们也都将开始新的生活了。于是又转悲为喜，喜不自胜。这"初闻"捷报之时的心态变化、复杂情感，如果用散文的写法，需要很多笔墨，而诗人只用"涕泪满衣裳"五个字做形象的描绘，就足以概括一切。

"却看妻子愁何在，漫卷诗书喜欲狂。"这两句以转折做承接，落脚在"喜欲狂"。这是惊喜的情感洪流涌起的更高洪峰，由自己的惊喜转到妻子的惊喜。说妻子的喜却偏不明言喜，而说"却看"，说"愁何在"，这又正点出妻子平日愁苦。今日，从自己喜极的泪眼中看到妻子的面孔，平日的愁云早已不知跑到哪里去了。这两句中的"却看妻子"与"漫卷诗书"，是两个连续性的动作,带有一定的因果关系。当自己悲喜交集,"涕泪满衣裳"之时,自然想到多年来同受苦难的妻子儿女。"却看"就是"回头看"。"回头看"这个动作极富意蕴。诗人似乎想向家人说些什么,但又不知从何说起。其实,无须说什么了,多年笼罩全家的愁云不知跑到哪儿去了,亲人们都不再是愁眉苦脸,而是笑逐颜开,喜气洋洋。亲人的喜反转来增加了自己的喜,再也无心伏案了,随手漫卷诗书,大家同享胜利的欢乐。

"白日放歌须纵酒,青春作伴好还乡。"这一句承上"喜欲狂"做进一步抒写。临老喜见太平,惊喜非常,开怀畅饮,放声高歌,一洗多年积压的抑郁忧患之情。按理说老年人难得"放歌",也不宜"纵酒",如今诗人二者皆为,这正是"喜欲狂"的表现。这句写狂态,而"青春作伴好还乡"则写狂想。"青春"指春季,春天已经来临,在鸟语花香中与妻子儿女们"作伴",正好"还乡"。想到这里,又怎能不"喜欲狂"呢?

"即从巴峡穿巫峡,便下襄阳向洛阳。"这两句承上虚想,直写还乡之路程。这里,诗人的狂想鼓翼而飞,身在梓州,而弹指之间,心已经回到故乡。惊喜的感情洪流于洪峰迭起之后卷起连天高潮,全诗也至此结束。这两句包括四个地名,巴峡,指四川境内的一段山峡;巫峡,三峡之一,今四川巫山县东。这里"巴峡"与"巫峡","襄阳"与"洛阳",既各自对偶,又前后对偶,形成工整的地名对;而用"即从""便下"绾合,两句紧连,一气贯通,又是活泼流动的流水对。再加上"穿""向"的动态与两"峡"两"阳"的重复,文势、音调迅疾有如闪电,准确地表现了想象的飞驰。试想,"巴峡""巫峡""襄阳""洛阳"这四个地方之间都有多么漫长的距离,而一用"即从""穿""便下""向"贯穿起来,就出现了"即从巴峡穿巫峡,便下襄阳向洛阳"。急速飞驰的画面,一个接一个地从眼前一闪而过。这里,需要指出的是:诗人既展示了想象,又描绘了实境。从"巴峡"到"巫峡",峡险而窄,舟行如梭,所以用"穿";出"巫峡"到"襄阳",顺流急驶,所以用

"下";从"襄阳"到"洛阳",已换陆路,所以用"向",遣词用字极
为准确。

# 过仙游寺

卢　纶

上方下方雪中路,白云流水如闲步。
数峰行尽犹未归,寂寞经声竹阴暮。

　　"仙游寺"位于今陕西省周至县终南镇以南的终南山中,四
面环山,中流黑水,风光宜人,为当时诗人们的乐游去处。诗题
《过仙游寺》的"过",与孟浩然《过故人庄》的"过"相同,意谓
"访问""探访"。诗写对仙游寺风光的依恋,并透露出隐逸参禅
的情怀。笔调古朴,描写省净,兴象深微,意境浑融,艺术上相当
成熟。

　　这首诗题咏的是仙游寺,抒发的是寄情山水、企慕唱经礼
佛的参禅情趣。诗人在雪霁天晴之后,乘兴访游仙游寺。沿
途的景致,诗人只字未及,只是集中笔力描写终南山上仙游寺
周围的景观。"上方下方雪中路",这一句不仅交代了诗人访
游的时间是在雪后的隆冬,而且点明了诗人的游踪所到之处。
雪后的山路,蜿蜒曲折,狭窄陡峭,举步维艰。诗人历经艰辛,
始到山腰,不得不止步喘息。就在这片刻的休息中,诗人方有
暇欣赏山中的景色。游目望去,头上脚下的山道上,皆是白茫
茫的积雪,与整个银装素裹的山峦峡谷浑然一片。无论是山,
抑或是路,到处是银白的世界,茫茫一片雪海。这是诗人近看
所得的景观。

　　接下来,诗人的视线又移向另一角度,向远方望去:"白云流
水如闲步。"山间的白云,洒脱地、悠闲自得地在飘移着、游动着;

山涧的清泉流水,蜿蜒曲折地、哗哗地向下流去。在白茫茫的一片雪海中,划出了一条墨绿色的曲线,宛如一条飘舞的绸带。那白云流水如闲步一般悠然自得、自我陶醉。白云是诗人举目所望,流水乃诗人俯视所得。但是,既是雪后的山中,自然漫山遍野是白茫茫一片,又何以望见那"如闲步"的流水呢?实际上这并非不合生活真实,因为山涧的清泉,出自山中,其流水总是温热的,其上不会结冰,所以山泉之上亦落不住积雪。这里,白云、流水更衬托了山中的静寂、空旷,大有"蝉噪林逾静,鸟鸣山更幽"(王籍《入若耶溪》)的意境。诗人采用以动衬静的手法,在动静光色的摹写中,不仅创造了秀丽素洁、清幽旷远的意境,而且透露了自己的心境。

"数峰行尽犹未归",写诗人饱览了远近高低的雪后美景,在这壮丽、清幽、美妙的意境中陶醉了,因而作者从山腰沿着蜿蜒曲折的山路继续攀登,翻过一座山峰又到另一座山峰。峰峰皆秀,山山俱佳。数峰行尽,时已黄昏,夕阳西下,但诗人并无归意,反而更加流连忘返,索性便留居山中,尽情玩赏。"数峰行尽"也暗指仙游寺之遥深。"寂寞经声竹阴暮",这是诗人对于仙游寺周围景色及自己的观感的描摹。当诗人翻越数峰,来到仙游寺近周时,时已黄昏,夕阳的余晖斜洒在青竹之上,洁白的雪地上投射出青竹的形象,酷似一幅水墨的"雪竹图"。那孤寂的寺院中,传来了和谐悦耳的诵经声。这悠扬和谐的诵经声,不但更衬托了山中的"寂寞",而且引导诗人进入纯净怡悦的境界。诗人仿佛领悟到了空门禅悦的奥妙,摆脱了尘世的一切烦恼,心境空净明澈得如这银白的世界、山涧的小溪一般。佛门即空门。佛家说,出家人禅定之后,"虽复饮食,而以禅悦为味"(《维摩经·方便品》),精神上极为纯净怡悦。显然,诗人欣赏这古寺名刹幽美绝世的居处风光,领略这空门忘情尘俗的意境,借以寄托自己遁世无闷的情怀。

这首诗构思造意优美,很有兴味。它以游访寺院而借禅理说心境,抒发禅门怡悦情趣。从游山寺起,而以赞美空门超脱作结,朴实地写景抒情,而意在言外。

(原载王洪、方广锠主编:《中国禅诗鉴赏辞典》,中国人民大学出版社1992年版,第253～255页)

# 遣 怀

### 杜 牧

落魄江湖载酒行,楚腰纤细掌中轻。
十年一觉扬州梦,赢得青楼薄幸名。

这首诗是诗人对当年在扬州当幕僚时那段风流放荡生活的回忆。

杜牧一生风流多情。他深于情、重于情,但又往往不愿羁于情、累于情。杜牧长期为人幕僚,无法主宰自己的命运。他不仅无法实现自己登车揽辔、澄清天下的远大志向,而且往往自己消愁破闷的酒色也无法维持,所以"多情"往往便成为"无情"。放浪形骸,沉湎酒色,又往往勾起浮生如梦的痛苦回忆。这其中固然有身不由己的无可奈何,但也不可避免地含有诗人的个性因素。即使如此,但我们仍然不能简单地以风流成性、朝三暮四来评价诗人。如果说他的一生是游戏的一生,那么,他做的每一个游戏都比别人来得真诚、来得认真、来得负责。他的确有放浪的一面,但也有执着的一面。这首《遣怀》便是明证。

"落魄江湖载酒行,楚腰纤细掌中轻"二句,回忆昔日的扬州生活。江湖潦倒,载酒而行,嗜酒如命,实则为借酒浇愁。这里"落魄"二字颇耐人寻味。诗人十年扬州幕僚生涯,过着诗酒佳人的放浪生活,这表面看起来并不能说是"落魄江湖"。然而，诗人对这诗酒佳人的生活却偏偏以"落魄"来概括，这就隐晦曲折地表现出诗人对自己长期为人幕僚，无法主宰自己的命运，无法实现自己大济苍生、澄清海内的远大志向，只能屈沉下僚、寄人篱下的境遇的不满和愤懑。虽然有诗可以抒怀，有酒可以解愁，有秦楼楚馆、美女娇娃的温柔，但这放浪形骸的浪漫生活，并无法消释诗人内心深深的愁闷。"楚腰纤细掌中轻"一句，诗人运用了两个典故来写扬州歌妓的美艳。"楚腰纤细"用的是《韩非子》中的典故，"楚灵王好细腰，而国中多饿人"，借指扬州歌妓苗条的身姿。"掌中轻"则用的是《飞燕外传》中的典故，指汉成帝皇后赵飞燕"体轻，能为掌上舞"，借指扬州歌妓美妙动人的舞姿。这一句表面上看来是赞美、欣赏扬州歌妓的美丽和舞艺，是对十年扬州诗酒佳人的放浪生活的留恋和美好回忆。但实际上，诗人采用的是以乐景写哀情的反衬手法，并没有一种惬意的感觉和留恋赞颂之意，有的只是深刻的反思和觉醒后的深深的痛苦。何以知其然也，三、四句便做了解释。

"十年一觉扬州梦，赢得青楼薄幸名"二句，便是诗人内心深处的剖白和深沉的慨叹。"十年扬州"诗酒佳人的浪漫生活，"一觉"后，方知是一场"梦"。这"梦"似乎太长、太令人悔恨不已了。诗人将"十年"和"一觉"相对举，给人以"很久"与"极短"的鲜明对比感。这鲜明的对比，愈加显示出诗人感慨之深、心情之沉痛。而这感慨又完全归结在"扬州梦"的"梦"字上。这表明往日的放浪形骸、沉湎酒色，表面上的繁华热闹，骨子里的烦闷抑郁，是痛苦的回忆，又有醒悟后的感伤。这便是诗人诗题中的"遣怀"。忽忽十年过去了，那扬州浪漫的生活，不过是一场大梦而已，最后竟连自己曾经沉迷的"青楼"也责怪自己负心"薄幸"！"赢得青楼薄幸名"一句，调侃之中含有辛酸、自嘲和悔恨的极为复杂的情感体验，这是进一步对"扬州梦"的否定。可是诗人却写得那样轻松而又诙谐，实际上诗人的内心是痛苦的，情感是抑郁低沉的，大有"往事只堪哀"和"前尘如梦"

的自悟自悔之意寓焉。

（原载贺新辉主编：《全唐诗鉴赏辞典》，中国妇女出版社
1997年版，第412~413页）

## 南陵道中

杜 牧

南陵水面漫悠悠，风紧云轻欲变秋。
正是客心孤回处，谁家红袖凭江楼。

这首诗大约是诗人在文宗开成年间任宣州团练判官时所作。
南陵是宣州的属县。诗人好游，他的《念昔游三首》之一说："十载
飘然绳检外，……倚遍江南寺寺楼。"《江南春》说："南朝四百八十
寺，多少楼台烟雨中。"《题宣州开元寺水阁，阁下宛溪，夹溪居人》
说："鸟去鸟来山色里，人歌人哭水声中。深秋帘幕千家雨，落日
楼台一笛风。"诗人对扬州、宣州各地，游历殆遍，所咏辄多。此首
诗便是对南陵景物的题咏，寄寓了诗人孤寂落寞的心情。

"南陵水面漫悠悠，风紧云轻欲变秋"二句，写诗人在船中
所见美丽的天光水色。这两句着重于刻画景物，但同时在景
物的选择与描绘中寄寓了作者的心境。你看"水面漫悠悠"这
一意象，不仅表现出水面的平缓、水流的悠然自在，而且也透露
出江上的空寂；既显示出舟行者的心情比较平静，也暗示透露出
舟行者一丝羁旅的孤寂。写景传情，十分细腻，真是天衣无缝，
浑然天成，了无痕迹。由"漫悠悠"到"风紧云轻"似乎有一段时
间流程。前者是清风徐来，波澜不惊，水波不兴，涟漪轻泛时的
景象；后者则表现的是，过了一会儿，风逐渐增大，越来越紧，云
儿因为风的吹送，变得稀薄而轻盈，天空显得十分高远，空气中

也似乎一下子散发出秋天的凉意。"欲变秋"的一个"变"字，正巧妙地表现出时间推移、天气变化的这一动态的时间流程。由这两句的景物刻画，我们似乎可以感受到此刻旅人的心境，也由原来的相对平静变得有些骚动不安了，由原来的一丝淡淡的孤寂进而感到有些清冷落寞了，这便充分体现出诗人构思之妙、刻画景物之工巧了。

"正是客心孤回处，谁家红袖凭江楼"二句，紧承上句"风紧云轻欲变秋"而来。正当旅人触物感兴、心境孤回之时，忽见岸边的江楼上，有一红袖佳丽正在凭栏遥望。这情景不免使旅人孤寂、落寞、悲凉的心境为之一振，如浓云密布之中忽现一线阳光，看到一线希望，增添了多少慰藉！这两句所描绘的图景色彩鲜明，富有诗情画意，似乎江南水乡的工笔风情画一般，给人以无穷的意趣与美感享受。在客心孤寂之时，心境本来有些索寞无聊，游目江上，忽见这样一幅美丽的图景，客人的意绪不免为之一振，羁旅的悲凉在这眨眼之间似乎冲淡、消释了许多。这种心境的变化过程，从"正是"和"谁家"这两个词语开合相应、摇曳生姿的语调转换中可以明显地感觉到。但诗人所描绘的这幅图景中，那位凭栏而望的红袖佳丽，究竟是怀着闲适的心情凭栏欣赏江上的美景呢？还是望穿秋水地在历数江上的归舟，期盼远方游子的出现呢？诗人并没有交代清楚。但正是这种模糊性，不仅十分符合旅人江上舟中游目所见的情景、身份，而且给人留下了充分想象的空间，能引起读者各种不同的艺术联想。这就扩大了诗的容量，使诗的意境变得更具蕴含、更为浑融而耐人寻味；读者也可以从这种多方面的寻味联想中，得到各种艺术欣赏上的满足。这说明，在一定条件下，艺术形象或艺术图景内涵的模糊性，不但不是不足，相反还是一种优点和艺术构思的手段。

（原载贺新辉主编：《全唐诗鉴赏辞典》，中国妇女出版社1997年版，第419～420页）

# 题乌江亭

## 杜 牧

胜败兵家事不期，包羞忍耻是男儿。
江东子弟多才俊，卷土重来未可知。

据《史记·项羽本纪》记载，垓下突围后，项羽来到乌江畔，"亭长檥船待，谓项王曰：'江东虽小，地方千里，众数十万人，亦足王也。愿大王急渡，今独臣有船，汉军至，无以渡。'项王笑曰：'天之亡我，我何渡为！且籍与江东子弟八千人渡江而西，今无一人还，纵江东父兄怜而王我，我何面目见之！纵彼不言，籍独不愧于心乎！'"遂自刎而死。这首诗是诗人会昌中官池州刺史时，过乌江亭所写的一首咏史诗。诗人针对项羽兵败身亡的史实，批评他不能正确总结失败的教训，至死不悟，叹惜他的"英雄"业绩归于覆灭，同时富有讽刺之意。乌江亭，即今安徽和县东北的乌江浦，是项羽兵败自刎之处。

"胜败兵家事不期"一句，开门见山地指出"胜败乃兵家常事"这一普遍的常识，体现出对史的概括和议论的特点，并暗示出胜败并不能说明什么，重要的是如何对待胜败的问题。下句便由这一观点生发开来，说"包羞忍耻是男儿"，强调只有"包羞忍耻"才称得上是真正的"男儿"。这里暗示并讽刺项羽，遭到挫折便心灰意冷，含羞自刎，缺乏伟丈夫的豁达胸襟，怎么称得上是真正的男儿呢？"男儿"这两个字用得极为恰当，它令人因此联想到自诩为"力拔山兮气盖世"的西楚霸王，直到临死，还不明白自己失败的原因，却归咎于"时不利"而羞愤自刎。这有愧于他一世豪杰的"英雄"美名，给后人留下了多少遗憾和叹惜！

　　"江东子弟多才俊"是对亭长建议他"急渡勿失","江东虽小,地方千里,众数十万人,亦足王也"一段忠言劝告的高度艺术概括。项羽一生最大的缺点便是刚愎自用,听不进忠言。他错过了韩信,气死了范增,在垓下之围这生死关头仍刚愎自用,听不进亭长的忠言劝告。他以"何面目见江东父兄"的理由,拒绝亭长的帮助,终于落得这身败名裂的下场。假使他能面对现实,"包羞忍耻",采纳忠言,重返江东再整旗鼓的话,那么"胜败兵家事不期",结果或许还不会像现在这样狼狈不堪。因此,诗人在结句便进一步指出"卷土重来未可知"。诗人认为项羽如能采纳忠言、重返江东的话,那还是大有作为的,只可惜他太刚愎自用了。这一句为一、二两句提供了有力的依据,而由此句令读者又不难想见"江东子弟卷土重来"的情状。诗人在惋惜、讽刺、批判项羽之余,又说明了"败不馁"的道理,不仅具有启发意义,耐人寻味,而且急转直下、一气呵成,颇有气势。

　　对于杜牧这首咏史之作,前人褒贬不一。宋人胡仔在《苕溪渔隐丛话》中说:"好异而畔于理……项氏以八千人渡江,败亡之余,无一还者,其失人心为甚,谁肯复附之?其不能卷土重来,决矣。"显然不同意诗人杜牧的观点。而清人吴景旭在《历代诗话》中却反驳胡仔,为杜牧辩护,说杜牧正是"用翻案法,跌入一层,正意益醒"。历史虽然是历史,无法改变,但这并不等于说对同一历史事件,人们没有发表不同看法的自由。吴景旭主要赞扬杜牧此诗借题发挥,宣扬了一种百折不挠的进取精神。

　　(原载贺新辉主编:《全唐诗鉴赏辞典》,中国妇女出版社1997年版,第428~429页)

# 题木兰庙

### 杜 牧

弯弓征战作男儿，梦里曾经与画眉。
几度思归还把酒，拂云堆上祝明妃。

汉魏之后，咏史诗代有继作，弥久不衰。清人吴乔在《围炉诗话》中提出两条咏史诗的标准：一是思想内容要"出己意"；一是艺术表现要"用意隐然"，就是要有含蓄的诗味，不能直露。杜牧写了许多咏史绝句，这首《题木兰庙》便是诗人在会昌年间任黄州刺史时为木兰庙题写的一首咏史诗。

木兰庙在湖北黄冈西一百五十里处的木兰山。花木兰是众所周知的女英雄，据说是北魏时期的谯郡人，也有人说是黄州或宋州人。黄州人为木兰立庙，可见黄州人和全国各地百姓一样，对这位民族女英雄是十分崇敬喜爱的。

严羽在《沧浪诗话》中说，作诗"发句好尤难得"。这首诗中的第一句就是不同凡响的，一个"作"字，便将北朝乐府民歌《木兰诗》中的诗意高度概括出来了。这个"作"字，不仅突出地显示了木兰特殊的身份经历，而且简明扼要地概括出这位女英雄女扮男装、"弯弓征战"的非凡本领和过人的胆识。

"梦里曾经与画眉"一句紧承首句，继续从一个"作"字上生发开去。"同行十二年，不知木兰是女郎。"木兰是女郎，因此诗人又借取《木兰诗》中"当窗理云鬓"的意境来写木兰"弯弓征战"之外的另一方面。她毕竟是一位"豆蔻梢头"的年轻女子，毕竟有爱美之心与情感的需要，毕竟具有一般女子所同有的温柔的一面。因此，这一句将木兰终究是女子的本色十分完整形象地概括出来了。"梦里曾经与画眉"的"与"相当于"和",这就进一步启发读者去想象木兰"梦里"的情思。木兰虽然是女郎,但是由于"弯弓征战"的生活,她不但需要像男儿一样弯弓打仗,还需要与男儿一样的服装,和男儿一起居住生活。但她毕竟又拥有女孩儿的本色,因此只是在梦乡里,她才会和女伴们一起对镜梳妆,才能充分展示自己女性的特点,表现女性的需求和心理。这里诗人运用一梦一实,一主一辅的衬托手法,借助梦境,让木兰脱下战袍,换上红装,还其女儿身与女儿心。这虽然有古辞做依据,但诗人高度的概括与提炼,巧妙的艺术构思,都表现出独特的创新,在艺术处理上有其独特的成功之处。

"几度思归还把酒"一句,诗人进一步展开自己丰富的艺术想象,精心刻画了木兰矛盾的内心世界。她在军营里、在征途中、在战场上"弯弓征战作男儿",但她内心世界的深处却不免"几度思归还把酒"。这里"几度"二字,恰如其分地表现出木兰这种内心矛盾的深刻性。而"思归还把酒"的细节刻画与心理描写,又巧妙地揭示出她既同于一般女子"多愁善感"、易于思家,又不同于一般女子的刚健旷达胸怀。这种艺术处理就避免了简单化的程式,使诗更富有理趣。

"拂云堆上祝明妃"紧承前句"还把酒"三字而来。木兰不是对月把酒,也不是对景把酒,而是在"拂云堆"上把酒。她的"把酒",不是"举杯邀明月,对影成三人"式的排遣乡愁,而是"祝明妃",歌颂与仰慕明妃的为国解难、为国献身精神。"拂云堆",在今内蒙古乌拉特西北,堆上有神祠。明妃和木兰都是女中豪杰,她们来到塞外,昭君和番,木兰从军,处境和动机虽然有别,但都是为了国家与民族的利益,同样是伟大的、不朽的。诗人将木兰和昭君相提并论,这就自然地提升了木兰在历史上的功绩与作用,赞颂了木兰的精神。

(原载贺新辉主编:《全唐诗鉴赏辞典》,中国妇女出版社1997年版,第429～431页)

# 赠别二首

### 杜　牧

娉娉袅袅十三余,豆蔻梢头二月初。

春风十里扬州路,卷上珠帘总不如。

多情却似总无情,唯觉樽前笑不成。

蜡烛有心还惜别,替人垂泪到天明。

　　这两首赠别小诗是诗人赠别一位相好的歌妓的,抒写了诗人对这位妙龄歌妓留恋惜别的心情。

　　杜牧《遣怀》诗写道:"落魄江湖载酒行,楚腰纤细掌中轻。十年一觉扬州梦,赢得青楼薄幸名。"从这首《遣怀》来看,《赠别二首》大概便是诗人十年诗酒佳人生活中的一支精彩插曲!如果说《遣怀》是总结,是诗人追怀往昔,对如梦前尘不堪回首的深沉感慨,那么《赠别二首》便是一个十分典型的具例。它以生动形象的笔墨,向人们展示了诗人复杂而又矛盾的精神世界的一个侧面。诗写得坦率真挚。

　　诗首先从对所爱形象的赞美写起,突出少女的纯净姣好,显示了她与一般青楼女子的天壤之别。首句"娉娉袅袅十三余",先形容女子体态是多么地轻盈美妙,接着写这位女子正当妙龄,不但可以给读者一个完整、鲜明、生动的印象,而且给读者留下了充分想象的空间。这种避实就虚的手法,空灵入妙。"豆蔻梢头二月初"一句,紧扣首句,互为映衬,通过形象的比喻,进一步突出这位妙龄女子的可爱。"豆蔻",多年生常绿草本植物,南方人取其花未大开者,名含胎花,常比喻处女。诗人以二月初豆蔻临梢、含苞欲放的美妙景物为喻,展示这位女子的天生丽质和独特风韵,不仅使"娉娉袅袅十三余"的形容、说明变得具体形象,而且使一位情窦初开的纯情少女形象呼之欲出,跃然纸上,具有极强的艺术感染力和表现力。试想,当乍暖还寒时节,微风徐来,花枝轻颤,这是怎样让人神往的情境,怎样的"娉娉袅袅"啊!真是占尽了人间的万种风情!这句比喻新颖别致,贴切生动,可谓传神之笔。

　　唐代的扬州,中外商贾云集,水陆交通便利,是当时天下首屈一指的商业城市。歌楼连栋,美女如云,正所谓"烟柳繁华地,温柔富贵乡"。诗人当时正要离开这富贵之乡,而赠别的对象又是他在幕僚失意生活中结识的一位扬州歌妓。所以第三句便自然地写道:"春风十里扬州路。""春风十里"笔意酣畅明快,极力地渲染出大都会富丽繁华的气派。第四句紧承上句,"珠帘"是歌楼房栊的设置,"卷上珠帘"则可见"高楼红袖"的美妙。而这"春风十里扬州路"上不知有多少珠帘,不知有多少珠帘下的红衣翠袖的佳人。但诗人却说"卷上珠帘总不如"!不如谁?诗中未明言。它不但使"总不如"的结论更形象、更有说服力,而且将扬州珠光宝气的繁华景象一并传出。诗人以春天的扬州,以生活在这繁华之地的所有贵族女子与青楼女子作比衬,有力地表现了所爱的不同凡俗,艳超群芳。这正是宋玉赞美"东邻之女"的众星拱月手法。

　　第二首转写言别,表现诗人对妙龄歌女留恋惜别的感情。

　　"多情却似总无情"一句,诗人在对情人做了真诚的赞美之后,突然转到自己。以"多情"与"无情"的矛盾,写自己此时此刻痛苦而又无奈的心情。坎坷的经历,转蓬的生涯,身不由己的悲哀,情不能尽的痛苦,眼前景与平生事,一时都上心头,化成这句带有自嘲意味的深沉感慨:"多情却似总无情,唯觉樽前笑不成。"别宴上,凄然相对,像是彼此无情似的。越是多情,越显得无情。这种情人离别时最真切的情感体验,诗人将之写活了。

别离在即,"多情"的今夕转眼就会成为美好而又痛苦的记忆,需要直面的只有"无情"的别离。抱头痛哭吧,"十三余"的心灵如何承受得起这急风暴雨般的情感波澜;强颜欢笑吧,"豆蔻梢头"的纯真又如何能容忍这份虚伪? 此去经年,再无会期,笑又不成,哭亦不得,唯有樽酒一杯又一杯了。这里诗人写别离的揪心,直心情语出之,通过"多情却似总无情"的不安和自嘲,"唯觉樽前笑不成"的悲苦与压抑,表现郁积在内心的深沉痛苦,表现自己对情人依依惜别的一往情深,如山风带雨,扑面而来,具有强烈的感染力和极强的表现力。

"蜡烛有心还惜别,替人垂泪到天明"二句,诗人又撇开自己的别情,却转而去写眼前告别宴上的蜡烛,以眼前燃烧的蜡烛作为抒情物,表现惜别之情。由于诗人带着极度感伤的心情去看周围的世界,于是眼中的一切也就都带上了感伤色彩。这便是所谓"以我观物,故物皆着我之色彩"。李商隐《无题》诗云,"蜡炬成灰泪始干",杜诗与李诗二者同取蜡烛作为言情之物,同以拟人手法表现爱情。但由于着眼点不同,因而呈现出不同的风致。李诗取其"成灰""泪尽"意象,体现的是忠贞不渝的痴情苦意,语极沉痛;杜诗取其"有心""垂泪"意象,体现的是依依不舍的惜别缠绵之意。此诗用语飘逸俊爽,具有强烈的个性特点。

(原载贺新辉主编:《全唐诗鉴赏辞典》,中国妇女出版社1997 年版,第 431～433 页)

# 叹　花

### 杜　牧

自是寻春去校迟,不须惆怅怨芳时。
狂风落尽深红色,绿叶成阴子满枝。

杜牧此诗又名《怅别》，诗句一作："自恨寻芳到已迟，往年曾见未开时。如今风摆花狼藉，绿叶成阴子满枝！"由此可以看出，《叹花》虽又名《怅别》，但二者显然有许多不同之处。关于这首诗的创作背景，有一段传说故事："牧佐宣城幕，游湖州。刺史崔君张水戏，使州人毕观，令牧间行阅奇丽，得垂髫者十余岁。后十四年，牧刺湖州，其人已嫁生子矣，乃怅而为诗。"我们且不管这一传说是否真实可靠，它却可以从侧面帮助我们了解这首诗的主要内容是以"叹花"来寄托男女之情。

首句诗人便用饱含感情的笔调写"自是寻春去校迟"。自叹自己寻春赏花去迟了，以至于春尽花谢，错失了美好的时机。这里的"春"犹下句的"芳"，表面指花，实际上隐喻旧日的情人。开头一个"自"字和"去校迟"三字，极富情感色彩，将诗人那种自怨自艾、无法挽回、无可奈何的心情表露无遗。此句开门见山地写寻春来迟的无限怨悔。次句"不须惆怅怨芳时"用一虚写，把我们的思绪指向"芳时"。这"芳时"的花，自然能唤起读者美好的遐想，我们由此不难联想到诗人"娉娉袅袅十三余，豆蔻梢头二月初"的名句。此"花""芳时"，大概正是这般艳丽吧！可见开篇的自恨去迟，全因往年"芳时"无法形容的绝代芳华！正因为昔日之情难忘，故而才有今日的寻芳。然而，诗人明明在惆怅怨嗟，却偏偏说"不须惆怅"；明明在痛惜懊丧，却偏要自宽自慰。这就使诗意腾挪跌宕，摇曳生姿，语意上翻尽一层，更具艺术感染力。

三、四两句，写怨恨的实质：狂风骤雨，使鲜花凋零，红芳褪尽，绿叶成荫，结子满枝。本来自然界的花开花落和人类的结婚生子，都是万物发展的自然规律，是极为平常的事，如《诗经·桃夭》不仅赞美"桃之夭夭，灼灼其华"，"桃之夭夭，有蕡其实"，而且指出"之子于归，宜其室家"。但由于诗人所要表现的是对"芳时"的无限怀恋，对"狂风落尽深红色"的满腹遗恨，所以"绿叶成阴子满枝"的景象，不仅不能使诗人产生春华秋实的美感，反而增添了无限的哀伤。诗人留在记忆中的美好景象消失了。他满怀希望地来"寻春"探芳,原以为正赶上花季,不料花期转眼已过,心目中的美并没有为他留步。正因为诗人此时有太多的美的幻灭,所以果实累累的繁荣景色在诗人眼中不仅不可喜,反而成了美的毁灭者与爱的扼杀者。这就不能不使诗人觉得可恼可恨了。

这首诗是以倒叙的手法来写的。诗人为了强调突出"去校迟"的自悔自恨之情,便将沉重的感慨放在开端,然后才通过对过去的回忆和现状的生动描写,逐步说明自恨的原因。这种别具匠心的艺术建构,不仅使如今与当年的不同景象在诗人心理上造成的巨大落差得到充分体现,而且强化了由此而产生的失落感和惆怅感,具有先声夺人的艺术效果。

此诗以含蓄蕴藉的笔法,为读者留下许多空间,给人以美的联想。通篇以花喻人,看似描写暮春景色,实则句句另有寄托。"寻春",暗指寻访昔日的"佳人";"芳时",明写花含苞欲放或盛开,暗喻女子那时正是豆蔻华年;"狂风落尽",明写花期已过,鲜花飘落,暗指昔日佳人妙龄已过;而"绿叶成阴子满枝",则暗示佳人已做他人妻、为人母了。这样,全诗紧紧围绕"花"字,将诗人惆怅、懊悔的心情表现得委婉深致,不露任何斧凿痕迹。

(原载贺新辉主编:《全唐诗鉴赏辞典》,中国妇女出版社1997年版,第433~434页)

# 无　题

李商隐

相见时难别亦难,东风无力百花残。
春蚕到死丝方尽,蜡炬成灰泪始干。

晓镜但愁云鬓改，夜吟应觉月光寒。

蓬山此去无多路，青鸟殷勤为探看。

　　乐聚恨别，人之常情；离亭分手，河桥洒泪，这是古典诗词中常见的情景。离别之怀，非可易当；但如相逢未远，重会不难，那么分别自然也就无所用其魂消凄黯了。唯其相见之不易，故而离别之尤难；唯其暂会已是罕逢，更觉长别之实难分舍。

　　在横风狂雨的侵袭下，美丽的爱情之花飘零萎谢，这是人生中十分痛苦的事。假如是死别，那还罢了；偏偏又是生离，偏偏还存在一线微茫的希望，而自己又无法掌握得了。绝望与希望交织于胸，爱恋的缠绵悱恻压榨着灵府，诗人终于唱出了既是表达矢志不移的爱情，又是希冀冲出障碍的感人至深的哀歌。

　　一看开头两句，我们就知道，那是东风已经显得乏力，百花也已凋残的暮春时节。由于一种难以抗拒的原因，诗人不得不忍痛和他爱恋的姑娘分别。这一次分手是如此突然，而且分明是"后会难期"，因此两人都是柔肠寸断，凄苦难言。句中下了两个"难"字，相见"难"，"离别"也"难"，想见他们这段爱情本来就有许多波折、障碍。回想当时，经历了不寻常的一番艰苦曲折，才得两人相会。那时，东风吹得正是起劲，好像为这双恋人的幸福而欢欣。满园的各色花草，也好像纷纷向他们表示祝福。如今，东风无力、百花凋残，又仿佛为两人的分手而低回哀伤。这里，"东风无力""百花凋残"表明了送别是在暮春。此时，百花已经凋残了。这既是实写，也是虚写。百花凋残，春去也。那么，人又何尝不是如此呢？此一别不知何时才能再会？如今春花烂漫，即使有一日相会，也该是花黄人老了。到那时，青春何处找？韶光何处寻？所剩的，只有无尽的感伤而已！这里诗人所吟咏的，并非伤别适逢春晚的这一层浅意，而是为了世道遭际、人生命运的深深哀婉。得此一句，乃见笔调风流，神情燕婉，令读者不禁为之击节嗟赏。

三、四两句，是诗人倾出一腔鲜血和着热泪挥写出来的盟誓。

"春蚕到死丝方尽"，"丝"同"思"，是谐声假借。诗人将爱情的思恋这种十分抽象的情感活动，用具体可感的形象生动地描画出来。这种刻骨铭心的柔情，通过"春蚕"的形象，让人看得更真切，其抒发的情感力量也更为深厚。

"蜡炬成灰泪始干"，以蜡烛比喻心情的焦灼，有南齐王融的"思君如明烛，中宵空自煎"，陈朝贾冯吉的"思君如明烛，煎心且衔泪"；拿蜡泪和眼泪并提的，也有陈后主的"思君如夜烛，垂泪著鸡鸣"，隋朝陈叔达的"思君如夜烛，煎泪几千行"。但是，李商隐的描写更加形象化。他仿佛是在通宵不眠的煎熬中，眼看着桌上的蜡烛一点一点地减少、消失，乃至化为灰烬。他看见蜡烛的残脂不断地往下滴，"多么像人的眼泪啊"！他想到自己这一回同她分手以后，过着独居无侣的生活，也想到在思忆中自己该淌下多少眼泪？于是，他又想到，自己正像眼前的蜡烛，只有到它化成灰烬之后，才可以宣称：泪已经流干了！

这两句，笔力所聚，精彩逾显。春蚕自缚，满腹情思，生为尽吐；吐之既尽，命亦遂亡。绛蜡自煎，一腔热泪，黯然长流；流之既干，身亦成烬。有此痴情苦意，寄于九死未悔，方能出此惊人奇语，否则岂能道出只字。所以，好诗是才，也是情；才情交汇，方可感人。这一联两句，看似重叠，实则各有侧重：上句情在缠绵，下句语归沉痛。合则两美，不觉其复；恳恻精诚，生死以之。

"晓镜但愁云鬓改，夜吟应觉月光寒。"这两句转换了笔锋，使人思忆这分手以后的姑娘，并且想想她别后的可怜生活。那样痴绝的、无休止的思念，会让她很快变老吧！她清晨起床，拿起镜子的时候，也许会突然发觉镜中人秀发已变得不同往常了。"愁"是诗人对她的担心，而这样便越是显出诗人深情一片。这里晓妆对镜，抚鬓自伤，女为谁秀，膏沐不废——所望于一见也。

一个"改"字,从诗的工巧而言,是千锤百炼而后成;从情的深挚而看,是千回百转而后得。青春不在,逝水长东,怎能不悄然心惊,而唯恐容华有丝毫的减退? 留命以待沧桑,保容以俟悦己。其浓情蜜意,全从一个"改"字传出。此一字,千金不易。

"晓镜"句犹是自计,"夜吟"句乃以计人。如今残夜独对蜡泪荧荧,不知你又如何排遣? 想来清词丽句,又添几多——如此良夜,独自苦吟,月已转廊,人犹敲韵,须防为风霜所侵,还宜多加保重……此时正是暮春,岂有月光发"寒"之理? 此寒,如谓为"心镜"所造,犹落纤曲。盖正见其自葆青春,即欲所念者也善加护惜,勿自摧残凋伤。这里一个"寒"字,耐人寻味无穷。

诗人遥远地体贴对方的心境情怀,是那样细致入微,让我们不禁想起大诗人杜甫那著名的诗句:"香雾云鬟湿,清辉玉臂寒。"同样是深情绵绵,令人感动。

被生生隔开的一双恋人,可能从此永远音尘阻绝,相会无期了。难道一点办法都没有吗? 不! 诗人并不甘心于接受命运的摆布,他还是要做最后的努力。

末二句,意致尤为婉曲。蓬山,海上仙山,是可望而不可即之地。诗人偏偏说:"蓬山此去无多路。"真也? 假也? 其答案在下一句已然自见分明:试遣青鸟前往一探如何? 若果真是"无多路",又何烦青鸟之仙翼探寻?

这首诗,叙述了在爱情的波折中双方感情的坚贞不移,以及不甘心屈服于外来压力的意志,十分动人。也只有作如是观,这首诗才最能显示其思想价值和艺术魅力。

# 题 君 山

方 干

曾于方外见麻姑,闻说君山自古无。

元是昆仑山顶石,海风吹落洞庭湖。

诗题中的"君山",又名湘山、洞庭山,是洞庭湖中一座奇秀的青山,相传是由湘君曾游此山而得名。

这首描绘洞庭君山的诗,起笔就很别致。"曾于方外见麻姑"就像诉说一个神话故事。诗人告诉读者,自己曾神游八极之表,奇遇仙女麻姑。方外神仙众多,单单遇上麻姑,这就有丰富的蕴含在其中。这一句使诗充满了神奇的色彩,而又紧扣题旨,纵横捭阖,气势非凡。接下来"闻说君山自古无"一句,就是写麻姑对诗人提到的一件极为罕见的爆炸性新闻。此句与首句之间似乎衔接不够紧密,但细心的读者还是不难理解,正是由于诗人向麻姑打听君山的来历,所以才有"君山自古无"之句。这两句虽然无一字正面实写君山的秀丽风光,纯从虚处落墨,闲中着色,却巧妙地传达出了君山给人的奇特的感受,令人神往。

"元是昆仑山顶石,海风吹落洞庭湖"二句,紧承上句,就是对"闻说君山自古无"的回答与解释。原来君山是昆仑山顶的一块灵石,被巨大的海风吹落到洞庭湖。昆仑山传说是神仙遨游之处,上有瑶池阆苑且多玉,因此古人常用"昆冈片玉"来形容世上罕有的珍奇。诗人将"君山"设想成"昆仑山顶石",其用意正在于此。"海风吹落"想象奇特,出人意表,既新颖又符合全诗的氛围,不落俗套。

这首诗以奇特的想象,从题外落笔,神话君山来历,不直接描绘君山的秀丽风光,而是间接地表现君山的奇美,显得更为轻灵秀润。

（原载贺新辉主编:《全唐诗鉴赏辞典》,中国妇女出版社1997 年版,第 536 页）

# 山亭夏日

高　骈

绿树阴浓夏日长，楼台倒影入池塘。
水精帘动微风起，满架蔷薇一院香。

这是一首描绘夏日风光的诗。诗人以近似绘画的手法，描绘了一幅色彩鲜丽、生动逼真、情调清和的美丽图画，给人以赏心悦目的艺术享受。

"绿树阴浓夏日长，楼台倒影入池塘"两句描绘夏日正午的景象。绿树浓荫，池塘如翠，红藕碧荷，楼台亭阁，水光涟漪，倒影浮动。这一切构成了一幅美丽的风景画。这里"阴浓"二字，不仅具体形象地描绘了树木的繁茂与高大，而且又暗示了此时正是夏日午时前后，烈日当空，炽热炎炎。也正因为烈日炎炎，所以绿树才能"阴浓"。这里一个"浓"字用得很妙。它除有树荫浓密、层层叠叠之意以外，还有深浅之"深"意蕴含其中，说明树荫浓密而深邃。"夏日长"写诗人的感受。烈日当空，炽热难熬，抬头一次次望去，太阳竟似乎一动不动，仍在头顶。人们挥汗如雨，就不得不怨"夏日长"了。杨万里《闲居初夏午睡起》一诗中有"日长睡起无情思"，就是写的这种体验。第二句"楼台倒影入池塘"进一步写池塘内的楼台倒影。这句中的"入"字用得极好，它不仅写出了此时楼台倒映其中的真实情景，而且给人以动态的感受，使静的画面富有生机与活力。

"水精帘动微风起，满架蔷薇一院香"二句，写微风初起，满院飘香，又为那幽静的景致增添了醉人的芳香。"水精帘动"一句是诗中最为精巧含蓄的句子，这一句我们可以从两个层面来理解。一是写烈日照耀下的池水，晶莹透彻，微风吹来，水光潋滟，碧波粼粼。诗人用"水精帘动"比喻这一景象，十分逼真生动,使人感到那整个水面犹如一挂水晶做成的帘子,被风吹得泛起微波,在荡漾着的水波下则是随之晃动的楼台倒影。二是观赏景致的诗人先看到的是池水波动,然后才感觉到微风吹起。夏日的微风是不易察觉的,此时看到水中粼粼的水波才会觉得,所以说"水精帘动微风起"。如果将"水精帘动"和"微风起"颠倒过来写,那就诗意全无了。这末尾一句,使全诗充满了醉人的芬芳,洋溢着夏日蔷薇特有的生气与幽香。

(原载贺新辉主编:《全唐诗鉴赏辞典》,中国妇女出版社1997年版,第537页)

## 马 嵬 坡

### 郑 畋

玄宗回马杨妃死,云雨难忘日月新。
终是圣明天子事,景阳宫井又何人。

天宝十五载(756)六月,安禄山叛军攻破潼关,危及京都长安,唐玄宗和杨贵妃仓皇南逃。玄宗一行行至马嵬坡(即马嵬驿,在今陕西兴平市西),将士因怨愤而哗变,要求处死杨氏兄弟和杨贵妃。唐玄宗在迫不得已的情况下,只好掩面将杨贵妃缢死。这首诗便以此为题。

"玄宗回马杨妃死,云雨难忘日月新。"诗一起首便开门见山,点出玄宗自蜀返京。这里"玄宗回马"指大乱平定、两京收复之后,成了太上皇的玄宗从蜀中返回长安,其时距杨贵妃缢死于马嵬坡已很久了。此句两下并提,尽管山河重光"日月新",也不能使他忘怀死去的杨妃。这就是所谓"云雨难忘",可喜之事与可恨之事相兼。这就委婉曲折地写出了唐玄宗此时极为矛盾复杂的心态,含有无限的意蕴。

"终是圣明天子事,景阳宫井又何人。"这两句是说,唐玄宗到底还是一位比较开明的君主,如果他不同意缢死杨贵妃的话,那就不免要和陈后主一样落个可悲的下场了。诗人用"终是"一转,写出玄宗马嵬坡的果断举动,毕竟属于圣明的行为。第四句用"又何人"的问句做结,明批陈后主,同时又是对"圣明"的反衬,给了读者以进行深入比较和领会的广阔天地。"景阳宫井"在今南京玄武湖边。南朝陈后主听说隋兵已进攻金陵,便和他的宠妃张丽华、孔贵嫔藏在景阳宫井内,结果还是被隋兵发现,一同做了俘虏。这里诗人以"圣明天子"称之,似乎扬得极高,但后句却以昏昧的陈后主来陪衬,这就颇有几分讽刺的意味了。

虽然如此,但总的来说,此诗还是对唐玄宗寄予了一定程度的同情。一、二句已暗示出马嵬赐死杨贵妃,是事出无奈,身不由己。但玄宗返回后,虽时过境迁,他仍未忘怀云雨情深。所以三、四句的"终是圣明天子事",便不完全是讥讽了。"终是"的口吻,似是要人们理解玄宗当年的窘迫处境。

(原载贺新辉主编:《全唐诗鉴赏辞典》,中国妇女出版社1997年版,第538页)

# 云

## 来 鹄

千形万象竟还空,映水藏山片复重。

无限旱苗枯欲尽,悠悠闲处作奇峰。

这首诗描绘形状奇特、变幻无常的夏云,但实际上它是对社会现象进行讽刺的讽刺诗,不是纯粹对自然现象进行吟咏的咏物诗。

在作者所处的时代,有一些社会现象是十分丑恶的,确实应该进行批判与鞭挞,然而在当时统治阶级的高压下,无法直接进行抨击。于是,诗人们想出了一个巧妙的办法,就是用相似的事物来比拟,刻画它们之间的共同特征,使读者由彼及此,触类旁通,以达到对其进行讽刺的目的。

在历史上不乏这样的人:平常自吹自擂,口出狂言,装腔作势,盗窃虚名;真正要解决实际问题时却又毫无用处,有的人还把事情办得更糟,有的人不肯出来,却专门躲在旁边说闲话,继续欺世盗名,社会上反而称他们为"高人""隐士"。在来鹄所生活的晚唐时代,这类人是越来越多了。这首诗似乎就是讽刺这种所谓的"隐士"的。

首句写水蒸气凝聚在天空中而积成云块,由于风力的推移,云块不断地在发生变化,它的形状就多种多样,所以说"千形万象"。如果水蒸气凝聚不厚,不能降雨,就会被风吹散,最后消失于太空寥廓之中,结果一无所有,空使人眼花缭乱了一阵,所以说"竟还空"。这一句对夏云的描写尽管抽象,却完全符合诗人情感活动的轨迹。它写出了情感活动的过程:云不断幻化出各种形象,诗人也不断重复着盼望、失望。最后,云彩随风飘散,化为乌有,诗人的希望也终于完全落空。"竟还空"三字,既含有事与愿违的深深失望,也含有感到被捉弄后的一腔怨愤。这句是写云,也似乎是在说人。

次句仍写云。云彩不是倒映在水中,就是覆盖在山上。有时是轻云片片,有时是重重叠叠。可以随不同的境地,做出各种姿态。这就进一步写出了云的容与悠闲之状和怡然自得之情,写出了它的故作姿态。可不可以说,这是暗示那些寄情于山水之间的隐士,故意做出姿态以迷惑人们,欺世盗名呢?这样,前两句对自然现象,是在刻画云的形状;对社会现象,是在讥讽那些招摇的处士们。

三、四两句讽刺的锋刃就刺得更深了。云是下雨的前兆,在干旱的时候,人们盼云就是望雨,所以古语有"若大旱之望云霓"。在夏季久旱的时候,忽然乌云临空,该引起多大的喜悦!因为云能下雨,下雨便是救灾。但是,诗人却写了不下雨的云。眼看着无尽的禾苗在干旱中快要枯死了,乌云当头,并不下雨,风一吹,飘过去了。但这些云又在远处天空夭矫变化,云头竟然变幻出奇巧的山峰,呈现出不平凡的样子。但是,这"奇峰"样子再神气,对人们又有什么用处呢?

写这样的诗,不仅对自然现象要有仔细的观察,尤其对社会生活要有深刻的理解。只有把两者联系起来集中、夸大,运用暗示,才能成为讽刺。写这样的诗,要贴切,就是比喻要恰当。不然的话,无法引起联想,就没有意义了。但是,又不能太呆板,就是不能死扣住那个事物,写成谜语似的。它的形象必须概括某些主要的特征,给予充分的思想内容,不一定要求每一个细节都符合,弄得不伦不类。这就是这类诗的难点所在。

(原载贺新辉主编:《全唐诗鉴赏辞典》,中国妇女出版社1997年版,第540~541页)

# 赠妓云英

## 罗　隐

钟陵醉别十余春,重见云英掌上身。
我未成名君未嫁,可能俱是不如人。

据有关史料记载,罗隐当初以寒士身份赴举,路过钟陵县(今江西进贤),结识了当地乐营中一位色艺双全的歌妓云英。

大约过了十二年，罗隐再度落第，又路过钟陵，又与云英不期而遇。罗隐见云英仍隶名乐籍，未脱风尘，便不胜感慨。更不料云英一见罗隐，见他十二年后仍是一名秀才，不仅惊诧道："怎么，罗秀才竟还是布衣？"罗隐感慨万千，便写了这首诗赠云英。

这首诗为云英的问题而发，但实际上也是诗人再度落榜后的不平之鸣。但诗一开始却避开云英的问话，只从叙旧平平道起，"钟陵醉别十余春"，回忆往事。想当年，诗人还是一个英俊少年，才思敏捷，意气风发；而云英也正值豆蔻年华，色艺双全。正是少年爱美人，"酒逢知己千杯少"。当年彼此互相倾慕，欢乐无比，都可以从一个"醉"字上表现出来。而由"醉"字，读者也自然不难想见当年这对才子佳人离别时的难分难舍、缠绵悱恻。"醉别十余春"，显然是对流逝的美好时光的惋惜。十余年转瞬即过，诗人追逐功名，却一事无成；云英也该人到中年，色老珠黄，门前冷落鞍马稀了。

"重见云英掌上身"这句写相逢后看到云英的姿态。所谓"掌上身"，根据《飞燕外传》记载，相传汉代赵飞燕身体轻盈，能作掌上舞，于是后人多用"掌上身"来形容女子体态轻盈美妙。离别十余年后，如今已属半老徐娘的云英尚有"掌上身"的绰约风姿，由此可以想象十二年前，正当妙龄的云英是何等的光彩照人了。

"我未成名君未嫁"这句又兼及彼此。首句写"别"，二句写"逢"，侧重写云英。诗人用"掌上身"一典来啧啧称赞云英的绰约风姿，但紧接下来却说"君未嫁"，这就不能不使读者去思考这其中的缘由了。如果说首句有意回避了云英所提的问题的话，那么"我未成名"显然又回到这个话题上来了，只是诗人并未正面回答"我未成名君未嫁"的缘由。其实这个问题也无须回答。诗人和云英彼此心中明白，读者自然也心中明了。"我未成名"正和"君未嫁"一样，其原因不是很清楚吗？是我无才吗？是你无姿色绝技吗？这样，"我未成名"由"君未嫁"举出，转得自然高明,含蓄而颇有余韵。这种委婉曲折、跌宕多姿的笔法,对于表现各自抑郁不平的情感是极其合宜的,也是十分巧妙的。

"可能俱是不如人"一句就是对第三句的回答。只不过这句不是正面的回答,而是巧妙地运用假设、反诘之词来代替正面回答,促使读者去深入思考。它深层的含义是,即使退一万步说,"我未成名"是由于"不如人"的缘故,可"君未嫁"又是为了什么呢?难道也是因为"不如人"吗?但君如今犹有"掌上身"啊!反过来又意味着:"我"又何尝"不如人"呢?既然我们彼此"不如人"的答案不能成立,那么"我未成名君未嫁"的真正原因是什么,读者不是就不难体悟到了吗?悲愤沉痛之深,力透纸背。

这首诗以抒诗人之悲愤为主,引入云英为宾,以宾衬主,构思精巧。诗人赞美云英绰约的风姿,实际上也是暗示自己有过人的才识。赞美中包蕴着对云英遭遇的不平,自然连及自己,又传达出一种伟岸傲骨之气。末句"可能俱是不如人"又蕴含了同是天涯沦落人的深切同情。

(原载贺新辉主编:《全唐诗鉴赏辞典》,中国妇女出版社1997年版,第548~550页)

# 西 施

罗 隐

家国兴亡自有时,吴人何苦怨西施。
西施若解倾吴国,越国亡来又是谁?

西施是春秋时代的越国人,家住今浙江诸暨市南的苎萝山。苎萝山下临浣江,江中有浣纱石,传说西施常在此浣纱。后来,越王勾践为吴王夫差战败后困于会稽,派大夫文种将宝器美女(西施便是这批美女中的一位)贿通吴太宰伯嚭,准许越国求和。从此,越王勾践获得了休养生息的机会,最终灭掉了吴国。

罗隐这首讽刺诗,以被人传颂的曾使吴国遭受灭亡的美女西施为题,从另一角度抒发议论,指出国家灭亡的原因,不能全部归罪于女人是"祸水",并公开反对"女人祸水"这一传统的历史观念,为西施翻案。

"家国兴亡自有时,吴人何苦怨西施。"诗一开头就旗帜鲜明地道出自己的观点,为西施鸣不平,反对将吴国灭亡的责任强加在一个弱女子西施身上。这里一个"时"字用得十分精当,它指的是造成国家兴亡的各种复杂的因素。而"自有时",表明了吴国的灭亡自有其深刻、复杂的原因,而不应归咎于西施个人。这就有力地推翻了"女人祸水"论,把颠倒了的史实再颠倒过来。"何苦"一语,劝解的口吻中又含有嘲讽的意味:你们自己误了国家大事,却想要归罪于一个弱女子,这又是何苦呢!这里,诗人挖苦讽刺的对象并非是一般的"吴人",而是吴国的统治阶级。

议论入诗一般容易流于枯涩,而这首诗却把议论和抒情有机地结合在一起。诗人在为西施辩诬之后,很自然地将笔锋转到推理上来:"西施若解倾吴国,越国亡来又是谁?"前句继续为西施辩解,后句又以"越国亡来"作为论据,进而提出问题,表明诗人所要表达的情理:如果说西施是颠覆吴国的罪魁祸首,那么越王并不宠幸女色,后来越国的灭亡又能怪谁呢?这里尖锐的批驳通过委婉的发问语气表达出来,丝毫不显得剑拔弩张。而由于事实本身具有坚强的逻辑力量,读来仍觉锋芒逼人。

晚唐诗人崔道融也写过类似的诗:"宰嚭亡吴国,西施陷恶名。浣纱春水急,似有不平声。"比较起来,两诗的立意相似,又各具特色。罗隐这首诗,议论充分,能联系时运来分析国家的兴亡,比崔诗似觉深入一层;而崔诗发议论,不仅诉诸理智,而且诉诸感情,将理智和感情、议论和描写自然地糅合在一起,这较之罗诗又有高出一筹的地方。因此这两首歌吟西施的诗作,都不失为同类题材中的上乘之作。

(原载贺新辉主编:《全唐诗鉴赏辞典》,中国妇女出版社1997年版,第550~551页)

# 鹦 鹉

### 罗 隐

莫恨雕笼翠羽残,江南地暖陇西寒。
劝君不用分明语,语得分明出转难。

罗隐的讽刺诗很有特色。据说他的文章讥刺了时政,触犯了当时的统治者,因此考了十次进士都没有被录取。也大概由于这方面的原因,才使他对一些问题采取了比较清醒的批评和揭发的态度,使其诗作在思想上发出了一些光彩。在唐代,封建统治者对人民的压迫是多种多样的。当时的民歌曾有这样的话:"工匠莫学巧,巧即他人使。"罗隐这首《鹦鹉》诗,反映的也是同一主题。

"莫恨雕笼翠羽残,江南地暖陇西寒"二句,意在安慰鹦鹉:你不要因为被关在雕笼内使羽毛残落而生气,也不要为江南炎热、陇西寒冷而发愁。江南这个地方毕竟比你的老家要暖和多了。陇西,即今甘肃西部一带,旧传为鹦鹉产地,故鹦鹉亦被称为"陇客"。诗人在江南见到的这只鹦鹉,已被人剪了翅膀,关进雕花的笼子里,所以用上面这两句话来安慰它。但是,安慰归安慰,安慰之中亦不免带有几分苦涩和无可奈何的感慨。所谓"莫恨",实质是"深恨"。因此,读者不难发现此句的弦外之音:

尽管现在不愁温饱,而不能奋翅高飞,终不免叫人感到遗憾生恨。罗隐生当唐末乱世之中,虽然怀有匡时救世的抱负,但屡试不第,仕途坎坷,流浪大半辈子,无所遇合。因此,他在《自遣》诗中写道:"得即高歌失即休,多愁多恨亦悠悠。今朝有酒今朝醉,明日愁来明日愁。"这抒写了一种放歌纵酒、听天由命、及时行乐的消极颓废情绪和凄凉愤嫉之情。到了五十五岁那年,诗人投奔到割据江浙一带的钱镠那里,才算有了个安身之地。他此时的处境,和眼前这只笼中的鹦鹉颇有相似之处。因此,诗人借景抒情、托物以寄意,也就是极为自然的了。这两句诗分明是写诗人那种自嘲而又自解的矛盾心理,只不过这种心态是通过劝慰鹦鹉而寄寓的,十分含蓄委婉。

"劝君不用分明语,语得分明出转难"二句意谓,劝你还是不必认真去学人讲话,否则,嘴太灵巧了,有了很强的本领,要想让人家放你出笼,那就更难了。众所周知,鹦鹉的特点是秀外慧中,美丽聪慧,善学人言。因此,这两句诗便抓住鹦鹉的这一特征,加以生发深化。诗人以关心、体贴的态度,诚恳地告诫鹦鹉不要学舌灵巧,否则就难以出笼了。这表面的含义掩盖下的深层含义便是:语言不慎,足以招祸;为求免祸,必须慎言。

这首诗借用向鹦鹉说话的形式来吐露自己的心曲,劝鹦鹉实是劝自己,劝自己实是抒发自己内心的悲慨。全诗句句写的都是鹦鹉,诗人运用比兴手法,从"劝"字写来,显得新颖别致,尤其是三、四两句,"劝君不用分明语,语得分明出转难"更是寓意深刻。这首诗,虽是咏物,但诗人并没有停留在咏物上,人们从作者所咏的对象上,完全可以领悟到一种尖锐的讽刺意味。由此可见,这首诗和祢衡那篇著名的《鹦鹉赋》有异曲同工之妙,都有丰富的内涵与寓意。

(原载贺新辉主编:《全唐诗鉴赏辞典》,中国妇女出版社1997年版,第551~552页)

# 自　遣

罗　隐

得即高歌失即休，多愁多恨亦悠悠。
今朝有酒今朝醉，明日愁来明日愁。

　　诗人罗隐仕途坎坷，宦海浮沉，十次应举进士，都没有考中。在他的仕途之中，终生都是坎坷不平的。在这种情况下，诗人写成的这首《自遣》，便表现了他政治上失意后的消极颓废情绪。

　　“得即高歌失即休，多愁多恨亦悠悠”二句意谓，得意时就放声高歌，失意时即就此罢休；发很多愁和生很多恨，这些都太无聊了。这两句表面看来似乎纯属抒情，但仔细品味便可发现，诗中所有情语都不是抽象的抒情和议论。这些情语能够给人一种具体完整的印象。诗人要表达不必患得患失的意念，却用“得即高歌失即休”的半是自白、半是劝世的口吻，尤其是仰面“高歌”的情态意象，便给人一种生动的感受。情而有“态”，意而有“象”，便使诗意具体化、形象化，避免了抽象化、概念化的空洞议论。第二句，诗人不说“多愁多恨”太无聊，而用“亦悠悠”三字，单写“愁”和“恨”。悠悠，不尽之意，意谓这种“愁”和“恨”太难熬受。这种写法便避免了直露浅薄之弊，取得了具体、生动、形象、传神的艺术效果。此外，从诗的情感表现上来看，首句用一“得”一“失”，表明自己两种截然不同的态度，括尽题意，即得时值得高兴，失时亦不必太悲伤。第二句则是第一句的补充和发挥，从反面说同一意思：如果不这样做，那么“多愁多恨”是有百害而无一利的。这样前后两句于重叠中求变化，使诗形成了一种回旋升腾之势，加强了诗的表现力度与艺术效果。

　　"今朝有酒今朝醉,明日愁来明日愁"二句意谓,今朝有酒,今朝就喝它个痛快,不醉不休;如果明天又遇到愁事时,那就等到明天再发愁吧! 这两句表达的不过是一种听由天命、得过且过、及时行乐的思想,但诗人却用"今朝有酒今朝醉,明日愁来明日愁"来表达,便将"得即高歌失即休"一语具体化、形象化了,一个放歌纵酒、听由天命、及时行乐的旷士形象呼之欲出。这也就是本诗塑造的总的形象了。诗人取象于放歌纵酒,更带迟暮的颓废。"今朝有酒今朝醉"总使人感到一种内在的凄凉与愤嫉之情。这就使这首诗的情感既有普遍性,其形象又有个性化,从而具备了典型意义。此外,从表达感情来看,这两句又回到第一、二句所表达的正面立意上来,分别推进了首句的意思:"今朝有酒今朝醉"就是"得即高歌"的反复和推进,"明日愁来明日愁"则是"失即休"的进一步阐发。从用字遣词来看,首句前四字与后三字意义相对,而二、六字重叠;第二句则是紧缩式,意思是多愁悠悠,多恨悠悠,形成同义反复。三、四句句式相同,但第三句中"今朝"两字重叠,第四句中"明日愁"三字重叠。但前句中"愁"字为名词,后句中"愁"字乃动词,词性也有变化。这样,每一句都是重叠和变化相融,而每一句具体表现又各个不同,这样于重叠中求变化,从而形成绝妙的咏叹,将诗人的情感变化表现得淋漓尽致而又生动形象,取得了极好的艺术效果。

　　(原载贺新辉主编:《全唐诗鉴赏辞典》,中国妇女出版社1997年版,第552~553页)

# 柳

### 罗　隐

灞岸晴来送别频,相偎相倚不胜春。

自家飞絮犹无定，争解垂丝绊路人。

　　这首咏柳诗写暮春时分，一个晴朗的日子里，在京都长安城外、灞水桥头歌妓送别情人的缠绵悱恻情景，而且是巧妙地运用了诗词中的比兴手法，托物写人，借助春柳的意象来表现。这就使这首咏柳诗较之一般的咏柳送别诗，在思想和艺术表现方式上都很有自己的特色。

　　首句"灞岸晴来送别频"，即景兴起，赋而兴，以送别的场景带出柳来。风和日丽、杨柳依依、鸟语花香、莺歌燕舞的春日，长安城外的灞水桥头，一批又一批的离人折柳相送。次句接下来便写细长低垂的柳枝，随风轻扬，相倚相偎，情意缠绵。"相偎相倚"四个字用得极为生动传神。它不仅写出了春风轻拂下，垂柳那婀娜多姿的神态意象，而且又把柳枝的相倚相偎与送别男女相倚相偎、执手相看泪眼的情景巧妙地结合了起来，使人感到似柳似人、人柳兼备、难以分辨。而"相偎相倚"的柳枝，更使人想象得出男女青年临别时亲昵、难分难舍的动人情景。他们别情依依，柔情似水，缠绵如柳，恨不得用柳丝挂住斜晖。

　　"自家飞絮犹无定，争解垂丝绊路人"二句，由前面的场景描绘转而感慨飞絮无定和柳条缠人，赋柳而喻人，点出暮春季节，点破送别双方的身份。由"相偎相倚不胜春"一句，读者便可以隐约感觉到，这对送别的不胜春意缠绵之人，他们不像一般的亲友，更不似夫妻，似乎是热恋中的情侣，又仿佛彼此明白别后再永无相会之期。因此他们要珍惜这临别的一时一刻，要享尽这临别前的每刻春光。接下来诗人以"飞絮无定"双关语，暗喻出这种女子自身的命运归宿都掌握不了，点出她的身份。这一句亦柳亦人，表面上是仍然写柳，实质上是借柳絮无定来写人物的身份，只是比喻得十分恰当贴切，让人分不清是在写柳还是写人。紧接而来的是，诗人又以"垂丝绊路人"的意象，指出她们不能、也不懂得那些过路客人的心情，用缠绵的情丝是留不住的。这一句表面看来似乎是诗人在调侃这些身不由己的歌妓,可怜她们徒然地卖弄风情,但实际上诗人的态度是同情这些歌妓的不幸的,是委婉含蓄的,有一种难名的感喟,或者说自我感叹寄寓其中。因为在封建社会中,士人的地位与作用虽不能与妓女同日而语,但他们之间的命运、遭遇却有许多类似之处。因此,早在楚辞中,屈大夫就将自己比作迟暮的美人和弃妇,而《琵琶行》里那位"老大嫁作商人妇"的长安名妓便和身为江州司马的长安才子白居易有着"同是天涯沦落人"的类似遭遇和命运。因此,在这首诗中,诗人有意无意地嘲弄他人邂逅离别之中,流露出一种自我解嘲的苦涩情调。诗人虽然感慨歌妓身不由己,但他也自知自己的命运同样不由自主,前途渺茫。所以在那飞絮无定、柳丝缠人的意象中,寄托的不只是歌妓自家与所别路人的命运遭遇,而是包括诗人自己在内的所有"天涯沦落人"的不幸,是一种对人生甘苦的深沉的喟叹,有着深刻的社会意义。

(原载贺新辉主编:《全唐诗鉴赏辞典》,中国妇女出版社 1997 年版,第 554～555 页)

# 雪

### 罗　隐

尽道丰年瑞,丰年事若何?
长安有贫者,为瑞不宜多。

这首诗以《雪》为题,表现了诗人对贫苦人民的深刻同情。

首句"尽道丰年瑞",泛写"丰年瑞",用"尽道"二字写出它的普遍性。俗语云,瑞雪兆丰年。人们看到飘飘飞舞的瑞雪便自然而然地想到：明年一定是个丰收年。是啊，人们谁不盼望来年是丰年呢！但眼下是在京都长安，"尽道丰年瑞"的是和广大贫苦百姓不同的另一世界的人们。这些安居深院华屋、身着皮裘的达官显贵、富商大贾，围炉取暖、酒足饭饱之时，观赏着这漫天飞舞的雪花，竟然还能异口同声地发出"雪花飞六出，先瑞兆丰年"的议论，这就使这句看来是平淡无奇的诗句暗寓讽喻之意。

"丰年事若何"提出反问。即使真的到了丰年，情况又如何呢？这是反问，诗人没有回答，也无须作答。因为不仅诗人、农夫心里清楚，即使那些"尽道丰年瑞"的长安达官显贵，自己心中也恐怕是非常清楚的。他们难道不知苛重的赋税和高额地租剥削，使贫苦农民无论丰年、歉年都处于同样悲惨的境地？他们岂不知农民"二月卖新丝，五月粜新谷"，"六月禾未秀，官家已修仓"了！他们应该心中明白"山前有熟稻，紫穗袭人香。细获又精舂，粒粒如玉珰。持之纳于官，私室无仓箱"吧！既然如此，那么"尽道丰年瑞"岂不是虚伪之极！这里诗人没有激愤的言辞，没有深刻的揭露，没有无情的痛斥与鞭笞，但就在这似乎极为平淡、态度冷漠的"丰年事若何"的一问中，却暗寓了极为辛辣的对统治阶级的讽刺和对广大农民的同情。

"长安有贫者"转写贫者。这一句语极平淡，诗人似乎在一旁冷冷地提醒那些高谈丰年瑞的人，当你们享受着山珍海味，身着绫罗皮裘，在广厦深宅之中高谈瑞雪兆丰年时，恐怕早就忘记了，即使在这京都长安，在这富庶繁华之地，还有不计其数食不果腹、衣不蔽体、露宿街头的贫者。他们不但盼不到"丰年瑞"所带来的好处，反而会被你们津津乐道的"丰年"瑞雪所冻死。一夜风雪，明日长安街头不知会出现多少"路有冻死骨"啊！因此，诗人语极沉痛地说，像这样的情况，即使是瑞雪，也"为瑞不宜多"啊！这似乎轻描淡写、略做诙谐幽默的一笔，实际上蕴含着极为深沉的悲愤和强烈的激情。

这首诗以议论始,又以议论终,首尾相应。诗似乎是谈雪,实际上是借题发挥。诗人将平缓从容的语调和犀利透骨的揭露以及冷峻的讽刺与深沉的愤怒巧妙、和谐地结合起来,在平淡之中显出极为深刻的精神。

（原载贺新辉主编:《全唐诗鉴赏辞典》,中国妇女出版社1997年版,第555～556页）

## 蜂

**罗　隐**

不论平地与山尖,无限风光尽被占。
采得百花成蜜后,为谁辛苦为谁甜。

这首诗意味深长。诗人采用夹叙夹议的手法,明写蜜蜂,实际上是借对蜜蜂的生动描写,热情地歌颂了劳动人民。同时,对那些不劳而获的剥削者,做了无情的讽刺。

“不论平地与山尖,无限风光尽被占”二句是说,不论是平坦的地方,还是高山峻岭,只要有盛开的花朵,都会被蜜蜂发现,并加以采集。在这两句里,诗人运用了“不论”“无限”“尽”这些程度强烈的副词和形容词以及无条件的句式,极力称赞蜜蜂跋山涉水、“占尽风光”的辛劳,乍看起来似乎与诗旨相矛盾,实际上这正是诗人采取的正言若反、欲夺先予的手法,为后两句蓄势。

“采得百花成蜜后,为谁辛苦为谁甜”二句意谓,等蜜蜂采花成蜜后,还不知道自己辛辛苦苦、东奔西走而造出的甜蜜,究竟要被谁拿走、由谁享受呢！这两句诗人运用夹叙夹议的手法,但议论并未明确发出,而是运用反诘语气以道之。第三句主叙,第四句主议。第三句"采得百花"昭示了蜜蜂辛苦劳作之意,而"成蜜"二字,却具有与"辛苦"相对的"甜蜜"之意了。但由于是主叙主议的不同,就使这二句虽有反复之意,却无重复之感。诗中反诘句的意思本应是:为谁甜蜜而自寻辛苦呢?但诗人却将它分成两句:"为谁辛苦""为谁甜"呢?句意虽有反复,但亦不重复。言下之意辛苦归自己,甜蜜却属他人。这种反复咏叹的句意,使读者能够领悟到诗人无尽的感慨和珍惜、怜悯蜜蜂辛苦之寓意了。

这首诗语言朴素,不做作,不讲雕饰,不尚词采,平淡而不平庸,深入浅出。看去好似平易,实则在平淡的语言中寄寓了诗人深厚的感情与丰富的思想。

# 金 钱 花

## 罗 隐

占得佳名绕树芳,依依相伴向秋光。
若教此物堪收贮,应被豪门尽剧将。

罗隐长于讽刺,尤以政治讽刺诗为最。这首诗发挥颇为奇特的想象力,从旋复花的别名为金钱花,想到它若真的能变成金钱,恐怕那些权门豪贵之家一定会大肆掠夺,一语道破了统治阶级为富不仁、鱼肉百姓的本质。

首句"占得佳名绕树芳",写旋复花因为被称作金钱花,而使它的美名传得很广。诗人一开头就极力称颂旋复花的名字起得好。这一句遣词造句十分生动。"占得佳名""绕树芳"描写金钱花的娇美,不仅传神地描绘出金钱花柔弱美丽的身姿,而且巧妙地告诉人们,金钱花不但有芳名,更有沁人心脾的芳香。这样诗人在一句之中,便以极度赞美的口吻写出了金钱花的名称、形态和香气,用词极为简练准确。

次句"依依相伴向秋光",进一步描写金钱花一朵挨着一朵,丛丛簇簇,美妍开放,犹如情投意合的伴侣,卿卿我我,恩恩爱爱,亲密无间,给人一种赏心悦目、美不胜收之感。在萧瑟的秋天,在百花凋零的季节,金钱花那金黄色的花朵,却总是迎着阳光开放,色泽鲜丽,楚楚动人,娇美可爱。这里诗人将金钱花拟人化,写出了它的艳丽、娇美与柔情蜜意。

"若教此物堪收贮,应被豪门尽劚将"二句,以景发兴,展开议论。诗的前两句,似乎只在欣赏金钱花的艳丽与娇美。但联系后两句来看,便知诗人匠心独运,构思之精巧。前两句的描写是为后两句的议论蓄势,而全诗的重点也在这后两句的议论上,它深刻地揭示了全诗的主旨。诗人意在说明,金钱花如此娇美、艳丽动人,如果它真的是可以收藏金钱,那些豪门权贵就会毫不怜惜地把它全部砍掘殆尽了!这两句意在讽刺,因此出言冷峻,犹如一把寒光闪闪的匕首,一下戳穿了剥削者残酷无情、贪得无厌的本性。由此可见,诗人愈是渲染金钱花的姿色和芳香,便愈能反衬出诗歌议论的分量。

这首诗托物寄意,借景联想抒情。诗人想象力颇为奇特,构思十分新颖别致。全诗从金钱花的名称入手,想到它若真的能变成金钱的话,恐怕那些权门豪贵之家,一定会掠夺一空,借以讽刺那些统治者贪婪残酷的本质。诗虽然只有短短四句,前两句不仅描绘了金钱花的名称、形态、香气,而且描绘了它那绰约的风姿异彩和亲密无间的柔情蜜意,给人一种爽目畅心、美不胜收之感。而这两句的描绘,实为后两句的议论张本、铺垫。全诗的重点便在后两句的议论上。而后两句中,诗人又故意欲擒故纵。一个假设的口气之后,紧随一个"尽"字,予以坚决肯定。这就使诗意跌宕生姿,显得灵活有力,耐人寻味。

# 感弄猴人赐朱绂

罗　隐

十二三年就试期,五湖烟月奈相违。
何如学取孙供奉,一笑君王便着绯。

　　唐朝末年,黄巢率领起义军占领都城长安之后,唐僖宗李儇在逃往四川的途中,曾有一个耍猴的艺人随行。由于唐僖宗不务正业,喜爱斗鸡耍猴,这位艺人就训练他的猴子像大臣一样站班朝见。因为这个缘故,唐僖宗下令赐给这个弄猴人以朱绂,让他身着红袍,官拜五品,并给予"孙供奉"的称号。这个弄猴人从此就飞黄腾达、升官发财了。"孙"不是这个弄猴人的姓,而是"猢狲"的"狲"字谐音,意谓以驯猴供奉御用的官。诗人这首诗以衬托、对比的手法,对此事做了深刻的讽刺。

　　"十二三年就试期,五湖烟月奈相违"二句,写自己十二三岁就开始应举考试,接连考了十几年,尽管连五湖美景都顾不上观赏,但还是因为自己的命运不好而没有考中。这两句概括了自己仕途不遇的辛酸经历,自嘲执迷不悟。首句用"十二三年"一个数词,写出"就试"之难,这是泛写普遍。第二句用"相违"二字,写出就试的结果。诗人十余年来一直应进士举,辛辛苦苦远离家乡,进京赶考,但一直没有考中,一官半职也没有得到。"五湖烟月"代指诗人家乡的大好河山、美丽风光。诗人是余杭人,所以举"五湖"概称。"奈相违"是说为了赶考,只得离开美丽的家乡。言下之意,倘使不赶考的话,他就可在家乡流连山水,欣赏这美丽的风光了。因此,这其中既有感慨、怨恨,又有悔悟和自嘲。

"何如学取孙供奉,一笑君王便着绯"二句意谓,要知道这样,何不如像孙供奉去逗猴弄鸡呢!只要获得皇帝的一阵笑声,不也同样可以穿上朱红色的官服吗?这两句对唐僖宗赏赐孙供奉官职之事发感慨,自嘲不如一个弄猴之人,讥讽皇帝只要取乐的优伶,不要才人志士。诗人用"何如"二字转写"孙供奉",使自己与孙供奉形成鲜明的对比。第四句落入"一笑君王便着绯",既把《感弄猴人赐朱绂》的主题一语道出,又是对首句"十二三年"试期,结果却"相违"的明白注脚,使诗的旨意更为集中,其讽刺也就更为辛辣深刻了。

这首诗写唐僖宗赏赐孙供奉官职,极具讽刺意味。这件事本来就很荒唐,说明这个大唐帝国的皇帝昏庸至何等程度!亡国之祸临头,他不急于求取辅佐治国之才,图谋国家大事,却仍在赏玩猴戏,贪图享乐,荒淫无耻。对诗人而言,却是一种辛辣的嘲弄与讽刺。他十年寒窗,发愤苦读,学富五车,却十试不中,依旧布衣。与孙供奉的奇遇相比,他不免刺痛于心。于是写这首诗,以自己和孙供奉的不同遭遇做对比,以自我解嘲的方式,发泄胸中的愤懑与不平,其讽刺的深度不亚于东方朔的《答客难》。

# 春夕酒醒

## 皮日休

四弦才罢醉蛮奴,酃醁余香在翠炉。
夜半醒来红蜡短,一枝寒泪作珊瑚。

这是一首叙事咏怀诗。前三句着重叙事,末句通过拟人的手法借物咏怀,写内心的愁苦之情。

"四弦才罢醉蛮奴",写伴酒的乐声停了,赴宴的人们散去了,诗人不胜酒力,醉倒了。这里,诗人从"四弦才罢"、蛮奴醉倒落笔,省去许多正面描写宴会场面的笔墨,而是抓住诗人赴宴后的状态,从一个"醉"字上落墨。这样,宴会气氛的热烈,酒宴的丰盛,歌妓奏乐的和谐悦耳,朋友们举杯痛饮的欢乐以及诗人一醉方休的豪情,无不透过语言的暗示作用流露出来,给人们以想象酒宴盛况的余地。这种侧面透露的写法,比正面直述既经济而又含蓄有力。这里,"蛮奴"是作者自称。宋代以前,男女尊卑皆可自称为"奴"。《通典》云:"襄阳,春秋以来楚地也。"当时中原地区诸国称楚国为"荆蛮"。诗人皮日休乃襄阳人,故自称"蛮奴"。诗人于自称的"蛮奴"一词之上,着一"醉"字,用词造句十分精妙。它既刻画了诗人畅饮至醉的情怀,又表明酒质实在醇美,具有一股诱人至醉的力量。不仅如此,这个"醉"字还为下文的"醒"渲染了醉眼蒙眬观物的特定环境气氛。

"酃醁余香在翠炉"一句写诗人一觉醒来,那翡翠色的烫酒水炉还在散发着诱人的余香。这里,"酃醁",指酃醁酒。《北堂书钞》引《吴录》云,湘东酃县有酃水,能酿美酒,因以水为酒名。诗人通过"翠炉"的酒气仍然扑鼻、余香诱人这一细节,不仅写出了酃醁质量的上乘、香味弥久不散的特点,而且巧妙地点出了诗人嗜酒的癖好。酒有两种不同的作用,一种是人生得意之时,借酒助兴,如李白云:"人生得意须尽欢,莫使金樽空对月。"另一种便是失意苦闷时,借酒浇愁,如曹操云:"何以解忧,唯有杜康。"李白云:"抽刀断水水更流,举杯消愁愁更愁。"古代士人,无论得志与否,都与酒结下了不解之缘。这里,诗人以具体环境气氛的描写来暗示自己嗜酒,便透露出一种借酒浇愁的苦况。

"夜半醒来红蜡短"一句,写诗人酒醒后所见的景象:一觉醒来,诗人睁开蒙眬的睡眼,呵,照明的红蜡已经烧短了,剩下那么孤零零的一支,若明若暗地闪烁着微弱的光。这里一个"短"字,巧妙地描绘出红蜡残尽的凄清况味,也透露出诗人的孤独寂寞与处境的凄清。

　　"一枝寒泪作珊瑚"一句,写那孤零零的一支蜡烛,融化着、融化着,点点滴滴,像凄凉的眼泪,不停地流,凝聚起来,竟化作了美丽多姿的珊瑚模样。这里,"一枝"点明红蜡处境的孤独凄清,"寒泪"的形象则使人仿佛看到那消融的残烛,似乎正在流着伤心的眼泪,点点滴滴,重重叠叠。诗人运用拟人手法,不仅把"红蜡"写得形神毕肖,而且熔铸了自己半生凄凉的身世之感,物我一体,情景交融。这时诗人已步入中年,壮志未酬,人生道路不正像这一支短残了的红蜡吗? 因此,这半支红蜡便成为诗人自身的象征。

　　这首诗辞藻华丽,斐然多彩;描摹物象,形神毕肖;表情达意,含蓄深邃。明胡震亨《唐音癸签》卷八谓:皮日休"未第前诗,尚朴涩无采。第后游松陵,如《太湖》诸篇,才笔开横,富有奇艳句矣"。这首第后所作,正具有这种特点。无论是"四弦"的乐声、"酃酴"的"余香",还是"翠炉""红蜡"的色彩、"珊瑚"的美丽多姿,都体现出"才笔开横"和"奇艳"的特色来,给人一种无穷的艺术享受。

　　(原载贺新辉主编:《全唐诗鉴赏辞典》,中国妇女出版社1997年版,第558~560页)


# 馆娃宫怀古(其一)

皮日休

绮阁飘香下太湖,乱兵侵晓上姑苏。
越王大有堪羞处,只把西施赚得吴。

　　唐诗中以吴越兴衰和西施为题材的作品很多,如罗隐的《西施》、崔道融的《西施滩》、李商隐的《吴宫》等,都从不同的角度对西施和吴越兴衰的史事做了评价。皮日休这首《馆娃宫怀古》也是对吴越兴亡的感慨之作。

"馆娃宫"以西施得名,是春秋时期吴王夫差建造的宫殿,其故址在今苏州市西南灵岩山上。据有关史籍记载,越王勾践被吴王夫差战败后困于会稽,越王采纳大夫文种的建议,将苎萝山"鬻薪"女子西施和许多珍宝,通过吴王的宠臣太宰伯嚭献于吴王,准许越国求和。伍子胥力谏,夫差不听。这样越王勾践获得了休养生息的机会,其后终于灭了吴国。这首诗便是诗人在苏州任职时,因寻访馆娃宫遗迹而作的一首吊古诗。

首句诗人不从正面着笔,而是从侧面描绘。诗人写馆娃宫,用一个"绮"字来摹状"阁",用一个"飘"字来写"香"。这样不用正面刻画,一个罗縠轻飘、芳香四溢的袅娜倩影便自在其中了,而且给人以动态的感受。从"绮阁"里散溢出来的兰香,由上而下,直飘太湖,弥漫在整个太湖之上。这样写就将那位迷恋声色、只知享乐、不图国事的吴王是如何沉溺于绮罗香泽之中不能自拔,以至于对勾践的复仇连做梦也没有想到的情况和盘托出了。

次句"乱兵侵晓上姑苏",写越国军队贪夜乘虚潜入姑苏城。这里"乱兵"指吴人眼中原已臣服现在又"犯上作乱"的越军,"侵晓"即凌晨。这句虽正面写越军的长驱直入,实际上仍是暗写吴王夫差的志得意满、骄横荒淫、自以为是、全无戒备的情况。越军出其不意地进入姑苏,直到爬上姑苏台,吴人方才察觉。这不是为时已晚、大势已去了吗!因此,一夜之间,自以为坚不可摧、牢不可破的姑苏城便落入越人之手。江山易主,面目全非,这是何等沉痛的教训。诗中含蓄地对吴王夫差的荒淫误国进行了批判。

后二句却笔锋一转,不再去理会吴王,而把矛头指向越王勾践:"越王大有堪羞处,只把西施赚得吴。"这里批评越王勾践只送去一个西施,便赚得一个吴国,"大有堪羞"之处。这一联颇有含蕴。它表面似乎是在指斥越王勾践用美人计灭掉吴国,实际上仍然是在写吴王的荒淫失国。诗人采用的是指桑骂槐的手法,曲笔来写。因为诗人心中十分清楚,吴越兴亡的历史,不是西施一个弱女子能够左右和决定的。既然如此,那么这两句的讥讽越王只用一个美女赚得吴,便颇值得玩味了。诗人的真正观点,不是浮在字句表面的表层含义,要细心体悟全篇的构思、语气,才能真正领悟到诗的深层内涵。诗人有意造成错觉,明嘲勾践,暗恨夫差。这就使全诗荡漾着委婉含蓄的弦外之音,发人深思,给人以余味无穷的感受。

(原载贺新辉主编:《全唐诗鉴赏辞典》,中国妇女出版社1997年版,第560~561页)

## 汴河怀古(其二)

### 皮日休

尽道隋亡为此河,至今千里赖通波。
若无水殿龙舟事,共禹论功不较多。

这首怀古诗,以运河为题,批判了隋炀帝当时开凿运河的主要动机,但诗人同时也实事求是,点出了运河在客观上所起的作用。隋炀帝时,以河南淮北诸郡的百姓,开凿了名为通济渠(即"汴河")的大运河。这条渠自洛阳西苑引谷水、洛水入黄河,再经黄河入汴水,再循春秋时吴王夫差所开运河故道引汴水入泗水以达淮水。因此,运河主干在汴水一段,习惯上便称之为"汴河"。隋炀帝开凿大运河耗费了大量的民脂民膏,造成百姓怨声载道,而其主观动机,不外乎满足一己的淫乐,这便为他最为昭著的暴行。因此,唐代有不少诗人抒写这一历史题材,大都认为隋朝的灭亡是因为开凿大运河的缘故。

"尽道隋亡为此河，至今千里赖通波"二句意谓，人们都在指责隋炀帝劳民伤财开辟这条运河，以致使隋朝灭亡；可如今这条运河千里相连，波波相接，成为南北水上交通的要道。这里诗人用"尽道"二字引题，直写人们指责隋灭亡是"为此河"。第二句用"赖通波"，接写隋炀帝"为此河"之功。用"至今"二字，以表其造福后世时间之长；用"千里"二字，以概括因运河所受益的地域之广。而一个"赖"字，则表明其为国计民生之不可缺少，更带赞许的意味。这样，此联首句先摆出众人的观点，然后进行反驳，一反众口一词的论调，使人耳目为之一新。

"若无水殿龙舟事，共禹论功不较多"二句意谓，如果隋炀帝不搞那些水殿龙舟、追求个人享乐的话，他开这条运河与治水的大禹功绩可以相提并论了。众所周知，当年运河竣工后，隋炀帝率众二十万出游，自己乘坐高达四层的龙舟，还有高三层、称为浮景的"水殿"九艘，此外杂船不计其数。船只相连长达三百余里，仅挽大船的人近万数，均着彩服，水陆照耀。所谓"春风举国裁宫锦，半作障泥半作帆"，其奢侈靡费实为罕闻。"水殿龙舟事"一句即指此而言。诗人对隋炀帝的憎恶是明显的，但并未直接议论。第四句却石破天惊地突然举出大禹治水的业绩来相比，甚至用反诘句式来强调隋炀帝的功绩。这里诗人虽然用了翻案法，敢把历史上著名的暴君同躬身治水、三过家门而不入的大禹相比，但由于有"若无水殿龙舟事"这一限制前提，这一翻案实际上只为大运河洗刷了不实的"罪名"，而隋炀帝的罪反倒更加坐实了。这种欲夺故予之法，可以取得事半功倍之效。"共禹论功"一抬，"不较多"再抬，高高抬起，把分量重重地反压在"水殿龙舟"上面，对隋炀帝的批判就更为严正，斥责更为强烈。

（原载贺新辉主编：《全唐诗鉴赏辞典》，中国妇女出版社1997 年版，第 562～563 页）

# 田 家

### 聂夷中

父耕原上田,子劚山下荒。
六月禾未秀,官家已修仓。

在封建社会里,劳动人民无论怎样辛勤劳动,到头来终是衣不遮体、食不果腹。这首诗生动地反映了这一不合理的社会现象,深刻揭露了唐王朝对农民的残酷剥削和压迫。它是一幅形象十分鲜明的写生画。

前两句写农民的辛苦。诗人分写"父"与"子"在"原上"和"山下"耕田、垦荒的辛勤劳动的情形,自然构成一图。这两句表面上是描写父子两人在深山野岭里的辛勤劳动,实际上是揭示他们生活的艰难。农民赖以生活的是耕种,耕种就是田地,田地多少,基本上标志着他们的一年劳动成果的多少。既然儿子开荒,就说明了田地不够耕种,生活有困难。所以,只写开荒,不写田少和生活苦。生活苦,读者已从联想中得知了。事实上,开荒是封建社会里农民寻求生活的一条微小的出路,诗人抓住这个特征来写是具有深刻的概括意义的。

三、四两句转写"官家"。第三句用一"未"字,第四句用一"已"字,又构成一图,与一、二句形成鲜明对照。到了六月,禾苗还没有扬花吐穗,封建统治者已经修好了他们的粮仓了。言外之意,父子俩一年辛苦的劳动果实,将全部落到官家的粮仓里去。这里,诗人将"禾未秀"和"官家修仓"联系起来,是讥讽"官家"的贪婪无耻。但是,光是这样理解,还不算全部发掘了这两句的丰富内涵。如果我们联系唐代社会实际,联系起诗人杜荀鹤所写的"任是深山更深处,也应无计避征徭"和"家随兵尽屋空存,税额宁容减一分"来看,也就不难看出,这两句所揭露的正是唐末赋税的繁重以及赋税所加给广大农民的痛苦。虽然诗中没有提到这一点,但从"禾未秀"而"官家已修仓"中是完全可以体会得到的。

全诗写得十分精炼深刻,仅仅二十个字就表现了那么复杂的现实,体现了诗人高度的艺术概括能力。

(原载贺新辉主编:《全唐诗鉴赏辞典》,中国妇女出版社1997年版,第583页)

# 公 子 家

### 聂夷中

种花满西园,花发青楼道。
花下一禾生,去之为恶草。

聂夷中是晚唐诗人中反映社会现实问题比较深刻的一位诗人。在他的诗中,有许多揭露当时政治黑暗腐败和统治阶级荒淫无耻的作品。这首诗就是对当时富豪子弟"一行书不读,身封万户侯"丑恶行径的揭露。诗人选用一位花花公子,将花下一株稻苗认作恶草,拔起扔掉一事为题,对四体不勤、五谷不分的封建社会寄生虫进行了深刻的讥讽。

"种花满西园,花发青楼道"写花园中的景致。花园里种满了各色各样的鲜花,在那青色高楼的道路两旁,更是开满了朵朵花儿。这里一个"满"字,不仅写出了花园的广大、花园中各种花儿的鲜艳芬芳、争奇斗艳,而且写出了花农种花的艰辛和培养花苗的勤劳。而"花发青楼道"一句,也委婉含蓄地揭露了那个时代社会的腐败与黑暗,大量的肥沃田地被统治阶级所霸占。他们建花园、修别墅,竞豪华、争奢侈,而农民却挣扎在饥饿线上。这两句似乎纯写花园的景致,实则暗含了讽刺之意。

"花下一禾生,去之为恶草",写花花公子的无知。一位花花公子前来赏花,看见在一枝花枝底下长了一株禾苗。他认定这株禾苗是株恶草,便伸出两个尖尖的长指,将禾苗拔了出来,随手扔到了路旁。"花下"二字一转,诗人不再着力去写花园中的景致,单写花花公子赏花的发现。第四句用一"去"字,生动地勾画出花花公子苗草不分、愚昧无知的形象。这两句省去许多情节,通过一个细节描写,生动地勾勒出统治阶级不知五谷、不辨禾草的寄生虫的形象。

这首诗择取了一个一般不为人注意的细小动作,不仅立意新奇,还颇具有典型意义。首句用"种花"二字,第二句用"花发"二字,从宏观上总写花园的景致。三、四句则通过一个细节,从微观上来写贵公子的无知,揭示诗的主题。结构精巧,点面结合,语言朴素,含义深刻,不失为一首优秀的小诗。

（原载贺新辉主编:《全唐诗鉴赏辞典》,中国妇女出版社1997年版,第584页）

# 菊　花

黄　巢

待到秋来九月八,我花开后百花杀。
冲天香阵透长安,满城尽带黄金甲。

这首诗通过对菊花在百花凋残后迎霜怒放、"香阵透长安"的咏赞,抒发了作者决心起义推翻唐王朝的革命志向和必胜信念,洋溢着无坚不摧的英雄气概。

"待到秋来九月八,我花开后百花杀"二句是说,等到深秋重阳节到来,那时候"我花"开放,百花就凋谢了。农历九月九日是重阳节,也是菊花节。这里说"九月八",是为了押韵。"我花"即菊花,"杀"乃掉落、凋零的意思。从季节上说,九月重阳,正是亲友聚会、登高饮酒、欣赏菊花的佳节。这时只有菊花风姿绰约,百花全都凋残了,正是所谓"万花纷谢一时稀""菊残犹有傲霜枝"。作者抓住了这一季节特征,借以表现他对革命时机和前景的展望。这里"待到"二字很有分量,反映了诗人坚定不移的信念。他要"待"的是天翻地覆、扭转乾坤之日,因而"待"字充满了热烈的向往。这句字里行间充满着诗人热情、轻松、自信、乐观的情绪。"我花开后百花杀"是以菊花为例,展示了菊花怒放、百花凋零的景象。这一句显然是在暗示:农民起义勃兴之日,就是统治阶级灭亡之时。"我花开后"的结果必然是"百花杀"。这里"我花""百花"是一组相对比的比喻,色彩浓烈。这一句语调斩钉截铁,气势凌厉,形象地展示了诗人坚定不移的精神风貌和爱憎分明的态度。

这两句是总的概括的写法。它只点明了秋天来了,将出现菊花开放、百花凋残的局面。但这局面的具体情况怎样呢? 还得有所交代。三、四句"冲天香阵透长安,满城尽带黄金甲"就是上两句的升华:菊花散发出阵阵清香,直冲云霄,浸透全城;遍布长安的菊花,全披上了黄色"金甲"。京都城里,菊花无处不有,这是菊花的天下、菊花的王国。这是多么壮丽的奇观,多么辉煌的图景! 这里"香阵透长安""满城黄金甲",都是具有象征意义的。作者所歌咏、所塑造的是菊花的"英雄群像"。它们身披金光闪闪的"战甲",屹立于肃杀西风中,抗霜顶寒,傲然斗恶。这群像,何等英武;这景色,何等瑰丽;这气势,何等壮伟! 这正是农民起义军夺取政权、威震长安的生动写照。后来,黄巢领导的声势浩大的农民起义军,不到六年,果然攻占了京都长安,将诗中的理想变成了现实,回应了诗中暗示的愿望。黄巢起义后自称"冲天大将军",与此诗中"冲天"的香气似乎成了巧合。这些历史事实,反证了作者把自己的宏伟抱负都赋予了菊花。

黄巢这首脍炙人口、突破平仄格律樊篱的《菊花》绝句,和《题菊花》一样,全诗咏物言志,借菊抒怀。既写了菊花的精神,也写了菊花的外形,形神兼备;既写了菊花的冲天香气,又写了菊花的金甲满城,色味俱全,形象鲜明。字字在写菊花,却又字字在写起义军。它以菊花的形象,生动地表现出农民起义队伍的浩大声势和冲破一切封建羁绊的英雄气概。读之激动人心,更令人振奋。他思想的深刻、想象的奇特、设喻的新颖、作品辞采的壮丽、意境的阔大,可说是前无古人的。他通过"我花开后百花杀"这样的奇语和"满城尽带黄金甲"的奇想,把向来被人们作为"清高""隐逸"象征的菊花,与带甲的战士联结在一起,赋予它一种战斗的美,这在美学观念上也是一种革命。

(原载贺新辉主编:《全唐诗鉴赏辞典》,中国妇女出版社1997年版,第578~579页)

# 题 菊 花

### 黄 巢

飒飒西风满院栽,蕊寒香冷蝶难来。
他年我若为青帝,报与桃花一处开。

这首咏菊诗是黄巢起义之前写的。菊花是一种经得起风霜考验的植物。中国古代诗词中歌颂菊花的作品为数不少,大都将它作为孤高绝俗精神的象征,常与"清高""隐逸"联系在一起。可是作者在这首诗里,却完全脱出封建文人同类作品的窠白,一反历代诗人感怀悲秋习气,赋之于愤世嫉俗的新境界。他不以菊花喻自己的清高,而以它表达对劳动人民的同情,这就使这首诗独具一格。

第一句写菊花的性格。在萧瑟的秋风中,满院菊花傲霜开放,这气氛、意境就不同寻常。"西风"点明节令,"满"字既表明了西风里的菊花开得多而旺盛,又把它傲霜、耐寒的坚强性格有力地烘托了出来。"满院栽"显然不同于一般文人诗中的菊花形象。一般文人无论是表现"孤标傲世"之情,"孤高绝俗"之态,或"孤身无伴"之感,都脱离不了一个"孤"字。诗人独言"满院栽",是为了用它来象征受压迫、受剥削的人民大众这一群体,从中可以见出诗人不凡的气概。

第二句写菊花的处境。在飒飒秋风之中,菊花似乎带着寒意,散发着幽冷细微的芳香。由于天气寒冷,连平时喜欢在花间飞舞的蝴蝶也难以光顾。这反映了冷清的唐末社会现实。这是诗人在为菊花的开不逢时而惋惜、而不平,也透露了诗人对不合理的社会现实的愤懑,蕴含着作者改造环境的要求。

三、四两句直抒胸臆。诗人充分运用瑰丽的想象、大胆的夸张,抒发自己要主宰世界、改造世界,为菊花、为广大民众重新安排命运的豪情壮志。这两句如狂飙突起,转折极为有力。诗人想象将来如果自己能成为主宰春天之神,一定让它和桃花同时开放,分享明媚的春光。这里"他年"作"将来"讲,"青帝"是司春之神。后来,黄巢领导农民起义,坚决与唐王朝血战到底。在进攻长安时,他的部下"尚让宣告民众说,黄王起兵,原来为拯救百姓,不像李家不爱惜你们,你们照常安居,不要害怕。起义军……遇到贫民,即赠送财物,表示同情"(范文澜《中国通史简编》)。这就是"他年我若为青帝,报与桃花一处开"的具体表现。在当时的历史条件下,这种"报与桃花一处开"的平均思想是农民的革命思想。

这首诗意境开阔,情调高昂,立意新奇,构思独特。在古典诗词中,描绘秋色、歌咏菊花的不少,但不是"紫艳半开篱菊静,红衣落尽渚莲愁。鲈鱼正美不归去,空戴南冠学楚囚"(赵嘏《长安秋望》),就是"江涵秋影雁初飞,与客携壶上翠微。尘世难逢开口笑,菊花须插满头归"(杜牧《九日齐山登高》)。黄巢却独出新意,不与人同。如同是写秋天景色,他却一反历代诗人感怀悲秋的习气,易之以愤世嫉俗的新境界;同是咏菊,他却不是借菊花比喻自己的清高,而是表达其对劳动人民的同情。这就使他的这首诗作独具一格,意境深远,情调高昂,具有强烈的现实性和革命性。

(原载贺新辉主编:《全唐诗鉴赏辞典》,中国妇女出版社1997年版,第577~578页)

# 台 城

韦 庄

江雨霏霏江草齐,六朝如梦鸟空啼。

无情最是台城柳,依旧烟笼十里堤。

这是一首吊古伤怀的诗。吊古伤今,多以古事引出感慨。这首诗却以"台城"柳树作为主要描写对象,把台城柳拟人化,借以抒写诗人的历史兴亡的感慨。

全诗从景着手,以景驭情。"江雨霏霏江草齐"写诗人站在六朝遗迹的台城上,俯瞰长江,江面上细雨霏霏,岸边春草茂密生长,江山如旧,万古常新。诗歌咏的是台城,但诗人起首却并不正面描绘台城,而是着意渲染一种环境气氛。金陵滨江,所以说"江雨""江草"。江南的春雨,密而又细。在霏霏细雨之中,四望迷蒙,如烟笼雾罩,给人以如梦似幻之感。而暮春时分,江南春草碧绿如茵，又显出自然界的生机。这景色既具有江南风物特有的轻柔婉丽，又容易勾起人们的迷惘惆怅。这就为下句的抒情做了有力的气氛渲染和准备。

"六朝如梦鸟空啼"，写六朝如过眼云烟，像一场幻梦，如今只剩一片遗迹，只有鸟儿在空中鸣啼。六代豪华已无处寻觅，只有想象而已。人且如此，飞鸟又何以知晓呢？一个"空"字，寄托了无限感慨。台城，本是三国时代吴国的后苑城，东晋成帝时改建。从东晋到南朝结束，这里一直是朝廷台省（中央政府）和皇宫所在地，既是统治中枢，又是帝王荒淫享乐的场所。三百多年间，六个短促的王朝一个接一个地衰败覆亡，变幻之速，本来就给人以如梦似幻之感；再加上自然与人事的对照，更加深了六朝如梦的感慨。昔日"台城六代竞豪华"，但如今这一切已荡然无存。只有不解人世沧桑和历史兴衰的鸟儿在发出欢快的啼叫。

三、四两句"无情最是台城柳，依旧烟笼十里堤"紧承上句。"六朝如梦"如过眼烟云，昔日的繁华如今只剩一片遗迹。鸟儿不知亡国恨，依然枝头啼空城。历史无情，遗迹空存，而最无情的怕要是台城上的垂柳了。春风杨柳，生机盎然，总是给人以欣欣向荣之感，让人想起繁荣兴盛的局面。当年十里长堤，杨柳堆烟，曾经是台城繁华景象的点缀。如今，台城已经是"万户千门成野草"。而台城柳色，却"依旧烟笼十里堤"。但这再已不是对往日那种繁华的点缀，而是对今日荒败景象的衬托。历史变迁，人事皆非，景物无情，"依旧"繁茂。它非但不理解人的心情，正是因为它的"依旧"，才引发出人们更深的感慨。这对于一个身处末世，怀着亡国之忧的诗人来说，该是多么令人触目惊心！诗人说柳"无情"，正透露出人的无限伤痛。"依旧"二字，不仅暗寓了历史沧桑之概，还暗示了一个腐败时代的消逝，也预示历史的重演。堤柳堆烟，本来就易触发往事如烟的感慨，加以它在诗歌中又常常被用作抒写兴亡之感的凭借，所以诗人因堤柳引起的感慨也就特别强烈。诗人的凭吊之情正是在对台城景物历史和现实的对比之间，做了深沉、充分的表达。

全诗以"如梦""最是""依旧"构成多层转折，以景物描写烘托感慨，构成一种烟云变幻的境界，形成一种极浓重的感伤情调。当然，吊古是为了伤今，感叹六朝如梦幻，又正是悲叹唐王朝不可避免的没落，从而曲折地表现了诗人的现实态度。

（原载贺新辉主编：《全唐诗鉴赏辞典》，中国妇女出版社1997年版，第571～572页）

# 古 离 别

### 韦 庄

晴烟漠漠柳毵毵，不那离情酒半酣。
更把玉鞭云外指，断肠春色在江南。

这是一首写离愁别绪的诗。众所周知，一般借景衬托的抒情诗，都是以美景寄欢情，以哀景抒哀情。韦庄这首《古离别》却不然。他跳出了以乐写乐、以哀抒哀的寻常比拟，用优美的景色来反衬离愁别绪，并做到了色调鲜明，和谐统一。因此效果就更为突出。

"晴烟漠漠柳毵毵"一句，选择"晴烟""杨柳"二物，用"漠漠""毵毵"两个重叠词，如实地写出春天的浓丽和杨柳的风姿。天空中晴烟漠漠，江岸柳条依依，春风轻拂，旭日初照，一派美景。诗人没有把和挚友离别时的春天故意写成一片黯淡，而是如实地写出它的浓丽，并且着意点染杨柳的风姿，从而暗暗透出了在这个时候分别的难堪之情。

"不那离情酒半酣"转写别宴。送别酒宴已进行了一半，离别在即,此情此景,令人不堪,故说"不那"。这句与上句构成一种强烈的反跌,使满眼春光都好像黯然失色,有春色越浓所牵起的离情别绪就越强烈的感觉。这里用"酒半酣"三字,既写了柳荫下置酒送行的场面,又巧妙地写出了此时人物内心的情感活动。因为如果酒尚未喝,那么离别者的理智尚可以将自己的感情勉强抑制;如果喝得太多,那么感情又会无法控制。只有酒到半酣之时,离愁别恨的无可奈何之状,才能给读者以深切的情感体验。因此,这一句起着巧妙地深化人物感情的作用。这两句突出写送行者不耐离情。虽然未写行者,但行者的心情已檃栝其中了。下两句承上转入写行者心中的离情。

三、四句"更把玉鞭云外指,断肠春色在江南",诗人用"更把"一词转进,直写行者。"更把"承"不那离情酒半酣",饮酒送别,临别上马,扬鞭远指天际。说"云外",指此行之远,也暗示此行之久。诗人用一"指"字,写出了临别时的扬鞭指点动作,使这幅图画更加栩栩如生。"断肠春色在江南"一句,写出行者意想中的江南春色当更令人断肠。行者要去的江南,春天来得更早,春色也就更为动人。它带给行人的不是欢乐,而是更多的因春色而触动的离愁。写到这里,诗意也就自然地突现出来了。

这首诗色调鲜明,给人以一种清新的美感。本来两种春色在离人的不同处境中的感受是不同的,诗人在一首绝句中做了极含蓄又极细微的描画:淡淡的晴烟,青青的杨柳,衬托着道旁的离宴,仿佛一幅诗意盎然的设色山水。诗中行人临别时的扬鞭指点,更使这幅图画显得栩栩如生,传神写照。诗情如画,体物入微,读者不得不佩服诗人高超的艺术技巧。

全诗一句景,二句情,三句情,四句景。景情回环交融,"不那""更把"构成跌宕转折,细腻深曲,情真意浓。

(原载贺新辉主编:《全唐诗鉴赏辞典》,中国妇女出版社1997年版,第575~576页)

# 送日本国僧敬龙归

韦　庄

扶桑已在渺茫中,家在扶桑东更东。
此去与师谁共到,一船明月一帆风。

　　唐代由于文化的发达和经济的繁盛,对外交往十分频繁,各国人民来唐贸易求学的很多。日本人民和中国人民交往也很密切。自唐太宗贞观四年(630)至唐昭宗乾宁元年(894),日本十九次向中国派遣友好使者,并有学问僧随行。这些学问僧在中国留住的时间少则数年,长则达二三十年。他们和唐朝文化人士广泛接触,切磋交流,建立了深厚的友谊。开元、天宝间著名日本留学生阿倍仲麻吕,中国名字叫晁衡,和李白、王维等著名诗人都有很深交情。李白、王维都曾写诗送他。这首诗是诗人韦庄写给日本学问僧敬龙回国的送行诗。诗的情谊十分深切,用一帆风和一船月表达出悠悠挚谊,隽永动人。诗记录了由来久远的中日两国人民的友谊。

　　上联"扶桑已在渺茫中,家在扶桑东更东",意谓敬龙此次回国,行程辽远,里程不易概指。"扶桑"指东方极远的地方,神话传说为日浴之所。日本在中国的东方,所以后来也把日本称作扶桑。诗人采用"扶桑"这个意谓遥远无极的名词,其境本已表明渺茫难寻,但诗人似乎还觉得不能体现敬龙所行路程之遥远,下面紧接着说,敬龙的家乡还在扶桑的东头再东头。说"扶桑"还是个地理名词,似有边际,然而一用"扶桑东更东"便没有了边际。遥远不能定指,则其"远"的意念便淋漓尽致地表达出来了。这两句诗人用字遣词十分讲究。上句"已在"二字,是给次句奠基;次句一个"更在",才是意之所注处。说"扶桑",本来已暗藏了"东"字,又加上"东更东",再三叠用两明一暗的"东"字,把敬龙的家乡所在地写得那样远不可及,既神秘又引人向往。

"此去与师谁共到,一船明月一帆风"两句转入祝友人行程一帆风顺的话头,意谓这次回国,谁和您做伴呢?但愿皎洁的月光照亮您的航程,一帆风顺送您回故乡。"师",乃对僧人的尊称,这里指敬龙。诗人用一个"到"字,先祝他平安抵达家乡。紧接着,以"明月"暗示天气晴朗,风和日丽,波澜不惊,排除横风暴雨与大雾迷航的忧患。"帆风"谓顺,勿起狂飙。"谁"字先点出"与师共到"之人,由下句的明月、顺风再为挑明,并使"风""月"得"谁"字而人格化了。"共"字,一方面捏合"风""月"与"师"三者,连同"船"在一起,引出海行中的美妙之景和舒畅之情;另一方面,又结合"到"字,说"共到",使顺风朗月的美景贯串全程,陪同友人直到家乡。这两句句意互见,浑然一体,表达了良好的祝愿和诚挚的友情。

(原载贺新辉主编:《全唐诗鉴赏辞典》,中国妇女出版社1997年版,第568~569页)

# 金 陵 图

韦 庄

谁谓伤心画不成?画人心逐世人情。
君看六幅南朝事,老木寒云满故城。

这是一首题画诗,但思想内容却与《台城》一样是凭吊古迹,抒发对六朝灭亡的感慨。全诗以设问设答的手法,直抒胸臆,简明扼要地表明自己的看法。

诗人题写的是六幅描绘六朝(东吴、东晋、宋、齐、梁、陈)史事的彩绘。因为六朝均建都于金陵,故名"金陵图"。而这六幅"金陵图"的作者,并没有为南朝统治者粉饰太平,而是在画面里着意描绘出六朝凄凉衰败的残景。画面上没有色彩艳丽、生机勃勃、郁郁葱葱的物象,而是老木、寒云、危城、断壁残垣、水瘦山寒、老树昏鸦这些缺乏生机与活力的衰败之象。这些物象的画面,使人看到二百年间的帝都金陵并非什么飞檐雕绘、气宇轩昂、繁华富庶、郁郁葱葱、气势非凡、歌舞升平的帝王之都,倒是使人看后心生无限凄凉与伤感的古城。

和韦庄这首《金陵图》相似的作品,还有诗人高蟾的一首《金陵晚望》,我们不妨参照来读:"曾伴浮云归晚翠,犹陪落日泛秋声。世间无限丹青手,一片伤心画不成。"这首诗结尾两句感慨极为深沉,诗人的情感也极为沉痛。诗人预感到唐末社会危机四伏,正在无可挽回地走向总衰败、大崩溃的末日。诗人为此而深感痛心、苦恼,但又无力回天,因此将这种社会潜在的危机与自己对这种危机的焦虑而又无能为力的情绪归结为"一片伤心"。这"一片伤心"深入骨髓,痛彻心扉,在一般画家的笔下是无法表达出来的。

然而,当诗人韦庄看了这六幅描绘南朝故事的图画之后,便对高蟾那"一片伤心画不成"的说法产生了怀疑。难道真是画不成吗? 你看这六幅南朝故事图画,不是已把"一片伤心"和盘托出了吗? 看到这些图画,想到高蟾的诗句,使人心潮激动,感情波涌,提起笔来,落墨成文,写道"谁谓伤心画不成? 画人心逐世人情",对这六幅"金陵图"予以高度的评价与赞美。诗歌一开始就用"伤心"二字将六幅"金陵图"的作者无限感慨之情和盘托出。诗人认为所谓"一片伤心画不成",那是由于一般的庸俗画家,只想迎合世人庸俗的心理,专去画那些粉饰太平的图画,以画取宠,而不是用画笔反映社会的真实面貌,表达民众的真实情感,心中只有功名而无忧患意识罢了。

"君看六幅南朝事,老木寒云满故城"二句,就是诗人在否定了高蟾"一片伤心画不成"的观点后,举出一个出色的例证来反驳。如果你不相信,就请看这六幅"金陵图"吧。每一幅画的都是古城废墟,点缀着古木、寒云、断壁、残垣,一片衰败,一片凄凉。这两句通过对画面的具体描绘,为首句的"伤心"二字做了注脚,把诗人对南朝灭亡的感慨充分表现了出来。

# 蚕 妇

杜荀鹤

粉色全无饥色加,岂知人世有荣华?
年年道我蚕辛苦,底事浑身着苎麻?

在唐人七绝中,直接深刻揭露农民和地主两个对立阶级之间不可调和矛盾的诗作是十分少见的。杜荀鹤这首《蚕妇》便是其中揭露比较深刻、写得较好的一首。这首诗写蚕妇年年辛苦,结果还是忍饥挨饿,苎麻蔽体。她们的劳动成果被统治阶级占有,诗人为她们的辛苦和遭遇鸣不平。元代以前,棉花的种植还没有从南方普及全国,衣服的原料主要是丝和麻。在唐代,朝廷向农民征收实物地租,丝织物及丝绵也是其中一部分。但因丝贵麻贱,所以养蚕织绸的农村妇女,到头来反而穿不上丝绸。在这首诗里,诗人便深刻地指控了这一现实。

"粉色全无饥色加,岂知人世有荣华"二句写这位蚕妇的处境。爱美之心人皆有之,妇女尤甚。她们有时总要搽点胭脂花粉,农村妇女何尝例外?但诗人写到这位养蚕妇女脸上全无粉色。这意味着贫穷和忙碌将她的生活兴趣与爱美之心完全剥夺掉了。她不但面无粉痕,呈现出来的却是由于饥饿而日益增加的憔悴。这里,诗人以"粉色"和"饥色"对举,"无"和"加"对举,这就更尖锐地说明了问题,形成鲜明的对照。像她这样终日无休止地劳动,还要忍饥挨饿,哪里还知道人世间有荣华富贵呢? 同样都是人,为什么有的"粉色"有加、涂脂抹粉、铅华浓厚,有的却不但"粉色全无",而且"饥色有加"呢? 人难道一出生就是有等级贵贱的吗? 这两句诗人含蓄地揭露了社会的不公。

　　"年年道我蚕辛苦,底事浑身着苎麻"二句,诗人以这位蚕妇的口气写,代她鸣不平。我年年养蚕织布,人人都说我十分辛苦,为什么我浑身上下却不见一寸丝绸呢? 劳动人民享受不到自己的劳动成果,自己辛辛苦苦,却无衣无食;统治阶级不劳而获,却安享荣华。这是多么不合理的社会现实啊! 然而这种不合理现象,又被统治阶级及其辩护者们说成是天经地义的。诗人作为统治阶级的一员,敢于指出这一普遍存在的社会丑恶现实,这就十分难能可贵了。宋人张俞的同题五言绝句云:"昨日入城市,归来泪满巾。遍身罗绮者,不是养蚕人!"而来鹄的同题七绝也写道:"晓夕采桑多苦辛,好花时节不闲身。若教解爱繁华事,冻杀黄金屋里人。"这些正好作为这首诗的补充,说明了一个问题的两个方面。

　　(原载贺新辉主编:《全唐诗鉴赏辞典》,中国妇女出版社1997 年版,第 605～606 页)

# 再经胡城县

### 杜荀鹤

去岁曾经此县城,县民无口不冤声。
今来县宰加朱绂,便是生灵血染成。

这首诗通过叙写两次经过胡城县的所见所闻,揭露封建官吏作威作福、欺压人民,反而得到升赏的不合理现实。"再经",就意味着忆"初经"。先后两次经过胡城县的感受,使"我"心情激动,不能已于言。

"去岁曾经此县城",用字十分准确。"去岁"相对于"今岁"而言,说"去岁曾经"表明诗人在抚今追昔,从"再经"忆"初经"。"初经"既在"去岁",那么,从"初经"到"再经",不过一年的时间,"此县城"又能有什么变化足以使"我"感荡心灵,非陈诗无以骋其情呢?"此"字,表明诗人已经立足于胡城县城,对某些现象感受强烈、有话要说,这就自然而然地唤起了下句。

"县民无口不冤声"这句如洪钟巨响,炸雷般地揭露了县官的作恶多端和县民所受到的冤屈。"冤声"是诗人亲自听到的。县民一个个都在喊冤,这又是诉之于视觉的感性形象。一县之民,成千累万,竟然个个受冤,个个喊屈,无一例外,究竟是什么原因呢?诗人没有言明,但"初经"胡城县的诗人是明白的,读者自然也是可以想象得到的。

"今来县宰加朱绂,便是生灵血染成",用"血染成"沉痛地控诉了县宰"以人血染红帽子"的滔天罪恶。县官残酷欺压人民,本应受到惩罚,可是恰恰相反,却得到了"加朱绂"的升赏。这种对比是多么的鲜明!说明唐末的政治腐朽到何种程度。

这首诗对于典型现象的高度概括是通过对于"初经"与"再经"的巧妙安排完成的。写"初经"时的所见所闻,只从"县民"方面落墨;是谁使得"县民无口不冤声"呢?诗人没有明说。写"再经"时的所见所闻,只从"县宰"方面着笔;他凭什么"加朱绂"呢?诗人也没有明言。在摆出了这两种典型现象之后,紧接着用了"便是"一词做判断,而以"生灵血染成"作为判断的结果。"县宰"的"朱绂"既然"是生灵血染成",那么"县民无口不冤声"正是"县宰"一手造成的。这就无比深刻地揭露了封建统治者"与民为敌"的本质。

（原载贺新辉主编:《全唐诗鉴赏辞典》,中国妇女出版社
1997 年版,第 603～604 页）

## 续韦蟾句

### 武昌妓

悲莫悲兮生别离,登山临水送将归。
武昌无限新栽柳,不见杨花扑面飞。

这是一首钱行宴上吟离愁别绪的抒情诗。诗的前两句由韦
蟾分别集自屈原的《九歌·少司命》和宋玉的《九辩》,后两句则
由一位歌妓即兴续成。韦蟾是晚唐诗人,官至尚书左丞。一次,
他到鄂州(武昌)察访,离去时当地官员设宴为他钱行。席间他
即景生情,将联语写在纸笺上,请在座宾僚续出下联。众宾僚正
在沉吟,一位歌妓见笺即口占两句,第一个续成,满座皆惊,无不
称奇叫绝。韦蟾赞赏她的诗才,不惜重金替她赎身。

续诗联句是文人骚客们经常酬对的雅事,名句佳联自不鲜
见。这首续诗便属上乘之作。沈德潜在《唐诗别裁》中称此诗
道:"上二句集得好,下二句续得好。"为什么集得好?续得好?
沈氏没有明言。

先看"集得好"。这大概是由于:其一,集得贴切自然,不感
生硬。当时设钱者盛情殷殷,将离者不免别情依依。此情此景,
用这首诗的前两句来表达,既现成又具体生动,贴切自然。其
二,不拘成规,取用中有所创新。作者把宋玉原辞"登山临水兮
送将归"中的"兮"字删去,化成七字,同上句集成一联,仿佛天
成。其三,此联不仅语义连贯,而且音律也大体和谐。总之,这

句联语既存古意,又合眼前情景,可以称得上是妙手偶得,浑然
天成。

再看"续得好"。首先它得体自然,并不刻意做作。集句抒
的是当宴之情,而续句咏的则是眼前之景。两相呼应,辉映成
趣。集句用的是赋法,直抒胸臆;而续句则以兴义应之。古人诗
评云:"善诗者就景中写意。"集句中的离情别意既然写足了,续
句则以眼前景物起兴,以景续情,恰可补救集句情意稍嫌直露的
缺憾。同时,续句中的武昌、新柳、杨花等,不仅点明了设饯的地
点、节令、环境,而且还有点染气氛之功效,能使读者于诗句之外
以景见情,体味到当宴宾主的惜别心绪。其次,续句景象优美,
语义深婉。借杨柳表离情,只一个"飞"字就把景物写活了。诗
人把"新栽柳"人格化了,连它尚知飞花扑人,情丝绵绵,座中宾
主怎会无动于衷? 另外,以春阑将归时的飞花衬托将归故人的
心境,岂不令人倍感怆然!

(原载贺新辉主编:《全唐诗鉴赏辞典》,中国妇女出版社
1997 年版,第 602~603 页)

# 未展芭蕉

### 钱 珝

冷烛无烟绿蜡干,芳心犹卷怯春寒。
一缄书札藏何事,会被东风暗拆看。

这是一首咏物诗。诗人并没有刻意描摹未展芭蕉的形态,
也没有写它的气质与神韵,而是通过丰富的想象和艺术联想,以
凝练准确的语言,把未展芭蕉人格化了,达到了物我为一、主客
融合、浑然一体的神似境界。

"冷烛无烟绿蜡干"一句,诗人首先从未展芭蕉的形状与色泽落笔,由此联想到蜡烛,于是便将未展芭蕉具象化了。蜡烛是人人平常皆用的东西,人们无数次地赞美它,它给人的感受通常是红亮、晶莹、温暖、光洁。但诗人这里却不说"红",而用"绿""冷"二字来写,不仅造语新颖,超出众人意料,而且巧妙地传达出了诗人对"未展芭蕉"的独特感受。"绿蜡"这一物象,给人以翠脂凝绿的美丽联想;而"冷烛"一语,则使人感到那紧紧卷缩的蕉烛上面似乎笼罩着一层早春的寒意,给人一种独特的感受。这一句以"绿蜡""冷烛"来形容未展芭蕉,不但形似,而且传神、具体,给人以具体的生活体验,意象尤为鲜明。接下来诗人又展开丰富的联想,将未展芭蕉说成是"芳心犹卷怯春寒",别开生面,不但赋予它一个美好的名称"芳心",而且将之拟人化,说它"芳心犹卷"的原因是"怯春寒"。这可谓匠心独运,字字新奇。诗人将未展的芭蕉比喻为芳心未展的少女,这不但给人一种美丽、纯洁的艺术联想,而且给人以亭亭玉立、婀娜多姿的感受,更使人感到新颖别致、妙趣横生。当然,这一句从表面看来,似乎和首句的"冷烛""绿蜡"之喻脱榫;但从深层联系来看,无论从形象或意念来说,这两句都是一脉相承、一气贯注的。"蜡烛有心还惜别","有心惜别"的蜡烛,本来就可以用来形容多情的少女。而"绿蜡"这一物象所显示的翠脂凝绿、亭亭玉立的形象,也极易使人联想到纯洁美丽的少女。因此,在诗人奇异丰富的艺术想象中,那在料峭春寒中卷着"芳心"的芭蕉,仿佛是一位含情脉脉的少女。由于环境和"怯"的心理束缚,"这位少女"只能暂将自己的"芳心"隐藏在心中,不敢轻易吐露,以免招来是非和伤害。如果说首句还只是以物比物,从未展芭蕉的外在形状、色泽上进行描摹刻画,求其形似;那么这一句则通过诗意的想象与联想,把芭蕉人格化了,达到了人与物浑然一体、水乳交融的神似境界。

"一缄书札藏何事,会被东风暗拆看"二句在上句的基础上又拓展了新意境,抒发了更美好的情思。诗人先以未拆封的书札来比喻未展芭蕉,以求形似。书札紧紧封缄着,卷成圆筒形,其内容,亦即写信人的一片芳心,就深藏在其中,似乎不愿意让人知道它的奥秘。这和第二句的"芳心犹卷"在意念上完全相通。不过,第二句侧重于表现客观环境的束缚,这一句则侧重于表现主观上的藏而不露。未曾舒展的少女情怀和包蕴着深情的少女书札,本来就极易引起由此及彼的联想。但需要注意的是,这两句并非用另一比喻简单地重复第二句的内容,而是通过"藏何事"的设问和"会被东风暗拆看"的遥想,展示了新的意境,抒发了更美好的情思。在诗人丰富的想象中,这未展芭蕉犹如深藏着美好情愫且密封的少女的书札,严守着内心的秘密。然而,随着寒气的消逝,芳春的到来,和煦的春风总会暗暗拆开这封"书札",使那美好的情愫展露在无边的春色中。既然如此,又何必深藏内心的奥秘,不主动地坦露情怀,迎接东风,欢呼春天的到来呢?这里一个"会"字用得极为巧妙,它让人感到芭蕉由怯于春寒而"不展",到被东风吹开,是顺乎自然规律的。而一个"暗"字又极为细腻地显示出这一变化过程是在不知不觉中进行的。这便极为有力地深化了诗的意境,增强了诗的艺术表现力。

(原载贺新辉主编:《全唐诗鉴赏辞典》,中国妇女出版社1997年版,第608~610页)

# 淮上与友人别

郑　谷

扬子江头杨柳春,杨花愁杀渡江人。
数声风笛离亭晚,君向潇湘我向秦。

郑谷是袁州宜春(今江西省宜春市)人,在淮水之滨与友人作别,乃是客中送客。淮水发源于河南桐柏山,经过安徽,东注江苏洪泽湖。这两个朋友,一个准备经由河南去长安,一个准备经由江苏去潇湘。一西一东,背道而驰,愈去愈远,会合也更难了。

诗的前半是友人由淮上(可能是通过运河)南下的情景,是虚摹即将出现而尚未到来的事。"扬子江头杨柳春,杨花愁杀渡江人"二句即景抒情,点醒别离,写得潇洒不着力,读来别具一种天然的风韵。扬子江,指扬州、镇江一带的长江。诗人想到,正在杨叶舒青、柳絮飞白的春天,他的这位朋友踽踽独行,渡江西上,必然面对杨柳而更加深离别之情。故于扬子江畔点明地点、杨柳春点明时间、杨柳点景之外,又突出"愁杀"二字来加强在其地、其时、其景中的渡江人的愁苦形象。江边渡口,杨柳依依,晚风中柳丝轻拂、杨花飘荡,岸边停泊着朋友即将远去的小船。这一句像一幅清新秀雅的水墨画,景中寓情,意韵深刻。第二句写美好的江头柳色和宜人春光,在这里恰恰成了离情别绪的触媒,所以说"愁杀渡江人"。诗人用淡墨点染景色,用重笔抒写愁绪,看起来似乎不甚协调,仔细品味方感二者的和谐统一。这与王昌龄《送魏二》的"忆君遥在潇湘月,愁听清猿梦里长"等用笔相同。

后半写友人分别的情景,是实写当时之事。作者从江头景色收转到离亭别宴,正面抒写握别时的情景。离亭笛声,风中荡漾,亦即李白《春夜洛城闻笛》的"玉笛暗飞声"及"曲中闻折柳"之意。驿亭宴别,酒酣情浓,席间吹奏起了凄清怨慕的笛曲。因上两句已说到杨柳,所以笛中所奏为伤离之《折杨柳》曲,其事甚明。这笛声正倾诉出彼此的离衷,使两位即将分手的友人耳接神驰,默默相对,思绪萦绕,随风远扬。离笛声中,天色仿佛不知不觉地暗了下来,握别的时间到了。两位朋友在沉沉暮霭中互道珍重,各奔前程。诗人这里着一"晚"字,则酒杯之频倾,笛曲之屡奏,彼此流连光景,直到日暮还不忍分手之情状,尽在其中矣。结句以一对矛盾组成,即友人南下而自己北上。这对矛盾便是这首诗的"根"。如果没有它,这首诗就不可能产生了。而诗人将它们组织在一句之中,加以对照,就使得读者的印象更为强烈。

(原载贺新辉主编:《全唐诗鉴赏辞典》,中国妇女出版社1997 年版,第 614～615 页)

# 菊

### 郑　谷

王孙莫把比蓬蒿,九日枝枝近鬓毛。
露湿秋香满池岸,由来不羡瓦松高。

这首咏菊诗,全篇却不着一个菊字,但句句均未离开菊。从菊花的形态体征,写到菊花的品格个性,以及人们对菊花的态度,最后点出咏菊的含义。

"王孙莫把比蓬蒿,九日枝枝近鬓毛"二句,写不同的人们对菊花的不同态度,点出菊花的品质与格调。菊花是草本植物,它的形状体征与蓬蒿有某些类似之处。正因为如此,那些四体不勤、五谷不分的王孙公子们,便把菊花当作蓬蒿,对菊花任意践踏和摧残。菊花仅仅因为貌不惊人,枝叶不如他花那样娇美鲜艳,便遭受到这样的不幸。这劈头一句,就大喝一声,郑重其事地告诫那些王孙公子,不要把菊花认作蓬蒿,不能将菊花和杂草相提并论。菊花自有菊花的价值与品格,这是杂草不能比拟的。这一句使人想起聂夷中笔下所讽刺的那些《公子家》,诗云:"种花满西园,花发青楼道。花下一禾生,去之为恶草。"这些四体不勤、五谷不分的家伙，竟然分辨不出哪是草、哪是禾。这一句起得突兀，直截了当地提出问题，有高屋建瓴之势，并透露出对王孙公子深刻的讥讽与无情的嘲弄。第二句紧承首句点题，每年九月九日，是人们所喜爱与欢度的重阳节。每到这天，古人必登高赋诗、饮酒赏菊，并佩戴上茱萸香囊，还要采撷菊花插戴于发鬓之上。这一句诗人以这种古老的传统风俗暗点一个"菊"字，说明一般民众与五谷不分的王孙公子不同，他们对于菊花是热爱与尊重的。菊花不是蓬蒿，它是人们所喜爱的植物，能给人们带来愉悦与美感。

　　"露湿秋香满池岸，由来不羡瓦松高"二句，集中描写菊花的高洁品质，这是全诗的着重之处。秋天的清晨，旭日初升，丛丛秀菊，饱含着晶莹的露珠，在阳光的照耀下，湿润透亮，闪闪发光，灿烂夺目，明丽可爱。菊花的缕缕幽香，溢满池塘的岸边，微风过处，香飘四方，令人心旷神怡。那艳丽的菊花，在阳光的照射下，格外鲜艳，格外迷人。这一句，就使菊花所独有的风姿神韵跃然纸上。这里，诗人一个"湿"字用得极妙，让人不难想象那片片花瓣缀满露珠，分外滋润，分外明丽。而一个"满"字，又下得极为形象贴切，表现出那清香是如何地沁人心脾、令人痴迷。由此人们不仅看到了菊花特有的形象，也感受到了菊花和那特定的环境、氛围交织融合所产生的特有的魅力。诗人在描写了菊花的气质特征之后，又自然地归结到吟咏菊的主题上来："由来不羡瓦松高。"诗人以池岸边的菊花与高屋上的瓦松做对比，意在说明菊花虽生长在沼泽低洼之地，却高洁、清幽，毫不吝惜地把它的芳香献给人们。而瓦松虽踞高位，地势显赫，实际上却于人无用，于物无成，独有其势，外强中干。这里，"瓦松"是指一种寄生在高大建筑物瓦檐处的植物。崔融《瓦松赋》序云："瓦松者，产于屋溜之上……俗以其形似松，生必依瓦，故曰瓦松。"瓦松虽能开花吐叶，但"高不及尺，下才如寸"，没有任何用处。诗人把瓦松和菊花做比较,赋予菊花以不求高位、不慕荣利的优秀品质,从而将菊花人格化了,写出了它的高尚气节。全诗处处咏菊,处处寄情。诗虽含蓄,而余味深长。

（原载贺新辉主编:《全唐诗鉴赏辞典》,中国妇女出版社1997年版,第615~616页）

# 席上贻歌者

### 郑 谷

花月楼台近九衢,清歌一曲倒金壶。
座中亦有江南客,莫向春风唱鹧鸪。

这首诗是诗人在一次宴席上赠给歌唱者的。首写繁华之地,次写欢乐之时,于繁华中见寂寞,于欢乐中觉凄苦,使诗情愈感寂寞凄苦。但这种心事,唯己自知。清歌已使人惆怅,而鹧鸪之词,又是个江南之曲,使江南客闻之,必更肝肠寸断,所以作者郑重告之"莫向春风唱鹧鸪"。

"花月楼台近九衢,清歌一曲倒金壶"二句,描写都市的热闹、繁华、富庶的景象。天空一轮明月高悬,把地面照耀得如同白昼一般。地上万家灯火,花团锦簇,花影浮动,暗香盈袖。街市上行人车马,来来往往,川流不息,欢声笑语,此起彼伏。明月的清辉照映在高楼上,照耀着高楼四周的鲜花、杨柳。放眼望去,那酒楼上更是热闹非凡:高朋满座,贵客如云;灯红酒绿,盛宴空前;轻歌曼舞,令人神往。那年轻的歌女在演唱,声声入耳,句句动人。那美妙的歌声,随着微风,在空中飘扬、回荡,令人陶醉。这里,"九衢"指都市中四通八达的街道。"清歌",清脆悦耳的歌声。"倒",斟酒。"金壶"指精致贵重的酒器。这两句诗采用了由远及近、由外而内、步步深入的手法，将歌舞的时间、地点、环境、宴席、歌者、听者，以及歌舞酒宴的欢乐气氛表达得十分生动、形象、逼真。每一句之中包含了几个意象，而这些意象的巧妙组合，便构成了一幅静中有动、动中有静的美妙画卷。作者写得词简意丰，虚实相兼，使人有身临其境之感，又给人留下了充分想象的艺术空间，使诗味无穷。

"座中亦有江南客，莫向春风唱鹧鸪"二句，写客居异乡的羁旅之情。这两句紧承上联歌声越听越动情，酒愈饮愈兴浓。但是，到后来还是歌声比酒更令人陶醉，更令人神思飞扬。因此，这两句不言酒而单写歌，而且妙在诗人不是对歌者或那悠扬动听的歌声进行描摹，也不是直接抒发对歌声有怎样的感受和体验，而是设身处地地为"客人"着想，奉劝歌者"莫向春风唱鹧鸪"。"鹧鸪"，即《鹧鸪曲》，是当时十分流行的乐曲。据说鹧鸪有"飞必南翥"的特性，其鸣声像是"行不得也哥哥"。《鹧鸪曲》效鹧鸪之声，曲调哀怨清婉。为这个曲子所写的词，也大多抒发相思与别恨的哀怨。那么，诗人为何未听《鹧鸪曲》情已怯了呢？尽管诗人在首联极力描绘了春风夜月、花前酒楼的美好春景，但从次联中自称"江南客"，就可以见出诗人的乡思之情，早已被那缠绵的歌声所撩动了。如果这位歌者再唱出他久已熟悉的那首"佳人才唱翠眉低"的《鹧鸪曲》，那就不免要"游子乍闻征袖湿"了，终至于不能自已。因此，诗人十分郑重其事地向歌者请求"莫向春风唱鹧鸪"，这不仅充分体现出歌声具有荡气回肠的魅力，同时也表现出诗人羁旅的情怀。这就取得了一箭双雕、画龙点睛的艺术效果，使诗含蓄深邃、余韵无穷。

（原载贺新辉主编：《全唐诗鉴赏辞典》，中国妇女出版社1997年版，第617~618页）

# 奉和春日幸望春宫应制

苏 颋

东望望春春可怜,更逢晴日柳含烟。
宫中下见南山尽,城上平临北斗悬。
细草偏承回辇处,飞花故落奉觞前。
宸游对此欢无极,鸟弄歌声杂管弦。

这是一首歌功颂德、粉饰太平的奉和应制之作,虽然也见出一些开明政治的气氛,浮华夸张的粉饰不多,但思想内容并无可取之处。这类诗由于是奉和应制之作,拘于君臣名分,终究不免感恩承欢。因此,诗人要写得冠冕华贵,雍容典丽,得体而不作寒乞相,缜密而有诗趣,就不得不在艺术技巧上去刻意追求。诗作既要追求艺术形式的精美得当,又要做到自然欢畅,语言典丽明快,而且必须紧扣原作,和原作保持艺术风格、形式、格调的一致。

根据这首诗的诗题来看,皇上的原诗题曰"春日幸望春宫"。"望春宫"是唐代京都长安郊外的一座行宫,有南、北两处。这里的"望春宫"指南望春宫,在东郊万年县(今西安市长安区),南对终南山。这首和诗便是歌颂皇帝春游望春宫的盛况。

"东望望春春可怜,更逢晴日柳含烟"二句,一开头便点题破题,显出诗人的才思和技巧十分高超。"东望望春"既说"向东眺望望春宫",又有"向东眺望,望见春色"之意。一词兼语,语意双关,不仅巧妙地点出了诗题"望春宫",而且对"可怜"的春色、春光予以赞美与歌颂。正因为春光可爱,春色美好,才激起了圣上的游兴。接着便说更逢天气晴朗，风和日丽，鸟语花香，莺歌燕舞，春色含情，恰好出游。"柳含烟"一词便将那美丽的春色、可爱的风光表达无余。

"宫中下见南山尽，城上平临北斗悬"二句，写望春宫所见。从望春宫向南望去，终南山巍然屹立，绵延不断，挡住了视线；从望春宫再回望长安城，皇都与北斗相应展现。这两句似乎在写当日实景，但造意铸词之中，却有虚有实，巧用典故，旨在祝颂，却虚实相生，显而不露，十分委婉含蓄。这里"南山""北斗"皆语意双关。"南山"语出《诗经·天保》："如南山之寿，不骞不崩。"原意即谓祝祷国家"基业长久，且又坚固，不骞亏，不崩坏"。这里用以写终南山，并兼用《诗经》语意，以寓对皇上的祝祷。而"北斗"语出《三辅黄图》，其上云，汉长安城，"南为南斗形，北为北斗形"，故有"斗城"之称。长安北城即皇城，故"北斗"实指皇帝所居的宫城。第二句云"更逢晴日"，这里又云"北斗悬"，可见，这里的"北斗"并非指"北斗星"，而是实指皇城。虚拟天象，意在歌颂皇城的富丽堂皇，如北斗般灿烂夺目，令人向往。

"细草偏承回辇处，飞花故落奉觞前"二句，写望春宫中饮宴歌舞，承恩祝酒，一派歌舞升平的景象。这两句用词极为得体精当，媚而不俗，不卑不谀。诗人随从皇上入宫饮宴，观赏歌舞，这对他来说自然是莫大的荣耀，他怎能不感恩戴德，殷勤献杯，衷心祝颂！但这种心理如果写得过于直露，便不免有寒乞气，留下语柄。因此诗人巧妙地就"望春"二字做文章，用花草做比喻，既切题得体，又十分新颖有趣。"细草"用以自比，表现自己的细微不足道；"回辇处"，即指自己进望春宫。"飞花"，比喻那些花枝招展、轻歌曼舞、如天女散花般的歌姬舞女；"奉觞前"，指饮宴和祝酒。"偏承"点出"独蒙恩遇"之意，"故落"点明"故意求宠"之态。这里细草以清德独承，飞花恃美色故落，臣、姬有别，德、色殊遇，以见自重，以颂圣明。其取喻用词，各有分寸，生动妥帖,不乞不谀,而又渲染出一派君臣欢宴的游春气氛,从而显出诗人高深的艺术造诣。

"宸游对此欢无极,鸟弄歌声杂管弦"二句,歌颂饮宴升平。"宸游"即天游,指皇帝这次春游。在美丽的春色中,君臣同乐,圣心欢喜无比,人间万物都欢乐歌唱,显出一派歌舞升平的盛世气象。

这首诗思想内容虽无可取之处,但艺术技巧却十分精湛。在艺术构思和艺术表现上,有不少可取之处,值得借鉴。

(原载贺新辉主编:《全唐诗鉴赏辞典》,中国妇女出版社1997年版,第687~688页)

# 白　莲

陆龟蒙

素花多蒙别艳欺,此花端合在瑶池。
无情有恨何人觉,月晓风清欲堕时。

这首咏物诗通过对白莲神态、品格的刻画,寄寓了诗人有志难申、飘零自伤的身世之感,因此被沈德潜的《唐诗别裁》誉之为"取神之作"。

"素花多蒙别艳欺"意谓,素色花经常蒙受其他颜色鲜艳的花卉的欺负。"素"即白花,"别艳"即指红莲一类色彩鲜艳的花卉。莲花红多而白少,人们一提到莲花,总是欣赏那红裳翠盖、亭亭玉立、出淤泥而不染的红莲,又有谁能想到或注意那不事铅华的白莲呢!鲜红的夏日阳光,照耀着透出波面的鲜红莲花,明镜里现出一片丹霞。它那鲜丽的色彩,为观赏者赞叹不已,人们从各种不同角度,以各种不同的方式去赞美它、欣赏它。然而,同样是出淤泥而不染的白莲,同样秀丽芬芳的白莲,尽管它是那样冰清玉洁,那样高雅洁白,那样气质非凡,可总是被人们忽视,总是蒙受"别艳"的欺侮。这句似乎是纯粹的咏物,但由于描写的是客观存在着的具体的物象,诗人按照自己的主观感受将这种物象描绘出来,便使客观物象寄寓了主观意象,从而使物象中蕴含了丰富的主观内容,因而达到了物我一体、相互融合。这样,这一句就不纯粹是吟咏自然界的莲花了,而更蕴含了丰富的社会内容,有更广泛的意义。

"此花端合在瑶池"是对白莲的正面赞美。在诗人看来,红莲尽管艳丽,然而"清水出芙蓉,天然去雕饰",真正能够见出莲花之美的,应该是那些洁白如玉、清秀高雅的白莲。它犹如神话中的西王母所居之地的瑶池仙女,冰清玉洁,自然天成,和俗卉凡葩有着天壤之别。诗人说白莲应该在瑶池,但事实上它却未能进入瑶池,这便是白莲的不幸。这难道不也正是那些身怀绝技、满腹经纶、有王佐之才的俊士却屈沉下僚或终生布衣的不幸么!

"无情有恨何人觉,月晓风清欲堕时"二句意谓,白莲冰清玉洁,不愿以艳色取悦于人,似是无情的;白莲具有高尚的品格,却不如"别艳"那样受人珍视,任其在月晓风清之时渐趋凋落,怎不有恨! 白莲,它凌波独立,不求人知,独自寂寞地开着,似乎是"无情"的。可是秋天来了,绿房露冷,素粉香消,它默默地承受着寂寞、孤独以及各种风霜雨露的摧残,又似乎有无穷的幽恨。倘若在"月晓风清"的朦胧曙色中去看这将落未落的白莲,你会感到它是多么富有动人的意志和精神! 它简直就是橘袂素巾的瑶池仙子的化身。由此可见,诗人对白莲是何等的喜爱与赞颂。

这首咏莲诗,并没有着意于色彩的描写与形状的刻画,而是抓住白莲的"多蒙别艳欺"这一特点生发开来,着力赞美白莲的气质与精神。当然,这里显然不是纯粹的咏物,而是寄寓了诗人丰富的审美情感,有着深广的社会内涵。

（原载贺新辉主编:《全唐诗鉴赏辞典》,中国妇女出版社1997年版,第565~566页）

# 怀宛陵旧游

陆龟蒙

陵阳佳地昔年游,谢朓青山李白楼。
唯有日斜溪上思,酒旗风影落春流。

这是一首写往年游历的山水诗。诗人善于捕捉到刹那间的形象,对宛陵的山水及人文景观予以形象的描绘,融情于景,以景写情,意境含蓄。

宛陵,即汉代设置的宛陵县,西晋属宣城郡,隋时改名宣城,即今安徽宣城市宣州区。宛陵三面为陵阳山怀抱,前邻句溪、宛溪,绿水青山,是个风景秀丽的地方。"旧游"指旧游之地,即宣城。南齐大诗人谢朓曾任宣城太守,建有高楼一座,世称"谢公楼",唐代又名"叠嶂楼"。诗人李白也曾客游宣城,写下了著名的《宣州谢朓楼饯别校书叔云》。大概是太白遗风所致,谢公楼遂成为宣城著名的酒楼。诗人陆龟蒙这首诗所写的,便是有着秀丽山光水色与著名人文景观的江南小城。

"陵阳佳地昔年游,谢朓青山李白楼"二句,叙述宛陵旧游的怀念,意谓自己从前曾到陵阳山的那个好地方游历,那里有谢朓、李白的游踪遗迹。这里的青山高楼,由于先辈诗人的点缀,令人分外喜爱与向往。据史载,诗人谢朓出任宣城太守时实际上正不得意,"江海虽未从,山林于此始"。李白客游宣城时也是牢骚满腹,"今日之日多烦忧","抽刀断水水更流,举杯消愁

愁更愁。人生在世不称意，明朝散发弄扁舟"。但是，与陆龟蒙
此时的处境与心情相比，谢朓毕竟还为此地太守，毕竟尚有兴
致。李白更是豪游之士。青青的陵阳山上，那幢谢朓所筑、李白
曾酣饮的酒楼，的确令人思慕与向往。而诗人陆龟蒙自己，一介
布衣，默默无闻，功名未就，事业未成，虽然也游过这陵阳佳地，
却不能像前贤谢太守与李白那样为"谢朓楼"再增添一分风韵
雅胜，为宣城添一处名胜。这于个人来说，他愧对前贤；对时世
而言，他深感落寞与悲哀。因此，回想当年的旧游，他心中只有
那充满迷惘的时逝世衰的凄凉与悲哀。正由于有这样的心态，
所以诗人看到的景象，无不染上了浓浓的凄凉、孤独、落寞的情
感色彩，这就使诗自然而然地过渡到下两句。

　　"唯有日斜溪上思，酒旗风影落春流"二句，写宛陵景色虽
然美不胜收，而令他感受最深、最能牵动他的思绪的是，西斜的
落日映照在水面，那叠嶂楼的倒影映在水中，那永不停息地流逝
的春水，那晚风中飘摇的酒旗，仿佛飘落在春水中流逝一般。这
日暮黄昏的情景，构成了一幅入诗画境。这画境最易引起失意
落寞之人的无限感慨和绵绵不绝的思绪了。至于惹起诗人的什
么思绪，诗人并没有说，也无须说破，因为有了前两句的景物陪
衬，这里所描写的这幅情景所蕴含的感慨，读者便自然领悟于
心，无须多说了。这样的结尾，便使诗意含蓄深邃，余韵悠长，取
得言尽而意不尽的效果。

　　这首诗前两句叙述对宛陵旧游的怀念，后两句回忆当年留
下最深刻印象的景物，借以咏怀古迹、感伤时世，抒发失意落寞
的情感。因此，诗不仅描摹山水如画，更融入了诗人深沉的感
慨，使全诗风物如画，含蓄不尽。前两句点出时间、地点，显出名
胜、古迹，借以抒发怀念、思慕之情，语言精练，含义丰富，形象鲜
明。后两句切入主题，突出印象，以实见虚、以景传情，使全诗情
景浑然为一，含有无穷的回味，不愧为"诗中画本"。

# 新 沙

陆龟蒙

渤澥声中涨小堤,官家知后海鸥知。

蓬莱有路教人到,应亦年年税紫芝。

这是一首辛辣而深刻的政治讽刺诗。海边新增陆地,税官比海鸥先知;蓬莱有路,仙草怕要抽税。全诗不加一句评论,却有力地抨击了当时黑暗腐朽的政治。

诗的开头第一句"渤澥声中涨小堤",虽只是点出事实,但写得有声有色:渤海岸在经年累月的海潮汹涌澎湃的呼啸声中,慢慢长成了一道沙堤,人们把它造成了一块滩田。这句描绘的是一个长期、缓慢而不易察觉的大自然的变化过程。这句的"慢"与下句的"快",这句的难以察觉与下句的纤毫毕悉,都形成了鲜明的对比,增强了诗的讽刺意味。

"官家知后海鸥知"一句,连用两个"知"字,写出常年生活在沙洲上的海鸥还没有发现这个沙洲,而"官家"已经要到此地讨租收税来了。按理说,海边是那么荒凉,人迹是那么稀少,这一点小小的自然界的变化,应该只有天天游戏在海上的海鸥最先发现。可是在海鸥还没有觉察到的时候,收租税的官家却先知道了。这是极为辛辣的讽刺,也是一种嘲弄:当官府第一个发现新沙滩并打算榨取赋税时,这片新沙滩尚是人迹未到的不毛之地,不但剥削对象不存在,就连海鸥都没有。在这种情况下,剥削者就打响榨取赋税的如意算盘,这不是太可笑、太可恶了吗?诗人暗示了这批剥削者天天瞪大了眼睛找寻刮财的机会,就连一个角落也不会放过。

　　三四两句"蓬莱有路教人到,应亦年年税紫芝",作者就此发出联想和议论,假如"蓬莱有路"的话,则要"年年税紫芝"了。据古代的传说:东海中有三座仙山,是人迹罕至的地方,蓬莱是其中之一。蓬莱岛上住的是神仙,而神仙是不食人间烟火的,他们只吃一种叫作"灵芝"的仙草。灵芝呈紫色,故称之为"紫芝"。在世人的眼里,蓬莱仙山不受尘世的一切约束,那里的紫芝自然也可任凭仙家享用,无须纳税。但诗人却认为,蓬莱仙山之所以还没有税吏的足迹,只是由于烟波浩渺,仙凡路隔。如果有路让人可至,那么官家一定也要年年去收那里的紫芝税了。这种看似离奇的想象,却十分尖锐地针对当时的社会现实而发。晚唐时代实行"两税法",不但田亩要征税,田地上种植的作物还要收税,这大大加重了对农民的剥削。如唐文宗时,剑南西川宣抚使奏称:"旧有税姜芋之类,每亩至七八百(文)。"既然平民种植的生姜芋头都要收税,那么仙家的紫芝一定也要纳税。诗人通过这样的联想来讽刺现实,十足地刻画了腐朽官吏们的贪婪凶残。

# 虞 美 人

### 李 煜

　　春花秋月何时了,往事知多少! 小楼昨夜又东风,故国不堪回首月明中。

　　雕栏玉砌应犹在,只是朱颜改。问君能有几多愁? 恰似一江春水向东流。

　　这首词是李煜的代表作之一,也是唐宋词的代表作之一。千百年来,这首词感动着世代人的心灵,让人爱不释手,欲罢难休。

李煜这首词，是人的感情意志的自然流露，灵魂脱壳的升华。这首词，只凭借着深挚的感情留迹于人们心底。晚近著名词人、词学理论大师王国维称赞李煜词是"以血书者"。这就是说，李煜的词是作者用心血和生命凝聚而成的。

李煜是五代十国时南唐的第三个——也是最后一个君主，史称"李后主"。他25岁即位，39岁亡国降宋，42岁被宋太宗毒死。李煜在宋太祖开宝九年（976）正月被俘至宋京汴梁（今河南开封），据词意和"小楼昨夜又东风"句考察，此词当即作于这年春季。

"春花秋月何时了，往事知多少！"春花开，秋月圆，无休无止，我这为囚徒的苦难岁月，何时才能完结呢？这里"春花秋月"以表明时令的事物代指岁月的更替。难挨的屈辱囚徒生活，时光漫漫，令人不堪，真可谓"年年岁岁花相似，岁岁年年人不同"了。故"春花秋月何时了"一问，不只是对自己这种令人心碎的囚徒生活、屈辱生涯何时完结的发问，而且跳出了个人圈子，是对整个宇宙和有限人生提出的大疑问。问得悲痛，问得深沉。"往事知多少"又一转，"往事"指自己当国君时的往事。据说，李煜当国君时，纵情声色，不理朝政。潘佑、李平二位大臣曾直言进谏，却让后主杀掉了。在他被囚之后，他的旧臣徐铉曾奉太宗旨见后主。后主纱帽道服而出，徐铉正要下拜，后主赶快扶着他说："今日岂有此礼！"并拉着徐铉的手痛哭，默无一言。后来他忽然长叹道："当时悔杀了潘佑、李平！"宋太宗知道这件事后大怒，知道李煜有不死之心，便令后主服牵机药而死。从这件事可以看出，后主被囚之后，不仅悲苦而且有后悔之意，"往事知多少"直接抒发了这种情怀。

"小楼昨夜又东风"二句，承上由回忆转入现实。现实的痛苦又刺醒了他，使他从往事的沉思中转向残酷的现实。每当夜阑人静之际，被幽禁于小楼之中的词人，在峭劲的春天夜风里，倚栏远望，对着那清冷月光下的大地，多少故国之思、凄楚之情涌上心头！想起这些，不堪回首，令人为之黯然伤情。这仍是就永恒之宇宙与变化的人生做切近的直接描述。"小楼"句中下一"又"字，下得沉重，与首句"何时了"遥相呼应；"东风"与"春花"遥相呼应；而"故国"又直承"往事"；"月明中"应"秋月"。这四句隔句相承，情景互发，回旋直下，直写今昔之感、亡国之痛。

"雕栏玉砌应犹在，只是朱颜改"具体写"故国不堪回首"。写金陵华丽的宫殿大概还在，只是那些丧国的宫女们容貌憔悴，朱颜已改了吧！这里暗含着后主对国土更姓、江山变色的感慨，自己也由显赫的君主一变而为阶下囚，这巨大的悲痛，难忍的哀伤，千言万语无从说起，总括来说就是一个"愁"字罢了。故结句总束，落到无休无尽的"愁"上。这是作者对宇宙人生的总认识、总概括、总回答。在这里，作者又以问句提起，并以具体、落实的事物来形容抽象、虚浮的"愁"。"愁"已将词人的万千感慨概括进去了。但这"愁"究竟有多深多长呢？在词人看来，恰像春天的江水一样，滔滔滚滚，不断地西来东去，永无完结。以"一江春水"做具体形象的描绘，以江水之滔滔东流做无尽愁情的形象概括，写得婉转深沉，却又奔放翻腾。

全词从眼前景物的直接感受上升华，对宇宙人生做探索、追求。宇宙人生，古往今来，人生的快乐与哀愁，都在他的艺术概括之中，并从个人的悲愁中概括了普遍的人生感受，写得极悲慨又极深沉，情真意切。

# 浪淘沙令

## 李 煜

　　帘外雨潺潺，春意阑珊。罗衾不耐五更寒。梦里不知身是客，一晌贪欢。

独自莫凭栏,无限江山。别时容易见时难。流水落花春去也,天上人间。

这首词浅显平易、明白如话。这里没有典故,也没有深奥难懂的句子,诗句像是随着淅淅沥沥的春雨,飞洒着、飞洒着,那么清澈,那么自然。这首 54 字的小令写的完全是诗人的切身感受。这感受非常具体,非常真实,因而也非常动人。

词的上片,用倒叙的手法描写了诗人生活中的一个片段。作者写了做梦,梦醒时正感到五更寒气的侵袭,听到帘外潺潺的雨声,想到春天即将逝去,"林花谢了春红"——春意已经消歇了。可诗人用了"五更寒"三字,五更天诗人便从梦中醒来,可见他梦境不久、不能安眠的苦况。薄薄的罗衾挡不住的寒气,指的不仅是自然界的气温,同时还指更加难以忍受的心中的寂寞。大抵气候、风物是人们最易感知的,在特定的情况下,也最易动人感情。古代诗词中写到这些,便往往有双关的含义。如韦庄的《浣溪沙》"夜夜相思更漏残,伤心明月凭阑干,想君思我锦衾寒",便把离别相思的感伤和寒冷的感觉融合到一起去了。李后主词中用"寒"字的,还有"朝来寒雨晚来风""断续寒砧断续风",都有助于表达哀怨凄凉的情绪。在这首词里,将"罗衾不耐五更寒"与下面的"梦里不知身是客,一晌贪欢"联系起来看,更可看出这个"寒"字包含了远比字面丰富的感情。在梦里,他是欢乐的,没有寒冷的感觉;梦醒了,想到欢乐的生活永不再来,冷酷的现实一再提醒他"身是客(俘虏)"的地位,他才更深切地感到五更寒了。这里有现实与梦境的对比,冷与暖的交替。此时此刻,他能不加倍地感到寒冷吗? 何况淅沥的春雨又在报道着春光将尽。

上片最关键的句子是"梦里不知身是客,一晌贪欢"。如果没有这两句,前面的描写就不过是多愁的诗人一般的惜春之感,就没有多少分量了。这两句写的是梦境,但极其简练。李后主被俘之后，词中常常写到做梦。他梦见南国的芳春，南国的清秋；他还梦见"还似旧时游上苑，车如流水马如龙，花月正春风"。这些都表现了他对故乡的美好回忆和对过去生活的留恋。然而"故国梦重归，觉来双泪垂"，梦中越是欢乐，醒来便越是凄苦。在这首《浪淘沙令》里，这种悲剧心理便刻画得极为深入、细致。这里，作者并没有像《望江南》等所写，具体描绘梦见了什么，只是说：只有在梦中才会忘掉俘虏的身份，寻得片时的欢乐。除了梦中片时的欢乐，便再也没有欢乐；除了梦中暂时的忘却，却无时无刻不感受到囚徒的待遇——这就是他的言外之意。李后主曾寄语金陵旧宫人，"此中日夕只以眼泪洗面"，这话可以做这一句注脚。李后主被俘之后，宋朝皇帝加给他一个带羞辱性的"违命侯"的封号，对他处处加以防范，时时给予难堪，表示了封建帝王的"不测之危"。这不仅使他感到失国的悲哀，而且还感到处境的艰危。

词的下片，由长夜转到白天，表现出作者随时随地存在的"往事只堪哀，对景难排"的心情。词的境界则由幽深转为阔大。"独自莫凭栏"是作者对自己的警告，"独自"二字颇有表现力。一个失去自由的人，孤独地凭栏远眺，情何以堪！凭栏远眺，也看不见故国山川，反而更添惆怅。"无限江山"指"四十年来家国，三千里地山河"。此处用"无限"来形容，是饱含着作者的怀念、赞美之情的。"别时容易见时难"这一自然流畅的语句，表达了一种比较普遍的生活体验。曹丕《燕歌行》中有"别日何易会日难，山川悠远路漫漫"这样的句子。所谓"别易"，并不是真的"易"，而是与重逢相比而言的易，是感觉上的易。所以李商隐的《无题》诗，便翻作"相见时难别亦难"，更深进了一层。说难说易，其侧重点是有所不同的。说别时难，强调的是分别时难舍难分的心情。说别时易，则寄离恨于离别的匆促，侧重于留恋、后悔的感情。李后主这首词讲"别时容易"，此处的"容易"，有轻易、草率之意。诗词中，如欧阳炯《木兰花》词："儿家夫婿心容易,身又不来书不寄。"邵雍诗:"水竹园林秋更好,忍把芳樽容易倒。"这些句子中的"容易"二字,便分别含有疏忽、草率之意。在这里,"容易"二字把仓皇辞庙、匆促押赴汴京等许多往事都包含在内了。大好河山轻易地离别了,而且永无再见之期,这是作者最伤心的事。"别时容易见时难"这一含蓄委婉的词句,摹写了这种"永诀之情",传达了作者无穷的痛苦与悔恨。

　　这首词的结尾是别具匠心的。和开头相照应,有潺潺春雨,流水才更急更盛;流水送走了落花,则可说是"春意阑珊"的具体写照。讲到春天的逝去,当然是有比喻象征的意义。流水落花带走了春光,也带走了词人的希望。失落在梦里的过去,不可能再在现实中出现。分别以后,故国家乡,虽然魂牵梦绕,犹如天上人间,再相会将在何年何月?水不倒流,时不再来,"春去也"三个字,包含了多少留恋、惋惜和无可奈何的悲哀!"天上人间"给人的感觉是空间的广阔和时间的悠长,这既指相隔的遥远,也可指境遇的变化。总之,"流水落花""天上人间"构成了一种意境,含有不尽的余味,留给读者广阔的想象天地。

# 水调歌头

## 苏　轼

　　明月几时有?把酒问青天。不知天上宫阙,今夕是何年。我欲乘风归去,又恐琼楼玉宇,高处不胜寒。起舞弄清影,何似在人间!

　　转朱阁,低绮户,照无眠。不应有恨,何事长向别时圆?人有悲欢离合,月有阴晴圆缺,此事古难全。但愿人长久,千里共婵娟。

　　词前小序说:"丙辰中秋,欢饮达旦,大醉,作此篇,兼怀子由。"丙辰,是北宋神宗熙宁九年(1076)。当时苏轼在密州(今山东诸城)做太守。中秋之夜,他一边赏月,一边饮酒,直到天亮,于是做了这首《水调歌头》。

　　在自然造化中,月亮很具有浪漫色彩,它能启发人的艺术联想。一弯新月,会让人联想到初生、萌芽的事物;一轮满月,会让人联想到美好、圆满的生活;月亮的皎洁,又会让人联想到光明磊落的人格。在月亮身上集中了人类许多美好的理想和憧憬,月亮简直成为一个诗化的存在。苏轼是一个性格豪放、气质浪漫的人。当他在中秋之夜,大醉之中,望着那婵娟的明月,他的思想感情犹如长了翅膀一般,在天上人间自由地飞翔着,反映到词里遂形成一种豪放洒脱的风格。

　　"明月几时有? 把酒问青天。"一开始,作者就提出一个问题:明月是从什么时候开始有的? 苏轼把青天当作自己的朋友,把酒相问,显示了他豪放的性格和不凡的气魄。这两句是从李白的《把酒问月》中脱化出来的:"青天有月来几时,我今停杯一问之。"不过,李白的语气比较舒缓。苏轼因为是想飞往月宫,所以语气更迫切。"明月几时有"这个问题问得很有意思,好像是在追溯明月的故源、宇宙的起源,又好像是在惊叹造化的巧妙,从中可以感到诗人对明月的赞美与向往。

　　"不知天上宫阙,今夕是何年"这两句,把对于明月的赞美与向往之情推进了一层。从明月诞生的时候到现在已经过去许多年了,不知道在月宫里今晚是一个什么日子。诗人想象那一定是一个好日子,所以月才这样圆、这样亮。他很想去看一看,所以接着说:"我欲乘风归去,又恐琼楼玉宇,高处不胜寒。"他想乘风飞向月宫,又怕那里的琼楼玉宇太高了,担心自己经受不起那样的寒冷。这几句明写月宫的高寒,暗示月光的皎洁,把那种既向往天上又留恋人间的矛盾心理十分含蓄地写了出来。这里还有两个字值得注意,就是"我欲乘风归去"的"归去"。飞天入月,为什么是"归去",也许是因为苏轼对明月十分向往,早已把那里当成自己的归宿了。从苏轼的思想来看,他受道家的影响较深,抱着超然物外的生活态度,又喜欢道教的养生之术,所以常有出世登仙的想法。

"起舞弄清影,何似在人间!"但苏轼毕竟更留恋人间的生活,与其飞往高寒的月宫,还不如留在人间,趁着月光起舞呢!"清影"是指月光下自己单薄的身影。"起舞弄清影"是与自己的清影为伴,一起舞蹈嬉戏的意思。李白《月下独酌》说:"我歌月徘徊,我舞影零乱。"苏轼的"起舞弄清影"就是从这里脱胎出来的。这首词从幻想上天写起,写到这里又回到热爱人间的感情上来。一个"我欲"、一个"又恐"、一个"何似",这中间的转折开阖,显示了苏轼感情的波澜起伏。在出世与入世的矛盾中,他终于让入世的思想战胜了。

"明月几时有?"这在九百多年前苏轼的时代,是一个无法回答的谜,而今天的科学家已经可以推算出来了。乘风入月,这在苏轼,不过是一种幻想,而在今天也已成为现实。

下片由中秋的圆月联想到人间的离别。"转朱阁,低绮户,照无眠。""转"和"低",都指月亮的移动,暗示夜已深沉。月光转过朱红的楼阁,低低地穿过雕花的门窗,照着屋里失眠的人。"无眠"是泛指那些因不能和亲人团圆而感到忧伤以致不能入睡的人。月圆而人不能圆,这是多么遗憾的事啊! 于是诗人埋怨月亮说:"不应有恨,何事长向别时圆?"明月您总不该有什么怨恨吧? 为什么总是在人们别离的时候才圆呢? 这是埋怨明月故意与人为难,增添忧愁,却又含蓄地表示了对于不幸离人们的同情。

接着,词人把笔锋一转,说出一番安慰的话来为明月开脱:"人有悲欢离合,月有阴晴圆缺,此事古难全。"人固然有悲欢离合,正如月也有阴晴圆缺。月有被乌云遮住的时候,有亏损残缺的时候,月也有遗憾。自古以来,世上就难有十全十美的事。既然如此,又何必为暂时的离别而感到忧伤呢? 这几句从人到月,从古到今,做了高度的概括,很有哲理意味。

"但愿人长久,千里共婵娟。""婵娟"是美好的样子,这里指嫦娥,也就是代指明月。"共婵娟"就是共明月的意思。既然人间的离别是难免的,那么只要亲人长久健在,即使远隔千里,也还可以通过普照世界的月光把两地联系起来,把彼此的心沟通在一起。"但愿人长久"是要突破时间的局限,"千里共婵娟"是要打通空间的阻隔,让对月的共同欢欣,把彼此分离的人结合在一起。

全词由中秋赏月而引起抒发、引起想象,问天、游仙、想宫阙、写玉宇,直到对月之"阴晴圆缺"的探索,越想越奇,作者对现实的愤慨之情、执着人生、探索人生不幸的想法,就在这丰富而奇丽的想象中得到充分的表达。全词在叙事、抒情与议论的结合描写中,有对现实迫害的愤慨与藐视,有对人生的执着,有对人生哲理的议论,有对弟弟的深切相思。现实的迫害使他产生出世之想,但这种想法是暂时的。他的执着人生、热爱现实、对现实热切的希望,战胜了一切,从而给全词带来了豪放豁达的风格。


# 念 奴 娇

## 赤壁怀古

### 苏 轼

大江东去,浪淘尽,千古风流人物。故垒西边,人道是,三国周郎赤壁。乱石穿空,惊涛拍岸,卷起千堆雪。江山如画,一时多少豪杰!

遥想公瑾当年,小乔初嫁了,雄姿英发。羽扇纶巾,谈笑间,樯橹灰飞烟灭。故国神游,多情应笑我,早生华发。人生如梦,一樽还酹江月。

这是一首怀古抒情的词作。

起首三句"大江东去，浪淘尽，千古风流人物"是作者凭高远眺，所见所感。浩荡的长江水，浪涛滚滚，日夜奔流，无止无休，不禁使人想到千百年来多少英雄豪杰也就像这东流的江水，一去不复返了。这两句以昂首天外、放眼千秋的气概，包举了远近古今的长江奔流气势和历史推迁的情况，并把两者合而为一，概括性很强，笔力也是无比的雄伟。这个开端，写得如此神完气足，笼盖全篇，要承接是很不容易的，作者却轻轻地就近点出："故垒西边，人道是，三国周郎赤壁。"这里提出周郎及赤壁，把风流人物及其活动地点具体化，从面到点，从外延到内涵，转入题目中心内容的揭示，既接得自然，又顶得住上文破空而来的巨大气势。"人道是"三个字，更含蓄地点出黄州的赤壁史事，仅仅是人们的传说，并非作者本人所确认。这两句与起首一句在句式、韵律上皆相同。但起句为抒情，抒情中加叙述；这两句是叙事，叙事中夹抒情，写来又各自不同。

"乱石穿空，惊涛拍岸，卷起千堆雪。"这三句进一步描绘赤壁景色。陡峭的石壁插入天空，惊人的巨浪击打岸边，波浪迸溅直如卷起千堆雪。用"乱"字写石，显示它的突兀参差。"穿空"显示它的高耸，是仰观。用"惊"写涛，把它客观上的浩渺之状和给人的主观感受一起写出。"卷雪"尤见其冲击起伏之态，这是俯视。"石""涛"写实，"云""雪"是联想和比喻。这三句由"点"到"染"，是上片的关键语句。这些惊涛、乱石，实际上完全为古战场设色，气势雄伟，气魄宏大，渲染了古战场自然景色的雄奇，为古代风流人物的出现创造了浓厚的环境气氛。

"江山如画，一时多少豪杰。"这两句紧承上文，呼应开端，又开启下片。这里由景及人，既写出诗人情绪的跃动，又表现了他对雄奇壮丽的自然景色之赞叹的情怀。"多少"二字，更显示赤壁之战，不但战胜者如周郎等是英雄，即使战败者如曹操等也是英雄，不能因一时的胜负而抹杀一些英雄"人物"。

综观上片，起首两句气势雄伟，写赤壁三句形象鲜明，转承两句、结尾两句最见功力。

下片，以"遥想"由景物转入古代英雄。写的是周郎，三国时的周瑜，字公瑾。周瑜既有将才，又精通音律。建安三年（198），他24岁时，即担任孙策的建威中郎将、江夏太守，又娶了江东"国色"小乔为妻。孙策死后，他与张昭共同辅佐孙权，任前部大都督。赤壁之战，发生在他34岁时，他挫败张昭一派迎降曹操的主张，联合刘备部队，亲率精兵三万，在赤壁战败了曹操号称八十万的水陆大军。他去世时，年仅36岁，是一个典型的英年"豪杰"，一个典型的"风流人物"。

"羽扇纶巾"写周瑜在大敌当前、敌强我弱的情况下，指挥作战，轻衣便服，一派从容不迫的气度。"谈笑间，樯橹灰飞烟灭"，写周瑜指挥若定，轻易地把敌人引入自己设下的圈套，用"火攻"消灭了大批战船。"樯橹灰飞烟灭"一句，生动形象地描绘了赤壁大战的场面。而"小乔初嫁""羽扇纶巾""谈笑间"的具体细致描写，十分鲜明而突出地刻画了周郎之"雄姿英发"的形象，并将作者的倾慕之情、歌颂之意显示出来。作者用长短交错的句式写出古人之功业，文笔摇曳多姿。这里全从遥想中撷取，越想得热烈，越衬出羡慕之殷切，反衬出自身之不得意。故接以"故国神游"结束"遥想"转入自身。神游于旧地的战场，古代英雄们应该会讥笑我多情善感以致头发花白。感叹白发早生，正与羡赞古人相对照，并表现出自身热爱生活、执着生命的性情。凭吊古迹，怀想英雄，两两相衬，古人当"笑"，我自己也当"笑"我。"笑"我一事无成，笑我空负怀抱。这"笑"实为悲慨之笑、愤怒之笑，也是解嘲之笑。这正揭示了作者无限不得志的心情，也正透露出欣羡古人、渴望建功立业的心情，写出了诗人不甘于"早生华发"的激愤之情。

江山依旧，人事沧桑，令人愤慨，深感"人生如梦"。如梦的人生之叹，不得志的悲慨，是徒伤老大而无路请缨的悲愤呼喊，故结句以"一樽还酹江月"的激愤行为将这种悲慨、愤怒充分地表达出来。"酹江月"是无可奈何的动态表象,但它却是触景伤怀、心情愤怒的表象,是对现实的一种抗议,无可奈何但又极为激愤的心情在这一典型动作中得到鲜明表现。

全词以"浪淘尽,千古风流人物"的感叹直贯全篇,并与"人生如梦,一樽还酹江月"相呼应,首尾盘旋,而中间夹以"江山如画""遥想公瑾""故国神游"的描述,几经转折,构成起落翻腾、跌宕变化的艺术结构。

# 鹊 桥 仙

## 秦 观

纤云弄巧,飞星传恨,银汉迢迢暗度。金风玉露一相逢,便胜却人间无数。

柔情似水,佳期如梦,忍顾鹊桥归路。两情若是久长时,又岂在朝朝暮暮。

秦观是北宋婉约词人的代表,《鹊桥仙》又可以说是秦词中的绝作。婉约词的特点是以委婉含蓄的手法写伤感香艳的情怀。这首《鹊桥仙》写牵牛、织女的爱情,真挚、细腻、纯洁、坚贞,赋予这对仙侣浓郁的人情味,而与庸俗的情调又确有霄壤之别。词的语言清新自然,而文心起伏,哀乐交进,令人读来回肠荡气,不能自已,艺术上有独特的成就和很高的水准。

牵牛、织女两星的故事,在汉代已经流传开来了。据说他俩受天帝的限制,分居银河两侧,一年只有七夕(七月初七)晚上才能相会,鸟鹊为之搭桥引渡。这是古人参照天象而创造的美丽神话,富有民间色彩和反抗精神。

相传织女织造云锦,是纺织巧手。所以民间有风俗,七夕那晚,少女们陈设瓜果向织女乞巧。本词首句写初秋夜空轻盈多姿的云彩是织女巧手所为,烘托出织女的美丽与才慧。可是这样美好的人物,却不能与自己的爱人共同过美好生活,受到无情天帝的干涉与长河的阻隔,又是何等的恨事!这样自然地引起下句。"飞星",指牵牛星。夏末秋初,它的光彩看起来特别明亮,与织女星距离也似乎最接近,故有渡河相会之说。"飞"字正是极写他奔赴约会的迫切情状。两句对偶,看似寻常,实际工巧,蕴有深意。巧者有恨,其恨更深;恨者能巧,也就不同于流俗。时节、环境、人物的神情风貌生动地传达出来了。

"银汉"即银河。"迢迢",形容河面辽阔和双星间隔之远,相见之不易,也反映了他们汲汲于相见,愈觉长途漫漫的心情。"暗度"形容他们踽踽宵行,景象微茫,境况幽独。他们没有仪仗,没有随从,沿路没有张灯结彩,也没有敲锣打鼓。这些都紧扣着一个"恨"字。这离愁别绪也就像遥遥不尽的长河秋水一样渺茫无限了。然而,词人的妙笔却在这关键处突然一转,滔滔不绝的恨波忽而翻起欢乐的浪花,涟漪回荡,沁人心脾。久别固然可恨,而在这大好秋光中,佳侣的重逢,是非常值得珍重的,那岂是一些凡夫俗子的酒食征逐、寻欢作乐所能比拟万一。"金风",即秋风。"玉露",指白露。原是描写秋令的旧典。这里借此高爽的秋风与纯白的秋露,来烘托两星高尚纯洁的情操与品格。这样,就自然地过渡到下片的"柔情似水,佳期如梦"了。

缠绵的情感,像水波一样清洁荡漾;美好的会见,像梦境一样迷离。因为分别太久,所以有"乍见翻疑梦"之感;何况会期短暂,一刻千金,转瞬又到分手时刻,更有好梦不长之忧。怎么忍心回头去看鹊桥上的归路呢!一个"忍"字,真是千回万转,无限心酸,把难分难舍的情景真切地表现出来。接下来的情节,按照一些《天仙配》剧本的设定,牛郎、织女这时抱头大哭,洒泪分别。这固然可以感动观众,却不大符合仙侣的风度。本词在此"山重水复疑无路"的时刻,笔锋又突然一转,柳暗花明,呈现出无限渺渺的前景。两方的爱情，如果能始终不渝，那又何必在乎朝朝暮暮聚在一起呢？事实确是这样，人情易变，人寿有限，即使朝暮相处，不免有乖违离异以致长别之事。唐明皇与杨贵妃，虽然"承欢侍宴无闲暇，春从春游夜专夜"，并有"在天愿作比翼鸟，在地愿为连理枝"的佳话，也免不了马嵬坡悲剧的发生。天上双星，虽然只有一年一度的相会，但因情深意真，坚定不移，所以年年重逢，地久天长，永无尽期。这是何等的幸福！

　　词的上下两片都是这样在无限的悲恨中孕育无限欢乐，像行云流水那样自由舒卷，又波澜层出。然而，我们如果仅仅以为欢乐就是结束，那也是体会不深的。试想牵牛、织女这样一对深情佳侣亦不得长年相聚，一相逢之乐胜过人间无数，久别离恨更将超过人间无限。最后的"两情若是久长时"二句，是誓言，是期望，也是强作排遣与无可奈何的安慰。个中滋味是欢乐？是悲哀？还是欢乐与悲哀交织难分？不可明之，只觉得意味深长，咀嚼不尽。

# 芳　草　渡

### 贺　铸

　　留征辔，送离杯。羞泪下，拈青梅。低声问道几时回。秦筝雁促，此夜为谁排？

　　君去也，远蓬莱。千里地，信音乖。相思成病底情怀？和烦恼，寻个便，送将来。

　　这首词写别情。"留征辔，送离杯"二句，一开首便点明别离。"征"在这里是远行的意思。"辔"指马笼头和缰绳。这里词人紧扣"征辔"，对离去那转眼即逝的一刹那，挥洒笔墨；女主人对即将远行的人苦苦挽留，频频劝饮，抓住马缰不放。词人这里只突出了"留马""送杯"两个典型的动作，简明扼要，语浅意深。词人将离别之前的彻夜话别、收拾行装、长亭离宴、缠绵眷恋、寡欢无言等情节一概省去,不能不使人叹赏其构思之精妙。

"羞泪下,拈青梅。低声问道几时回。"这三句接连以三个动作,极为委婉细腻地刻画出女主人公悲痛欲绝的心理活动。离别不胜悲痛,因之送行的女主人公不禁凄然泪下如雨。离别时分,本来有多少知心话要说,有多少嘱咐要诉,但面对这别离的场面,她却欲语泪先流。正是"执手相看泪眼,竟无语凝噎"。此时,任何语言、任何话语、千万个"珍重",都道不尽殷殷的恋情,只有让那无声的语言——泪如珍珠,去倾诉这一切。一个"泪下"将送别人的复杂微妙的心理活动全部托出,真能起到"此时无声胜有声"的艺术效果。而词作在"泪下"之前又下一"羞"字,则更加传神写照,将她微妙复杂的心理表现得淋漓尽致。离别是痛苦的、悲伤至极之事,故她禁不住欲语泪先流。但离别又要为他祝福,想方设法减轻他离别时的痛苦,因之又不能不强作振作,强为欢笑。但即使强为笑颜也是极不自然的,内心的悲伤是无以排遣的;况且她可能是位少女或少妇,在人面前,泪流满面,毕竟害羞,但这离别的泪泉却是难以堵住不让其流的。故这里一个"羞"字,极精炼、极传神,可见词人炼词之妙。"拈青梅"一句,"拈",用手指搓转之意。这是一个下意识的动作,是一个细节的刻画。欲言又羞,不言则心中郁闷不快,所以左右为难,低首拈青梅。但羞涩毕竟只是一个心理上的阻障,而内心离别的痛苦毕竟太沉重、太剧烈了,是无法压抑下去的,因而便有"低声问道几时回"一句。这里"问"之前加以"低声"来修饰、限制,"问"之后又继以"几时回",这真是传神写照之笔,描摹其神情、心态、语气、动作绘声绘色,毫发毕现,曲尽体物传情之妙。这前五句,全写离别,突出了女主人公一"留"、一"送"、一"泪下"、一"拈"、一"问"五个细节,从容写来,有条不紊,细腻熨帖,婀娜风流。这正起到了"状难写之境如在目前,含不尽之意见于言外"的作用。

　　"秦筝雁促,此夜为谁排"以下,全是女子最后的送别之语。意思是说,分别之后,今夜还有什么心思去弹琴鼓瑟呢? 这里,"秦筝"乃弦乐器之一种,传为秦人蒙恬所造。"雁"即雁柱,为筝上支弦之物。古筝的弦柱斜列有如飞雁斜行,故称。柱可以左右移动以调节音高。"促",迫、近之意。柱移近则弦急。后汉侯瑾有《筝赋》,云:"急弦促柱。"因之,所谓"雁促",也就是柱促,即弦急。弦急则音高。古人曾云"岂无膏沐,谁适为容"。正因为心上的人离去了,还有什么心思为谁弹琴弄瑟呢?

　　"君去也,远蓬莱。千里地,信音乖"承上片描述,仍是女子对行人的嘱咐之词。离别千里之遥,两地音信之隔绝,这感受是离别双方彼此都有的。这里用一个"君"字,便有设身处地的代行人着想的意味。"蓬莱",传说是海上仙人所居之处,这里代指行人所去之遥远的地方。千里之遥,自然音信难通,这样就会因深深的思念而内心忧伤,以致相思成疾。

　　"相思成病底情怀? 和烦恼,寻个便,送将来。"这四句紧承上句,设想因相思而成病,成病时是怎样的一种情怀,以及各种烦恼,要求远方的行人(他),寻个方便将些情感寄送给她,却并不要求行人送物、寄信。这里词人想象十分丰富奇特,里面包含着几层意思:第一,让他将满腔愁苦、百般烦恼,尽情地向她倾诉出来,以减轻心里的郁闷;第二,让他将那些精神负担送给她,让她来代他承受;第三,这种因相思成病的情怀和烦恼,她和他同样有着一份。而这里让他将他的精神负担也送给她,就说明她愿意为他而承受双重的精神重负。这种自我牺牲的胸怀,代表了中国劳动妇女的传统美德。这种痴情的要求虽不合常理,然而词人却以此把女子对情人的爱表现得淋漓尽致、生动形象。

　　(原载贺新辉主编:《全宋词鉴赏辞典》,中国妇女出版社1995 年版,第 532~534 页)

# 画眉郎(好女儿)

## 贺　铸

雪絮雕章,梅粉华妆。小芒台、榧机罗缃素,古铜蟾砚滴,金雕琴荐,玉燕钗梁。

五马徘徊长路,漫非意,凤求凰。认兰情、自有怜才处,似题桥贵客,栽花潘令,真画眉郎。

这首词写一位少女对纯洁爱情的追求与向往。

"雪絮雕章,梅粉华妆",这两句分别用了两个典故写少女的天生丽质。"雪絮雕章"用的是晋代才女谢道韫咏雪的典故。谢道韫曾以"未若柳絮因风起"来形容漫天大雪的纷飞景象,赢得大文学家谢安的赞赏。词人用这一典故,意在说明这位少女雕章琢句的才华亦不减当年的谢道韫,用以突出这位少女的文才出众。"梅粉华妆"则用南朝宋寿阳公主的故事。相传寿阳公主日卧含章殿下,有梅花一朵飘着其额,拂之不去。后世女子遂纷纷模仿,争为"梅花妆"。词人用这一典故,意在突出这位少女的天生丽质,说她靓妆入时,大有当年寿阳公主的风姿神采。这两句先将这位少女的才、色两个方面予以突出,说明她是一位才貌双全的绝世佳人。

"小芒台、榧机罗缃素"等五句,承上转折,在上句描写少女才色的基础上,作者没有用过多的笔墨去刻画她的天生丽质,却转而详尽地描绘少女闺房里的陈设。"小芒台、榧机罗缃素"是说少女的香闺,俨然是一个小小的藏书阁,榧木几案上罗列着重重书卷。这里"小芒台"的"芒",疑是"芸"字之误,芸香草气味能驱书蠹虫,所以古代皇家藏书处或称"芸台"。"缃素",是浅黄色的细绢,古代多用于抄书,后遂成为典籍的代名词。"古铜蟾砚滴"写闺房里还陈设着古雅精巧的文具,这种铜蟾蜍,一般放在砚台旁,腹中装着水,能自动吐出水泡,供研墨之用。"金雕琴荐"写闺房里还有名贵的鸣琴,那琴垫上绣着精美的金鹰图饰。琴垫华美如此,那琴之名贵便不言而喻了。"玉燕钗梁"写闺房中自然不免有许多精致的首饰,那雕刻着飞燕形状的玉钗,精美绝伦,有巧夺天工之妙。这里,词人不惜浓墨重彩来描绘、渲染少女闺房的精雅陈设,目的是以象征手法引发读者想象。这不同凡俗的闺房,它的雅致陈设,它的文化氛围,不正体现出其主人的素养、情操与气质么! 不正反衬出她内心之美好么!

换头"五马徘徊长路,漫非意,凤求凰"。面对如此天生丽质、才貌双全的少女,自然有不少达官显贵前来求婚。但是,这位少女却对那些达官显贵的求婚不屑一顾。这里"五马"指代达官显宦或富贵子弟。汉乐府民歌《陌上桑》中有"使君从南来,五马立踟蹰"之句。那么,这位少女对"五马徘徊长路,漫非意",如此,她究竟要选择什么样的如意郎君呢?

"认兰情、自有怜才处,似题桥贵客,栽花潘令,真画眉郎"便是回答:原来她爱的是司马相如、潘岳之类的风流才子。这五句中,前三句用的是汉代司马相如的典故。据《华阳国志》记载,司马相如早年离开故乡赴京城时,曾在成都升仙桥上题字云:"不乘赤车驷马,不过汝下。"后来,他的文才果然得到汉武帝的赏识。"栽花潘令"则用的是西晋潘岳的故事。潘岳是西晋时著名的美男子,"少时常挟弹出洛阳道,妇人遇之者,皆连手萦绕,投之以果,遂满载以归"(《晋书·潘岳传》)。潘岳后来做河阳县令时,境内遍植桃李,时称河阳一县花。这两位都是文采风流的著名人物,为古代女子所倾慕。同样,这位少女有寿阳公主之娇美,有谢道韫之才华,又有"怜才"之心,在当时社会,自然也是男子心目中理想的女性,是男子竞相追求的对象了。"真画眉郎"一句用张敞为妻画眉的典故。画眉郎即指夫婿。

这首词与贺铸其他描写爱情的词做比较,最显著的特点便是从头到尾通篇用典故。用典多虽有古奥晦涩之弊，但却使词的意蕴丰富多了，人物形象饱满了，大大扩大了词的含量。如起首两句写女子才貌，如用直述，费尽笔墨却难以穷尽。而词人拈出两个典故就轻而易举地解决了，取得了事半功倍的效果。结尾写少女理想中的夫婿，也是用同样的手法。由此可见词人的艺术构思之妙，也从中可见其对辛词的影响。

（原载贺新辉主编：《全宋词鉴赏辞典》，中国妇女出版社1995年版，第537～538页）

## 减字浣溪沙

### 贺　铸

秋水斜阳演漾金，远山隐隐隔平林。几家村落几声砧。
记得西楼凝醉眼，昔年风物似如今。只无人与共登临。

这首词写别后的凄凉兼及怀人。上片写登临所见，下片回忆往昔的欢会，以突出物是人非的凄凉处境。

"秋水斜阳演漾金，远山隐隐隔平林"二句描绘景物：清澈的秋水，映着斜阳，漾起道道金波；一片片平展的树林延伸着，平林那边，隐隐约约地横着远山。这两句抓住秋天傍晚时分最典型的景物来描摹，将那"秋水""斜阳""远山""平林"描绘得出神入化。

"几家村落几声砧"紧承上句而来，仍写登临所见所闻：疏疏的村落，散见在川原上；隐隐之中，但见烟雾缭绕，徐徐升腾；断断续续之中，但听得那单调的砧杵捣衣之声。

上片三句，单看词人所描摹的这幅深秋晚景图，似乎只是纯客观的写生。词人视听之际，究竟有哪些情感活动，并不容易看出。实际上,等读者读完全词,返回头来再仔细体味这上片三句的景物描摹,便觉这三句貌似纯客观的景物描摹,不含词人的主观情感,实则不然。这秋水斜阳,这远山平林,这村落砧声,句句情思化,句句都是词人心中、眼中之景,都有一种说不出、道不明的伤心情绪寄寓其中。这与梁元帝"登楼一望,唯见远树含烟。平原如此,不知道路几千"的赋吟和李白《菩萨蛮》"平林漠漠烟如织,寒山一带伤心碧。暝色入高楼,有人楼上愁"具有异曲同工之妙。不过,比梁、李之作更委婉,更含蓄,更腾挪跌宕,更富于情趣。

"记得西楼凝醉眼,昔年风物似如今"二句急转,由上片的眼前景物铺陈转而回忆昔年的赏心乐事。记得当年在西楼之上,饮酒赏景,两人酒酣耳热之际,执手相向,醉眼相望,情意绵绵。如今当年的风物依旧,而人去楼空,倍觉凄凉。本来,词的上片所写之景只有一幅,但当我们读到这两句时,却发现原来似乎只是平铺直叙地再现眼前景物的写法,至此却起了变化,虚实相生,出现两幅图景:一幅是今天词人独自面对的眼前之景;一幅则是有美人做伴,词人当初凝着醉眼所观赏的往昔之景。昔日之景是由眼前之景所唤起,呈现在词人的心幕上。两幅图景风物似无变化,但"凝醉眼"三字却分明透露出昔日登览时是何等惬意,遂与今日构成令人怅惋的对照。

"只无人与共登临"这句是全词的词眼。上片所写的那秋天斜阳,那远山平林,那村落砧声,至此便知都是词人"物是人非""良辰好景虚设"的情感物态化体现。这末句的点醒,令人于言外得之,倍觉其百感苍茫,含蓄深厚。

历来的词论家们很欣赏词的下片,认为:"只用数虚字盘旋唱叹,而情事毕现,神乎技矣。"(陈廷焯《白雨斋词话》卷一)细细品味,所谓"数虚字盘旋唱叹"当指用"记得""只无"兜起了下片三句,把时间跨度很大的今昔两幅情景绾结到了一起,词人的心神浮游其间,表现出一种恍如隔世之感。内容沉郁无限,而在遣词造句上,收纵变化,却又极其自然。结尾一句,巧妙点醒,画龙点睛类也。陈廷焯赞叹说："贺老小词,工于结句,往往有通首渲染,至结处一笔叫醒,遂使全篇实处皆虚,最属胜境。"(陈廷焯《白雨斋词话》)卷八)观此词之结句,可知陈氏之论不谬矣!

(原载贺新辉主编:《全宋词鉴赏辞典》,中国妇女出版社1995年版,第512～513页)

## 梦相亲(木兰花)

### 贺 铸

清琴再鼓求凰弄,紫陌屡盘骄马鞚。远山眉样认心期,流水车音牵目送。

归来翠被和衣拥,醉解寒生钟鼓动。此欢只许梦相亲,每向梦中还说梦。

这是一首恋情之作。上片写词人对他所钟爱的女子的追求,下片写失恋的痛苦以及自己对爱情的执着。

"清琴再鼓求凰弄,紫陌屡盘骄马鞚"是一组对仗句,一句一个镜头,场景互不相同。第一个镜头再现了汉代辞赋家司马相如在卓王孙家的宴会上,一再拨动琴弦,以《凤求凰》之曲向卓文君表达爱慕之情的那戏剧性的一幕,只不过男女主人公都换了。"紫陌"一句,镜头由家中移位到繁华的街上,写自己认准了美人的香车,跟前撵后地转圆圈,欲得姑娘之秋波飞眼,掀帘一顾。唐人李白《陌上赠美人》有诗句云:"骏马骄行踏落花,垂鞭直拂五云车。美人一笑褰珠箔,遥指红楼是妾家。"刘禹锡也有诗句写都市春游的热闹景象道:"紫陌红尘拂面来,无人不道看花回。"可见,紫陌寻春之际,发生过多少与此相似的风流韵事! 这两句词,如果说上一幕之鼓曲求凰尚不失为慧为黠,那么下一幕的随车盘马却就不免乎"痴"了。因此,"鼓琴""盘马"两句,虽同是写对爱情的追求,貌似平列,但却绝非简单的语意重复,而是不同层次的情感流露。在那镜头的跳跃中,有时间的跨度,有事态的发展,更有情感的升级。这是不同层次情感的真实记录。

"远山眉样认心期,流水车音牵目送。"这两句"远山"句承首句"清琴再鼓求凰弄",回溯"鼓琴"之事。"流水车音"句承接"紫陌屡盘骄马鞚"。这里"远山眉"一典,见刘向《西京杂记》:"文君姣好,眉色如望远山。"首句既以司马相如自况,这里乃就势牵出卓文君以比拟伊人,密针细缕,有缝合之迹可寻。"心期"即"心意",词人似乎从那美人的眉眼之中,看透了美人对自己的爱意。正因为有这惊鸿一瞥,才使前两句之间略去了的情节进展有了关捩,既已见当时之"鼓琴"诚为有验,又证明后日之"盘马"良非无因。于是,悬而未决的问题便只剩下一个"盘马"的结局毕竟如何了,这就逼出了与第二句错位对接的"流水车音牵目送"。那车轮轧轧,似轻雷滚动,一声声牵扯着词人的心,好似从词人的心上碾过一般。姑娘的辎轺车渐行渐远了,而词人却仍然驻马而立,凝目远送,望断离路。

"归来翠被和衣拥,醉解寒生钟鼓动"二句,写词人"目送"心中的美人远去之后,心情郁闷,痛苦不堪。他便借酒浇愁,去喝了一场闷酒,酩酊大醉之后,跌跌撞撞地回到家中,衣裳也没有脱便一头栽到床上,拥被睡去。及至酒醒,已是夜深人静,但觉寒气袭人,又听到凄凉的钟鼓催更之声。这"寒生"二字,既是实写,也分明写出词人心绪的凄凉、寂寞。听到那凄凉的钟鼓声,词人又当是何等心绪呢?

"此欢只许梦相亲,每向梦中还说梦"二句,词人笔锋两到,一方面以逆挽之势插入前二句间,追补出自己在"拥被"之后、"醉解"之前做过一场美梦,在梦中相亲相爱,百般温存,万种怜爱。这在笔法上来讲是叙事之词,另一方面,它又以顺承之势紧承前二句之后,抒发其"觉来知是梦,不胜悲"的深沉感慨,自是入骨情语,强作欢笑。本来一对热烈的恋人,不能朝夕相守,只能在虚幻的梦中耳鬓厮磨,这已十分凄楚、哀怜了。而词人却又"梦里不知身是客",还要向她诉说这种温馨之梦,这就更衬托出处境、心绪的凄惨。像这样的"梦中说梦"之"梦"每每发生,其哀感顽艳之程度何等深重! 这两句之中,蕴含了多少重刻骨的相思、铭心的记忆、含泪的微笑与带血的呻吟! 一篇之警策,全在于此矣!

（原载贺新辉主编：《全宋词鉴赏辞典》，中国妇女出版社1995年版，第523～524页）

# 菩 萨 蛮

### 贺　铸

彩舟载得离愁动,无端更借樵风送。波渺夕阳迟,销魂不自持。

良宵谁与共,赖有窗间梦。可奈梦回时,一番新别离!

这首词描写离愁别恨。

上片写离愁。"彩舟载得离愁动,无端更借樵风送"二句,想象十分丰富,构思奇特。它突破了向来以山、水、烟、柳等外界景物来喻愁的手法,把难于捉摸、无踪无影的抽象愁情写得好像有了体积、有了重量。这里,"彩舟"指行人乘坐之舟。长亭离宴,南浦分手,一片哀愁。现在,兰舟已缓缓地离开了码头,随着兰舟的渐渐远去,哀愁不但没有减轻,反而愈加凝重。他的心头仍是那样的悲哀,以致觉得这载人的舟上,已经载满了使人、使舟都不堪负担的离愁同行,无法摆脱,无法疾驶。后来李清照《武陵春》中的"只恐双溪舴艋舟,载不动许多愁",恐怕就是受此词的影响。"无端更借樵风送"紧承上句,船借着顺风飞快地远航而去,那伫立在岸边送行人的倩影,很快就不见了。词人五内俱伤,哀感无端,不由地对天公产生了奇特的怨责:为何偏在这个时候,没来由地刮来一阵无情的顺风,把有情人最后相望的一丝安慰也吹得干干净净呢!这句中,"无端"即无缘无故之意。"樵风",典出《会稽记》。郑弘年轻时上山砍柴,碰到了一位神人。他向神人请求若邪溪上"旦南风,暮北风",以利于运柴,后果如所愿。故"樵风"即有顺风之意。

"波渺夕阳迟,销魂不自持"二句变上面的郁结盘曲为凌空飞舞,由疏转密,情中布景,词人展望前程。天低水阔,烟波茫茫。一抹夕阳的余晖,在沉沉的暮霭中看去是那般的凄凉,毫无生机与情趣。独立在这苍茫的夕阳下的舟中,那孤舟中的离人怎能不有"销魂不自持"的悲叹呢!这两句景中含情,情中有景,真所谓情景相生,互相映衬,相得益彰了。词人"不自持"的不仅因为那"波渺"、那"夕阳迟"暮,而且更有那浓浓的"离情"和那不解人意的"樵风"。因之,"销魂不自持"一句便是对上片的总结,由此过渡到下片对孤独凄凉处境及其心态的描写。

"良宵谁与共,赖有窗间梦"二句由上片的白日离愁而转写别夜的落寞惆怅及其凄凉。词人明知别后无人共度良宵,而又故作设问,进一步凸现了心头的凄凉、处境的寂寞冷清及其对爱情的忠贞不贰。词人现在只有独卧窗下,在神思魂萦的梦境中才能和心上人再次相见。这里一个"赖"字,说明词人要把梦中的欢聚作为自己孤独心灵的唯一感情依托。这一问一答,有力地表现了词人别后孤独、凄凉、落寞的心态。

"可奈梦回时,一番新别离"二句紧承上句而来。词人只有在梦中能与情人相见,但梦毕竟是虚幻的、短暂的。梦中的欢聚,只不过是词人苦思冥想而成的一种超现实的精神现象反映而已。梦中的欢会虽然是热烈的、缠绵温馨的,无奈梦毕竟是要醒的。待到梦醒之后,那番梦中相会的欢乐却又导致了"一番别离"的痛苦！词人越是将梦中的欢会写得热烈缠绵，就越反衬出现实生活的悲凉、痛苦。

这首词上片联想奇特，怨责无端；下片文心跌宕，一波三折。写有情人分别后思想感情的变化，摇曳多姿，极其细腻传神，这也是贺词的艺术风格之一。

（原载贺新辉主编：《全宋词鉴赏辞典》，中国妇女出版社1995 年版，第 525～526 页）

# 琴调相思引

## 送范殿监赴黄岗

### 贺　铸

终日怀归翻送客，春风祖席南城陌。便莫惜离觞频卷白。动管色，催行色；动管色，催行色。

何处投鞍风雨夕？临水驿，空山驿；临水驿，空山驿。纵明月相思千里隔。梦咫尺，勤书尺；梦咫尺，勤书尺。

这首词是词人为送朋友赴黄岗做官而写的一首赠别词。至于范殿监之生平、名字均不知其详。

"终日怀归翻送客"一句在于叙事。这句点出词人此时正羁宦天涯，他乡作客。而词人在"怀归"之前又冠以"终日"二字，这就表明词人无时无刻不在思念着家乡，盼望着能够早日回到故乡的心情。以这种心态，词人又要为朝夕相伴、志同道合的好友送别，因之词人在这两茫茫伤心之间又连以"翻"字，这就将客中送客、宦愁又添离愁、思乡又加怀友的怅触、感伤、凄楚悲凉的心态描绘得淋漓尽致、入木三分。这句以词的结构层次来说，它笼罩全篇,层深浑成,为下文的感情抒发定下了一个沉郁悲凉的调子。

"春风祖席南城陌"一句,点明别离的时间、地点。春风送暖,风和日丽,山花烂漫,这美好的季节,本来正好与挚友携手春游、郊外踏青、登山临水、赏花赋诗。现在却一反常情,要为朋友在南城陌上的长亭饯别送行,这是怎样的情怀、心态呢?这里的"祖",本是古代出行时祭祀路神的一种仪式。"祖席"这里便指饯行的酒宴。词人在叙事之中,移入了一层浓郁的感伤色彩,使叙事情思化,这就使读者不得不为词人的匠心独运而击节赏叹!

"便莫惜离觞频卷白"一句写饯别的酒宴。这句中的"卷白",即"卷白波"。宋人黄朝英《缃素杂记》卷三云:"盖白者,罚爵之名。饮有不尽者,则以此爵罚之。……所谓卷白波者,盖卷白上之酒波耳,言其饮酒之快也。"本来,离宴之上道不完的别离情,说不尽的知心话。这一切,词人都没有写,而以一句席间的劝酒辞即代替了这一切"珍重"之类的内容,使客主二人,愁颜相向、郁郁寡欢、沉默寡言、以酒浇愁之场景历历如在目前。这里"便""莫惜""频"层层相加,字字重拙,语气尤为沉痛悱恻。友情之深笃、离情之愁苦,见于言外。

"动管色,催行色"四句为叠句,以声传情,点明临行分别在即。酒酣耳热之际,席间奏起了凄婉的骊歌,那就是催人泪下的《阳关三叠》吧!那凄凉哀伤的乐曲在席间回荡,也在别离人的心头回荡。它似乎在提醒离人,分别的时候到了,行人该启程上路了。这里,三字短句的回环反复,音节急促,使离人的情感更加悲凉。"动""催"二字的两次出现,这一切都更加深化了此时此刻离人心头茫然若失、忉怛惆怅的情感。这与柳永的"兰舟催发,执手相看泪眼,竟无语凝噎"具有异曲同工之妙。

下片在上片叙事的基础上宕开一笔,设想别后的情景。

"何处投鞍风雨夕"是词人为范殿监设身处地的思虑。这一别之后,他在风雨飘摇的傍晚时分,不知宿息在何处?这充分体现了词人与范殿监友情的深厚,也体现了词人对朋友的无限关怀。

"临水驿,空山驿"四句,是对前句设想之辞的回答。这一问
一答,描画出一幅山程水驿、风雨凄迷的古道行旅图,把词人对范
殿监体贴入微的关切之情具体化、形象化。特别是这些叠句的运
用,更是将野水空山、荒驿孤灯的寂寞和凄凉渲染得淋漓尽致。

"纵明月相思千里隔"至结尾数句,笔锋陡转,振起全篇。
一别之后,千里相隔。临清夜而不寐,睹明月而相思,这是别离
人、相思人之常情。但词人却在"明月相思千里隔"之前又冠一
个"纵"字,便立刻使地域上的千里相隔失去了距离和应有的分
量。真挚的友情将会超越时空的局限,使他们在梦中近在咫尺
地相会。这便是李白所想象的,"我寄愁心与明月,随风直到夜
郎西"了。当然,梦中的咫尺欢会毕竟是梦境,是虚幻、不真实
的。现实情况依然是"千里隔",在此情况下,只有"勤书尺"了。
全词就在这再三的嘱托中结束,余音绕梁,韵味无尽。

这首词最大的特点便是多处使用叠句。这些叠句的使用,
一方面加深了词的蕴意及情感氛围,另一方面充分发挥了词的
声情美,使词作更加优美动人。沈际飞在其《草堂诗余四集序》
中说:"情生文,文生情,何文非情?而以参差不齐之句,写郁勃
难状之情,则尤至也。"以此词观之,诚然不谬也。

（原载贺新辉主编:《全宋词鉴赏辞典》,中国妇女出版社
1995 年版,第 530～532 页）


# 天 门 谣

## 贺 铸

牛渚天门险,限南北、七雄豪占。清雾敛,与闲人登览。

待月上潮平波滟滟,塞管轻吹新阿滥。风满槛,历历
数、西州更点。

这是一首怀古之作。"牛渚天门险，限南北、七雄豪占。"这里一开篇即开门见山，写牛渚、天门的地理形势之险，历史地位之重要。太平州采石镇，濒长江有牛渚矶，绝壁嵌空，突出江中。矶西南有两山夹江耸立，谓之天门。其上岚浮翠拂，状若美人蛾眉。熙宁年间，郡守张璨在矶上筑亭以观览天门奇景，遂命名曰蛾眉。词人崇宁大观间曾通判太平并与贬官在此的李之仪过从甚密，因作此词。这里词人仅用十二字，将天门之险要地理位置、偏安江左的小朝廷，每建都金陵，凭恃长江天险，遏止北方强敌的南牧情景道尽。当涂踞金陵上游，牛渚、天门正是西方门户，所以宋沈立《金陵记》曾记云："六代英雄迭居于此。……广屯兵甲，代筑墙垒。"词言"七雄"，当是兼括了南唐。

"清雾敛，与闲人登览"二句，是说雾气消散，似乎在有意让人们登临游览。这里，"与"字十分精当，足见词人炼字之妙，也说明炼字不必求奇求丽，寻常词汇，只要调度得当，照样能够神采飞扬，恰到好处，曲尽体物之妙。

上片这两个语意层次分明，前三句追昔怀古，剑拔弩张，气势苍莽；后者抚今，轻裘缓带，趣味萧闲。这里词作体制虽小，却能大起大落，笔力豪健，足见作者构思运笔之妙。

下片，词作却不落旧巢，没有紧承"与闲人登览"一句，展开描写眼底风光、江声山色，而偏写"待月上潮平波滟滟，塞管轻吹新阿滥"。等到江上月升潮平，笛吹风起之时，"风满槛，历历数、西州更点"，细数石城古都报时的钟鼓。这里章法新奇，构思巧妙。词人登矶本在上午雾散后，竟日览胜，仍兴犹未已，更欲继之以夜。那么，这奇山异水的旖旎风光，尽在不言中了。不然，词人何以从早到晚，尚嫌不足，还要继之以夜呢？这风光不是让人流连忘返吗？当然，从"待月上潮平波滟滟"一句之后，全是词人想象之词，并非实写，但词人却能虚景实写，毫不露虚构之迹。词人将江上明月笛风，遐钟远鼓写得生动逼真，垂手可掬，倾耳可闻。这是绘画所无法表达的艺术效果。

这首词并非一般的模山范水之作,而是通过牛渚、天门这一特殊风景的描绘,抒发怀古幽情,凭吊前朝的兴亡。天下大势,分久必合,天险挽救不了六朝覆灭的命运。"七雄豪占"的军事要塞,如今竟发生了戏剧性的变化,成了"闲人登览"的旅游玩赏之地。通过对这一巨大变迁的描写,读者自不难从中领悟到,江山守成在德政人和而不在险要地理的历史经验教训。此外,金陵距当涂毕竟有百十里之遥,那"西州更点"又岂可得以"历历数"?词人于词末牵入六朝故都西州(代金陵),隐含了词人希望人们牢记这历史的晨钟暮鼓,引以为戒啊!而这一切意蕴又蕴含在对于有选择的客观景物的描述中,毫无直露、浅薄之弊。不是词人和盘托出,直抒胸臆,只是寄意象内,让读者去细心品味其中三昧。这就收到了含蓄蕴藉的艺术效果,真令人感叹不已。

(原载贺新辉主编:《全宋词鉴赏辞典》,中国妇女出版社1995年版,第538~540页)

# 望 湘 人

## 贺 铸

厌莺声到枕,花气动帘,醉魂愁梦相半。被惜余薰,带惊剩眼,几许伤春春晚。泪竹痕鲜,佩兰香老,湘天浓暖。记小江风月佳时,屡约非烟游伴。

须信鸾弦易断。奈云和再鼓,曲终人远。认罗袜无踪,旧处弄波清浅。青翰棹舣,白苹洲畔,尽目临皋飞观。不解寄、一字相思,幸有归来双燕。

这是一首怀人之作。上片由景生情,下片由情入景。"厌莺声到枕"三句,总说心境。"莺声到枕,花气动帘"写室外充满生机盎然的春意十分细腻。本来,莺声到枕,花气动帘,应是赏心悦目、心旷神怡的良辰美景。而词人却恰恰在其前冠以"厌"字,立即化欢乐之景而为悲哀之情,变柔媚之辞而为沉痛之语。哀愁无端,一字传神,为全词定调。"醉魂愁梦相半"具体描写"厌"字之神理。"魂"而曰"醉",则借酒浇愁,已非一时;"梦"而曰"愁",则梦魂萦绕,无非离绪。醉愁相加,充斥于胸,词人此时,欲不厌春景,又将何如!此三句由外而内,由景入情,迷离惝恍,哀感顽艳。

"被惜余薰,带惊剩眼,几许伤春春晚"写室内景物,申说"醉魂愁梦"之由。这里,"余薰"谓昔日欢会之余香。"带惊剩眼"一句,据《南史·沈约传》载,沈约言己老病,有"百日数旬,革带常应移孔"之语。这里的"剩眼"指腰中革带空出的孔眼,代指日渐消瘦。词人以"惜"写出睹物思人、物是人非之悲哀;以"惊"写出朝思暮愁、形销骨立之憔悴。词至此才揭示出,前三句之所"厌""醉""愁"全由与恋人分离之情事而发。然而词人却欲言又止,接下归结为"几许伤春春晚"。"几许"二字,可见伤春已久,"伤春"二字总上,"春晚"二字启下。刻意伤春而春色已晚,其中既有韶华易逝、春意阑珊之悲哀,又暗含与恋人往日共度春光而今不可复得之痛苦。

"泪竹痕鲜,佩兰香老,湘天浓暖",申说可伤之景。词作由内而外,写即日所望。在一派浓暖的暮春天气里,湘妃斑竹,旧痕犹鲜;屈子佩兰,其香已老。这里词人旧典活用,突出了"鲜""老"二字。这"鲜""老"之物,皆令人触目生哀伤怀。这几句亦景亦情,情景交融。

"记小江风月佳时,屡约非烟游伴。"拍合旧事,振起前片。眼前的景物是那样熟悉,词人的脑海里,很自然浮现出昔日欢会的场面。还是同样的小江之畔,还是风月佳时,自己曾不止一次地与恋人聚首。此二句平平叙来,若不经意,然而由于有了前面的层层渲染和铺垫,因而读后字字都能给人以痛心疾首之感。

上片回环反复之愁情,至此句句都落到实处,词作腾挪跌宕,摇曳多姿,曲尽体物写情之妙。

"须信鸾弦易断。奈云和再鼓,曲终人远"三句,承上启下,直抒胸臆。"鸾弦",据《汉武外传》:"西海献鸾胶,武帝弦断,以胶续之,弦两头遂相著。"后称男子续娶为续弦。这里以"鸾弦"指情事。"云和",琴瑟等乐器的代称。前两句是说,鸾弦易断,好事难终;云和再鼓,曲终人远。词人在上句借弦断比拟与情人的分离,然而心中未始不残存着鸾胶再续的一线希望。下句用钱起"曲终人不见,江上数峰青"句意,言人散无踪,使这一微茫的希望顿时破灭。

"认罗袜无踪,旧处弄波清浅。"这两句紧承"曲终人远"一句而来,言人虽无踪,地犹可认,语尤沉痛。

"青翰棹舣"三句,登高遥望,骋想无极。词人登"临皋飞观",则洲畔白萍萋萋,江边画舫停泊,即目皆为旧日景物。然而昔时双双携手水边弄波之旧处,却再也见不到心上人轻盈的姿态。这几句文势腾挪跌宕,文心委婉曲折,曲尽体物写情之妙。"文似看山不喜平",词亦依然。

"不解寄"三句,转入景收,借燕以自宽。这里,"不解寄"上应"鸾弦易断""曲终人远",以加倍笔法,深化此时凄婉欲绝之心情。"幸有"一句,篇末逆转,韵味无穷。伊人一去,不仅相见无期,就连一点消息也没有,这岂能不使人黯然神伤!正在愁苦之际,似曾相识的旧时双燕却翩翩归来,给人带来一丝慰藉。人有情,却不解寄相思;燕无知,却似曾解人寂寞,故以"幸有"二字以自宽。当然,所谓"幸有"之背后,却蕴含着多少凄凉、寂寞与感伤。这与起句"厌莺声到枕",遥相呼应。起句"厌",结句却"幸"、喜,章法亦奇,针线亦密,尤见功力。

(原载贺新辉主编:《全宋词鉴赏辞典》,中国妇女出版社1995年版,第535~537页)

# 西 江 月

## 贺 铸

　　携手看花深径,扶肩待月斜廊。临分少伫已怅怅,此段不堪回想。

　　欲寄书如天远,难销夜似年长。小窗风雨碎人肠,更在孤舟枕上。

　　这首词写相思之苦。上片是对分别前美好欢会情景的回忆,下片写别后的相思之苦。

　　"携手看花深径,扶肩待月斜廊"两句,首先追忆昔日欢会的美好情景:在那春光明媚、鸟语花香、姹紫嫣红、斗芳争艳的美好时光里,他们在那小园深径里一起携手赏花;在人寂夜静、凉风习习的幽雅斜廊上扶肩待月,卿卿我我,情意绵绵。这两句不仅极为工整,而且极为生动形象地概括描写了男女欢会那样一种典型的环境及情景,给人以温馨旖旎的深刻印象。

　　"临分少伫已怅怅,此段不堪回想。"这两句承上紧转,点出上边的良辰、美景、赏心、乐事,只不过是分别后的"回想"。这就使词意极为含蓄、韵味无穷。前边的良辰美景、赏心乐事写得越是热烈,就越反衬出此时的寂寞、凄凉与忧伤。这里一个"已"字,突出了惜别之际,稍做延伫,已经若有所失、怅然迷茫的悲哀;下句又以"不堪"二字相呼应,这就愈加深刻地描绘出"今日"回想时痛心疾首,哀婉欲绝。

　　这四句,两句一层,情调大起大落。词人一开始就将欢会写得缠绵热烈,细腻逼真。然后当头棒喝,由热烈缠绵一下反跌到悲凉凄惨,形成情感洪流的巨大落差,从而给人以强烈的震撼,使词作含义深远,余味无穷。

下片与上片相比,词作的笔法又有所不同。词人如层层剥笋一般,具体说明"回想"何以"不堪。"

"欲寄书如天远,难销夜似年长",紧承上片结句。"欲寄书"一句,一个"欲"字点明了主观上的愿望。他和情人分别后,羁宦天涯,见面已属痴心妄想,然而就连互通音信、互慰愁肠这一点小小的愿望也由于水阔天空、千里难达而落空了。这正是"欲寄彩笺兼尺素,山长水阔知何处"了。这是"不堪"之一。"难销夜"一句中的"难"字,是客观环境对自己所造成的影响。一个人对着一盏孤灯,凄清寂寞,百无聊赖,在漫漫的不眠之夜中细细地品味着离别的况味,自然会生出"长夜如年"那样难以消磨的无限悲凉感慨。这是"不堪"之二。

"小窗风雨碎人肠,更在孤舟枕上"二句中的"小窗风雨"是耳边所闻。词人听着风雨敲打窗扉的淅淅沥沥之声,不禁肝肠寸断,凄然心碎。一个"碎"字,情景两兼,着一字而境界全出。它既是"雨"碎,又是"人心"之碎。这便是"不堪"之三。"更在孤舟枕上"收束全词,以"更在"透进一层,指出以上种种全发生在"孤舟枕上"。这就将羁旅之愁思、宦途之怅惘与离情之痛苦浑然融合为一体,是愁上添愁了。此为"不堪"之四。

这四"不堪"齐于一身,已使人难以承受,何况又纷至沓来,一时齐集!词作用笔句句紧逼,词意层层深入。末尾一句,更点明这一切皆在"孤舟枕上"发生,尤见悲凉哀婉。由此可见词人构思之精到,此词堪称词作中描写爱情的上品了。

(原载贺新辉主编:《全宋词鉴赏辞典》,中国妇女出版社1995年版,第527~528页)

# 小 重 山

## 贺 铸

　　花院深疑无路通。碧纱窗影下,玉芙蓉。当时偏恨五更钟。分携处,斜月小帘栊。

　　楚楚冷沉踪。一双金缕枕,半床空。画桥临水凤城东。楼前柳,憔悴几秋风。

　　这首词写相思之苦。上片写梦中相会,下片写梦回凄凉。

　　"花院深疑无路通"这一句字面虽浅,但词义却比较幽微,这关键在于对"疑"字如何理解。从三、四句来看,这里的"疑"当是男子之疑。然细细品味,却又似乎不应是男子现实中的"疑"。因为他对心上人所居的庭院,按理应像对心上人一样熟悉、了解。其次,心上人所居之庭院,即使再"深",也决不会"无路通"。因此,我们认为,这里的"疑"应是梦幻中的"疑"。晏几道《鹧鸪天》有句"梦魂惯得无拘检,又踏杨花过谢桥"。相别日久,朝思暮想,以致因情生幻,梦中千里跋涉,来到了曾经和心上人欢会之旧地。夜阑人静,月明星稀,看着那花木繁茂、曲折幽深的花园,不仅产生出"近乡情更怯"的疑虑:这次相会是否能够如愿呢? 是不是会有人从中作梗呢? 这种种疑虑猜度借"疑无路通"表现出来,既写得迷离惝恍,又十分形象逼真。

　　"碧纱窗影下,玉芙蓉。"这两句写他拂柳穿花,孑孑前行,刚刚绕过那幽雅的回廊,已经看到心上人伫立在朦胧的碧纱窗影下,似玉琢芙蓉,袅袅婷婷,顾盼生辉,笑颜以待了。这里"芙蓉"代指他心目中的美人,即那伫立在碧纱窗影下的美人。据《西京杂记》卷二载,卓文君姣媚,眉色如望远山,脸际常若芙蓉,以后有"芙蓉如面柳如眉""强整娇姿临宝镜,小池一朵芙蓉"等诗句,都以"芙蓉"来喻美人。词人在"芙蓉"之前又加"玉"字,之前再限以"碧纱窗影下",为美人的出场设置了一个特殊的环境和氛围。这真是形神兼备,呼之欲出。

"当时偏恨五更钟"一句,是说正当两人情意缠绵之时,东方发白,晓钟鸣奏,这怎能不令人产生"偏恨"的感慨呢!这里的"当时",盖既指今梦,亦指昔时。是梦亦真,是虚亦实,动荡变幻之中,语语沉重,令人神伤。这正是良宵苦短,愁夜恨长!

"分携处,斜月小帘栊"二句,写在晓钟的声声催促之下,两人在户外执手依依,洒泪相别。那清冷的月光斜照在帘栊上,更增添了别离的痛苦和感伤。此二句景中含情,情景交融,使上片的欢会在一派凄凉的氛围中结束。它与晏殊《蝶恋花》中"明月不谙离恨苦,斜光到晓穿朱户"具有异曲同工之妙!

下片"楚梦冷沉踪。一双金缕枕,半床空"三句笔势一转,与上片形成鲜明的对比。蓦然惊觉之后,冷梦沉踪,残月照户,残烛一点,寂寞凄清。眼前精心绣制的金缕双枕,冷冰冰地横卧床头,这愈加反衬出他此时的孤独寂寞。那身边的半床鸳被,更使他睹物伤怀,黯然神伤。沈祥龙在其《论词随笔》中说:"词换头处谓之过变,须辞意断而仍续,合而仍分。前虚则后实,前实则后虚,过变乃虚实转换处。"这几句即承上启下,由虚入实,将上片一笔喷醒,为全词词眼之所在。

"画桥临水凤城东。楼前柳,憔悴几秋风"三句又化实为虚,从对面写起。"凤城"即京城。虽然他此时正远在天涯,而其所思恋的女子却在京城的东隅。这里由上句的"双枕""半床"等情景,很自然地联想起对方对自己的刻骨思念。不过词作并没有直接描写对方如何相思,而是以楼前杨柳几度秋风、几度凋零来暗示对方的失望和憔悴,尤为动情感人。

总观全词,上片写虚,下片写实。词人于虚中处处用实笔,使上片虚而似实;于实中却化实为虚,使下片实中有虚。结语由己推人,代人念己,语弥淡而情弥深,尤显功力。

(原载贺新辉主编:《全宋词鉴赏辞典》,中国妇女出版社
1995 年版,第 529~530 页)

# 柳 梢 青

## 吴 中

### 仲 殊

　　岸草平沙。吴王故苑,柳袅烟斜。雨后寒轻,风前香软,春在梨花。

　　行人一棹天涯。酒醒处,残阳乱鸦。门外秋千,墙头红粉,深院谁家?

这是一首伤春抒怀之作。

上片写船行所见的吴中春色。"岸草平沙"一句,一落笔便描绘了"岸草""平沙"两种景色,给读者展现了一幅秀美迷人的画面:江岸两旁芳草如茵,芳草之后是平坦如镜的细沙。一个"岸"字,便十分巧妙地揭示出这幅美景是从江中舟上的角度观察描绘的。这一点词人在下片首句便直接点明。

"吴王故苑,柳袅烟斜"二句紧承上句而来。词人在舟中沿着吴江一路看去,其中所见景物自然是不胜枚举的,但不能一一都写。这里只选取了"吴王故苑,柳袅烟斜"加以刻画,这是有其深意的。当年吴王夫差纳美女西施,在吴县西南的灵岩山上为西施专门建造了馆娃宫,供其居住。吴王从此沉湎于酒色之中不能自醒,终于让越王勾践灭国杀身。词人面对吴王夫差的故苑,只见柳条细长柔弱,轻烟随风斜飘。景色依旧而人事全

非。故苑仍是当年的细柳、轻烟、青山绿水,可吴王夫差却早已成为历史陈迹了。这字里行间隐含着"故人已乘黄鹤去,白云千载空悠悠"的感叹。

"雨后寒轻"三句,写江南吴中的春景如诗如画,韵味十足。词人沉醉在山光水色之间,感慨于历史兴亡之时,发现一阵春雨之后,寒意淡淡,微风过处芳香柔和。原来大好春色正在那千万朵明丽似雪的梨花上。"雨后寒轻"写出了江南早春的特色和给人的感受。"风前香软"则抓住了吴中地区春暖花开、香气飘溢的典型场景。"春在梨花"紧承前两句,描画出雨过风软之际梨花怒放的迷人景色。这一句最富有情趣,是一个生动的艺术创造。

下片写酒醒后所见的吴中暮景。首句"行人一棹天涯"换头,把上片景色不断推移的观察角度揭出,原来是词人在舟中船行途中所见。"一棹天涯",犹言一划桨便到了天涯。这不仅写出了水流极快、舟行如飞,而且将词人陶醉于美好的春色之中的轻快心情也含蓄地表露了出来。词人是那样地无拘无束,放浪天涯,任舟漂流,这不但反映出词人对于美好春色的热爱留恋,而且活画出词人作为和尚,却又不甚遵守清规戒律的浪漫洒脱气质。

"酒醒处,残阳乱鸦"紧承上句,"酒醒"二字,十分巧妙地点明"行人一棹天涯"的原因:舟行之时,词人一面陶醉于两岸的美景之中,一面把酒临风、开怀畅饮,不知不觉中船已行到极远处;等到酒醒一看,一轮残阳冉冉西下,成群的暮鸦在聒噪盘旋。这一笔将酒醉初醒时所见江南春暮的景色轻轻一染,用语精炼,惜墨如金,十分鲜明形象。而"残""乱"二字,又将春色撩人、忽感迟暮的恍惚心态,不着任何痕迹地表露出来,真可谓"不着一字,尽得风流"了。

"门外秋千"三句,紧承"残阳乱鸦"而来。词人正为春暮残乱而心迷神离之际,突然间却发现别有一番情景:有架秋千竟然荡出墙门之外，那墙头之上露出了秋千上红粉姑娘的倩影。她那艳丽的衣裳随风飘拂，如霓裳广带，似天女穿空。这"红粉"姑娘秋千荡得是何等酣畅淋漓，姑娘的心境又是如何欢快酣畅，那欢声笑语又是如何悦耳动听、毫无顾忌！这情景吸引了词人的视线和心绪，词人不由得暗自发问道："这是谁家深院的姑娘呢？"这是一幅动态的画面，是有声的画，是大自然中最美妙、最动人的春色。"深院谁家"一问，可谓点睛之笔，不仅深化了诗意，而且刻画了词人此时的心态，揭示出词人向往青春的秘密。而以问作结，使全词自有一种悠然不尽的神韵。

（原载贺新辉主编：《全宋词鉴赏辞典》，中国妇女出版社1995年版，第544～545页）

# 南 柯 子

仲 殊

十里青山远，潮平路带沙。数声啼鸟怨年华。又是凄凉时候，在天涯。

白露收残月，清风散晓霞。绿杨堤畔问荷花：记得年时沽酒，那人家？

仲殊，姓张，名挥。安州人，曾举进士。据说他年轻时风流倜傥，放荡不羁，因此妻子对他甚为不满，曾在食物里下了毒，他得救不死。从此，他心灰意冷，弃家为僧，居苏州承天寺、杭州吴山宝月寺。然仲殊虽出家为僧，却不甚遵守佛门清规，虽不吃肉，却嗜蜜、酒如命，每食必饮酒食蜜。这首词便是他出家为僧后所作。从这首词作中，我们仍能看出一个早年放荡不羁而半路出家的和尚的自我写照。

上片着重从空间方面着笔。首二句便直接铺叙景物,展示出一幅"青山隐隐水迢迢"的画境。"十里青山远"是远望所得之景。"十里青山"本已含"远",而这里更着一个"远"字,不仅点出"行人更在春山外"的意境,而且透露出词人不知归期的惆怅寂冷心态。"潮平带路沙"是近看所得之景。词人的视线由"十里青山"的远景观赏收回到眼前之景,由赋山转向摹水,点出行人的具体环境。

第三句由写所见过渡到所闻。远处一带青山,偶尔可以听见"数声啼鸟",这对欢乐人来说,便是青山绿水、美景如画、莺歌燕舞、良辰美景的赏心乐事。但对感触特多、凡心未尽的词人来说,却似乎觉得啼鸟在怨年华易逝、青春易老了。这便是词人的心理情感移入到鸟啼声所引起的移情联想。由鸟的啼怨,词人不期而然地涌起又是"凄凉时候",又是"远在天涯"的感叹了。这是词人长期的漂泊以及对这种生活的厌倦情绪的反映。

下片主要从时间方面落笔。"白露"既指凉秋的夜露,又表明了节候。"清风"句紧承前句强调白昼的结束。这两句紧承"啼鸟怨年华"的命意,形象生动地展示出时间推移的进程。"绿杨"句承前写景。杨柳堤岸,浓荫密处,微风过后,荷香飘拂,那荷花又大又艳,正撩人情思。站在荷塘边,词人突然想起来了,原来有一年,也是这个时候,他到过此地,在附近的酒家买酒喝,并乘着酒意还来观赏过荷花。他禁不住又是感叹,又是喜悦,于是向着塘里的荷花问道:"荷花啊,你还记得那年买酒喝的那个醉汉吗?"这一问颇含韵致。荷花在佛教徒的心目中,本是最圣洁的东西,所以释迦佛像都是坐在莲花上的。而如今词人虽为和尚,看到莲花想起的却是它那世俗的美艳,并将荷花与自己醉中赏花的事紧紧联系起来,这就表明了词人虽名为和尚实则不忘世俗的真实心态。这里词人由眼前景而追忆往昔事,仍是从时间方面来写,照应上片"又是凄凉时候,在天涯"。

全词从时空两方面构思,写景抒情,情寓于景,意象清悠,意境清晰。词作设色明艳,对比和谐,色彩艳丽,美感很强。

(原载贺新辉主编:《全宋词鉴赏辞典》,中国妇女出版社 1995 年版,第 541～542 页)

# 夏 云 峰

## 伤 春

### 仲 殊

　　天阔云高,溪横水远,晚日寒生轻晕。闲阶静、杨花渐少,朱门掩、莺声犹嫩。悔匆匆、过却清明,旋占得余芳,已成幽恨。都几日阴沉,连宵慵困,起来韶华都尽。

　　怨入双眉闲斗损,乍品得情怀,看承全近。深深态、无非自许,厌厌意、终羞人问。争知道、梦里蓬莱,待忘了余香,时传音信。纵留得莺花,东风不住,也则眼前愁闷。

　　这是一首伤春之作。上片着重描绘景物,写春光流逝的过程。"天阔云高"三句,首先从大处落笔,描绘出早春时分天高云阔、碧水横流、乍暖还寒的景象,为词意的发展做了铺垫。"晚日寒生轻晕"一句,写天地之间的一轮夕阳微带寒意,生出略有彩色的环形风圈。"晕"指围着太阳成环形的彩色光圈。这一现象通常被看作天气变化的预兆。前三句选取极为阔大的景象,描绘出一幅完美而极富特征和阔大境界的早春图像。

　　"闲阶静"四句紧承上文,由大笔勾勒转为工笔描摹,由云阔水远转向闲庭朱户,不着痕迹地写出了春景变化的特征:闲暇的庭院不再是"红杏枝头春意闹",而是"庭院深深深几许",一片幽静寂寥。杨花柳絮如天女散花般不断飘飞,却越飞越少;朱门紧闭的深宅大院之中,传出呖呖莺声,仍是那般悦耳娇嫩、优美婉转。这里前两句写眼中所见,后两句写耳中所闻。一"渐"、一"犹",写出实感,可见词人观物之细致。以"杨花""莺声"代春景,角度新颖。"渐少""犹嫩"点明孟春已逝,仲春降临。这里写春光的流逝十分细腻新颖,没有直接的铺叙,而是从景物的变化中显示出来。

"悔匆匆"四句,紧承仲春景色,推进一步写暮春。词人用一"悔"字领起,描绘春光流逝之速,无限惜春、惆怅之情溢于言表,再加上词句用"匆匆""旋""已"这些词一气而下,便将春光难留、稍纵即逝的惜春情怀与伤春愁绪表露无遗。

"都几日阴沉"三句,紧承清明过了之后写暮春已尽,春光全去。接连好几天,天气阴沉,欲雨无雨,致使人身心困倦,等昏睡起来一看,美好的春光全部消逝殆尽了。这三句字里行间充满着未能及时赏春的悔恨之情和徒然看着春光流逝的懊丧之意。整个上片,词人将春景变化直至消失的整个过程细腻生动地写了出来,而赏春、惜春、留春、伤春之情,亦全部蕴含其中了。这样词作自然而然地过渡到下片。

下片由春光的流逝转而抒发无法留春的愁怀。"怨入双眉闲斗损"换头,紧承"韶华都尽"而来,并开拓词意,转入抒情。这里"斗"是凑在一起之意,"损"是变形的意思。词人将伤春的情感心态集中表现在双眉有事无事总是紧锁在一起上。这种写法新颖别致,令人耳目一新。用语虽简却传神肖貌,取得了点睛之效。

"乍品得情怀"六句,紧承上句,为何会"怨入双眉闲斗损"呢?这几句便是回答之辞。词人刚刚开始品尝到赏春的情味,看承照料她十分亲近周到,谁知这种深厚细切的情感只不过是自我赞许而已,而她那有气无力的病态却始终羞于别人对自己表示关切、慰问!词人将自己对春有情而春却对他无意的微妙复杂的心理活动,幽深含蓄地揭示了出来。这也使得上文中"怨

（原载贺新辉主编:《全宋词鉴赏辞典》,中国妇女出版社）

入双眉"的伤春之情落到了实处,得到答案,脉络细密,层次转深。

"争知道、梦里蓬莱"三句进一步写伤春之情。词人索性到梦境中去寻求仙境,打算忘了暮春的芳香,怎知道这撩人的春意又不时传来芳香的气息。词人虽说"待忘了余香",实是反衬留春不得的伤春情怀。而"时传音信"则又写出春似乎无情却又含情的意蕴。这里词作一波三折,情意幽微,将伤春之情描绘得淋漓尽致又含蓄蕴藉。

"纵留得莺花"三句,紧承上句,词人似乎对春作答:纵然留得花香鸟语,却留不住春风,也只落得眼前一片愁闷罢了。这里词人以"莺花"代表春天美丽的景物,将伤春情怀委婉曲折地描摹出来,令人荡气回肠,咀嚼不已。

这首词写春色消逝的过程细腻委婉,形象鲜明,寓情于景。写春逝撩愁的情怀却层层深入,笔笔跌转,情景相生,抑扬映衬,十分优美。词的风格细腻清秀,具有较高的艺术审美价值。

（原载贺新辉主编:《全宋词鉴赏辞典》,中国妇女出版社1995年版,第542～543页）

## 金 凤 钩

### 送 春

#### 晁补之

春辞我,向何处?怪草草、夜来风雨。一簪华发,少欢饶恨,无计黵春且住。

春回常恨寻无路,试向我、小园徐步。一栏红药,倚风含露。春自未曾归去。

这首词抒写春恨。上片着力描写留春无计的遗憾，下片写寻春而觅得的欣慰之情。

"春辞我，向何处？"这两句起首便设问，一方面为下面的感叹找到一个适当的喷射口，另一方面又为下片寻觅春的归路设下伏笔。

"怪草草、夜来风雨"与"春辞我"相呼应。春啊！你为什么要辞我而去呢？你为何去得又是那样草草匆忙呢？既不打招呼，又毫无留恋，便这样匆匆走了。"夜来风雨"似乎是在回答一、二句的诘问，实际上只是点明了春归的缘由和去向：春啊！你是被夜来的横雨狂风挟持而去了吧！这横雨狂风既指自然界的"夜来风雨"，也可指政治的雷雨风暴。词人在仕途中并不得意，他曾有过几度宦海浮沉颠沛的经历，因而不管是实写还是虚写，这"夜来风雨"送春归的意象，总包含着诗人自己命运的影子，是宦海中的风风雨雨，草草地送走了诗人的青春年华。这表达了词人对"春去也，太匆匆"的留恋、怨怼与惋惜之情。

"一簪华发"几句，由物及人，由景入情，正由于青春草草而逝，才落得今朝"一簪华发"。这"一簪华发"不仅意味着年龄的衰老，青丝成雪，而且还包含着饱经沧桑、遍尝忧患的内涵。由此，下句的"少欢饶恨"则是自然而然的了。春光是留不住的，从而青春也是难以挽回的，这含蓄曲折地表达了词人对青春易逝的憾恨。

下片，词人的情绪心态却来了一个巨大的转折，"春回常恨寻无路"是情绪上的过渡，对上片抒写的情景是一个形象的总括。而"常""路"二字却为下文的词句进行了铺垫："常恨"意味着往昔，而今将有一种新的心境产生，往昔的"无路"即暗示着今朝的有路。这样词作便极为自然地过渡到下句。

"试向我、小园徐步，"这里"试"与"无路"紧密相连，正因为"无路"而企求"有路"，才"试"着前去探索。"试向我"中的"我"字，强调了只有在"我"自己惨淡经营的园地里才有永恒的春色,这正是一种象征性的暗示。

"一栏红药,倚风含露"紧承上句,十分形象传神地显现了"我"的小园中春光永驻的景象。一栏鲜艳娇嫩的芍药花倚风而立,含露而开,仪态万方,艳丽异常。这里,"倚风"写出了芍药绰约飘洒的风姿,"含露"画出了它鲜润欲滴的妩媚。那临风摇曳、含露而开的芍药花,不正是春天的极富情趣的象征吗?不也正是词人理想、希望、事业、追求的写照吗?不也正是一个纯洁无瑕的美的缩影吗?

"春自未曾归去"紧承前两句,词人以芍药花作为不凋的春光的标志,由"倚风含露"的"一栏红药",联想到"春自未曾归去"便显得十分自然、毫无矫饰之处了。

（原载贺新辉主编:《全宋词鉴赏辞典》,中国妇女出版社1995年版,第546～547页）

## 迷 神 引

### 贬玉溪,对江山作

晁补之

黯黯青山红日暮,浩浩大江东注。余霞散绮,向烟波路。使人愁,长安远,在何处?几点渔灯小,迷近坞。一片客帆低,傍前浦。

暗想平生,自悔儒冠误。觉阮途穷,归心阻。断魂素月,一千里、伤平楚。怪竹枝歌,声声怨,为谁苦?猿鸟一时啼,惊岛屿。烛暗不成眠,听津鼓。

这是一首抒写羁旅之愁的词作。上片写日暮黄昏时江上的情景,下片写羁旅的寂寞与哀愁。

"黯黯青山红日暮,浩浩大江东注。"写青山渐暗,红日西沉,浩浩大江不舍昼夜地奔流东去。这两句如画家挥动如椽巨笔,一下子就勾勒出江上暮色的壮丽景色,渲染出一幅极为阔大的气象。这里一"青"、一"红",赋予画面以明暗相映的色调和彩韵,画面清晰,色彩浓烈。"浩浩大江东注"一句,则在动态上着墨,立刻使静态的画面增添了雄伟的气势和浩荡奔腾、滚滚东去的流动感。

"余霞散绮,向烟波路。"这两句中前一句是化用谢朓"余霞散成绮,澄江静如练"诗句的诗意,写红日西坠必有余霞散绮的壮丽景观。这里由于"余霞散绮"的点染,更加描绘出大江日暮时分的壮丽景象。唐代崔颢的《黄鹤楼》一诗写道:"日暮乡关何处是,烟波江上使人愁。""向烟波路"句及以下四句,正是化用崔颢这两句诗的诗意。词人回首来路,烟波浩渺,不禁想起远在数千里外的京城,从而勾起贬谪的愁怨和悲哀。京城在何处?烟波浩渺影难觅;此身在何处?几点渔火迷近坞。这里长安代指宋代的京城汴梁。船坞已近,本来应当是不会迷茫的,但由于几点小小渔灯的闪烁不定,使人不免产生了迷离恍惚之感。这实际上是借景写情,是词人在贬谪途中一种迷茫心境的物态化表现。

"一片客帆低,傍前浦"紧承上句而来,写词人乘坐的船帆就在这样的情境中渐渐从桅杆上低低落下来,船儿在前浦慢慢靠岸了。

上片词人着重描绘江上的景色,为下片抒写羁旅之情做了铺垫。这一部分从青山日暮,大江东去,到余霞散绮,回望烟波;从渔火闪烁,灯影迷离,到落帆低垂,船傍前浦。词人缜密细腻地描述了江上漂泊的具体情景,贬谪的郁闷情怀,羁旅的迷茫心绪。这一切便在景物的描绘中形象地外化出来了。词人描写景物的同时,也是在借景寓情,使景物情思化。

下片着重抒写羁旅的情怀。但词作并不是直抒胸臆，而是仍然没有离开景物描写。只不过在手法上有所变化，词人在景物的描写上浸透了比较浓厚的感情色彩，"情"的表达仍然借助于"景"的描绘加以完成。

"暗想平生，自悔儒冠误"这两句比较直露，但却是词人对自己一生的反思，因而用来领起下片。下片便是在此基础上进一步具体化、形象化的描写。

"觉阮途穷，归心阻"运用阮籍的典故。传说阮籍"时率意独驾，不由径路，车迹所穷，辄恸哭而反"。他的《咏怀》诗八十余首，便是表现忧时嗟生、途穷命蹇的感叹。补之以阮籍自比，说自己已经意识到"途穷"，而归心犹受阻遏，不得归隐田园，全身远害，怡然自乐。

"断魂素月，一千里、伤平楚"以下诸句，较前几句形象生动多了。这里词作继续寓情于景，以"断魂素月""怪竹枝歌""猿鸟""暗烛""津鼓"等一系列的意象烘托宦途羁旅的沉咽之情。词人在客帆降落、船傍前浦的一刹那之间，眼望一片洁白的月色，洒在一望千里的平原上，犹如水银置于平地一般，又好像千里的明镜一般光亮平滑。这景象不仅使人魂断神凄，再加上那如怨如诉的声声竹枝歌，悠悠地从远处飘来，声声刺耳钻心，更使人难耐悲苦愁思。这里"为谁苦"是词人一个自问自答的诘语，实际上是说"声声怨"的竹枝歌仿佛是在为我而悲怨。"猿鸟一时啼"仍然是渲染听觉上的感触。本来"猿啼三声泪沾裳"，已是一种令人凄然泪下的凄凉哀鸣，又加上"猿鸟一时啼"，这就更使"岛屿"惊怵，令人无法成眠了。这样，词人只好在昏暗的烛光中，卧听津渡传来的更鼓了。

（原载贺新辉主编：《全宋词鉴赏辞典》，中国妇女出版社1995 年版，第 547~549 页）

# 临 江 仙

## 信 州 作

### 晁补之

　　谪宦江城无屋买,残僧野寺相依。松间药臼竹间衣。水穷行到处,云起坐看时。

　　一个幽禽缘底事,苦来醉耳边啼? 月斜西院愈声悲。青山无限好,犹道不如归。


　　这首词是作者被贬为信州(今江西上饶)酒税后所作,表现了他厌弃官场而向往故里的思想感情。

　　"谪宦江城无屋买,残僧野寺相依"二句无一字虚下,先交代了全词的政治背景,并为全词定下基调。"江城"点明信州,"无屋买"是夸大之词,表明信州的偏僻荒凉,这样便自然地引出"残僧野寺"一句。这里"残僧"画出了僧人的年迈衰老,"野寺"画出了寺庙的荒僻陋小。如此残破不堪而词人还得与之相依为命,足见其命运、境遇的凄惨。

　　"松间药臼竹间衣"三句紧承"残僧野寺"一句而来,写其行迹。词人并没有因与残僧野寺相依而感到凄惨悲伤。反而,在松荫竹翳的掩映下,一声药臼响,一角衣衫影,就能给心头增加无限的欢愉。这里"一臼""一衣",由于意象的典型性,取得了以一当十的艺术效果。"水穷行到处,云起坐看时"二句化用王维《终南别业》"行到水穷处,坐看云起时"诗句。虽然只是在文字的排列上略做了调整,但由于将"水穷""云起"突出到前景位置,因而其艺术效果也发生了一定的变化。"行到水穷处"是顺写,象征意义不大明显;而"水穷行到处"强调了"水穷",就突出了山穷水尽的意象,使人联想到词人在宦海中的山穷水尽。同样,"云起坐看时"较之"坐看云起时",也突出了"云起"的意象,使人联想到词人此刻是在冷眼旁观政治上的翻云覆雨。

下片仍然描写"野寺"中的所见所闻,但心绪的苍凉、悲苦却借景物的描写较为明显地流露出来。"一个幽禽缘底事,苦来醉耳边啼"两句,巧妙地抓住一个"幽禽"悲啼的意象来抒写自己的心曲:作者曾试图遁入醉乡以遣岁月,但不知为什么事,一个幽禽(杜鹃)又在醉酒之时来到耳边苦苦啼叫。"苦来醉耳边啼"应作"醉来耳边苦啼"。

"月斜西院愈声悲"一句,紧承"苦来醉耳边啼"而来,写词人对于"幽禽"啼声的感觉。这"幽禽"的啼叫已不仅是"苦啼",而且愈啼愈悲。"月斜"即月影西沉,表明时间已晚;时间既晚,则啼叫之久可知。"愈声悲"以见鸟之情切。仔细品味词意,这里实是借鸟的悲啼来显示自己的悲苦心境。

"青山无限好,犹道不如归"两句托出全词的主旨:这儿的青山尽管无限美好,但杜鹃仍啼道:"不如归去!"词人在这里实际是借鸟的啼声,表达自己"他乡虽好,不如归去"的心声。这"青山无限好"显然由李商隐的"夕阳无限好"诗句化出,两句合起来又暗用王粲《登楼赋》和陶渊明《归去来辞》二赋作意。尽管这儿的山水很美,有松林竹林可供盘桓,有水有云可供观赏,但毕竟身在官场如鸟在笼中,终不如退守田园那么自由自在。

这首词以鸟能人言、人鸟共鸣的巧思妙句,外化了词人自身微妙复杂的隐秘心态,可谓深得托物言情之真味。

(原载贺新辉主编:《全宋词鉴赏辞典》,中国妇女出版社1995年版,第550~551页)

# 风 流 子

## 张 耒

木叶亭皋下，重阳近，又是捣衣秋。奈愁入庾肠，老侵潘鬓，谩簪黄菊，花也应羞。楚天晚，白蘋烟尽处，红蓼水边头。芳草有情，夕阳无语，雁横南浦，人倚西楼。

玉容知安否？香笺共锦字，两处悠悠。空恨碧云离合，青鸟沉浮。向风前懊恼，芳心一点，寸眉两叶，禁甚闲愁？情到不堪言处，分付东流。

这是一首描写思乡之情的词。上片落笔写景，首先点明季节。"木叶亭皋下"三句，写时近重阳，树叶纷纷飘落到平坦的水边地上，又是妇女为亲人捶打寒衣的深秋了。这里"木叶"即树叶。《楚辞·九歌·湘夫人》："袅袅兮秋风，洞庭波兮木叶下。"后世常以此写秋景，兼写乡思。"亭皋"，指水边平地。"重阳"即阴历九月九日。古时风俗，人们常在这天登高，佩茱萸，饮菊花酒。有亲友在外，届时不免互相思念。王维《九月九日忆山东兄弟》云："遥知兄弟登高处，遍插茱萸少一人。""捣衣"，古代妇女于秋季渐寒时，在砧石上捶打寒衣以备寄送远方的亲人过冬。李白《子夜吴歌》："长安一片月，万户捣衣声。"沈佺期《独不见》亦云："九月寒砧催木叶，十年征戍忆辽阳。"这种"捣衣"之声，最易引起闺中少妇对远方征人的痛苦思念。而远行之人也容易因此想到妻子在家为自己捣衣的情景，既感到痛苦又温暖。这里"木叶""捣衣"连用，不仅写出了深秋特有的景色，为全词烘托出萧瑟凄清的背景，而且为下面的词意发展做了有力的铺垫。

"奈愁人庾肠,老侵潘鬓,谩簪黄菊,花也应羞。"这数句又紧承起句,意思是说:怎奈我愁绪萦绕心中,白发现于鬓角,再轻慢地把黄菊插在头发上,那菊花也该感到羞辱吧。这里"庾肠",即庾信的愁肠。庾信本为南朝时梁朝的官员,因出使西魏被留,羁旅北地,故常思念祖国和家乡。其《哀江南赋》序云:"不无危苦之词,惟以悲哀为主。"后人常以"庾愁"代指思乡之心。"潘鬓",即潘岳的斑鬓。潘岳为西晋文学家,貌美而早衰,其《秋兴赋·序》云:"晋十有四年,余春秋三十有二,始见二毛。"后因以"潘鬓"为中年鬓发斑白的代词。这里词人以"潘鬓"自喻身心渐衰之貌。词人由于忧伤,鬓衰将不胜簪,故云:"谩簪黄菊,花也应羞。"以此反衬出迟暮之感的深沉、乡愁的浓烈。

"楚天晚,白蘋烟尽处,红蓼水边头。"这三句在写景中寓离别相思之意。心中既然充满乡愁与迟暮之感,所以不禁遥望楚天的晚空,一直望到水气缭绕的白蘋尽头,一直望到水边开花的红蓼深处。"白蘋",水中浮草,因其随波漂流,容易引起游子离家漂泊的伤感。"红蓼",生于水中者名泽蓼或水蓼,开浅红色小花,叶味辛香。词人是淮阳人,所以,遥望楚天,思乡之念便在不言中了;再加以词人的刻意点染,则把他乡愁之深烘托出来了。这里虽纯是写景,但景中含情,意在言外。

"芳草有情,夕阳无语,雁横南浦,人倚西楼。"这几句紧承"白蘋""红蓼"两句而来。含着情意的芳草,默默无语的夕阳,横渡南面水滨的大雁,是词人所望到的,但却没有望到故乡。在这种望而不得的情况下,他只好倚着西楼,心往神驰了。这几句写景,将词人遥望故乡而不得的执着深情又推进了一层。词意含蓄,画面完整,真所谓"物以情观,情以物见"了。"人倚西楼"点出游子登眺之处,交代了"楚天晚"至"雁横南浦"六句都是极目之所见;由所见而引起所感,因而所见之景物都似有了人的感情。

下片换头"玉容知安否?"点明所思之人,揭示了词旨所在,使上片所写种种情景明朗化。这句"玉容",极言容貌之美,如花似玉,这儿即指倚楼遥思的对象。"知安否"曲尽对遥思对象的关切和挂念,由此而引起下面相思的倾诉、深情的抒发。

"香笺共锦字,两处悠悠。空恨碧云离合,青鸟沉浮。"这几句意谓书信和题诗,由于两地邈远而无法见寄,徒然地怨那晴云分离,使者隐没。这里,"香笺"即美好的书札,"锦字"即织锦上的字。晋代窦滔以罪徙流沙,其妻苏蕙因思念丈夫,织锦为《回文旋图诗》以寄,后世常以此指妻子寄书丈夫,表达相思之情。"青鸟",传说西王母饲养的鸟,能传递信息,后世常以此指传信的使者。"碧云",江淹《休上人怨别》诗有"日暮碧云合,佳人殊未来"之句,这里借以写对闺中人的怀思。由于香笺锦字,两处悠悠,碧云已合而佳人未来,青鸟杳然而音书全无。词人于此以铺叙写法表达两地分居、不见来信的怅怨,愈加显出"知安否"所包含的深沉挂念的分量。

"向风前懊恼"四句,转以想象之笔,设想妻子思念自己时的痛苦情状。他想象妻子也许在风前月下,芳心懊恼,眉头紧皱,怎能止得住那百无聊赖的愁思呢?写对方思念自己,正是为了表达自己对妻子深挚的爱情与痛苦的思念。这种诗词常用的手法,比较容易使读者感到生动亲切。

"情到不堪言处,分付东流。"这两句用质语绾合全篇。相思至极,欲说还休;不是不想说,而是说了愈加愁苦,倒不如将此情交付给东流之水带去为好。毛滂《惜分飞》曾云:"今夜山深处,断魂分付潮回去。"构思、手法与此相同。

(原载贺新辉主编:《全宋词鉴赏辞典》,中国妇女出版社1995年版,第553~555页)

# 秋 蕊 香

## 张 耒

　　帘幕疏疏风透,一线香飘金兽。朱栏倚遍黄昏后,廊上月华如昼。

　　别离滋味浓于酒,着人瘦。此情不及墙东柳,春色年年依旧。

　　这首词是张耒离许州任时,为留恋官妓刘淑奴而作。上片描写黄昏伫立、情思难舍的情景,下片抒发憔悴与离愁而深感人不如柳的慨叹。

　　"帘幕疏疏风透,一线香飘金兽。"这两句通过对细风透进帘幕、香炉缕缕飘香的描绘,明写官妓刘淑奴闺房的幽雅芳美,暗写前来幽会告别的环境气氛,隐含越是美好、越是值得留恋、越是幽静、越是格外凄清的弦外之音。这里,"疏疏"即稀疏之意,"金兽"指兽形的铜香炉。

　　"朱栏倚遍黄昏后"二句,紧承首二句而来,由室内转而写室外,由黄昏写到深夜,勾勒出倚遍每一根栏杆、凝视着画廊上如昼月光的生动画面,传达出回忆往昔并肩倚栏、携手赏月,而今恋恋不舍、依依惜别的愁绪。"月华",即指月光。上片四句全部写景,而字里行间则洋溢着离愁别绪,因为往昔天天如此,而从今以后却不复再见了。对景伤情,万般无奈之意,尽在不言中了。这两句主要从时间上着笔,写离别之人从黄昏到深夜,倚遍栏杆、离愁无限、对月无绪的痛苦情态。

　　下片在上片写景的基础上,着重抒情。

　　"别离滋味浓于酒,着人瘦。"这两句是全词的主调,这种

"别离滋味"只有自己深深地感到,要说出来却又十分抽象。词人在这里用"浓于酒"一词来形容这种离愁别绪的浓烈程度,这就使抽象的情感物态化,它不仅将比酒更浓烈的离愁别恨极为生动形象地勾画出来,而且将词人借酒浇愁的神态巧妙勾出,取得了一箭双雕的艺术效果。正因为如此,"着人瘦"一句便水到渠成,落到了实处。这种离愁竟使人为之憔悴,其滋味便可想而知了。

"此情不及墙东柳,春色年年依旧"紧承前句而来,前两句写离愁滋味超过浓酒,进行正面对比;这两句写别情不及墙东柳,则从反面衬托。为什么会不及墙东柳呢?因为柳叶只枯黄、萎落于一时,春风一吹,柳色如故。言外之意,人一离别,各自天涯,是否能再续旧情,可就说不准了。这一反衬,由眼前的墙东柳触发而起,既信手拈来,又新奇贴切,极为深切地道出了内心深处的惆怅之情和缠绵悱恻之意,这就成为全词的点睛之笔。

这首词写景纯用白描,毫不雕饰,清新流丽、而情寓其中;写情,直抒胸臆,决不做作,层层转跌,入木三分。其中绝无香泽绮罗之态,唯有不加矫饰之情。这就使本词具有清新流丽的风格特征。

(原载贺新辉主编:《全宋词鉴赏辞典》,中国妇女出版社1995年版,第555~556页)

# 永 遇 乐

李清照

落日熔金,暮云合璧,人在何处?染柳烟浓,吹梅笛怨,春意知几许?元宵佳节,融和天气,次第岂无风雨?来相召、香车宝马,谢他酒朋诗侣。

中州盛日，闺门多暇，记得偏重三五。铺翠冠儿，捻金雪柳，簇带争济楚。如今憔悴，风鬟霜鬓，怕见夜间出去。不如向、帘儿底下，听人笑语。

这首词是作者晚年流寓临安时的作品。

元宵之为节，始于汉代初期，唐代发展成为热闹的灯市。宋代以后，代代相传，一直延续至今，成为民间盛大的传统节日。古往今来，众多诗人词客，都取材于元宵灯节，写下脍炙人口的诗词。李清照的这首《永遇乐》，也是以元宵灯节为背景，书写自己当时的感情。

"落日熔金，暮云合璧"两句，从元宵节傍晚景色着笔，说夕阳映在水面上，如熔金一般；晚云连成一片，好似白璧相合。这日光的妍丽、白云的洁净绘出元宵佳节美景的特点，同时也暗示了入夜后必然明月高悬，正好欢度佳节。元宵节傍晚，熔金似的落日，合璧般的暮云，多美的景致啊！但悲哀的心情使词人对着这春天黄昏的落日美景，发出了"人在何处"的慨叹。这是由美景引起的感慨，不仅是词人对自己因国破家亡而漂泊江南的身世的感叹，而且是发自内心的悲切之声。这"人"，指词人的丈夫赵明诚，此时早已去世。"每逢佳节倍思亲"，佳节已到，而旧人不再，怎能不令人深感凄苦！

接下，作者又转笔写眼前景色以排解内心忧伤。"染柳烟浓，吹梅笛怨"是特写初春傍晚的景色。烟雾萦绕，嫩柳吐黄，春意盎然，好一派阳春景色。可是处于悲苦境遇中的词人却感觉不到春意，连那吹奏着颂春曲《梅花落》的悠扬笛声，在她听来也是声声怨、阵阵愁。"春意知几许？"哪有什么春意啊！哀怨之声，何等真切。王夫之在《姜斋诗话》中写道："以乐景写哀，以哀景写乐，一倍增其哀乐。"李清照正是采用了这种抒写手法，一方面极力描绘景物的美好，一方面抒发自己心境的凄恻。乐景与哀情形成了鲜明的对比，景物越美好，她那悲哀的心情就越深沉、越突出。这种抒写手法，发挥了强大的艺术力量，增强了这首词的艺术感染力。

词人的笔锋仍然没有离开景物的描写，"元宵佳节，融和天气"，寥寥几字，便把节日风和日丽、春光明媚的天气描写出来。然而词人却预感到转眼间会有狂风骤雨的来临，发出了"次第岂无风雨"的呼唤。这里又运用了对比的手法，乐景和哀情相互衬托，表达了词人感到好景不长、人事已非的凄怆心情。在词人坎坷的生活道路中，风雨与她结下了不解之缘，给她留下了惨痛的伤痕。即使在她闲适的时期，也总是怀着惴惴不安的心情，担心遭受风雨的摧残。这"风雨"不仅是气候节令的风雨，也是人世大风雨。在国难深重之时，金人箫鼓搋起的腥风血雨，加上南宋统治者的不抵抗政策，说不定何时还会招来更残酷的"风雨"，这怎不令词人悲痛万分呢！因此，词人哪有兴致出游？只能"谢他"乘坐"香车宝马"的"酒朋诗侣""来相召"了。这里深刻地表现了词人忧时伤世、思念故土的愁苦情怀。

过片之后，通过今昔对比，写出盛衰之感。

开头六句，写靖康之耻前词人在闺门内的欢愉生活。"中州盛日"这一句点明是回忆所得。元宵节的京都，一片欢乐景象，真是"蛾儿雪柳黄金缕，笑语盈盈暗香去"。当时，国运中兴，李清照又生活在富裕的家庭中，条件优厚，生活清闲。"闺门多暇"，无忧无虑，正在青春年少时期的词人，自然特别注重元宵佳节。因此，每逢三五，她总是"铺翠冠儿"，饰以"捻金雪柳"，尽心把自己装扮得娇艳，好与人争芳斗艳，享尽欢乐。词人在这里工笔刻画当年过节时精心打扮的情况，表达了对往日和平安乐生活的怀念之情。可是如今过节如何呢！"如今憔悴"五句，就把现在过节时的形貌、心情做了真实的描写。李清照历尽沧桑，朝廷腐败，金兵入侵，汴京陷落，国土沦亡。深怀着亡国之痛，丧夫之悲，只身流落江南，饱受家破人亡的苦楚。精神的打击，肉体的摧残，使得她容颜憔悴、心境极度悲凄。她已没有条件打扮,更没有心绪梳妆。过去的欢乐已付诸东流,目前的悲寂多么深沉。今天的上元夜,此时的景象,仍然是华灯齐放,车来马往,人流云集,歌声阵阵,舞姿翩翩,箫笙悠扬,通宵达旦,格外热闹。她却"怕见夜间出去",因为热闹的情景,更会勾起她无限的愁苦。这个"怕见"包含着她多少辛酸!昔日盛装、乐情与今日的憔悴、哀情的对比,如此鲜明,真是扣人心弦,感人肺腑。

"不如向、帘儿底下,听人笑语",为什么会有如此想法?因为她没有出门观赏的兴致,也没有与人嬉戏笑闹的情绪。以她如今的境遇和心情,还不如隔着低垂的帘儿,姑且听取别人的阵阵笑语罢了。她孤寂悲苦至极。帘儿外星月洒银辉,华灯放异彩,人人尽情观赏,个个笑语欢颜;帘儿内她孤苦伶仃,压抑着自己无限的哀愁。她精神恍惚,忍听人家的笑语。帘儿外与帘儿内,别人与自己,欢乐与孤寂,对比格外明显。可以想象,词人此时的心情是言语难以形容的。"物是人非事事休,欲语泪先流。"她一定泪痕满面,悲痛欲绝。词人以此作结,多么耐人寻味。

# 声 声 慢

### 李清照

寻寻觅觅,冷冷清清,凄凄惨惨戚戚。乍暖还寒时候,最难将息。三杯两盏淡酒,怎敌他、晚来风急!雁过也,正伤心,却是旧时相识。

满地黄花堆积,憔悴损,如今有谁堪摘?守着窗儿,独自怎生得黑!梧桐更兼细雨,到黄昏、点点滴滴。这次第,怎一个愁字了得!

这是李清照南渡以后写的第一首名作。

　　1127 年,金国攻陷北宋京都汴京,宋政权南迁,是为南宋。这一重大变故影响了当时各阶级人们的生活。由于不幸遭遇接踵而至,李清照的词扩大了境界,情感更加悲痛深沉,此时词作反映了时代的苦难和社会的忧患。

　　本词通篇抒发"愁"的情感,但这与早年的"愁"不同。早年是生离之怨愁,一个人的愁;而这里写的则是死别之哀愁,是个人遭际与亡国之痛交织在一起的"愁"。

　　开头用七组叠字极力渲染了愁苦之情,真如珠落玉盘,直将词人心情揭出。"寻寻觅觅"写出了词人在南渡之后,苦闷孤寂、无可寄托、怅然若失的精神状态。寻觅的是什么呢? 是安定的居所、幸福的生活? 还是美好的爱情,抑或中意的金石古玩? 这一句把国破家亡的遭遇、颠沛流离的经历造成的精神创伤深刻地勾画了出来。词人在寻觅中看到了什么? 只是"冷冷清清"而已。这写的是眼前景物——到处是冷落凄清,一派肃杀的秋色。"凄凄惨惨戚戚"这三个叠韵、六个双声字,读起来又给人以凄凉的感觉。这里写内心的情感,由周围环境的肃杀凄清,引起了词人的凄然寡欢、惨然不乐的心情。这三句,可分三层,由浅入深,层层递进,将词人南渡之后的愁苦之情,淋漓尽致地勾画出来,真是"其情哀、其词苦"。

　　"乍暖还寒时候"四句,通过眼前生活叙写"凄凄惨惨戚戚"的愁情。"乍暖还寒时候,最难将息"是说,此时忽然回暖,忽冷忽热,在这样的时光里,触目伤怀,很难安顿自己的生活。这是承上,描写在凄风苦雨的秋日黄昏里,难耐苦日的心情。"三杯两盏淡酒,怎敌他、晚来风急"承"最难将息"做铺叙,写词人想借酒御寒、消愁,可是怎能敌得过晨风劲吹呢! 这里以"怎敌他、晚来风急"表达了"借酒消愁愁更愁"之意。这种含蓄笔法,取得了情在词外的艺术效果,分外触动人心。

　　"雁过也"三句,是说雁儿飞过的时候,正好托它带信,可是亲人已逝,带信给谁呢! 想想只是"伤心"而已。再一看,这雁儿原是替她带过书信的旧时相识,这更使她难受了。"乍暖还寒"无疑是难于排遣苦闷,更何况"晚来风急"！又加上旧时相识的雁儿,正从此飞过,更使人愁上加愁了。一层一转,一转一深,作者饱经忧患、孤独无依,种种难以言传的哀愁,在这层层深转中得到深刻的表达。

下片紧承上文,继续眼前的景物来续写"愁"情。上片的结尾是仰望苍天过雁,下片开头是俯视残花满地。"满地黄花堆积,憔悴损,如今有谁堪摘?"此处写眼前满地黄花,虽然开得很多,但已经憔悴损折了,又有谁能去摘取呢? 这里描绘的是一片花叶凋零的景象,通过无人惜花的叙写,表达了词人自叹自怜的悲愁情感。文中的"憔悴损"既是写"黄花",又是自喻。

疾风、淡酒、征雁、黄花,所见所感,皆是伤心之事;坐在窗前,"独自怎生得黑"。"独自"一词,勾出了诗人的孤单;"怎生得黑",是怎么挨到天黑? 这就更写出了词人度日如年的凄苦情怀。

"梧桐更兼细雨"二句,又就眼前抒发,黄昏时分寂寞凄凉的气氛笼罩了一切。梧桐树上落着细雨,点点滴滴像是洒不完的伤心泪,又引起她无限的感慨。郁结在心头的坎坷苍茫的愁思,正随着点点滴滴的雨声在翻腾起伏着。结句以"这次第,怎一个愁字了得"作收,这一连串的种种情景,怎能用一个"愁"字就把它概括得完呢！结句以反诘语气作收,更见作者忧患之深、感叹之重。

全词在自然景物的白描中加上自身浓重的感情色彩,使客观环境和内在情感融合交织,创造了个性鲜明的抒情形象。在此词中,作者的思潮是起伏跌宕的,情绪是忧愤不平的。哀愁满目,声调凄苦,但无一处不是她饱经忧患后的抑郁倾诉,经历折磨后的愤懑忧叹。她在词中一开头就连用十四个叠字,把人物的复杂内心世界细致入微地表现出来,并以之直贯全词。作者在排遣她的内心苦闷时,很自然地将主观感受和自然界的变化紧密地关联在一起。原本想排遣,试图以酒来抵御那"乍暖还寒"的气候,而"雁过也"却加深了她思念故乡的伤感。"守着窗儿,独自怎生得黑?"正是把首句十四个叠字所表现的内心苦闷形象化了。"到黄昏、点点滴滴"又使用叠字,不仅在情绪的表现方面吻合内心的旋律,同时在词的音节方面也加强了抒情效果。最后"怎一个愁字了得"说得如此平淡,而平淡中又蕴含着多么沉重的心酸和血泪。这平淡的语句又给读者以无限的联想余地。

作者在抒情中,在抑郁的悲诉中又时时发出忧愤的声音,这就是在全词的紧要处,安排了一系列的反诘句式。这些反诘句式,使词的基调在低沉中添加了悲慨的色彩,在忧叹中增加了不平的气氛,在迫促愁苦的絮絮叨叨的叙说中透露出起落翻腾、抑郁不平的气息,也透露出对生活的执着,没有因重压而走上绝望的忧愤气息。

全词从日常生活琐碎入手,以自然的白描手法,以大量的叠字,加强情感色彩,刻画了一个暮年萧索、孤苦无依、郁郁不平的女诗人形象,体现出朝代更迭的动乱时代里受压抑的女性的悲苦命运与思想情绪,从而使这首词获得较为深广的社会意义。

# 满 江 红

### 岳 飞

怒发冲冠,凭栏处、潇潇雨歇。抬望眼,仰天长啸,壮怀激烈。三十功名尘与土,八千里路云和月。莫等闲、白了少年头,空悲切!

靖康耻,犹未雪。臣子恨,何时灭!驾长车,踏破贺兰山缺。壮志饥餐胡虏肉,笑谈渴饮匈奴血。待从头、收拾旧山河，朝天阙！

这首词是传诵千古的名篇，表现了作者对入侵者的无比痛恨、复仇雪耻的迫切心情和收复中原失地的不可动摇的意志。

这篇词作写于靖康之耻之后，南宋王朝刚刚建立之时。宋高宗任用岳飞率兵转战南北，颇见战绩。岳飞以恢复北方失地为己任，时刻不忘收拾旧山河。全词音调激越，风格豪迈悲壮，具有强大的鼓舞力量。千百年来，在中华民族危难之时，它常常是一首鼓舞士气、激发斗志的战斗诗篇。陈廷焯在《白雨斋诗话》中说："千载后读之，凛凛有生气焉。"

上片抒写作者渴望及时建功立业的伟大抱负。

起首三句，形声并茂，情景交融。起得突兀，劈空而来，震撼人心。写作者倚栏望见天穹下狂风骤雨，慢慢消歇下来。但在一阵风雨凄迷中，好像看到了中原人民在金兵铁蹄蹂躏下辗转呼号，这怎能不令人极度悲愤，怒发上冲冠呢！"怒发冲冠"四字，勾画出了一个忧国忧民的民族英雄形象，一开篇就为全词定下了激越的调子。

"抬望眼"三句，继续写作者的激愤之情。"抬望眼"是"抬眼望"的倒文。词人抬头仰望，似乎看到中原大好河山烟尘滚滚，父老兄弟沦于水深火热之中。这一切怎能不使他对着长空大声呼啸，抒发自己奋发激扬的胸怀！

作者是抗金名将，他所抒发的壮怀是有丰富内涵的。首先，回顾往昔战斗的岁月，激励自己继续奋斗。

"三十功名尘与土"，写自己虽已三十多岁，建立了一些功业，但与收复大业相比，是微不足道的，表现了作者伟大的抱负。

"八千里路云和月"极写战场广阔和战斗生活的艰苦，是转战千里披星戴月的意思。然而将军并不畏惧艰苦的战斗生活，更不满足已经取得的战绩，于是上片结尾处激励自己说："莫等闲、白了少年头，空悲切！"这是战斗的誓言，表达了绝不虚掷年华、渴望早日为国家建立功业的理想。这里充满了强烈的爱国主义精神。

过片之后，词人具体地写了抗敌雪耻的坚强意志和夺取胜利的必胜信念。

"靖康耻"四句，与上片开头"怒发冲冠"遥遥相对，紧密相连，一气贯注。这四个短促的句式一口气道出了诗人的忧愤——国耻未雪，臣恨难灭。这是抒发"壮怀"的第二点。他念念不忘国耻，又以反诘句式，表达出自己忠君、忠国、忠民的思想感情。

接下以"驾长车，踏破贺兰山缺"顶住上文气势，驾着战车向敌人进军，连贺兰山也要踏破，使它成为平地。贺兰山，当时是被金人占领的地方，现在是宁夏和内蒙古的界山。此句上承"国耻"，直抒其收复中原失地的报国壮志，气魄雄壮。这也是抒发"壮怀"的第三点。

接下，连用两个七言长句"壮志饥餐胡虏肉，笑谈渴饮匈奴血"做进一层的铺写，突出地表达了对金统治者的切齿之恨。这是"怒发冲冠"感情的发展，是"臣子恨"感情的激烈抒发。此处全从作者的报国理想上写，从憎恨入侵者感情上写，壮怀慷慨，一气呵成，不可遏止。

结句"待从头"二句，承"壮志"极写报仇雪耻的迫切心情与理想愿望。待我从头整理破碎的祖国山河，使祖国重获统一，以此报答皇帝天恩。这是理想、是壮怀，也是报仇雪耻、爱国忠君思想的中心内容。在这里，作者是把皇帝和祖国作为统一体来看待的。这也是"壮怀"的第四点。

全词突出而强烈地表达了作者的壮志和抱负，这是与当时人民的情感愿望一脉相承的。因此，这首词也成为人民抗敌的号角，鼓舞着人民的抗敌斗争。

# 破 阵 子

## 为陈同甫赋壮词以寄之

辛弃疾

醉里挑灯看剑，梦回吹角连营。八百里分麾下炙，五十弦翻塞外声，沙场秋点兵。

马作的卢飞快，弓如霹雳弦惊。了却君王天下事，赢得生前身后名，可怜白发生！

辛弃疾被免官后闲居江西带湖。1188 年，主战派布衣陈亮到带湖访辛弃疾，两人相聚，促膝畅谈，并同去鹅湖（今江西铅山）共商抗金北伐大计。陈、辛鹅湖之会，成为词坛佳话。两人分手后又相互赠和，以抒抗金壮志。这是寄给好友、抒发壮志的词。

开篇写醉后的行为，"醉里挑灯看剑"，说"醉里"正表明作者饮酒度日的苦闷生活。"挑灯看剑"，把灯挑亮，抽出宝剑来细细观看。"挑灯"指夜间，醉为夜寝之前，"看剑"正反衬"醉里"的苦闷。这个动作描写，是表现作者杀敌立功的要求，表现他在现实苦闷中的挣扎斗争。辛弃疾一生怀抱收复大业，为此，少年时率众投奔抗金义军，后又率万兵南渡。不久，他不顾自己官职卑微，多次上书，激言主战，结果反被贬官闲居，再不能有所作为。想起故乡人民处在水深火热之中，这怎能不使爱国的诗人忧心如焚！于是只好借酒消愁，不觉酩酊大醉，就是在最后也仍念念不忘收复中原的大业，于是在醉后拿出宝剑仔细端详。"醉里"点明在酒醉之中；"看剑"一方面说明人物身份是武士，一方面暗示了他的报国雄心;"挑灯"点出时间是夜晚,而且也勾画出词人仔细端详宝剑的神态,从而写出强烈要求杀敌的心情。在"醉里"犹自"看剑",醒时可想而知;夜晚尚念念不忘刀剑之事,白天如何奔忙恢复大业的情况,也就不言而喻了。

从"梦回吹角"至"赢得生前身后名"全写梦境,梦也梦得痛快。以下是说,在睡梦中又回到了雄壮的军营之中,各个军营中正连续地吹起了号角。那是二十多年前,词人才21岁,风华正茂,趁金主完颜亮于1161年南侵之际,他组织了两千义军,投到农民义军耿京帐下。当时义军声势浩大,军容整齐,不断袭击金兵后方。"吹角连营"的"连"字,写出了军号响亮、士气高涨的情景。

至"八百里"二句,诗词的境界伸展、扩大。"八百里"指地域广大。当时耿京义军"有众数十万",据地自然广大。"翻塞外声"说演奏雄壮的军歌。此时,在八百里广阔的地面上,战士们一边分食大块烤肉,一边用各种乐器弹奏起雄壮的军歌。这场面是何等的壮观、何等的热烈! 不禁使人想到,这是一支给养充足、士气旺盛、战斗力很强的队伍。这样一支队伍做什么?"沙场秋点兵"是回答,是在沙场练兵,随时准备袭击敌人。

过片之后的两句"马作的卢飞快",写部队进行惊险激烈的战斗的场面,如特写镜头,使读者好像看到的卢马在战场上风驰电掣般前进,我们的战士正与敌人展开激战,开弓放箭之声如霹雳的呼啸,表现了义军勇士们斗志昂扬、奋勇杀敌的壮观场景。词中以"马"与"弓"来写身心健壮、武艺高强、具有爱国精神的勇士,既有作者自己,更包括全体义军。这两句是以词人亲身经历为基础的,是雄壮战斗场面的描绘,是英雄业绩的回顾,是义军抗金戎马生活的写照。

"了却君王天下事",描写大功告成后的喜悦,"天下事"指收复中原、统一全国的大业。"生前身后名"指为国家、民族建立功勋、永垂史册的荣誉。这里充溢着爱国精神。词中刻画的形象是壮烈勇猛的,表现的思想是奋发激昂的,这就是词题所标的"壮词"。

但梦终究是梦,梦醒之后的现实又是多么凄凉。结句以"可怜白发生"一句顶住上面梦境,跌入可怜的现实实境——可惜自己已经头发花白了,还不能实现平生的壮志,只有在寂寞中度过悠悠的岁月,在痛苦中饮恨而终。梦境是多么雄壮,而现实又是多么凄凉!两两相映,词人扼腕悲叹、顿足愤慨之情得到极鲜明的表现。

梦中方可实现其"壮志",这"壮语"却太可悲了,太可叹了,也太可恨了。题为"壮词",其中包含了多么浓重的感慨啊!

由醉到梦,由梦到醒,三层意思回环相生。醉由现实之苦闷而起,借酒浇愁,"醉"就更显得痛苦;而梦从醉里来,醉中看剑,正见不忘现实;梦本脱离现实,但梦却梦得逼真。全词十句,除首尾二句外,其余全写梦。着力处正在梦境,正见他把梦境当作现实,而梦境中之痛快淋漓又正是"醉里"的反衬与对照。梦是梦得痛快,写得雄壮,但醒后却显得多么悲凉。醉后之痛苦,梦里之痛快,醒后之悲凉,将词人壮志未酬的悲愤心情表达得淋漓尽致。

本词构思奇特。从开头到"赢得生前身后名"九句,写军中生活和心情,写雄壮的军容,写激烈战斗,写对功业的热望。九句分上下片,文意却是一整段,正是题目所云"壮词",是正面文字。依文情说,写得有声有色,雄壮豪迈,一气流注。但依作者的思想感情说,这九句全是反面文字,它的正面文字只有结局"可怜白发生"一句。这一句说出他年华虚度、壮志落空的沉重心情。文情到末了,由雄壮变为悲壮。因此前九句越显雄壮热烈,越见作者之强烈悲愤。而由醉到梦到醒,也暗透此中消息。又,前九句由于写得雄壮有力而一气流注,大有不可遏止之势;结句却以短句反收,使全词戛然而止。这就更深刻地表现了作者悲愤而激动的心情,给人以语尽而意不尽的感觉。因此就内容看,前九句应为上片,结句为下片。正见作者为了表达强烈愤慨情绪,突破了词的原有分片抒情,使形式完全为内容服务,而不为它所局限。

# 永 遇 乐

## 京口北固亭怀古

辛弃疾

千古江山,英雄无觅,孙仲谋处。舞榭歌台,风流总被,雨打风吹去。斜阳草树,寻常巷陌,人道寄奴曾住。想当年,金戈铁马,气吞万里如虎。

元嘉草草,封狼居胥,赢得仓皇北顾。四十三年,望中犹记,烽火扬州路。可堪回首,佛狸祠下,一片神鸦社鼓。凭谁问,廉颇老矣,尚能饭否?

这是《稼轩词》中突出的爱国篇章之一。它的思想内容包括两个方面:一是作者抗敌救国的雄图大志,二是作者对恢复大业的深谋远虑和为国效劳的忠心。

辛弃疾从绍兴三十二年(1162)23岁时南归后,过了二十多年浮沉挫折的仕宦生活,十多年投闲置散的家居生活。到宋宁宗嘉泰三年(1203)辛弃疾64岁时,又被召起知绍兴府兼浙东安抚使。这时当权的大臣韩侂胄因见蒙古崛兴,金朝势衰,便想趁机发动对金的战争,以建立功勋、巩固权位,于是便启用了辛弃疾作为号召北伐的旗帜。第二年(1204)春又把他调任镇江知府。

镇江是当时长江下游防御金兵的国防前线。东汉建安十四至十六年(209—211),孙权曾从吴(今苏州)迁到这里,三国吴时称为京城,东晋、南朝时称为京口。这里"一水横陈,连岗三面",形势非常险要。当然,东汉以来,这里也曾繁华过一段时间。可惜到了南宋,南宋的统治者也和南朝的统治者一样,只依赖它做"天堑南北疆界"的自然屏障,不加建设。所以,辛弃疾到任之时,镇江也是一派防务废弛、市井萧条的景象。基于这种残败景象,辛弃疾努力做北伐的准备,他明确断言金政权必然灭亡,并认为南宋要取得对金作战的胜利,必须做好充分的准备工作。他曾对宋宁宗和韩侂胄提出了这些意见,并建议把对金用兵这件大事委托给元老重臣。可是统治者不但不采取他的正确主张,反而对他猜忌不满,并借一小事故,给他一个降官处分。1205 年又把他调离镇江,不许他参加北伐大计。

辛弃疾 23 岁从山东起义南来,怀着一腔报国热情,在南方待了 43 年,开始遭到投降派的排挤,现在又遭到韩侂胄一伙人的打击,他那施展雄才大略为北上大业出力的愿望又落空了。于是,他于开禧元年(1205)66 岁时登上镇江北固山上的北固亭。面对北面滔滔的长江,想到北方广大河山仍未收复,韩侂胄一伙人不是真心实意要抗敌复土;想到当时不但没有能统一全国的唐宗宋祖,甚至连能够保全东南半壁江山以抗衡中原的孙权、刘裕之人也没有。衡量今古,不免深深兴起"世无英雄"之叹。

"千古江山,英雄无觅,孙仲谋处。"这两句降格以求,不但找不到唐宗宋祖那样的一世豪杰,就连能够打退曹操、保持半壁江山的孙权这样的英雄也无处寻觅。这两句气势雄伟,情感深沉,形成了全词豪迈、悲壮的基调。

"舞榭歌台,风流总被,雨打风吹去。"写与镇江有关的历史人物的风流余韵,以及镇江繁盛时期的歌舞场合,也都已经不复存在,无处寻觅了。这里词的笔调下宕,转为哀怨、舒缓。"雨打风吹"四字,更是突出消歇时的潇飒、凄凉的景象。上面两句写人,这两句写地。

"斜阳草树,寻常巷陌,人道寄奴曾住。"这里"寄奴"指南朝宋武帝刘裕。他出身贫贱,年少时在镇江过的是"卖屐为业"的生活。但他从军发达之后,能内平桓玄之乱,外灭南燕和后秦,一度收复洛阳和长安。可惜因急于谋夺东晋的政权,引兵东下,致使关中复失,恢复中原之事,也功败垂成。像这样的一个人,和南宋统治者对比,也可以算作是个"英雄"。然而,刘裕当年所住的故宅,遗迹只在斜阳暗淡、草树丛生的普通民居之中。"斜阳草树"三句又从写地到写人。写地是宾,写人是主,写地是为写人做铺垫。他进一步描绘镇江的荒凉破落,又显示刘裕是个出身低微,但却有作为的人,为下文张本。同样,这里用哀婉、舒缓的笔调,使感慨之情表现得更为绵邈曲折。

"想当年,金戈铁马,气吞万里如虎"三句,用指代、比喻的手法,塑造刘裕率领强兵健儿进军中原的英雄形象。作者写刘裕的旨意,就在这一个方面。这三句继续写人,语气转为高亢雄壮。他对降格以求的"英雄"刘裕歌颂越甚,则对"时无英雄"的感慨也越深。所以它与起首相应,在雄壮中渗透着悲痛之情,进一步浓化了词的基调。词的上片,无论写人写地,都是吊古伤今。吊古之意明写,伤今之意则见于言外。

下片"元嘉草草,封狼居胥,赢得仓皇北顾"。这三句全用典故。"元嘉"是南朝宋文帝的年号。宋文帝刘义隆是刘裕的儿子。他不能继承父业,好大喜功,于元嘉二十七年(450)听信被沈庆之骂为"不足与谋"的白面书生王玄谟的大话,没有充分准备,就要和北魏开战,梦想像霍去病那样取得胜利,结果却一败涂地,仓皇逃跑。"封狼居胥"是用汉朝霍去病战胜匈奴,在狼居胥山(今内蒙古自治区境内)举行祭天大礼的故事。"仓皇北顾"是说宋文帝听信谗言,结果一败涂地后,仓皇逃跑,心惊胆战,时时回顾追踪的敌人,狼狈不堪。这三句作用极大。作者表面是批评南朝旧事,实际上是为宋宁宗和韩侂胄之流提供极端现实的历史教训。这是借古讽今的写法。"草草"二字,更使词极含蓄而气挟斧钺之风,击中了历史的要害,也击中了现实的要害。辛弃疾一心主张抗金,反对投降派的屈膝偷安。他是一个有军事才能、军事经验的人,对待抗金问题,既勇敢又持重。他提出对敌作战,要"虑敌深""防患密","事不前定不可以应猝,兵不预谋不可以制胜"的主张。这次到镇江,一方面注意设防布置,招募和训练勇士,派人进入金国仔细侦察敌情;另一方面又深忧"朝廷有其意而未有其事"的隐患,主张要充分准备。他这种思想行为和韩侂胄的轻举妄为、只图侥幸发生了矛盾,所以知镇江府才15个月便被免职。辛弃疾离职的第二年,韩侂胄对金作战,招来一败涂地、不可收拾的战局,正应了辛弃疾"赢得仓皇北顾"的"预言"。这三句也用舒缓的笔调写,但外冷内热,充分表现了作者见识高超,图谋之深,也表现了作者沉重悲痛的心情。

"四十三年,望中犹记,烽火扬州路"由今忆昔,有"美人迟暮"的感慨。作者从绍兴三十二年(1162)率众南归,到开禧元年(1205)在京口写这首词,正好43年。"望中犹记"两句,是说在京口北固亭北望,记得43年前自己正在战火弥漫的扬州城以北地区参加抗金斗争。"路"是宋朝的行政区域名,扬州属淮南东路。后来渡淮南归,原想凭借国力,恢复中原,不想南宋朝廷昏庸无能,他英雄无用武之地。如今过了43年,自己成了老人,而壮志依然难酬。辛弃疾追忆往事,不胜身世之感!此句同样貌似平淡,实则包含无穷的悲愤和血泪。

"可堪回首,佛狸祠下,一片神鸦社鼓。"这三句由上文缅怀往事,又回到眼前现实的描述上来。这三句也由前三句对个人遭遇的回忆转到前线人民民族意识的消沉上来,故使人"不堪回首"。长江北岸瓜步山上有个佛狸祠,这是北魏太武帝拓跋焘留下的历史遗迹。拓跋焘,小字佛狸,他击败王玄谟的军队后,率兵直达长江北岸的瓜步山,在山上建立行宫,这就是后来的佛狸祠。当地老百姓年年在佛狸祠下迎神赛会,击鼓祭祀,引来一片啄食祭品的"神鸦"。这是作者写自己的隐忧:如今江北各地沦陷已久,如果不迅速谋求收复,民众安于现状,会忘了自己是宋室的臣民。这正和李白的"俗变羌胡语,人多沙塞颜"及陆游的"中原干戈古亦闻,岂有逆胡传子孙"彼此意义相通。

"凭谁问"三句,用廉颇故事作引,是作者年纪虽老而爱国之心不衰的印证。廉颇虽老,还想为赵王所用。他在赵王使者面前一顿饭就吃了一斗熟米,还有十斤肉,又披甲上马,表示自己尚有余勇。这里,作者以廉颇自喻,也正表示自己不服老,还希望能为国效力的忠耿之心,同时也控诉自己身老头白、报国无门的遭遇,用笔仍然极为婉转曲折。

辛弃疾的词"慷慨纵横,有不可一世之概"(《四库全书总目提要》),风格以豪迈悲壮为主。它的重大思想意义就在于它是辛弃疾南归43年的沉痛经历的总结,是他的才兼文武、富于韬略的突出表现。它情极激昂慷慨,而潜气内转,出语掩抑跌宕。全词叙事不写情,而情寓于事;叙事不着议论,而议论亦在事中。

有人认为辛弃疾这首词多用典故,有"掉书袋"的弊端。实则不然。这首词写孙权、刘裕,写佛狸祠,都与镇江史事及登北固亭望远有关,是其中固有的材料,不算用典。用廉颇善饭、元嘉北伐两个典故,以联系自己,指斥现实,也极其贴切自然。不但没有毛病,反而大大提高了语言以少胜多的作用,提高了词的凝练性和含蓄性。所以杨慎在《词品》中慧眼独到,认为辛词当以此首为第一,这是恰当的评价。

# 四 块 玉

## 风 情

兰楚芳

我事事村,他般般丑。丑则丑村则村意相投。则为他

丑心儿真,博得我村情儿厚。似这般丑眷属,村配偶,只除
天上有。

在我国古典诗词曲中,郎才女貌、自古佳人配才子的爱情婚
姻,似乎成了文学作品永久不变的主题和描写对象,也似乎只有
郎才女貌的婚姻才具有永久的审美意义。然而,兰楚芳的这首
《风情》却将"丑"和"蠢"作为自己的审美对象,热情歌颂了迥然
大异于世俗的爱情婚姻。这无疑是大胆的创新,是对郎才女貌
的传统婚姻观念的挑战,表现出新的价值取向和审美情趣。

"我事事村,他般般丑。""村"即"蠢","村"和"蠢"谐音通
假。这里作者直言不讳地宣称"我"蠢"他"丑。虽然"美"和
"丑"、"巧"和"蠢"是客观存在,但在世俗的眼光里,"蠢"和
"丑"自然是不能登大雅之堂的,更无法进入艺术的审美殿堂。
阿Q不是也十分忌讳他自己头上的癞疮疤吗?况且"我""村"
"他""丑",还不是一般的"村"和"丑",而是"事事"都"村",
"般般"皆"丑"。这看来似乎令人无法忍受的"村"和"丑",却
奇迹般地结合了。这里,在"我"与"他"、"村"与"丑"对当的字
面上,无疑包含着互相感知与地位条件的对等,无疑表现出一种
新型的、深层次的价值判断和审美趣味。他们并不为自己的
"村"和"丑"而感到难堪、怨天尤人、自暴自弃;相反,却用欣然
自得的语气,互相炫耀、互相欣赏,并陶醉在"村"和"丑"的审美
境界之中。多少世间夫妻,只知道向人前夸耀对方的风流倜傥、
美貌绝伦。他们"来归相怨怒,但坐观罗敷",抱怨自己配偶的
"村"和"丑",却不知在丑的外形之中,完全可以包含有超越于
丑的形体之外的精神人格的美。

这两个"村"和"丑"的人之所以能够爱慕结合,关键在于
"丑则丑村则村意相投。则为他丑心儿真,博得我村情儿厚"。
作者先一笔将上层的"村"和"丑"撇过,把重心转向"意相投"三
字上,强调男女之间能否结成美满姻缘,并不在于外表的如花似

玉、风流倜傥，关键在于是否情意相投。虽然"我村""他丑"，但只要他"心儿真"，我也会对他"情儿厚"。他"投我以木桃"，我就会"报之以琼瑶"。作者在这里强调了一个"真"字，强调"意相投"，而"意相投"无疑具有"善"的意义。只有"真""善"才能产生"美"的体验。虽然"我村""他丑"，但只要"意相投""心儿真"，就会使这"村""丑"的婚姻上升到审美的境界，具有美的本质。当然，这里作者并没有否定男女之间因美貌、才高也会产生真挚的爱情，会结成美满的婚姻。

"似这般丑眷属，村配偶，只除天上有。"这末尾二句使这种特别的情爱得到进一步升华，上升到更高的审美层次。为什么在世人看来并无美满可言的"丑眷属，村配偶"却被提升到"只除天上有"的高度呢？这就充分体现了作者精巧的艺术构思。这里作者运用了"欲扬先抑"的手法，以天上的婚姻陪衬这"丑眷属，村配偶"的婚姻。人间再美满的婚姻，也不及牛郎织女、公子玉女一类人们想象中倾国的容貌和高洁的品德相结合的最理想、最美满的婚姻。而他们这"丑眷属，村配偶"的婚姻，正由于"心儿真""意相投"，真诚相爱，就使得本来的"丑"和"村"在情人眼里转化成了"美"与"巧"，不仅人间的所谓美满婚姻根本无法比拟，也只有天上的仙界才配有这样美满的婚姻。这里，人的客观容貌因为主观感情的强烈渗透而产生意念上的巨大转移，情感引起了审美价值判断和审美标准的颠倒变化。这就使他们之间不仅有真情紧密联结，而且有自我心理中"真""善""美"的强大凝聚力和吸引力，便怡然陶醉于美满幸福的海洋，沐浴爱的阳光，产生牢不可破的美满姻缘。作者字里行间透露出情的满足与美的自豪，俨然以自己的"村"和"丑"向世俗抗衡、宣战！

《庄子·德充符》中塑造了一系列形体残缺、丑陋无比的形象。哀骀它虽然奇丑无比，然而，男人与之处不忍离去，妇人见他后宁愿做他的妾也不愿当别人的妻。"阖跂支离无脤""瓮盎大瘿"是说腰弯及于脚趾、形体残缺、没有嘴唇，身上长着像瓮一样大瘤子的奇丑人物。他们游说卫灵公、齐桓公,却都得到赏识,以致卫灵公、齐桓公看起那些形体齐全的人来,反而觉得矮小可怜。这首小令,可能就受到《庄子》的影响。它以巧妙的艺术构思,通俗朴素的语言,真挚浓烈的情感,歌颂了纯贞的爱情,指出了在丑的外形之中,完全可以包含有超越于丑的形体的更具有神韵的精神美;指出了"丑"可以转化为美,作为审美的对象进入审美的境界。这无疑具有重大的美学意义。

（原载霍松林主编：《古代言情赠友诗词鉴赏大观》,陕西人民出版社 1994 年版,第 618～620 页）

## 悼止斋王先生

王 冕

三月燕山听子规,追思令我泪垂垂。
虽然事业能经世,可惜衣冠在此时。
霜惨晴窗琴独冷,月明秋水剑双悲。
山河万里人情别,回首春风说向谁?

这是一首怀念朋友的悼亡诗。据秀野草堂《元诗选》注:"按诸暨张辰作王冕传云:'同里王艮甚爱重冕,为拜其母。艮后为江浙检校,冕往谒,履敝不完,足指践地。艮遗之草履一两,讽使就吏禄。冕笑不言,置其履而去。'"可知,这里的止斋王先生,即是王冕的同乡好友王艮。王冕自幼家贫,牧牛为生,自力苦学。后屡试进士不第,又拒绝荐举,遂以布衣终老,晚年归隐九里山,隐居著书。王冕和王艮有着深厚的交情。这首诗追思友谊,缅怀朋友的功业,抒发了物在人亡、知音难觅的凄凉之感,也委婉地表露了作者怀才不遇、仕途坎坷、生活艰难、贫困潦倒、凄凉孤寂的心情。

"三月燕山听子规,追思令我泪垂垂"二句采用传统的起兴手法,由凄凉的子规啼声,勾起对朋友的怀念之情。触景生情,闻声洒泪,境界凄苦。三月正是那暮春时节,桃红已去,杨柳依旧。美好的春色即将逝去,杜鹃啼声凄苦,音调悲凉,声声含泪,句句带血,怎能不勾起他对朋友的怀念呢!回想起从前,在这春光明媚、鸟语花香的季节里,相伴而行,咏花赏春,"奇文共欣赏,疑义相与析"是何等欢乐、自在!而如今朋友已去,空留春色,这怎能不令人泪如雨下!首二句将子规凄凉悲苦的啼声与对朋友的怀念联系起来,这就为全诗定下了一个悲凉凄苦的悼亡怀友的感情基调。

"虽然事业能经世,可惜衣冠在此时"这两句紧承上句"追思令我泪垂垂"而来,是对朋友一生业绩、才能的追忆,对如今物是人非的悲伤,也含蓄曲折地表达了对朋友怀才不遇、仕途坎坷、郁郁不得志的同情和对统治阶级压抑人才的批判。元代是一个极端黑暗、专制、残酷的时代,知识分子所感受到的内心压抑,显得比以往的任何时代都更沉重而深广。这也就是为什么元代诗曲中忧生叹老、伤世嗟卑之类作品特别多的一个原因。在统治者的专暴统治下,广大人民深受压抑。这首诗曲折地反映了这种社会现实。虽然你有"致君尧舜上,再使风俗淳"的远大抱负;虽然你身怀绝技,有治国平天下的才能;虽然你学富五车,有经世致用的谋略,然而抱负却无处施展,英雄无用武之地,不得不屈沉下僚,郁郁终生。这是对朋友的哀悼和同情,无疑也是对自我遭遇的悲叹,更是对那黑暗现实的批判和揭露。

"霜惨晴窗琴独冷,月明秋水剑双悲。"这两句又紧承上句"可惜衣冠在此时",是对朋友的哀悼,也是对自身知音已去后的孤苦悲凉的生活写照。那清幽的月光、寒冷的剑影、惨淡的清霜、寂静的古琴,这一切都使人感到寒冷悲凉。这里不仅是客观景物的刻画,而且是诗人的心理感受。这"冷"的感觉,"悲"的心态,分明是作者面对朋友已去、知音不存的悲凉心情。这里以情写景、以景衬情,达到了情景交融的境界,充分表达了诗人对朋友的深深怀念和朋友去后自己悲凉孤独的心态。

"山河万里人情别,回首春风说向谁"两句进一步痛悼朋友,哭诉离情。这里字字带血、声声含泪,将全诗"追思"怀念的感情推向高潮。山河万里,芸芸众生,宇宙无穷,人生有限。"前不见古人,后不见来者。"人生易老,光阴迅忽,大千世界之中,知己能有几人? 人生得一知己足矣,而此一知己,却寂然故去。日后的苦乐去向谁人诉说? 谁能给我理解? 谁能给我慰藉? 这怎能叫人不"怆然而涕下"呢? 这是一咏三叹的回环往复,将对亡友的痛悼之情和对朋友的怀念之情淋漓尽致地表现出来,感情真挚,哀婉感人。

通观全诗,作者以比兴的艺术手法,浓烈真挚的感情,将景物的刻画与悼亡的情感抒写结合起来,将对友人的怀念追忆与自己的孤苦处境、悲凉心情结合起来,将对友人怀才不遇、寂寞平生的悲悼和自己的身世之感结合起来,使全诗情真意切,字字出自肺腑,句句哀婉感人。情感回环往复,一咏三叹,凄楚动人。这就将作者悼念亡友和自悼的复杂心绪极富感染力地传达了出来,超出一般悼亡诗的窠臼,显示出诗人高超的艺术才能!

(原载霍松林主编:《古代言情赠友诗词鉴赏大观》,陕西人民出版社 1994 年版,第 1168~1170 页)

# 金缕曲(二首其一)

顾贞观

寄吴汉槎宁古塔,以词代书。丙辰冬,寓京师千佛寺,冰雪中作。

季子平安否？便归来，平生万事，那堪回首？行路悠悠谁慰藉？母老家贫子幼。记不起、从前杯酒。魑魅搏人应见惯，总输他、覆雨翻云手。冰与雪，周旋久。

泪痕莫滴牛衣透。数天涯、依然骨肉，几家能够？比似红颜多命薄，更不如今还有。只绝塞、苦寒难受。廿载包胥承一诺，盼乌头马角终相救。置此札，君怀袖。

清世祖顺治十四年（1657），吴汉槎参加江南乡试，中举。后因主考官作弊被劾，顺治十五年（1658）三月于北京复试江南举人。复试那天，兵卫旁列，气氛森严，汉槎战栗恐惧以至于不能下笔。十一月与其他七人各被责四十大板，家产被没收入官，父母兄弟妻子皆被流放宁古塔（今黑龙江宁安）。顾贞观对于挚友的无辜被贬，万分悲痛。丙辰［即康熙十五年（1636）］冬，他第二次入京时，写了这首词寄给吴汉槎。词中设想朋友戍边之苦，倾诉自己的思念，语语出自肺腑。

首句"季子平安否"，是书信的一般格式。这里以词代信，在形式方面是一创格。"季子"指吴汉槎。春秋时，吴王寿梦的儿子季札号称"延陵季子"，后来便常用"季子"来称呼姓吴的人。这句虽是问候之辞，但其中包含了多少深情：朋友被贬二十年了，此时他远在天涯，不知平安否？有无什么灾难和艰险？"便归来，平生万事，那堪回首"，这句代朋友着想：即便是能够安全顺利地幸运归来，然而，二十年了，其间经历了多少变化、多少曲折，有多少辛酸、多少痛苦？当年风华正茂，高朋满座，海阔天空，各展宏图。然而一夜之间，家产被抄，被贬天边，妻子罹苦，父母受殃。天涯二十载，如今鬓已秋，志未酬，多少壮志付东流。这平生万事，哪堪回首？

"行路悠悠谁慰藉？母老家贫子幼。"这里进一步设想汉槎远戍之苦。"行路"即行路人，这里泛指一般无关系之人。"悠悠"是久远的意思，这里意指毫不相关。朋友远离家乡、亲人，被贬到那天边的不毛之地，人地两生，难免会感到苦闷和悲伤。在天涯谁是知己？谁能宽慰他呢？"西出阳关无故人"啊！虽然由于朋友的周旋，汉槎的父母兄弟得免流放，而财产已被没收，所以说："母老家贫。"汉槎子振臣，康熙三年（1624）生于宁古塔，此时才十三岁，故言"子幼"。二十年了，家道中衰，一贫如洗。如今年老的母亲已白发斑斑，如风烛残年。她多么盼望再能见到自己的儿子啊！二十年来，她苦苦地盼望、焦急地等待，多少不眠的夜晚、多少辛酸的泪水……这里词人设身处地，情感真挚浓烈，读之令人泣下。

"记不起、从前杯酒"，既是写友人吴汉槎，也是作者的自白。二十年过去了，从前团聚的欢乐时光，已如过眼烟云，一去不复返了。这里"杯酒"借代欢乐时光和知己朋友。从前的亲朋好友如今也已如鲜花凋零，不知漂向何处？脑海里剩余的只有那大难的阴影。如今想起来还如噩梦初醒，心有余悸。这噩梦一直笼罩在他们的心头，怎能忘记呢？

"魑魅搏人应见惯，总输他、覆雨翻云手。"这是对出卖朋友、陷害同志的那些无耻小人的批判。"魑魅"，传说中山泽害人的怪物，这里指那些邪恶小人。杜甫《天末怀李白》诗云："文章憎命达，魑魅喜人过。"吴汉槎被流放是由于"为仇家所中"。"覆雨翻云手"，形容小人手段之诡谲毒辣、人情之反复无常。杜甫《贫交行》"翻手作云覆手雨，纷纷轻薄何须数"就曾揭露了这些小人的嘴脸。这几句既是对汉槎不幸遭遇的同情，对小人的批判，同时也是对朋友的宽慰。但是，"冰与雪，周旋久"。冰雪则相依为命，绝不互相嫉妒、猜疑、陷害。这一句实际上是用冰与雪来比喻自己与汉槎的久交和友谊的纯洁。世间有小人也就有君子，有陷害也有友情。这里劝慰朋友，忘掉痛苦、珍惜友谊。这是词的上片，着重表达对朋友不幸的同情。

下片"泪痕莫滴牛衣透。数天涯、依然骨肉，几家能够？"这是对朋友的安慰、劝解。"牛衣"，乱麻编织成的给牛御寒的覆盖物,这里指粗劣的衣裳。相传汉王章贫困时,卧牛衣中与妻对泣。作者在这里以恳切的言辞、真挚的感情劝慰朋友,虽然被谪成边荒,但依然能够全家团聚,这也是不幸中的万幸,是十分难得的。在那荒凉的边塞,有几家能够团聚呢？切莫为此悲伤、流泪,要珍惜、自重。"留得青山在,不怕没柴烧。"

　　"比似红颜多命薄,更不如今还有。只绝塞、苦寒难受。"人生命运多舛,好似红颜命薄,一旦人老珠黄,便"门前冷落鞍马稀"。丁酉科场一案,遭遇还有比君更惨者。只不过塞外苦寒,四时皆有冰雪,春夏之交,还需皮衣御寒,而君又是南方人,怎堪忍受？这里情感回环曲折,跌宕起伏:有同情,有劝慰;时而设身处地,时而循循善诱。其间融注了多少关怀、多少体贴、多少温情！

　　"廿载包胥承一诺,盼乌头马角终相救。置此札,君怀袖。"这几句作者运用了春秋时申包胥与伍子胥和燕太子丹的典故,表明即使困难重重,也要营救朋友的决心。春秋时楚国郢都被吴国攻破,楚臣申包胥入秦求救兵,在秦廷痛哭七日七夜,使秦发兵救楚。作者用此典故,借以表明自己一定要实践救汉槎的诺言。战国末期,燕太子丹为质于秦,求归。秦王说:"乌头白,马生角,乃许尔归。"作者运用这一典故,表明即使困难再大,自己也要营救汉槎脱离苦海。

　　这首词以白描的手法,平易亲切的语言,真挚浓烈的情感,一唱三叹,回环往复,句句出自肺腑,感人至深。陈廷焯《白雨斋词话》评曰:"只如家常说话,而痛快淋漓,宛转反复,两人心迹,一一如见,虽非正声,亦千秋绝调也。"又曰:"词纯以性情结撰而成,悲之深,慰之至,丁宁告戒,无一字不从肺腑流出,可以泣鬼神矣。"陈氏的评论是公允的。

　　（原载霍松林主编:《古代言情赠友诗词鉴赏大观》,陕西人民出版社 1994 年版,第 1256～1258 页）

# 寄徐寄尘

### 秋　瑾

不唱阳关曲，非因有故人。

柳条重绻缱，莺语太叮咛。

惜别阶前雨，分携水上萍。

飘蓬经已惯，感慨本纷纭。

忧国心先碎，合群力未曾。

空劳怜彼女，无奈系其亲。

万里还甘赴，孑身更莫论。

头颅原大好，志愿贵纵横。

权失当思复，时危敢顾身？

白狼须挂箭，青史不铭勋。

恩宗轻富贵，为国作牺牲。

只强同族势，岂是为浮名？

　　这首诗是 1906 年夏，秋瑾离浔溪女子学校时寄给她的朋友徐寄尘的。徐寄尘，名自华，浙江桐乡人，其时任浔溪女子学校校长。秋瑾于 1905 年年底从日本回国，1906 年春到浔溪女子学校执教，因而认识了徐寄尘、徐小淑姊妹，并成为很好的朋友。这首诗就是作者暑假离开浔溪奔赴上海时写给徐寄尘的。作者在诗中歌颂了她们纯洁深厚的革命情谊，表现了其豪迈奔放的革命激情，并希望徐寄尘能同仇敌忾，脱下闺阁女子的衣服，换上全副武装，参加革命。

　　"不唱阳关曲，非因有故人"以下八句，写别离之情。离别不唱那凄凉的催人泪下的《阳关曲》，并非海角天涯有故人朋友。这两句化用了王维《渭城曲》末二句"劝君更尽一杯酒，西出阳关无故人"的诗句。但这首诗和王维的诗情感基调则不相同。王诗低沉、悲凉，此诗起句则豪迈奔放、充满乐观的情绪。当然，"不唱阳关曲"也并不是说和朋友的分离就不感到痛苦和悲伤。你看那"柳条重绻缱"，听那"莺语太叮咛"。这自然界的物象不也表现出一种离情别恨的感伤吗？那丝丝柳枝，重重叠叠，在微风中也依依不舍，缠绵悱恻，情意是多么深厚！那美丽的黄莺婉转含泪的长鸣，似乎在叮咛"保重""珍惜"。这里"绻缱"是密不可分之意，犹言缠绵，形容情深意厚。自《诗经·采薇》有"杨柳依依"，古诗中有"灞柳伤别"之句，"依依杨柳"便成了古典诗词中写离愁别绪的意象。这开头二句实际上是以景衬情，以情写景，正如杜甫的名句"感时花溅泪，恨别鸟惊心"，同样都达到了情景交融、物我为一的艺术境界。

"惜别阶前雨，分携水上萍"进一步写离情别恨。刚道得一声"去也""保重将息"，那别离的泪水再也无法控制，竟如雨下，浇湿了那眼前的庭阶。一想到分离之后，就会像那随水漂泊、聚散无定的水上浮萍，不知终将漂向何处？哪里是家？哪里是归宿？这怎能不令人感伤、痛苦呢！然而，作者毕竟没有被这痛苦的离情别绪所纠缠、所困扰。"飘蓬经已惯，感慨本纷纭"，巧妙地回答了首句"不唱阳关曲，非因有故人"的问题，使诗人个人的离恨别愁上升到忧国之情。

"忧国心先碎，合群力未曾。空劳怜彼女，无奈系其亲"四句，是对朋友的殷切期望。面对清政府的腐败无能、卖国投降，帝国主义列强的侵入、瓜分，面对国家民族的危亡和日益高涨的革命洪流，诗人希望朋友走出闺阁，积极投入到革命洪流中去；希望能携起手来，并肩前行。徐寄尘虽为诗人的好友，但受封建礼教的影响相当深。她同情革命，曾在秋瑾筹备起义缺乏经费时，把自己所积蓄的黄金三十两倾囊相赠（秋瑾就义后，她为之收骨营葬），可是她自身却不敢参加革命活动，恐怕因此连累家庭和老母。所以作者说"空劳怜彼女，无奈系其亲"，对徐寄尘予以善意的讽喻和勉励。秋瑾在同年《柬徐寄尘》诗二首中，也表达了同样的思想情感，"祖国沦亡已若斯，家庭苦恋太情痴"，"时局如斯危已甚，闺装愿尔换吴钩"，希望徐寄尘能同仇敌忾，脱下闺装，换上"吴钩"，参加革命。

"万里还甘赴，孑身更莫论。头颅原大好，志愿贵纵横"四句，正面表现自己的革命斗志。为了国家民族的生死存亡，哪怕孤身战斗也万里甘赴，驰骋纵横，在所不惜。这充分体现了诗人对国家民族的深情热爱，对清统治者媚外辱国的刻骨仇恨，以及献身革命的踔厉无前的坚强意志。"权失当思复，时危敢顾身？白狼须挂箭，青史不铭勋。"面对这"时危"的局面，为了收复主权，她宁愿奋不顾身，"白狼挂箭"而绝非为了"青史铭勋"。这种爱国的豪情壮志，旺盛的革命斗志，富贵不能淫、威武不能屈的斗争精神，慷慨奔放的革命激情，犹如冲出闸门的洪流，一泻千里，不可约束。显然，这里诗人着重强调的是英勇战斗、自我牺牲的革命意志和沸腾的爱国主义热忱。这已经不是一般的伤时忧国的叹息，而是反对清政府、进行民主革命的战斗号角。她宁愿"拼将十万头颅血，须把乾坤力挽回"。她认为"画工须画云中龙，为人须为人中雄"。她揭露清政府"可怜大好神明胄，忍把江山付别人"的卖国罪行，号召人们"好将十万头颅血，一洗腥膻祖国尘"。这不但是诗人自我牺牲精神的自白，是对朋友的期待和勉励，也是对人民的号召。

"恩宗轻富贵，为国作牺牲。只强同族势，岂是为浮名？"这是对朋友徐寄尘的劝勉和鼓励。劝勉朋友，不要为"浮名"而生活，而要为我们中华民族的繁荣、富强而战斗。要深知，"倾巢之下，岂有完卵"？只有团结一致，同仇敌忾，"为国作牺牲"，才有个人的出路和前途，也才有民族的富强和昌盛！

这首诗，作者将离愁别恨和慷慨激昂的豪情壮志巧妙地结合起来，将对朋友的劝勉鼓励与对革命的号召结合起来，将对朋友的纯洁友情与爱国的激情结合起来。这就使这首诗跳出了传统的离情别恨的抒写圈子,包含了更广阔、丰富的社会内容,表现出一个爱国志士特有的胸怀和牺牲精神,展现出朴实、明朗的风格和强烈的艺术感染力。

(原载霍松林主编:《古代言情赠友诗词鉴赏大观》,陕西人民出版社 1994 年版,第 1270~1272 页)

# 谒 金 门

## 七月既望,湖上雨后作

### 厉 鹗

凭画栏,雨洗秋浓人淡。隔水残霞明冉冉,小山三四点。

艇子几时同泛?待折荷花临鉴。日日绿盘疏粉艳,西风无处减。

这是一首怀人之作。一个秋天的傍晚,刚下过一场秋雨,雨过天晴,远处的青山更加青翠葱茏、清新可爱。泥土散发出浓烈的芳香,天边晚霞一抹,残阳如血。词人在西子湖畔依栏而立,看着碧波荡漾,夕阳倒映在湖面上,闪闪发光,满湖光辉。微风过处,送来缕缕荷花的清香。看着这美好的湖光山色、壮丽景观,词人顿生"艇子几时同泛"之感叹!

词的上片主要刻画景物,下片由景生情,转向怀人。

"凭画栏,雨洗秋浓人淡"两句写作者的近观。词人依栏而立,看到美丽的秋景,体验到秋更"浓"了。这里一个"浓"字,不仅写出了骤雨过后自然界所特有的景色,而且写出了词人的主观体验。而这"秋浓"的体验又与"人淡"紧密相连,密不可分。"人淡"即心淡。岑参的《秋夕》写道:"心淡水木会,兴幽鱼鸟通。"正因为"心淡""兴幽",才使词人感到"秋浓""人淡"。这里"秋浓"与"人淡"互为因果、互为条件、相互补充,无疑是词人进入审美境界的独特感受。

"隔水残霞明冉冉,小山三四点"是词人的远观所得。这两句色彩浓艳,画面清晰,意境开阔高远。作者抓住了夕阳西下、日暮黄昏时一刹那所特有的壮丽景观,大笔勾勒、尽情渲染,使得湖水、青天、夕阳、小山、晚霞、云彩,交映生辉,气象壮观,俨然一幅"日暮黄昏图",既显得静穆而又富有动感,用词也十分准确。这里一个"残"字,既显示了黄昏所特有的景象特征,又写出了作家的主观感受和思想情感。你看,虽然"落日熔金、暮云合璧",景象颇为壮观,然而毕竟是日将西沉,即与青山告别,所谓"夕阳无限好,只是近黄昏"。这不也是一种缺憾么?在作者心中不也能引起一种淡淡的惋惜和时光飞逝的哀愁么?其用词之精确,境界之幽深,可谓超然独绝矣。

正因为在"夕阳西下""秋浓人淡"的壮丽景色中,作者以空茫的心态对生命和宇宙本体有了彻底的体悟和把握,深感"夕阳无限好,只是近黄昏"。宇宙本体的永恒持久和生命的短暂就显得十分突出。因而,作者自然而然由对"夕阳西下"的审美观照,过渡到"人在何处"的审美联想。下片便着重转向怀人。

"艇子几时同泛?待折荷花临鉴。"这两句是对所思念之人的殷切怀念。西湖是游乐胜地,供游人乘坐游览的小船比比皆是。白居易《西湖留别》中有"红藕花中泊妓船"。苏轼《瑞鹧鸪》中有"城头月落尚啼乌,朱舰红船早满湖"。这里词人触景生情,由此展开联想,何时能同舟共泛,领略西子美景、共渡欢乐时光?"折荷花"即采莲。自梁简文帝作《江南弄·采莲曲》之后,采莲便成了男女表达爱情的特有方式。"鉴"指西子湖水明净如镜。新雨过后,西湖之水碧波荡漾,闪闪发光,犹如一面巨大的镜子。这里作者巧妙含蓄地以"临鉴折荷"和"艇子同泛"表达了欲和情人泛舟西湖、采莲同唱的幽情。

"日日绿盘疏粉艳,西风无处减。"这两句描写荷花在秋天里已转盛为衰,稀疏凋残,即使西风想让它再减瘦已无处可减。荷花此时已是"绿瘦粉薄"了。"绿盘"指荷叶。胡祗遹《仙吕·一半儿》有"荷盘减翠菊花黄"之语。蔡松年有"翡翠盘高走夜光"之句,都指荷叶。"粉艳"指荷花。这里一个"疏"字,巧妙地显示出荷花一天天逐渐凋谢稀疏,失去了盛期的光艳。而"西风无处减"一语更是想象丰富、构思奇特。那凛冽的秋风再想欺凌也无处可下手了,荷花此时已"瘦骨伶仃"了。这两句,当有寓意,它抒发了时光易逝、花老色黄、美人迟暮之感。

通观全词,上片写景,下片由景而转入怀人、抒情,色彩浓艳,画面清晰,形象逼真,境界高远。陈廷焯《白雨斋词话》评曰:"厉樊榭词,幽香冷艳,如万花谷中,杂以芳兰,在国朝词人中,可谓超然独绝者矣。"又曰其"窈曲幽深,自是高境",这个评价是妥当的。

（原载霍松林主编:《古代言情赠友诗词鉴赏大观》,陕西人民出版社 1994 年版,第 708～709 页）

## 鹧　鸪　天

#### 陈洪绶

行不得也哥哥。我也图兰不作坡。无山无水不风波。
是非颠倒似飞梭。飞不起,可奈何。行不得也哥哥。

这首词作于明亡之后,乃感念故国之作。此调乃依南宋邓光荐《鹧鸪调》而作。

首句"行不得也哥哥"乃鹧鸪的鸣叫声。据《本草纲目》云："鹧鸪性畏霜露，早晚稀出，夜栖以木叶蔽身，多对啼。今俗谓其鸣曰'行不得也哥哥'。"首句词人借鹧鸪凄哀悲凉的鸣叫声为全词定下了感伤悲凉的基调。第二句紧承首句，词人借南宋郑思肖的典故，慨叹明亡，抒发故国之思。南宋郑思肖，字所南，工画墨兰。宋亡之后，他画兰不画土。有人问他缘故，他感叹地说，土地已经被蒙古人夺去，你难道还不知晓吗？词人陈洪绶善画山水人物，亦工花鸟草虫。他借郑所南的典故，表现自己内心的骚动和凄苦，为下文写故国之恨营造了氛围。

"无山无水不风波。是非颠倒似飞梭"二句，紧承上句进一步写故国之恨。正因为"图兰不作坡"，所以才说"无山无水不风波"。本来兰花生长在土壤之中，有沃土扶持，有绿水浇灌，才能根深叶茂，花繁枝壮，灿烂芬芳，争奇斗艳。而如今孤零零的一丛兰草，没有土壤水分供给营养，岂不要凋零枯干！想当今，故国的大好河山，在满族铁骑的蹂躏之下，山河破碎，满目疮痍，怎能不令人黯然神伤，潸然泪下呢！真是"感时花溅泪，恨别鸟惊心"啊！"是非颠倒似飞梭"一句，感慨故国之情尤深。这是带血的哭泣，含泪的痛悼。因此，词人无限感慨地写道："飞不起，可奈何。"有心回天、无力救国的亡国之恨呈现于毫端，蕴含着作者的满腔悲愤。末句"行不得也哥哥"与开头照应，使得词作前后呼应，首尾完整，取得了一唱三叹的艺术效果。

这首词情真意切，遗民之恨，哀感无端。全词音节奇诡高亢，意境悲凉沉痛。陈去病《五石脂》曾评曰："此词似歌似谣，似乐府，似涕泣，似醉呓。庶几所南《心史》之文云。"陈氏的评说是恰当的。

（原载贺新辉主编：《全清词鉴赏辞典》，中国妇女出版社1996年版，第1页）

# 凤凰台上忆吹箫

## 次清炤韵

### 李 雯

漏咽铜龙，风销蜡凤，醒来犹倚香篝。对双鸾临镜，妆罢还羞。满目青山画里，萦别绪、生怕凝眸。难消受，一庭芳草，半只帘钩。

悠悠。春风度也，者千万垂杨，不系扁舟。自吹箫人去，烟锁云稠。应念别时清泪，登临处、回首江流。江流下，落花飞絮，遍写离愁。

这是一首伤春怀人之作。上片侧重写孤寂凄苦之情状。"漏咽铜龙，风销蜡凤，醒来犹倚香篝。"前两句化用周邦彦《解语花》词"风销焰蜡，露浥烘炉"的词句。夜凉如水，居室深邃，屋内静寂，只有夜漏在吞下铜龙里的水，发出嘀嗒嘀嗒的响声，那红红的凤蜡被春风慢慢地消减。这起首两句，便有力地烘托出了主人公在这春夜孤寂的感受。"醒来犹倚香篝"则是以醒后的情景落笔，不仅呼应前两句，而且点明了时间的推移，于自然之中见出章法。"犹倚"一词将主人公孤寝独处的凄凉感伤心境以及百无聊赖、娇懒无力的神情全盘托出。"对双鸾临镜，妆罢还羞。"这里"双鸾"即双鸾镜，她起床后来到鸾镜前打扮自己。"女为悦己者容。"她妆成之后，从鸾镜之中看到自己如花似月的娇艳容貌，想想自己心爱的人远在海角天涯，无人欣赏自己的艳丽容貌，又为谁打扮呢？"妆罢还羞"一语便将她极为复杂微妙的心理活动十分传神逼真地和盘托出。"满目青山画里",写羞罢之余,自不免又举目远望,觅郎去处,然而映入眼帘的却是"满目青山"犹如画里一般,并不见行人踪迹。人在青山外,希望成泡影。低头回思,昔日欢聚之乐及今日别离之苦,一下子全萦绕在心头,真是肠断青山外!最后因而得出离别后"生怕凝眸"远望的体验。

"难消受,一庭芳草,半只帘钩"这三句借景抒情,词意深邃。这里"芳草"虽为静态之物,但移入了人物的主观感情。草非久荣之物,人之青春与草之荣枯何其相似!青春难持,红颜易老。因而这里"难消受,一庭芳草",将红颜憔悴,自含其中。草在芳时,有人赞赏;人过芳龄,谁为怜惜!如今"我"正值豆蔻年华,青春妙龄,而情人却在异乡他县,虚度了这芳龄红颜。想人生华年易逝,将来秋扇之弃,怎能不令人忧惧悲哀!因而,这"一庭芳草"无法按捺住挑逗起来的惜春悲愍之感。

总观上片,曲径通幽,词几经腾挪跌宕,曲曲折折地将女主人公孤寝独处的凄苦情景及悲春伤感的复杂心绪揭示得十分深刻。

"悠悠。春风度也,者千万垂杨,不系扁舟"四句紧承上片。"春风度"说明"青山画里"和"一庭芳草"的艳美春色即将过去,真是时光难留啊!这里"春风度也",语意双关,不仅使人容易联想到青春难留,而且曲折隐晦地表现出山渺渺兮路漫漫,情人何时方可还,以及对情人久羁不归的一种幽怨。"者千万垂杨,不系扁舟"又是以移情之法,将对情人久羁不归的怨恨移入对于这千万垂杨的怨恨了。因为人们曾说"长安陌上无穷树,惟有垂杨管别离"(刘禹锡《杨柳枝》),既然垂杨管别离,它自然也应管欢会。可为什么它只能系离船,却不可系归舟呢?这何其偏也?这种对杨柳的怨恨,十分巧妙地传达出了主人公复杂的心绪,十分生动形象,极富有艺术感染力。"自吹箫人去,烟锁云稠"又化用弄玉萧史的典故,表现自情人离去之后,自己只能如同凤女祠一般,被密云锁住,陷入重重孤寂愁苦的氛围,整日愁云密布,不见欢乐。"应念别时"三句又是殷切的期待之词,再次表达对他早归团聚的期待。"江流下,落花飞絮,遍写离愁",又用拟人的手法,把情感推向高潮。她久久地、深深地盼望、期待,然而她却深深地失望了,重新陷入了更深、更大的离愁和寂寞孤独的悲苦之中,以致使她感到"落花飞絮"都充满了离愁别恨。这里词人以深挚的感情、奇特的想象、新奇的比喻和高度的夸张收束全篇,笔墨凝重而愁淡淡,境界博大而味无穷,具有画龙点睛之妙。

(原载贺新辉主编:《全清词鉴赏辞典》,中国妇女出版社1996 年版,第 35～36 页)

# 浪 淘 沙

## 杨 花

### 李 雯

金缕晓风残,素雪晴翻,为谁飞上玉雕阑?可惜章台新雨后,踏入沙间!

沾惹忒无端,青鸟空衔,一春幽梦绿萍间。暗处销魂罗袖薄,与泪轻弹。

中国古典诗词中咏杨花柳絮的作品极多。以词而言,苏东坡《水龙吟·次韵章质夫杨花词》及章质夫的《水龙吟》已专美于前,陈子龙的《浣溪沙·咏杨花》及《忆秦娥·杨花》又以才情绮丽风流著称于后。后来作者在这一传统题材上,似难再出胜境。然而,清初词人咏此题者仍多。作者此首《浪淘沙·杨花》,更以俊丽贴切被时人誉为佳制,可见一代有一代的作手。即使传统题材,只要推陈出新,仍然可以推出佳作,在词坛上占有一席之地。

上片首韵三句，写残春之景，点画入微。以金缕晓风、杨花飞舞、玉栏花翻，营造了一片衰败、悲凉、清冷、孤寂的气氛。在这一背景上，只见一场春雨之后，章台街上，遍地落花。雪白的杨花，被踏入污泥之中。这里作者选用章台这一环境，是寓有深意的。章台原为战国时秦王的朝会之所。到汉代，章台便为长安街名。在唐宋诗词中，章台却成了秦楼楚馆的代称。唐朝韩翃有妾柳氏，本长安歌妓。安史乱起，两人失散，柳氏为番将沙吒利所得。韩翃寄给柳氏一首词："章台柳，章台柳，昔日青春今在否！纵使长条似旧垂，亦应攀折他人手。"后来韩翃得到虞候许俊的帮助，始得与柳氏团圆。"章台"指柳于是乎始，且有"冶游场所"这一重语义。所以作者以章台新雨后被踏入沙间的杨花喻飘零身世和被践踏、被蹂躏的遭际。"素雪晴翻"反用谢道韫咏雪"未若柳絮因风起"语意，而以"翻"字传神，以"晴"字陪衬，写杨花飘零的身世，极为细致传神。"为谁飞上玉雕阑"深表感叹，表明杨花在辞树之时，已经不能掌握自己的命运。"为谁飞上玉雕阑"连她自己也说不清楚。她是不由自主地被东风吹舞，受人摆布。陈子龙词吟杨花云"怜他漂泊奈他飞"，又云"轻狂无奈东风恶"，深怜杨花飘零无主。作者于词句中虽未明示东风之无情，然而笔意含蓄，盖纵无东风狂吹，杨花仍将漂泊无主，作者巧妙地在下文二句补足此意：章台雨后，踏入沙间。"可惜"一词示叹惋之情，深得诗人之旨。

下片深入一层，转而从人情方面着笔。"沾惹忒无端，青鸟空衔，一春幽梦绿萍间。""沾惹"一句即承"为谁飞上玉雕阑"而来，由杨花的飞舞无主联想到这离情别恨也像这柳絮一般漂泊不定，不知缘由便生离愁。"青鸟空衔"中的"青鸟"，即传信的使者。李商隐《无题》："蓬山此去无多路，青鸟殷勤为探看。"杨花飞舞的时候，眼看春天就要过去了。所以在情人眼里，好像春天会随杨花飞絮一起飞走似的。然而，在情人们看来，杨花也似乎留恋春天,她飞向空中,飞上雕栏,飞入绿萍间。人们设想要是央求青鸟衔住杨花,也许春天还可以留住。然而春天毕竟难以留住,因而才有"一春幽梦绿萍间"之叹。末尾二句"暗处销魂罗袖薄,与泪轻弹",写因无限思念而黯然神伤。满天飞舞的杨花,遍地郁郁葱葱的绿萍,能使人愉悦,也能使人伤情。这是因人的情绪而异的,便是所谓移情。由飘舞不定的杨花联想到自己的身世,由一春绿萍联想到春天的将逝,由青鸟空衔联想到情人的杳无音信和时光的难以挽留,不免使主人公黯然神伤,潸然泪下。结句融情入景,凄苦自在言外。

此词通过描写暮春景色,抒发了一种伤春愁绪,渲染出浓重的因怀人而忧伤无尽的情调。通篇凄怆悲凉,哀婉欲绝,具有很强的艺术感染力,不失为清人令词中的一篇上乘之作。

(原载贺新辉主编:《全清词鉴赏辞典》,中国妇女出版社1996年版,第38~39页)

## 贺 新 郎

### 感旧次竹山兵后寓吴韵

金 堡

古剑花生锈。忆当初、仰天长叹,风尖石透。几叠哀笳吹白露,化作清霜满袖。唤一纳、芒鞋同走。入夜欲投何处宿?见半弯、月上三更后,刚挂住,驼腰柳。

隔溪渔网悬如旧。渡前村、叩门不应,猖狂多狗。积得陈年零落梦,搬出胸中堆阜。要浇也、不须杯酒。老大无人堪借问,照澄潭、吾舌犹存否?窥白发,自摇手。

　　词人是明末遗民，具有很强的民族意识，积极参加南明政权的抗清斗争。清兵攻破桂林后，便削发为僧，保持节操，决不向清统治者称臣。这首词便是他削发为僧后所作。词作以"感旧次竹山兵后寓吴韵"为题，逐步展开了对国破家亡后悲伤情感的抒写。

　　蒋捷（号竹山）原词题作"兵后寓吴"，是宋亡后蒋捷漂泊东南一带，流寓苏州时所作。金堡这首和词，其抒发的感情和用意正与当年蒋捷的《兵后寓吴》相同。

　　"古剑花生锈"，以"剑生锈"写如今的闲散放置和一切皆成"陈年梦"的苦痛。接下三句"忆当初、仰天长叹，风尖石透"，是对当年抗清失败的惨痛回忆。"几叠哀笳吹白露，化作清霜满袖。"桂林城头驻军的哀怨号角声，吹了一遍又一遍，一直不停地奏着。吹奏的结果是"清霜满袖"。上句用画角（哀笳）声声（几叠）来象征战争的严酷激烈；下句用凄凉的景色来暗示战争失败，抒写国破家亡后的惨痛。白居易写安史之乱突然爆发："渔阳鼙鼓动地来，惊破霓裳羽衣曲。"王清惠写临安城陷是"忽一声，鼙鼓揭天来，繁华歇"。蒋捷写临安城陷是"万叠城头哀怨角，吹落霜花满袖"。从设色和形象感以及诗的含蓄来看，金堡无疑更胜一筹。

　　接下，写城陷后自身的遭遇。"唤一緉、芒鞋同走"。脚登一双草鞋，衣衫破烂不堪，跟随着逃亡的人流，东奔西走，到处流浪。这里"一緉"，即一双之意。"芒鞋"即草鞋。衣衫褴褛、草鞋破败，已够凄凉悲伤的了，又要拖着这草鞋到处流浪，其狼狈凄苦显而易见。这句感情递进，意蕴层生，看似浅近，但哀思如潮，因此禁不住发出"入夜欲投何处宿"的感叹。"见半弯、月上三更后，刚挂住，驼腰柳。"夜已三更，寒气袭人。一弯新月，高挂在柳梢，那一片清辉泻向大地，使大地宁静如水；透过那驼腰似的柳条，那月光在树枝的遮挡下，向大地洒下斑斑的暗痕，犹如遗民的斑斑泪痕。皓月当空，夜已三更，可是词人却无家可归，将词人那如泣如诉的情怀表达得极为深刻。

下片"隔溪渔网悬如旧",是痛定思痛之后的沉着语。山河易色,故旧飘零,亲人何处?然而,青山依旧,江河万古,"渔网如旧"。这江河、这江河之上的渔网、小船,并没有冷落这位天涯游子、大明的遗民。"渡前村、叩门不应,猖猖多狗。"这是诗人的遭际写实,也是诗人的感叹和愤慨。诗人于无可奈何之际,只好无限感慨地叹道:"积得陈年零落梦,搬出胸中堆阜。"一切都成为过去,成为泡影,成了"陈年梦"。梦醒之后的痛苦又何其深哉!这里作者由感旧的情绪又转向伤今。现在胸中的悲愤、痛苦、亡国之恨又何其深沉!但是,"要浇也、不须杯酒",因为"抽刀断水水更流,举杯消愁愁更愁"(李白诗)啊!接下,"老大无人堪借问,照澄潭、吾舌犹存否?"写诗人虽国破家亡,年老力衰,但其猛志犹存,其"僵卧孤村不自哀,尚思为国戍轮台"(陆游诗)的精神犹存。"照澄潭、吾舌犹存否?"用张仪故实。"张仪已学而游说诸侯,尝从楚相饮。已而楚相亡璧,门下意张仪曰:仪贫,无行,必此盗相君之璧。共执张仪,掠笞数百,不服,释之。其妻曰:嘻,子毋读书游说,安得此辱乎?张仪谓其妻曰:视吾舌尚在否?"(《史记·张仪传》)最终,张仪靠其"三寸不烂之舌",得封秦相。这里借用张仪之典,可见诗人虽入道门,并未忘怀现实,正是"高僧入道,犹余杀机"。这正是遗民性情的反映。末二句"窥白发,自摇手"又显出回天无力,传出词人心底沉重的哀伤。词至此,戛然而止,令人回味无穷。

(原载贺新辉主编:《全清词鉴赏辞典》,中国妇女出版社1996年版,第90~91页)

# 满 江 红

## 大风泊黄巢矶下

### 金 堡

激浪输风,偏绝分、乘风破浪。滩声战、冰霜竞冷,雷霆失壮。鹿角狼头休地险,龙蟠虎踞无天相。问何人、唤汝作黄巢,真还谤?

雨欲退,云不放。海欲进,江不让。早堆垅一笑,万机俱丧。老去已忘行止计,病来莫算安危帐。是铁衣、着尽着僧衣,堪相傍。

这是一首吊古伤今、借景抒怀的词作,大约作于诗人抗清失败、削发为僧之后。

上片着重写景,并借景以抒发胸中的亡国之痛和愤懑不平之气。"激浪输风"句,境界开阔,气势雄壮,想象丰富,构思奇特。明明是风催浪卷,波涛汹涌,词人却偏偏想象成激浪与大风展开激烈的搏斗,最终那巨浪终于向风认输,甘拜下风,随风摆布。这里一个"输"字,便使全句飞动起来。用词十分巧妙,足见词人炼字炼句的工夫。"偏绝分、乘风破浪"句,是用南朝宋宗悫的典故。《宋书》云:"悫年少时,炳问其志,悫曰:'愿乘长风破万里浪'。""偏绝分"即偏偏没有缘分之意。这句是说乘风破浪之事偏偏与自己无缘。这两句紧扣题中的"泊"字。"滩声战、冰霜竞冷,雷霆失壮"三句,继续写大风巨浪,有声有色,形象飞动逼真。大风卷着巨浪撞击着江滩,犹如千军万马的金戈铁戟之声;而大风和巨浪都使人有寒气袭人之感,又好像冰霜互相竞赛谁更为寒冷似的；那风浪相搏击的巨大声响，使雷霆都黯然失色。这里一个"战"字，一个"竞"字，便化静为动，将抽象的事物写得形象传神、生动可感。这六句着笔于"水"这一面来写大风。

"鹿角狼头休地险，龙蟠虎踞无天相"两句以下，由写水转写山势的险峻陡峭。"鹿角狼头"和"龙蟠虎踞"都是借典来写山。"鹿角狼头"在四川瞿塘峡附近。杜甫《白帝城放船出瞿塘峡久居夔府将适江陵漂泊有诗》："鹿角真走险，狼头如跋胡。""龙蟠虎踞"是诸葛亮赞叹建业形胜之辞。这两句是说，即使地势再好，没有天助也不可能成功。这里不只是写山势，实际上是借山势的险峻秀丽来抒发亡国之痛。"问何人、唤汝作黄巢，真还谤"三句，点出题中的"黄巢矶"。黄巢矶在蜀江边，为黄巢经行之处。"真还谤"是说到底此矶真与黄巢有关呢，还是后人诽谤黄巢的呢？黄巢是农民起义领袖，人们把他当作正面人物，所以这里用"谤"字来说。

下片则主要抒怀。"雨欲退，云不放。海欲进，江不让。"这几个短句简洁明快，铿锵有力，音韵和美，写天气、写水流充满了战斗气氛。两个"欲"字和两个"不"字互相对照，是说宇宙间连自然界也充满了争斗厮杀。"早堆堁一笑，万机俱丧。"正因为人世间和自然界都充满了争斗和欺诈，所以，看破红尘，则应是非莫辨，这样才能大彻大悟，达到"丧我"的逍遥境界。这里"堆堁"犹堆厗，独坐貌。欧阳修有诗云："三日不出门，堆厗类寒鸦。"张养浩诗云："柏台人散坐堆厗，默记滦江四往回。""万机俱丧"就是说把一切都看透看空，不要让是非利害萦绕心头。这实际上是一种以达观来自慰的心境流露。"老去已忘行止计，病来莫算安危帐。"上句照应上片的"偏绝分、乘风破浪"。下句是上片写景的总结。这一联看似自述，似乎是说人老了，是行是止已经置之度外了，个人的安危也不再计较。实际上，作者是慨叹明末国势垂亡，不可挽救；自己老病在身，无力考虑国家前途了。

说得似乎很超脱,实际上暗藏着深深的忧愤。

"是铁衣、着尽着僧衣,堪相傍"二句,明写黄巢,暗写自己。"铁衣"即盔甲军衣。这句是说脱去戎衣换上僧衣,可以与黄巢做伴了。相传黄巢起义失败后当了和尚,并曾有"记得当年草上飞,铁衣着尽着僧衣"的诗句。因为词人也曾参加过抗清斗争,斗争失败后削发为僧,脱去戎衣着僧衣,所以后面说"堪相傍",自己的一生和黄巢可以相比。从词的结构来看,这末尾二句从自述又回到题目"黄巢矶"上来了,前后呼应。而"堪相傍"一句又照应上片的"真还谤"一句,隐晦曲折地流露出词人对眼前时代的不平之鸣,对黄巢起义的向往之情。这正是明末遗民思想情感的反映。

(原载贺新辉主编:《全清词鉴赏辞典》,中国妇女出版社1996年版,第91~93页)

# 满 江 红

## 和沈石田诸公题
### 宋高宗赐岳飞手敕二首(其一)

金 堡

有意回天,到此际、天难作主。凭天去、补天何用?射天还许!那得官家堪倚仗,从来信义无俦侣。看绣旗、当日刺"精忠",今投杼。

航海恨,君自取。奉表辱,君自与。便风波沉痛,不须重举。遗庙尚能余俎豆,故宫早已空禾黍。是男儿、死只可怜人,谁怜汝。

　　这是一首咏史词,同时也渗透着金堡自身的痛切感受,寄寓了自身慷慨不平之气。

　　上片,首六句,词人愤慨表述的"回天"非无力,而是"天"无意于此,所以造成"补天何用? 射天还许"的局面,是极为深刻的。绍兴九年(1139)宋金议和,绍兴十年(1140)金军又大举南侵,"和议"被撕毁,高宗被迫要宋军抵抗,岳飞奉命出击。他连连战捷,在郾城大破兀术主力,遂进兵朱仙镇,收复郑川、洛阳等地,使金军闻之丧胆。他建议乘胜追击,消灭金军。然而,此时高宗、秦桧却求和心切,欲尽弃淮北地以与金,并决定停战求和,命令各路抗金军撤退,使岳飞陷于孤立无援的境地。后又命令岳飞退兵,一天内连下十二道金牌,迫令退兵。他悲愤交集地感叹道,"十年之功,废于一旦",下令撤退。回临安后,岳飞被解除兵权,不久便被杀害。

　　为什么当宋军节节胜利,收复中原指日可待时,宋高宗却要下令岳飞撤军呢? 明代的文徵明,在看见刻在碑上的宋高宗敕赐岳飞的御札后,也曾写过一首《满江红》,解开了这一秘密。其词云:"拂拭残碑,敕飞字、依稀堪读。慨当初,倚飞何重,后来何酷! 果是功成身合死,可怜事去言难赎。最无辜、堪恨更堪怜,风波狱。岂不念,中原蹙;岂不惜,徽钦辱! 但徽钦既返,此身何属? 千古休夸南渡错,当时自怕中原复。笑区区、一桧亦何能? 逢其欲。"这首词十分深刻地揭露了岳飞冤案的根由:这便是"但徽钦既返,此身何属?"这才是高宗的私心。正因如此,所以在岳飞节节胜利的情况下,宋高宗怕一旦收复中原,徽、钦二帝迎归,自身君位不保,所以才下令岳飞撤退,并要将坚持抗金的岳飞杀害。因之词人金堡才愤激地说:"凭天去,补天何用? 射天还许!"

　　"那得官家堪倚仗,从来信义无俦侣。""官家"即指皇帝。这两句是说,皇帝是靠不住的。"真理"是握在皇帝的手中,而皇帝手中的"真理"是凭着皇帝的喜怒哀乐而定的,从来信义都是没有伴侣的。词人何以如此说呢？后两句做了回答："看绣旗、当日刺'精忠'，今投杼。"绍兴三年（1133），因岳飞的功绩，宋高宗赵构曾手书"精忠岳飞"四字，以旌旗赐之。言当初赵构敕赐岳飞四字旌旗时，是那样倚重岳飞，可是后来为何又要使自己亲赐的那旌旗"投杼"呢？为何那样残害岳飞呢？查赵构手书"精忠岳飞"赐岳飞，在绍兴三年（1133）秋，岳飞扫平闽粤赣相连地区群盗入朝时，这对赵构安居东南自当是莫大的安慰。赐飞四字，正是出于这种心理，与后来十二道金牌召回岳飞，使旌旗"投杼"的因由恰是一致，因后来岳飞的功绩倒是威胁着赵构帝位的安全。这两句是对前两句的解释和补充。

下片"航海恨，君自取。奉表辱，君自与"四句乃愤激不平之辞。宋南渡之初，朝野上下莫不义愤填膺，奋起抗金。如赵构顺应时势，力图自振，恢复中原，以迎还二帝并不难。而赵构但求苟安，保持一己君位，故不愿积极抗金。岳飞始终主张恢复中原，这就与赵构的私心发生根本矛盾，不可避免地造成了岳飞的悲剧结局。对于这一点，岳飞或许没有领会赵构的心事，或许多少懂得，却又无法违背自己生平的誓愿。所以作者愤激地说："航海恨，君自取。"绍兴九年（1139），宋金达成和议，高宗与秦桧命百官进呈表贺，岳飞拒不接受加官，又不奉表呈贺，还反对和议，指斥秦桧的卖国行径，这就难免于"自取羞辱"了。因之作者又感叹道："奉表辱，君自与。"接下，"便风波沉痛，不须重举"更是对岳飞被害的愤慨，对岳飞被害的感叹。绍兴十年（1140），岳飞正当朱仙镇大捷之时被高宗、秦桧以金牌召回，次年又张罗诬陷入狱，"岁暮，狱不成，桧手书小纸付狱，即报飞死"（《宋史·岳飞传》），就这样以"莫须有"的罪名将岳飞处死在杭州大理寺风波亭狱。"遗庙尚能余俎豆，故宫早已空禾黍。"这两句是对岳飞身后的感叹，同时也寄寓了词人自身的亡国之恨。岳飞被害后，宁宗时又诏复其官，追封鄂王，后来又建立"岳庙"。但如今，遗庙虽残存，尚有香火供奉，可故国早已

"空禾黍"了。唯有亡国之恨,如春水东流,永无绝期。末二句
"是男儿、死只可怜人,谁怜汝"既是对岳飞不幸遭际的痛悼,也
是词人对自身遭遇的哀伤和悲叹!作者于清兵攻破桂林后,决
不仕清为官,削发为僧,隐居丹霞山寺。因之他不免生出"谁怜
汝"的感叹了。

　　总观全词,通篇抒写对岳飞冤狱的义愤,同时寄寓了自己深
沉的亡国之恨,形成感伤、哀怨、凝重的情感基调。

　　(原载贺新辉主编:《全清词鉴赏辞典》,中国妇女出版社
1996 年版,第 93~95 页)

## 水调歌头

### 忆螺岩霁色

金　堡

　　好雨正重九,不上海山门。螺岩却忆绝顶,霁色满乾
坤。少得白衣一个,赢得翠鬟千叠,罗立似儿孙。独坐可忘
老,何用更称尊。

　　龙山会,南徐戏,共谁论?古今画里,且道还有几人存?
便拂六铢石尽,重见四空天堕,此处不交痕。远水吞碧落,
斜月吐黄昏。

　　这是一首咏重九的词作。词人因重阳有雨,不能登高眺远,
于僧舍孤坐,浮想联翩,回忆昔日登丹霞山绝顶螺岩的情景。

　　"好雨正重九,不上海山门。螺岩却忆绝顶,霁色满乾坤。"
这里"海山门""螺岩"均在丹霞山上。丹霞山在广东仁化县南
十七里,重岩绝巘,踞锦石岩之巅,绕山有海山门、长老峰、紫玉

台、海螺岩、天然岩、天柱山诸胜。词题《忆螺岩霁色》之螺岩，即丹霞山之海螺岩。康熙三十八年（1699）廖燕所作《游丹霞山记》，对丹霞山形势有详细描述："……正气阁后峭壁插天，右望隐隐见海山门如在天半。予顾同游曰：'明日从此上海螺岩。'众颇有惧色……二十四日晨起，复由松岭数折至绝壁下，攀铁链面壁而上，路益高而陡，至海山门神稍定。扶筇右行至海螺岩，憺师塔在焉。师为开山第一祖，予曾从之游，今别一十八年矣……再左转上舍利塔，为丹霞绝顶。"廖燕亲游所记，可见海山门、海螺岩皆为丹霞山顶部景区。这四句，词人因雨孤坐，既为久旱遇雨而欣喜，又为因雨不能登高而遗憾。试想，词人已习惯于登螺岩远眺，然而今日因雨不能登岩，只好神游螺岩。"少得白衣一个"三句，是词人在山巅下仰望群峰的景色。"白衣"并非典故，而是写仁化江畔的观音岩。词人因是从海螺岩俯瞰，看不到观音岩，只能见碧翠青绿的群峦相互环绕，好似"翠鬟千叠"，依次罗立，好像众儿孙垂手拱立一样。郑绍曾就曾有诗描写丹霞山云："锦石耸云端，岗峦势郁盘。"李永茂也有诗云："孤留一柱撑天地，俯视群山尽子孙。"杜甫也曾写到："西岳崚嶒竦处尊，诸峰罗列如儿孙。"词人化用杜甫诗句，十分自然，既合此地山川形势，又抒发了作者的雅情逸致："独坐可忘老，何用更称尊。"这是作者的自慰自叹，也是词人的自我陶醉。

　　下片"龙山会，南徐戏，共谁论"用东晋桓温九月九日宴僚佐于龙山和宋公在彭城九月九日登项羽戏马台两个典故，回忆昔日与友人重阳聚会的情景。而今朋友四散，无人相携登高，更无志同道合者吟诗赏文，其孤栖寂寞、孤独冷落之感自然难以排遣。"古今画里，且道还有几人存"便是进一步慨叹人事沧桑之感。词人的同年、诗朋、战友，至今散的散，隐的隐，死的死；而他自己一生更是"难挽天河洗是非，铁衣着尽着僧衣，百年如梦须全入，一物俱无只半提"，两袖清风，茕茕孑立，只有青山绿水为伴。

　　"便拂六铢石尽，重见四空天堕，此处不交痕。"这三句借用佛典写海螺岩位居群峰之巅的情景,又抒发了作者超脱凡尘之情致。据《菩萨璎珞本业经》下云,譬如一里二里乃至十里石,以天衣重三铢,人中日月岁数三年一拂,此石乃尽,名一小劫。"劫"为佛家表示不能以通常年月日计算的长时节。"便拂六铢石尽"就是借用"磐石劫"之典说明历时之长久。"四空天堕"一句,表示"境界"之高。因为佛家认为,凡夫生死往来之世界分为三:一欲界,二色界,三无色界。无色界最上有"四天",即空无边天、识无边天、无所有天、非想非非想天。此四天居三界之顶,又名为四空处,为修四空处定所得之正报。这三句合起来是说,不论历时数千万之劫,即使四空天堕,此地仍超然屹立,不涉尘世。此外,这三句也是写实景,丹霞山有十二景之一即为"舵石朝曦"。词人生前极爱此景,常独坐此石观赏四空山色,并以"舵石"为号吟诗作画。词人由"磐石"进而联想到佛家之"磐石劫"也是情理之中事。

"远水吞碧落,斜月吐黄昏"写海螺岩暮景。这里"碧落"代指天。《度人经》注云:"东方第一天,有碧霞遍满,是云碧落。"薄暮从海螺岩远远望去,水天相接,茫茫一色,只有眉月一钩高挂天边。这美丽的景致如诗如画,由不得词人不由衷地予以赞美。

(原载贺新辉主编:《全清词鉴赏辞典》,中国妇女出版社1996年版,第107~108页)

# 踏 莎 行

## 春闺风雨

### 宋征舆

锦幄销香,翠屏生雾,妆成漫倚纱窗住。一双青雀到空庭,梅花自落无人处。

　　回首天涯,归期又误。罗衣不耐东风舞。垂杨枝上月华明,可怜独上银床去。

　　这是一首思妇怀人之作。上片以赋的铺陈手法,描写主人公所处的环境及其神情举止。其中有两个画面:一是描写主人公的香阁,给人以温馨怡悦的感受;一是描写庭院,给人以凄凉、孤寂、惆怅失意的感受。开首三句写的是头一个画面。"锦幄销香,翠屏生雾"为对句,"锦幄"与"翠屏"都给人以雍容华贵、温馨舒适的体验。"销香""生雾"则是动态的描写。这里虽然没有直接描写主人公的行动,却极为巧妙地通过写"销香""生雾"暗示出主人公的行动及心理活动。试想,如果不是主人公引火焚香,翠屏之前又怎会有袅袅香雾徐徐上升?"妆成漫倚纱窗住"一句,则正面描写主人公的行动及心理。主人公休息起来,首先给房中燃起香柱,顿时闺房之中香雾缭绕,清香扑鼻,沁人心脾,温馨芳香。燃着香柱,主人公又安闲自在地坐在梳妆台前,仔细地梳妆打扮起来。她为何要打扫房室、点燃香柱、仔细打扮呢?原来她是在等待着游子的归来。所以,当她仔细打扮好之后,便"漫倚纱窗",举目远望。"一双青雀到空庭,梅花自落无人处"是主人公倚窗远望所见,也是另一幅画面:庭院空寂冷清。梅花在凛冽的寒风中悄无声息地落去,无人过问,无人欣赏。只有那双双飞来的青雀,才给这孤寂冷清的庭院增添了一点生机活力。这里,庭院的冷清沉寂与屋内的温馨舒适形成了鲜明的对照,这就更勾起了思妇的相思之情:外面是那样的寒冷、孤寂、凄清,屋内不但温馨、舒适、安逸,而且有亲人的苦苦盼望、热烈的相思、真诚的祝福,他怎么就能在外耽搁得住呢?这是一层意思。此外,连那青雀都是双双伴飞,相互厮守,难分难离,何以人反不如鸟呢?这又怎能不勾起思妇的触景伤情、顾影自怜呢?

　　下片继续写思妇:她倚窗远望,将视线由庭院又慢慢地向远方移去,院外的大道上,空寂冷清,没有行人。"回首天涯,归期又误",望尽天涯,渺无归人踪迹,她又陷入了绝望和痛苦之中。她就这样苦苦地从早等到晚,不仅感到浑身寒冷战栗,而且心情也更为战栗寒冷。"垂杨枝上月华明",写寒月初升,大地银装素裹,一片清辉,这更加衬托出主人公心情的孤寂冷清。她于无可奈何之中,只好埋头去睡,以忘却心头的惆怅、失落和苦痛,求得暂时的解脱。

　　思妇怀人的主题,词较之诗尤为多见。此词缠绵缱绻,情意切切,哀感顽艳,但能"运疏入密",既不"浓得化不开",而又清新蕴藉,浑然一体。全词似纯写景、叙事,而情自至。词人虽然运用了"锦幄""翠屏""纱窗""梅花""罗衣"等绚丽的辞藻,然而词的境界是悲凉凄恻的。这是一首含蓄蕴藉、隽永清新的词作。谭献评曰"何减冯、韦"(《箧中词》),这不无道理。

　　(原载贺新辉主编:《全清词鉴赏辞典》,中国妇女出版社1996年版,第137~138页)


# 蝶 恋 花

## 秋　闺

宋征舆

　　宝枕轻风秋梦薄,红敛双蛾,颠倒垂金雀。新样罗衣浑弃却,犹寻旧日春衫着。

　　偏是断肠花不落,人苦伤心,镜里颜非昨。曾误当初青女约,只今霜夜思量着。

　　这是一首抒写传统题材闺怨的词作。闺中的红颜女子有感于"镜里颜非昨"，独守空闺、青春易逝、红颜易老，因而抒发其悲秋之叹。

　　上片，词人采用客观的描写手法，通过人物的举止神态，刻画人物的心理情绪，表现人物的内心世界。前三句，写红颜女子无情无绪、辗转反侧、百无聊赖的神态。深秋的夜晚，秋风萧瑟，万籁俱寂，不免有几分寒意袭人。红颜美人儿躺在华丽的床上，却好梦难成，辗转反侧，难以入眠。她翻来覆去，两腮之上都留下了红红的枕痕，双眉紧皱，连头上的金钗也一片零乱，懒于梳理打扮。她越睡不着，越是翻来覆去，便越心绪不宁、烦躁不安起来。这里，"宝枕"即华美的枕头之意，这是以部分代替全体，用来代指华丽的眠床。"金雀"即指雀形的金钗。"颠倒垂金雀"是说金钗在头发上零乱地倒挂着。四、五两句，写这位红颜女子在百无聊赖之中，又把式样新颖的秋装全都抛弃，却翻箱倒柜地找出过去的春衫穿在身上。这是另一个不同的角度。词人运用这样一个反常态的细节描写，就把这位闺中佳人留恋旧情的情感极为形象逼真地表现出来了。显然，这旧日的春衫与她旧日的欢乐、恋情以及往日情人有斩不断的联系。这就从客观描写中流露出了主观情绪，从而过渡到下片。

　　下片紧承上片，主要从主观感情的渲染入手。"偏是断肠花不落，人苦伤心，镜里颜非昨。"这里换头用"花不落"和"颜非昨"对比，无限感叹自然流出。"断肠花"指引起人伤感的花。李白有诗云："天津三月时，千门桃与李。朝为断肠花，暮逐东流水。"（《古风·十八》）你看，那些使人们肝肠寸断的花儿偏偏不肯凋谢，人儿却已伤心至极。镜子里的容颜已非昔日与旧欢相处时那般美丽娇艳了。这真是宇宙永恒、江河万古、事物依旧，而人却今非昔比、渐见衰老、青春难留啊！眼看着韶华易逝、美貌难存，竟这样独守空闺、虚度芳龄华年，又怎能不令人烦恼愁闷、悲叹伤感、心生哀怨呢！

　　"曾误当初青女约，只今霜夜思量着"二句，又用"倩女离魂"的典故，表现了昔日与情人失之交臂，而如今年华逝去、美貌不存的无穷悔恨。"青女"即"倩女"。唐代陈玄祐的传奇《离魂记》，叙述衡州张镒有女名倩娘，倩娘和张镒的外甥王宙相恋，后来张镒又把倩娘许配给他人，倩娘因而抑郁成疾。王宙被遣往四川，夜半之时，倩娘的魂儿赶到船上与王宙同行。五年之后，两人归家，而房中卧病在床五年不起的倩娘闻声而起，魂儿于是和人合为一体。这一句用此典故，表明"我"过去没有像倩女那样冲破障碍，魂儿赴约跟着你走，以致只好现在在这严霜遍地的秋夜，苦苦思念着你。这一典故的运用，更增加了主人公感伤愁苦的情感氛围。

　　全词含蓄蕴藉，不着一"愁"字、"思"字，却将思妇的愁思表现得淋漓尽致。词句间似断实连，生动逼真地展示出思妇跳动的心理活动过程。在众多抒写闺怨题材的词中，有一定的特色。

（原载贺新辉主编：《全清词鉴赏辞典》，中国妇女出版社1996年版，第139～141页）

# 悟　禅　偈

### 贾惜春

大造本无方，云何是应住？
既从空中来，应向空中去。

　　《红楼梦》第八十七回，写宝玉来到蓼风轩探望惜春，恰巧妙玉也在此，正与惜春下棋。（宝玉）"笑问道：'妙公轻易不出禅关，今日何缘下凡一走？'妙玉听了，忽然把脸一红，也不答言，低了头自看那棋。宝玉自觉造次，连忙赔笑道：'……'"听到宝玉的解释,"只见妙玉微微的把眼一抬,看了宝玉一眼,复又低下头去,那脸上的颜色渐渐的红晕起来。"妙玉别了宝玉,回到栊翠庵后,正在坐禅时,却"忽想起日间宝玉之言,不觉一阵心跳耳热。自己连忙收摄心神,走进禅房,仍到禅床上坐了。怎奈神不守舍,一时如万马奔驰,觉得禅床便恍荡起来,身子已不在庵中。便有许多王孙公子要求娶她,又有些媒婆扯扯拽拽扶他上车,自己不肯去",以致"走魔入火",差点出危险。惜春听说此事之后,"因想:'妙玉虽然洁净,毕竟尘缘未断。可惜我生在这种人家不便出家。我若出了家时,那有邪魔缠扰,一念不生,万缘俱寂。'想到这里,蓦与神会,若有所得",便口占了这首偈语。

"大造本无方,云何是应住?"大造,本意指大功。《左传》有"秦师克还无害,则是我有大造于西也"之句。惜春这里所言的大造,系佛教所指宇宙万物。"无方",即无常、变化莫测。"云何",意即哪里。"住"是停留、迷恋之意。世间万事万物变化无常,哪里值得迷恋、神往呢? 佛家认为,世上万事万物无时不在变化,都处在生起、变异、坏灭的过程中,根本没有什么"常住性"。惜春此偈语,表面看来是她对佛门的向往,对佛教万境归空的禅机领悟,实际上是她用佛道来观照现实人生,是对自身生命意义的深刻反思。

惜春四小姐是宁府贾敬之女、贾珍之胞妹。她年纪小,地位孤零。父亲出家,母亲早亡。哥哥贾珍是个恶棍、好色之徒,而嫂嫂尤氏的行为更为她所不齿。家庭生活没能使她感到一点生的愉悦、家的温馨。在那庸俗污浊的贾府,在那香罗艳粉、桃红柳绿、莺歌燕舞、曲水回廊、灯红酒绿、挥金如土的大观园中,不是明枪暗箭,就是惨绿愁红;不是你争我斗,就是陷阱阴谋;不是偷鸡戏狗、爬灰养叔,就是借刀杀人、引风吹火。年幼的惜春就生活在这样一个污浊的环境里,她每天耳闻目睹的就是这些污浊之事、败坏之举,内心感受到的就是冷漠、残酷、阴险、狡诈、歹毒,体验到的则是万物无常、乐极生悲、变化莫测。她的三个姐姐都没有好结果：元春贵为皇妃，却落了个杨玉环的下场；迎春嫁了个富贵人家，却被丈夫折磨而死；探春是"杏元和番"，永离故国。《红楼梦》中有一支曲子《虚花悟》道："将那三春看破，桃红柳绿待如何？把这韶华打灭，觅那清淡天和。说什么，天上夭桃盛，云中杏蕊多。到头来，谁把秋挨过？则看那，白杨村里人呜咽，青枫林下鬼吟哦。更兼着，连天衰草遮坟墓。这的是，昨贫今富人劳碌，春荣秋谢花折磨。似这般，生关死劫谁能躲？闻说道，西方宝树唤婆娑，上结着长生果。"这"将那三春看破"，"谁把秋挨过"，"天上夭桃盛，云中杏蕊多"，正指元春、探春。元春晋封贵妃，正像初春桃花灿烂；探春的花名签是一枝杏花，上写"日边红杏倚云栽""当得贵婿"，即是所谓"云中杏蕊多"。贾家败后，"落了片白茫茫大地真干净"，就是所谓"连天衰草遮坟墓，春荣秋谢花折磨"。这不正是"大造本无方，云何是应住"的来历么！

惜春深深地体味到世态的炎凉、人生的无常以及万事万物的变化莫测。所以，她在书中所说的第一句话就是"我这里正和智能说，我明儿也剃了头同他作姑子去呢"，这已透露出她后来出家的消息。此后无论诗词灯谜，无不处处照应。元春归省时她作《文章造化》说："山水横拖千里外，楼台高起五云中。园修日月光辉里，景夺文章造化功。"这"千里外""五云中"无不是远离尘世之意。"光辉里""造化功"赞美造化神力，皆为出家之兆。第二十二回灯谜，谜底是"佛前海灯"："前身色相总无成，不听菱歌听佛经。莫道此生沉黑海，性中自有大光明。"这无不是她对"大造本无方，云何是应住"的深刻体验和出家的预兆！

惜春的智慧比不上钗、黛诸人，文才画笔都非常平庸，可是她的特点在于性格一向孤冷。她既不同于探春的积极，也不同于李纨的恬淡，更不同于尤氏的同流合污。她通常的表现是胆小怕事，乖僻离群。第七十四回描写她"谁知惜春虽然年幼，却天生成一种百折不回的廉介孤独僻性"。她的丫头入画私藏了哥哥交存的银锞子，她于是就把这个可怜的丫头撵走。她对尤氏说："古人说得好，'善恶生死，父子不能有所勖助'，何况你我二人之间。我知道保得住我就够了，不管你们。从此以后，你们有事别累我。"又说："古人曾也说的，'不作狠心人，难得自了汉'。我清清白白的一个人，为什么教你们带累坏了我！"可见，她深深地看到这一大家族种种的暗影，而且她以为人与人之间是本来无可留恋的。此中既无前途，只有逃出圈外，以求洁身自好。

那么，她要离开现实世界到哪里去呢？偈子的后两句做了回答："既从空中来，应向空中去。"佛家认为世界是"空"的，一切事物都从"空"中生出，最终仍归于"空"。这两句套用禅宗答问中"从来处来，向去处去"的话，表现了她对佛门的向往和对现实的绝望。而对佛门的向往是由于对现实的绝望所生出，严酷的现实迫使她除此无路可走，这就难怪她乖僻离群、"冷口冷心"了。这就告诉我们，八十回后写惜春出家，并非如程高续书那样写她如何参透佛理、明心见性，还为了出家和尤氏、王夫人大闹，而是因为贾家大败后她没有什么别的出路了。她的"既从空中来，应向空中去"的出家投佛，只是"保住自己"的一种无可奈何的逃路，并非什么求真证道的勇士。正因为如此，所以惜春判词才云："勘破三春景不长，缁衣顿改昔年妆。可怜绣户侯门女，独卧青灯古佛旁。"这多么强烈地表现了惜春出家后那可怕的孤寂、痛苦和不幸，抒发了多少怜惜之情。这首偈语无疑是对封建社会压抑人才、摧残人性的无情控诉和尖锐批判。

（原载贺新辉主编：《红楼梦诗词鉴赏辞典》，紫禁城出版社1990年版，第423～425页）

# 附　录

## 关于孔子删诗说的争论

孔子曾说:"吾自卫反鲁,然后乐正,雅、颂各得其所。"(《论语·子罕》)正因为如此,故后世方有"孔子删诗"说的争论,而且从汉至今,争论未休。

孔子删诗说,在汉代以前的古籍中没有任何记载。到了汉代,有人认为王官到民间采的诗非常多,现存的《诗经》不是太师保存的旧本,是经过孔子删订过的。这种说法,始于司马迁。《史记·孔子世家》说:"古者,诗三千余篇,及至孔子,去其重,取可施于礼义,上采契、后稷,中述殷、周之盛,至幽厉之缺,始于衽席……三百五篇,孔子皆弦歌之,以求合韶武雅颂之音。"

后来班固继承了司马迁之说。他在《汉书·艺文志》中说:"孔子纯取周诗,上采殷,下取鲁,凡三百五篇。"

到宋代,欧阳修更发展了《史记》《汉书》的说法,归纳出孔子删诗的删章、删句、删字的三个原则(《诗本义》)。到了清代,还有人坚持此说。顾炎武在其《日知录·说四诗》中,更进一步为孔子不删"淫诗"作辩护。由此可见,一般学者是如何崇奉《史记》《汉书》关于孔子删诗之说了。

那么,删诗说的主要论点是什么呢?归纳起来,大致有以下几条:

1.古诗何止三千。古国一千八百,一国陈一诗,也有一千八百篇。今本《国风》,有的经历十个、二十个国君才采录一篇,难道一国历经若干世只有一诗吗?可见古诗本来很多,只是没有采录。

2.汉代去古未远,司马迁见到的材料自然比后来的人多,

《史记》是权威性史书,司马迁是严谨的史学家,故其说可信。

3.对照书传引的诗,在《诗经》中有全篇未录者,有录而章句不同者。所谓删诗,不一定全篇皆删,或篇删其章,或章删其句,句删其字。

4.书传中所引《诗经》中未录之诗,确有与今本中已录的诗重复者,故"去其重"之说,当亦可信。

首先对"孔子删诗说"产生怀疑的是汉代的孔安国。他认为古代诗歌绝不会有三千多篇,孔子绝不会删去十分之九(吕祖谦《吕氏家塾读诗记》引)。唐代的孔颖达、宋代的朱熹也不赞成删诗说。孔颖达说:"如《史记》之言,则孔子之前,诗篇多矣。案《书传》所引之诗,见在者多,亡逸者少,则孔子所录,不容十分去九。马迁言古诗三千余篇,未可信也。"(《毛诗正义》)朱熹说:"人言夫子删诗,看来只是采得许多诗,夫子不曾删去,只是刊定而已。"(朱彝尊《经义考》)到了清代,学者纷纷起来剖析,证明孔子并未删诗,朱彝尊、崔述、赵翼可为代表。"当时史官收诗时,已各有编次,但经孔子时,已经散失,故孔子重新整理一番,未见得删与不删。"(朱彝尊《经义考》引)。清代学者的主要论点如下:

1.孔子在《论语》中常说"诗三百",可见三百篇早就为定数,非孔子删诗之后所定。

2.若古代真有三千多篇诗,被孔子删去十分之九,那么在先秦古籍中一定会提到许多逸诗,但实际上逸诗只有二三十分之一,可见孔子不曾删诗。

3.《史记》上所说孔子删诗只"取可施于礼义"的。而现存《诗经》中仍保留着的"淫诗",孔子为何不删削?逸诗见于《仪礼》的,如《肆夏》《新宫》,都被王朝所采用,认为"可施于礼义"的,孔子又为何要删削这些诗?

4.吴季札到鲁国参观周乐,鲁叔孙穆子让乐工为他唱诗,乐工演奏歌舞的十五国风与风、雅、颂的次序,和今本《诗经》相同,而那时孔子尚八岁,不可能删诗。

5. 古代外交家常常在宴会上"赋诗言志",有时让乐工歌唱诗句,借以表达他们的意图、态度,故他们必定有一个基本相同的本子。如果诗真有三千多篇,当时的士大夫和乐工记不了这么多的诗。

6. 孔子自己并未说过删诗的话,只说"诵诗三百"。删诗之说,是司马迁的话,何以不信孔子的话,却反信别人之言。

20 世纪 20 年代,以钱玄同、顾颉刚等人为代表的古史辨学派,认为《诗经》包含着大量的民间创作,"孔子并没有删诗"(《古史辨》第三册)。钱玄同更说,《诗经》"这书的编纂和孔老头儿也全不相干"(《古史辨》第一册)。他们的观点有片面武断之处。从 20 世纪 30 年代开始,郭沫若、范文澜等学者以历史唯物论观点研究古史。范对《史记》的记述持存疑态度,郭说"古人说孔子删《诗》,虽然不一定就是孔子,也不一定就是孔子一个人,但《诗》是经过删改的东西"(《郭沫若全集》第 17 卷)。

现代的《诗经》学者,对于孔子删诗问题,有的继续古史辨学派顾颉刚等非删诗的论点;而多数人则接受范文澜、郭沫若阙疑的说法,并渐趋一致地认为孔子整理和删订过《诗经》。但孔子时代,究竟有多少古诗流传,孔子如何删削整理,因为古人未留下任何具体的资料,谁也无法做出直接的说明。

(池万兴　张新科)

(原载王洪、田军、马奕主编:《古诗百科大辞典》,光明日报出版社 1994 年版,第 319~321 页)

## 有关《诗经》入乐问题争鸣

《诗经》,我们现在看起来是一部诗集,其实本来是一部乐歌总集,也就是说,三百零五篇诗,全都是配乐演唱的乐歌。司马迁说:"三百五篇,孔子皆弦歌之,以求合韶武雅颂之音。"(《史记·孔子世家》)孔子自己也说:"吾自卫返鲁,然后乐正,雅、颂各得其所。"(《论语·子罕》)墨子也说过,儒者"诵诗三百,弦诗三百,歌诗三百,舞诗三百"(《墨子·公孟》)。这些材料说明《诗经》原是个唱本,孔子不但听过演唱,而且还把走了调儿的歌曲校订过,就连墨子也还观赏过弦歌鼓舞的盛况,只是由于种种原因乐曲失传了,我们现在只能见到歌词,当诗读了。

　　"诗为乐章",自汉至唐,并无异见,都以为《诗经》所录全是乐歌。宋儒治经不尊汉说。南宋程大昌《诗论》十七篇,首先提出"诗有入乐不入乐之分"。他说:"盖南、雅、颂,乐名也,若今乐曲之在某宫者也。……若夫邶、鄘、卫、王、郑、齐、魏、唐、秦、陈、桧、曹、豳,此十三国者,诗皆可采,而声不入乐,则直以徒诗著之本土。"本来程大昌的根据并不可靠,而朱熹、顾炎武等学者继而又附会以所谓"风雅正变",提出"变风变雅都不入乐"。

　　所谓"风雅正变"一词,最早见于《毛诗序》,东汉的郑玄著《诗谱》加以发挥,把歌颂周室先王和西周盛世的诗,称为"诗之正经",而把那些众多的产生于衰乱之世的讽刺诗和爱情诗,称为"变风""变雅"。"变"是不正的意思,指不合诗的正统。朱熹附会"风雅正变"说解释诗乐问题,提出:"二南,正风,房中之乐也,乡乐也。二雅之正雅,朝廷之乐也。商周之《颂》,宗庙之乐也。至变雅则衰,周卿士之作,以言时政之得失,而《邶》《鄘》以下,则太师所陈以观民风者耳,非宗庙、燕享之所用也。"明末顾炎武《日知录》卷三说得更明白:"夫二南也,《豳》之《七月》也,《小雅》正十六篇,《大雅》正十八篇,《颂》也,诗之入乐者也。《邶》以下十二国之附于二南之后而谓之变风,《鸱鸮》以下六篇之附于《豳》而亦谓之《豳》,《六月》以下五十八篇之附于《小雅》,《民劳》以下十三篇之附于《大雅》而谓之变雅,诗之不入乐也。"

按照他们的立论，全部《诗经》只有一百篇诗入乐，一百三十四篇风诗和七十一篇二雅，共二百零五篇诗是"变风""变雅"，不是"诗之正经"，因而也不配入乐。他们所说的"正统"，自然是指合于封建教化思想而言。他们只承认歌功颂德和宣扬封建教化的乐教，认为那些政治讽刺诗、爱情诗都是衰世变音，不能登入"大雅之堂"。这实际是贬低民间的诗歌创作和具有人民性的诗歌创作。古时已有许多学者认为"风雅正变"说立论无据，矛盾百出，不可采取，因而弃而不论。建筑在这个错误观点上的"变风变雅不入乐"说，也就失去了理论上的支柱。

"诗全入乐"和"诗有入乐不入乐之分"两说，进行过长期的热烈争论。清代有些著名的学者都同意前说。如马瑞辰《毛诗传笺通释》卷一《诗入乐》从诗歌的起源来论证，"在心为志，发言为诗，……言之不足，故嗟叹之，嗟叹之不足，故永歌之"。皮锡瑞《经学通论·论诗无不入乐史汉与左氏传可证》一方面说明"谓诗不入乐，与史汉皆不合，亦无解于左氏之文"，另一方面从中国文学史来说明古乐府、唐诗、宋词、元曲最初皆入乐。俞正燮《癸巳存稿·诗入乐》、康有为《新学伪经考·汉书艺文志辨伪》也先后举出有力的证明，指出所谓的变风变雅，从汉时至魏晋仍传有乐歌。近人顾颉刚先生等人，除了辨订以上诸说，又对《诗经》的形式进行研究，从章段的复叠、词句的重沓等乐歌特点，说明三百篇全是乐歌，有的是按照已有的乐谱写歌词，也有的是采自民间的歌谣再经乐工配乐；有些乐歌（正歌）是规定在典礼时使用的，有些乐歌则是礼毕坐宴和慰劳司正时用的。（顾颉刚《论诗经所录全为乐歌》，《古史辨》第三册）三百篇全入乐，已成为不可移易的定论。

应该说明的是，诗与乐的分家，是从孔子时代开始的。顾颉刚说，孔子时代"是乐诗的存亡之交，他以前乐诗何等的盛行，他以后就一步步的衰下去了"（《古史辨》第三册）。朱自清也说，孔子"当时献诗和赋诗都已不行。除宴享祭祀还用诗为仪式歌，像《仪礼》所记外，一般只将诗用在言语上；孔门更将它用在修身和致知—教化—上"(《诗言志辨》)。孔子对诗乐是非常爱好的，他曾极力维护诗乐，使它免于衰亡，但终于无能为力，到战国时，便连儒者也无法听到诗乐的遗音了。

（池万兴　张新科）

（原载王洪、田军、马奕主编：《古诗百科大辞典》，光明日报出版社1994年版，第321~324页）

# 屈原及其作品争鸣

对于伟大的爱国主义诗人屈原的生平及其作品，古今学者做了大量的研究工作，取得了丰硕的成果。但在某些问题上，至今仍存在着一些分歧，下面分别予以综述。

一、关于屈原的生平

首先，对于屈原的生年便存在分歧意见。屈原在其《离骚》中说："摄提贞于孟陬兮，惟庚寅吾以降。"后人考证屈原生平主要便是根据这两句。王逸《楚辞章句》在此两句下注说："太岁在寅曰摄提格。孟，始也。贞，正也。于，於也。正月为陬。……庚寅，日也。"他认为屈原生于寅年寅月寅日。朱熹在其《楚辞辨证》中认为屈原生在寅月寅日而未必是寅年。后世学者在以上两种观点的基础上，用各种历法对屈原的生年进行了推算。清人邹汉勋用殷历推算，定为楚宣王二十七年（前343）正月二十一日。（《敩艺斋文存》卷一）其后清陈玚用周历推算结果与邹氏相同。近人刘师培《古历管窥》用夏历推算，却比邹、陈二人推算的多了一天。郭沫若用太岁超辰法推算，定为楚宣王三十年（前340）正月初七日（《屈原研究》，下同）。浦江

清采用木星周天密律倍数法推算,定为楚威王元年(前339)正月十四日(《浦江清文录》)。胡念贻也采用浦的方法推算,结论却是楚宣王十七年(前353)正月二十三日(《文史》第五辑《屈原生年新考》)。林庚在《诗人屈原及其作品研究》中根据朱熹之说,推算为楚威王五年(前335)正月七日。

其次,关于屈原的卒年。主要观点如下:黄文焕《楚辞听直》认为屈原于楚顷襄王十六年(前283)自沉于江。姜亮夫同意这种说法。郑振铎、郭沫若等主张屈原自杀在楚顷襄王二十一年(前278)(《楚辞研究论文集》)。游国恩认为屈原投江于楚顷襄王二十二年(前277)。浦江清、陆侃如则主张屈原卒于楚顷襄王十九年(前280)(《祖国十二诗人·屈原》《中国诗史》)。林庚主张屈原卒于楚顷襄王三年(前296)。关于屈原投江的月日,相传是农历五月五日。此说最早见于吴均的《续齐谐记》和宗懔的《荆楚岁时记》。

再次,关于屈原的放逐。主要有两种观点,即一次放逐论和二次放逐论。主张一次放逐的有郭沫若、刘永济、姜亮夫、林庚等。郭认为屈原被放逐是在楚顷襄王七年(前292)或其后的一两年中,放逐的地点是汉北。楚顷襄王二十一年(前278),屈原从汉北又逃到江南,不久便自沉于江。刘永济则认为屈原是在楚顷襄王元年(前298)被逐的,放逐地点在江南(《屈赋通笺》)。主张二次放逐的有游国恩、陆侃如等。游氏认为屈原首次放逐在楚怀王二十四、五年(前332、前331)间,放逐地点是汉北,只经过四五年即被召回。二次放逐是在楚顷襄王初年,放逐地点是江南。陆侃如认为屈原首次放逐在楚怀王十六年(前340),地点是汉北,此次放逐第二年即被召回。二次放逐在楚顷襄王三年(前296),地点是江南。

二、关于屈原的作品。

作品总数与真伪之争。《汉书·艺文志》说:"屈原赋二十五篇。"《楚辞章句》说屈原作品有《离骚》《九歌》(十一篇)《天问》《九章》(九篇)《远游》《卜居》《渔父》《大招》,共二十六篇;但作者在序中说《大招》或说是景差所作。游国恩认为《招魂》应是屈原作品,《大招》则是汉人模仿《招魂》之作,《卜居》《渔父》皆据屈原传说敷衍而成,非屈原所作。郭沫若认为王逸所定二十六篇作品中,《远游》《大招》非屈原作品,当剔除;《招魂》乃屈原所作,应加入。陆侃如则认为《离骚》《天问》《九章》是屈原作品,但其中有些篇章可能是后人所作;《远游》《卜居》《渔父》《大招》《惜誓》皆后人所作,《招魂》乃宋玉作品,《九歌》《九辩》不一定是屈原作品。刘永济认为《离骚》《九辩》《九歌》《天问》和《九章》中的《惜诵》《涉江》《哀郢》《抽思》《怀沙》为屈原作品,而《九章》中的《思美人》《惜往日》《桔颂》《悲回风》四篇则非屈原作品。有的研究者还认为,《九章》中只有《涉江》《哀郢》《抽思》《怀沙》《桔颂》为屈原作品,而《惜诵》《思美人》《悲回风》《惜往日》皆为伪作。也有人认为《九章》中除《桔颂》外,其余皆值得怀疑。总之,关于屈原作品的总数及真伪,至今仍没有公认的确定说法,尚需深入探讨。

关于《离骚》的写作年代。《史记》、班固《离骚赞序》等认为是屈原"被谗见疏"时所作。后人多据此认为《离骚》是楚怀王时作品。陆侃如、刘永济、马茂元、林庚持此说。一说《离骚》是楚顷襄王时作品,清王邦采、顾成天,今人游国恩、郭沫若等持此说。而姜亮夫则认为《离骚》的写作,始于楚怀王十六年(前340),成于楚顷襄王嗣立之后。

关于《九歌》,主要问题有:

1.《九歌》的作者及写作年代。王逸认为《九歌》为屈原被放逐沅湘时所作,而朱熹则认为屈原在放逐期间仅仅对《九歌》做了"更定其词"的修饰润色工作。郭沫若则认为《九歌》是屈原早年得志时的作品。游国恩认为朱熹之说接近事实,并认为"九歌起初本是民间的口头创作,后来才经过屈原写定或修改"(《屈原》),而屈原修改写定《九歌》当在楚怀王十七、十八年(前

339、前338）屈原还被信任时。现在多数学者同意后一种观点。

2.关于《九歌》的次序。《九歌》共十一篇,王逸所排次序是:《东皇太一》《云中君》《湘君》《湘夫人》《大司命》《少司命》《东君》《河伯》《山鬼》《国殇》《礼魂》。据姜亮夫考定,《九歌》次序当为:《东皇太一》《东君》《云中君》《湘君》《湘夫人》《大司命》《少司命》《河伯》《山鬼》《国殇》《礼魂》,其中《东皇太一》为迎神曲,《礼魂》是送神曲。这是根据《九歌》诸篇所祭诸神之性质排列的。王夫之《楚辞通释》认为,《礼魂》是前十篇用的送神之曲。游国恩赞同王说,认为《九歌》十一篇,实际上只祭十个神。陆侃如、马茂元则根据王夫之的说法考定《九歌》应是十篇。林庚则认为《九歌》是以篇数来命名的,其中《礼魂》应是《国殇》的乱辞,《国殇》《礼魂》应排列在《九歌》之首。《湘君》《湘夫人》所述为同一故事,应合为一篇。

3.关于《湘君》《湘夫人》二神的解释。旧说歧义最多,《史记·秦始皇本纪》认为湘君指舜的二妃。王逸又认为湘君是水神,湘夫人是舜的二妃。韩愈则把舜的二妃分属于二神,认为湘君即娥皇,为舜正妃;湘夫人指女英,为舜次妃(《昌黎集·黄陵庙碑》)。王夫之认为湘君是湘水神,湘夫人为其配偶。近代不少学者都接受了王夫之的观点。

有待深入研究的问题:过去虽对屈原的爱国主义有所探讨,但这方面文章尚不多。此外,对屈原的创作方法、美学思想以及对屈原的创作进行比较文学的研究等,也都还不够。这些都有待于研究者们继续不懈地努力。

（池万兴　张新科）

（原载王洪、田军、马奕主编:《古诗百科大辞典》,光明日报出版社1994年版,第324~327页)

# 宋玉作品真伪争辩

宋玉是继屈原之后楚辞的一位重要作家,文学史上向以屈宋并称,相沿至今。

关于宋玉的作品,据《汉书·艺文志》所载,有"宋玉赋十六篇",但篇目已不可考。《隋书·经籍志》里面有"楚大夫宋玉集三卷",《旧唐书》和《新唐书》都作"宋玉集二卷",《宋史·艺文志》则无记录,郭沫若先生认为"宋玉集"可能在南北宋之交时就已失传了。

今天,我们从一些文献中可以看到题为宋玉作品的共有十四篇:王逸《楚辞章句》载《九辩》《招魂》;《文选》除载《九辩》(五章)、《招魂》外,还有《风赋》《高唐赋》《神女赋》《登徒子好色赋》《对楚王问》;《古文苑》载《笛赋》《大言赋》《小言赋》《讽赋》《钓赋》《舞赋》(严可均《全上古三代秦汉三国六朝文》去《舞赋》而加入《高唐对》)。对这十四篇作品,绝大多数学者肯定《九辩》是宋玉作的,只有极少数人认为不是宋玉而是屈原作的,如前人焦竑、吴汝纶和今人谭介甫就持这种观点。《招魂》据司马迁的说法,是屈原的作品,王逸则认为是宋玉所作,可见在汉代已经有不同意见。此后,历代学者都有争议,或认为屈原所作,或认为宋玉所作,但大多数学者还是肯定司马迁的说法,把《招魂》著作权归于屈原。其余十二篇作品,近人都持否定态度,认为是后人伪托。主要原因是:一、《文选》《古文苑》等书所录各篇散文赋的体式,并非楚辞体,而是司马相如所创制的那种散体赋。这种体式不是宋玉所处的时代所能产生的。二、这些作品多为宋玉与楚王对话的形式,叙事中常称"楚王""楚襄王",宋玉既是楚人,就不能在称本国国君时冠一"楚"字,更不能在国君生前预称其谥号。三、《笛赋》中提到"宋意将送荆卿于易水之上",后于楚顷襄王之死二十余年。四、这些作品多是以第三者口吻写的,宋玉不应在作品中直呼己名。五、《高唐赋》曰"昔者,楚襄王与宋玉游于云梦之台",显系后人追记之词。六、《高唐赋》《神女赋》《高唐对》共叙一事,《讽赋》《登徒子好色赋》内容相仿。宋玉一人何缘重复制作同一题材之文章?七、《古文苑》成书较晚,所录作品如确系宋玉所作,为什么去古未远且见闻广博的刘向、王逸不将其收入《楚辞》?八、这些作品用的多非周秦古韵,而是汉以后的音韵。(以上原因参阅袁梅《宋玉和他的九辩》一文,《文学知识》1985 年第 5 期)从目前的研究看,有些学者对"全部伪托"说提出了异议。陈化新《也谈宋玉作品的真伪问题》一文(《延边大学学报》1980 年第 1 期)认为,《九辩》《文选》所载五篇和《古文苑》所载《钓赋》等七篇,当是宋玉的作品。理由有三:一、司马迁和班固都是亲自看到过宋玉赋的。二、东汉以后,宋玉赋不可能全部佚亡,萧统收入《文选》的数篇是宋玉的作品;《九辩》等七篇宋玉的作品,反映了楚国后期一定的历史面貌。三、《九辩》等七篇宋玉的辞赋,在战国末期的楚国出现,乃是符合文学发展规律的现象。汤漳平《〈古文苑〉中宋玉赋真伪辨》一文(《江海学刊》1989 年第 6 期)借鉴出土的《唐勒赋》残简,结合历代有关文献,对《古文苑》所载宋玉赋六篇进行探讨并认为,除《舞赋》外(它是东汉傅毅《舞赋》的节录),收在《古文苑》中的宋玉诸赋,至少有三篇(即《钓赋》《大言赋》《小言赋》)可以确认为宋玉所作,《讽赋》非宋玉作品的证据也不充分,疑点较多的当属《笛赋》。

(张新科　池万兴)

(原载王洪、田军、马奕主编:《古诗百科大辞典》,光明日报出版社 1994 年版,第 327～328 页)

# 关于《胡笳十八拍》作者问题的争鸣

关于《胡笳十八拍》一诗的作者,历来有不同意见。宋代郭茂倩《乐府诗集》题为后汉蔡琰所作,朱熹把此诗收入《楚辞后语》中,也题为蔡琰所作。《宋史·艺文志》里列有"蔡琰胡笳十八拍四卷"一目,还有"仿蔡琰胡笳十八拍"一目。南宋范晞文《对床夜话》卷一说蔡文姬(琰)《胡笳十八拍》"词甚古","刘商虽极力拟之,终不似"。明代吕阳在《汉魏诗选》里也肯定为蔡琰所作,并说"此诗格调高古,辞旨悲愤,足以感人"。清初沈用济、费锡璜合撰的《汉诗说》、王相《三字经训诂》、惠栋《后汉书补注》等都持同样的观点。持相反意见的,最早是北宋朱长文的《琴史》,此后,宋代的秦再思、王观国,明代的王世贞、胡应麟,清代的李因笃、沈德潜等人都认为《胡笳十八拍》非蔡琰所作。可见,在古代学者关于《胡笳十八拍》作者的争论中,大多数人肯定此诗为蔡琰所作。持相反意见的人只占少数。中华人民共和国成立后,持相反意见的学者却愈来愈多。1959 年,郭沫若先生在创作历史剧《蔡文姬》时,把该诗的著作权归于蔡琰(文姬),并在 1 月 7 日《光明日报》发表了《谈蔡文姬的〈胡笳十八拍〉》一文,"坚决相信是蔡文姬自己做的",由此而引起了一场关于《胡笳十八拍》作者问题的争论。郭沫若先生前后共写了六篇文章,坚持《胡笳十八拍》为蔡琰所作。其他许多学者也纷纷发表意见,参加讨论。这些文章大都收入中华书局出版的《胡笳十八拍讨论集》一书,我们据此做一简述。

赞成郭沫若先生意见的有高亨、王竹楼、胡念贻、黄诚一、叶玉华、熊德基、张德钧等人。其主要理由有以下几点:

一、没有那种亲身经历的人,写不出那样的文字来。

二、《乐府诗集》在收录蔡琰《胡笳十八拍》之前附有小序,其中有唐代刘商《胡笳曲序》,刘序中有"后董生以琴写胡笳声为十八拍，今之胡笳弄是也"等句。序文中的"后董生"乃"后嫁董生"之脱误，这里的董生即董祀。因此，"写胡笳声为十八拍"的并不是董生而是蔡文姬自己，更不是唐开元年间的董庭兰。

三、唐开元年间诗人李颀《听董大弹胡笳声》一诗就说"蔡女首（昔）造胡笳声，一弹一十有八拍"，证明李颀以前早有"十八拍"的琴谱，而且是蔡琰把胡笳谱为琴调的。

四、《胡笳十八拍》的"拍"可能是匈奴语，蔡文姬曾一度使用，而不是唐代开元、天宝年间及其后的一种乐调和唱腔（即所谓的"拍弹"）。

五、《胡笳十八拍》的对仗诗句不多，而且基本上句句押韵，应是汉代作品。

六、白居易《白氏六帖事类集》卷十八"笳"条开头一句便是"笳者，胡人卷芦叶吹之以作乐也，故曰胡笳"。紧接着在下面写道"播为琴曲"，再以下双行小字注着"蔡琰"二字。

七、北宋初期所出现的《胡笳十八拍》墨卷写有《胡笳十八拍》最前面的两句——"我生之初尚无为，我生之后汉祚衰"，收入《淳化阁帖》制成帖文以后，在帖文右面有"蔡琰书"三字。

但也有学者否定《胡笳十八拍》为蔡琰所作。如刘大杰、刘开扬、李鼎文、王达津、王运熙、刘盼遂、胡国瑞、卞孝萱、谭其骧等人。其主要理由是：

一、从风格体裁来看，《胡笳十八拍》与东汉作品不同，东汉至建安时代不可能产生这样的作品。

二、从蔡琰的身世、经历和南匈奴的实际情况看，《胡笳十八拍》非蔡琰所作。

三、从魏至隋唐，《胡笳十八拍》一直不见著录、论述和征引，令人费解。

四、"羯"作为种族名到晋代才有，而《胡笳十八拍》中却预用"戎羯"这一名称。

五、《胡笳十八拍》中所述匈奴与汉廷的关系，不符合历史事实。

六、诗中有袭用六朝人及后人的成句的地方。

否定论者把《胡笳十八拍》的著作权归于唐代开元年间的董庭兰,有人则推测作于刘商以后。

以上两种意见各有理由,相持不下。这场论争,实际上是古代关于《胡笳十八拍》作者问题论争的继续和深入,直到今天,两种观点仍然并存。但从目前的研究情况看,大部分人还是将《胡笳十八拍》的著作权归于蔡文姬。

（张新科　池万兴）

（原载王洪、田军、马奕主编:《古诗百科大辞典》,光明日报出版社 1994 年版,第 328～330 页）

# 关于《木兰诗》的时代及主题

《木兰诗》是一首歌颂女英雄木兰乔装代父从军的叙事诗,它和《孔雀东南飞》一起,被誉为“乐府双璧”,千百年来为人们所传颂。但长期以来,学术界对它的产生时代及主题,一直有各种说法。

首先,关于《木兰诗》的产生时代。

对于这一问题,历来众说纷纭,魏、晋、齐、梁、隋、唐,各说都有。有的人还提出了主名,把《木兰诗》的著作权归之于曹植或韦元甫。

目前,学术界的观点趋向于一致,认为《木兰诗》是北朝时人民集体创作的民歌,因为陈释智匠撰《古今乐著(录)》已著录了这首诗,这便是《木兰诗》不可能作于陈以后的铁证。北朝战争频繁,好勇尚武,这首诗正好反映了这一特定的社会风貌,这是其二。其三,诗中称君主为可汗,出征地点都在北方,也都说明它只能是北朝的作品。这首诗大约作于北魏迁都洛阳以后，东西魏分裂以前。在流传过程中，它可能经过隋唐文人的润色，以致"中杂唐调"，如"万里赴戎机"六句。但就全诗观之，仍然保持着北朝民歌的特色。

关于《木兰诗》的主题历来众说纷纭。

1. 女性取胜论。有人认为《木兰诗》"通过木兰这个女英雄机智勇敢的形象，反映出妇女们完全具有男子同样的能力……全诗充满了一种女性的胜利的喜悦"。在封建时代男性中心的社会里，木兰以女性身份做出的一切，是难能可贵的，具有很大的意义。但同时也有人认为，仅仅从肯定妇女能力这一点着眼还是不够的。在中国古代，"女子作男儿"并非只有木兰一例。五代蜀女子黄崇嘏在蜀相周庠府中做掾属，"吏事明敏，胥吏畏服"便是一例。而木兰与之区别在于，木兰所参与的是一场符合当时人民利益的战争。她在战场上所展示的才能，有着"保家卫国"的内核，其意义远比"女性取胜"要深刻。

2. 民族英雄论。有人认为木兰是一个爱国的民族英雄形象，因而《木兰诗》的主题就是宣扬爱国主义精神和民族气概。但也有人认为，虽然《木兰诗》的爱国意识是鲜明的，但《木兰诗》尚有其自己的特点，木兰的艺术形象还不同于历史上其他民族英雄形象。据此认为《木兰诗》是宣扬爱国主义精神和民族气节，理由不足。

3. 孝道忠君论。唐代韦元甫便持此说。他在《拟木兰诗》中说："世有臣子心，能如木兰节？忠孝两不渝，千古之名焉可灭！"《古文苑》的注里也写道："使载之列女传，缇萦、曹娥将逊之。"明代徐渭《雌木兰代父从军》竟把木兰写成官小姐，是与"造反的豹子头贺龙作战"，强调女子的忠孝。《古今小说》第二十八卷《李秀清义结黄贞女》的入话里更加突出木兰的"役满而归，依旧是个童身"，作者以小平民的思想宣扬木兰的"贞节"。现在大多数论者不赞成这种观点。

4.厌战反战论。中华人民共和国成立后,研究《木兰诗》的人逐渐多起来。但一些论者,回避或忽视了《木兰诗》所反映的战争性质问题。有人认为《木兰诗》"表现了对破坏家庭和平,使人离散的战争、抽丁制度的厌恶";认为"唯闻女叹息",反映了"劳动人民对战争的抗议";"不闻"句与"但闻"句的反复迭用衬托了战争的凶残。有人针锋相对地说,无论停机叹息、征途思亲,都是对人物真实情感的描写,与写战争的凶残和对战争的厌恶无涉。又有人说,《木兰诗》的主题是表现"广大人民苦于抽丁的压迫和连年不断的战争的痛苦生活",其中"蕴藏着悲剧的现实"。又有人针对这种观点提出反驳,认为《木兰诗》写于北朝,是以北魏与柔然之间的战争为题材。北魏从5世纪前期统一北方,逐步完成了从奴隶制向封建制的过渡。柔然则处于原始社会末期向奴隶制社会发展阶段,是一个专事掠夺的游牧之邦,对北魏的威胁很大。402—492年,九十年间双方发生了二十次大的战役,北魏总是处于防守的地位,偶尔深入柔然领地,其目的不过是扫除边患,并非扩张领土。可见,《木兰诗》所反映的北魏与柔然的战争,是抵御外族入侵的正义战争。在民族矛盾上升为主要矛盾时,应该说《木兰诗》里所蕴藏的是劳动人民的英雄主义精神。《木兰诗》明朗而乐观的基调,就说明作者并没有着力去表现"悲剧的现实"。它和其他北朝民歌一样,以刚健、清新、豪放的风格,反映了当时人民好勇尚武的社会风尚。此外,还有学者认为,《木兰诗》"把和平生活的乐趣和因战争而带来的忧思对立起来,赞美和平的意思是很显然的"。而另一些人则认为,这种认为《木兰诗》是赞美和平、反对战争的观点也是不妥当的。他们认为,战争分正义和不正义,木兰参加符合人民利益的正义战争,正是为了保卫和平劳动。可以说,和平—战争—和平,这是木兰所走过的生活道路,也是劳动人民通过《木兰诗》所反映出来的对于战争与和平的正确态度。

近年来学术界对于《木兰诗》的主题,观点基本上趋于一致,认为它刻画了木兰刚强勇敢的性格,赞颂她保家卫国、不爱功名富贵的高尚品德。

(池万兴　张新科)

(原载王洪、田军、马奕主编:《古诗百科大辞典》,光明日报出版社 1994 年版,第 330～332 页)

# 关于"建安风骨"问题

"建安风骨"是建安文学的总特点,人们常用它来概括建安文学的优良传统。但由于对"风骨"一词的解释至今仍无定论,因而对建安风骨的理解也存在着分歧,现简略综述如下:

第一种意见,主张从内容和形式的统一上来理解建安风骨。王瑶的《魏晋五言诗》(《文艺学习》1954 年第 6 期)认为,建安文人"运用带有民间歌谣特点的五言诗形式,描写出社会动乱的现实,歌唱着慷慨苍凉的调子,这种特色就是后世所称的建安风骨"。胡国瑞也说:"直抒对于现实的激情,而以准确、朴素、明朗的言辞表达出来,使内容和形式有谐美的统一性,这也就是后世所称道的'建安风骨'的实质。"林庚也持相同的观点。他在《曹操与建安文学》(《羊城晚报》1959 年 7 月 14 日)中指出:"建安文学反映了这一时期社会的动荡与苦难,而且能以爽朗有力的诗篇抒发慷慨悲歌的感情和壮志不已的积极精神。前人所说的'以情纬文,以文被质'正是这种特色。这两者的结合,也就是后人所说的建安风骨。"吴云的《建安时代的诗歌风格》(《天津文艺》1978 年第 6 期)也认为:"建安时代的作家,大都能继承汉乐府民歌的精神,反映社会的动乱和人民流离失所的痛苦,有的表现出对社会乱离的不满和对理想生活的追求,有的还反映出对社会统一的愿望。情调慷慨悲凉,语言刚健爽朗。这就是后来人们所说的建安诗歌的共同风格。"

第二种意见，主张着重从建安文学的内容特色上来理解建安风骨。《魏晋南北朝诗选注·前言》(北京出版社1981年版)说："建安诗歌的伟大成就，在于它直接继承了汉代乐府和汉末文人五言诗的现实主义传统，深刻地反映了建安时代的社会动乱，抒发了作者们关心人民疾苦，愿为削平战乱、重建和平安定生活而奋斗的慷慨之情。这种反映社会动乱、反映民众疾苦的内容，这种凄凉哀怨的思想情绪，这种积极进取、献身事业的壮气英风，合起来就是后人所说的'梗概而多气'，也就是被后人所称道的所谓'建安风骨'。"刃尔《谈三曹的诗》(《读书月报》1957年第6期)也认为，"反映当时社会的人民苦难和追求名垂竹帛的慷慨之音"是"建安文学的普遍性主题"，"建安风骨的主要内容，就是上述建安诗的思想内容。所以称之'风骨'，就是因为建安的诗富有现实性和反现实性"。

第三种意见，主张着重从艺术表现上来理解建安风骨。王运熙的《从〈文心雕龙·风骨〉谈到建安风骨》(《文史》第九辑)一文即持此观点。文章指出："有些研究者认为……建安风骨的特色，首先表现为具有充实健康的思想内容，反映了当时社会的动乱和人民的苦难，表现了作家要求乘时建功立业的雄心壮志。这种说法貌似有理，实则难以成立。"而"建安文人意气的慷慨激昂，只是构成作品具有明朗刚健的文风(即风骨)的思想感情基础，建安风骨不是直接指慷慨激昂的思想感情本身"。"建安风骨是指建安文学(特别是五言诗)所具有的鲜明爽朗、刚健有力的文风，它是以作家慷慨饱满的思想感情为基础所表现出来的艺术风貌，不是指什么充实健康的思想内容。"他还强调指出："必须把我们今天对建安文学的评价和对建安风骨这一概念的理解区别开来。"他认为我们今天完全有理由对那些反映了社会乱离和人民苦难的诗篇给予充分的肯定和较高的评价，而"建安风骨是南朝批评家所创立的一个批评概念，它同我们今天肯定建安文学的标准并不相等,仅是部分内涵相通。我们必须客观地实事求是地考察刘勰、钟嵘的理论,还风骨和建安风骨这些概念以本来的面貌,而不要把我们今天对建安文学肯定赞美的意见加进建安风骨这个概念之内"。

第四种意见,便是从文人文学和民间文学结合的角度来理解建安风骨。罗永麟在《建安风骨与民间文学》中指出,现在谈建安风骨的文章,大都引用刘勰《文心雕龙·时序》中的一段话,"从而说明建安诗歌强调思想内容上反映社会现实的一面,重在指出它的志深笔长、梗概多气的现实主义精神,这自然是建安风骨主要的一面",而对于《明诗》中"强调自由抒发个性的一面,尤其是学习民歌的粗豪雄壮,表现的明白痛快,成为建安文学的共同趋向——避而不谈,即使谈也谈得不够。这样来理解建安风骨是不够全面的"。他认为建安风骨"是一种最能反映时代生活面貌、表现个人才能和抱负,并善于吸取民间文学的清新刚健,用以表现慷慨磊落的思想内容的文人创作的特征","是比较能表现建安时代人民生活、趣味、爱好和憧憬,并广泛吸取民间文学养料的文学风貌"。他还认为,建安风骨"几乎成为中国诗歌的民族风格和时代精神,文人文学和民间文学有机结合的名词了"。

(池万兴　张新科)

(原载王洪、田军、马奕主编:《古诗百科大辞典》,光明日报出版社 1994 年版,第 332~334 页)

## 陶渊明田园诗之争论

陶渊明是我国文学史上屈指可数的伟大诗人和散文大师,其田园诗开一代先河。对于这些诗篇的评价,历来毁誉不一,褒

贬悬殊。中华人民共和国成立以来,就此问题曾展开过几次争鸣,兹将几次讨论情况综述如下:

一、1958 年的大辩论。

这次大辩论起源于北京师范大学中文系二年级学生在编订中国文学史教学大纲和讲稿时否定了陶渊明,发了一篇题为《陶渊明基本上是反现实主义的诗人》的文章(《光明日报·文学遗产》第 240 期)。此文一发,便引起了强烈的反响,读者纷纷投稿,至 1960 年 3 月,《文学遗产》编辑部便收到有关文章 251 篇。北京师范大学的文章得到了极少数同志的赞同。赵德政《对于陶渊明辞官归隐的浅见》(《光明日报·文学遗产》第 244 期)提出:"陶渊明写了许多歪曲了农村现实的、粉饰农村现实的、美化农村现实的、掩盖农村阶级压迫的本质的田园诗。《归园田居》《饮酒》《归去来兮辞》《桃花源诗》等,都属于这一范畴,是反现实主义的作品,涂着迷人的掩护色的毒草。"张连喜的《退隐是有"积极意义"的"反抗"吗?》(《光明日报·文学遗产》第 244 期)与赵德政持相似的批判态度。

对于上述观点,大多数研究者表示了不同的看法。他们认为持上述意见的同志犯了简单化的毛病。郭预衡《陶渊明评价的几个问题》(《陶渊明讨论集》)指出,造成简单化倾向的根源是"没有把陶渊明放在一定的历史时代来考察。脱离了一定的历史时代,当然得不出恰当的历史评价"。

关于陶渊明田园诗的现实性问题,多数论者持肯定意见,部分同志还从抒情诗的特点出发,肯定了陶渊明田园诗的现实意义。贾文昭《从陶渊明的讨论谈评价古典文学作品的尺度问题》(《陶渊明讨论集》)认为陶诗大多是抒情诗,而抒情诗的特点就是以诗人对现实事物的主观感受作为描写的中心。陶诗的主观感受总的倾向"是对封建统治阶级的离心倾向,也就是与封建统治阶级不合作的精神","因而,不仅诗的积极一面,表现了对现实的不满,就是消极一面,也反映了对现实的绝望,总的来说,矛头都是指向统治阶级"。曹道衡与贾文昭基本持相似观点,认为陶的田园诗"深刻地反映了当时的阶级矛盾"。

对于陶渊明田园诗中表现的归隐思想,分歧较大:

1. 肯定了陶的辞官归隐,认为这种行动是对封建统治者的一种反抗,有着积极的意义。

2. 辞官归隐的行动是消极的、逃避现实的表现。

3. 陶的辞官归隐,不能说对劳动人民有利,也不能说有害。他的归隐只是在追求个人的志趣。

二、1976 年以来。

"文革"结束以来,陶渊明研究无论在深度或广度上均有较大前进。特别是 1978 年以后,在不少方面进行了比较深入的探讨,归纳起来有:

1. 关于陶渊明田园诗中辞官归隐问题。《陶潜的〈桃花源记〉和田园诗》(《中山大学学报》1978 年第 1 期)一文作者认为,"陶潜是隐士,也是逸民,合称隐逸",这种隐士和逸民"一开始,他们就代表了历史的惰性和保守势力","实际是从不同方面巩固了地主阶级对农民的统治"。李翰《也谈陶潜的〈桃花源记〉和田园诗》(《中山大学学报》1978 年第 4 期)对此提出了不同的看法,认为陶渊明"归田不仕,表示了不与统治者同流合污的决心"。

2. 陶渊明田园诗中农村社会问题。近年来,学者对于这一问题争议较大,矛盾的焦点在于如何看待陶渊明田园诗中反映出来的恬淡平和景象。《陶潜的〈桃花源记〉和田园诗》的作者认为,陶渊明田园诗中反映的农村社会"是经过他精心设计,用以寄托他的'乐天知命'思想的世外桃源","客观上仍然掩盖了封建地主阶级对农民的残酷剥削,麻痹了广大农民反抗封建黑暗统治的斗志"。钟优民不同意这种观点,他说:"那种认为陶渊明的田园诗是寄托诗人'乐天知命'的消极遁世思想的论断是不符合实际的。"(《陶渊明讨论集》)

有人认为,陶诗的表面宁静与平和,深蕴着诗人并不"静穆"的灵魂,李文初即持此说(《陶渊明田园诗的评价问题》,《暨南大学学报》1981 年第 4 期)。何世华认为陶渊明的田园诗"在一定程度上反映了当时的阶级矛盾"(《四川师院学报》1980 年第 3 期)。

3. 陶渊明田园诗中农民形象问题。大致有四种意见:(1)田园诗中没有出现真实具体的农民形象,所以就不能进一步反映农民的痛苦生活和农村凋敝荒凉的面貌(王运熙《陶渊明田园诗的内容局限及其历史原因》)。(2)田园诗中,虽然没有出现可观的农民形象,但诗人通过亲身的农村生活经历,还是反映了当时的社会矛盾和严重危机,李文初即持此观点。(3)田园诗中,部分诗篇反映了农民的苦难,这是吴云在其《陶诗的人民性》(《陶渊明论稿》)一文中提出的观点。(4)陶渊明到了晚年,已成为一个很近似农民的诗人。这种观点是诸春来在其《对陶渊明田园诗的几点看法》(《河北大学学报》1983 年第 1 期)一文中提出来的。

此外,关于陶渊明田园诗的艺术风格问题、创作方法问题等,随着研究的不断深入,现在观点基本趋向于一致。

(池万兴　张新科)

(原载王洪、田军、马奕主编:《古诗百科大辞典》,光明日报出版社 1994 年版,第 335~337 页)

# 关于庾信及其作品的评价问题

庾信是南北朝时期最后一位优秀诗人。他的作品能够融合南北诗风,形成自己独特的风格。历代对庾信及其作品褒贬不一。北周时期宇文卣在给庾信的作品结集时写过一篇序文,说庾信"妙善文词,尤工诗赋,穷缘情之绮靡,尽体物之浏亮。诔夺安仁之美,碑有伯喈之情,箴似扬雄,书同阮籍"。从实际情况来看,他的评论有过誉之处,但作为第一个评论庾信作品的人,仍有值得肯定之处。

到了隋唐时期,对庾信及其作品的评价,形成两种对立的观点。一种观点,以王通、令狐德棻、李延寿为代表,持诋毁态度。如令狐德棻在《周书·庾信传》中说:"子山之文发源于宋末,盛行于梁季。其体以淫放为本,其词以轻险为宗,故能夸目侈于红紫,荡心逾于郑卫。昔扬子云有言:'诗人之赋丽以则,词人之赋丽以淫。'若以庾氏方之,斯又词赋之罪人也。"这种评论,无疑具有很大的片面性。另一种观点,以杜甫为代表,认为庾信的创作风格既有"清新"的一面,又有悲凉雄健的一面,如"清新庾开府","庾信平生最萧瑟,暮年诗赋动江关","庾信文章老更成,凌云健笔意纵横",杜甫对庾信持赞誉态度,评价也较为公允。

到了宋代,像王应麟、洪迈、晁公武、黄庭坚、尤袤等人,大都支持杜甫的观点,对庾信持肯定态度。但到了宋代的王若虚,则对庾信创作进行全面否定。他在《滹南遗老集》卷三十四里说:"尝读庾氏诸赋,类不足观,而愁赋尤狂易可怪,然子美推称如此,且讥诮嗤点者,予恐少陵之语未公,而嗤点者未为过也。""(庾信赋)堆垛故实,以寓时事,虽记闻为富,笔力亦壮,而荒芜不雅,了无足观。"观点偏激,但也有一定的见解。此后,历代评论都沿着诋毁与赞誉两线延伸。明代杨慎、张溥等人都对庾信持肯定态度,支持杜甫的观点,而胡应麟等人则持否定态度。

清代初年,由于民族矛盾异常尖锐,因此,庾信在政治上首先受到攻击,全祖望的话最有代表性:"甚矣,庾信之无耻也,失身宇文而犹指鹑首赐秦为天醉,信则已先天而醉矣,何以怨天?后世有裂冠毁冕之余,蒙面而谈,不难于斥新朝颂故国以自文者,皆本之天醉之说者也。"(《鲒埼亭集外编·题哀江南赋后》)由于政治立场问题,庾信的文学创作也被一概否定。清中叶以后,尽管人们对庾信的人格颇有微词,但对他的文学成就则予以较高评价,像《四库全书总目提要》、沈德潜《古诗源》、许梿《六朝文洁》、倪璠《庾子山集》注,都较为客观地评价庾信的创作,尤其是倪璠的评论,可以说是古代评论的一个总结,他比较全面、历史地看待庾信的创作,把庾信创作分为前后两期,认为"南朝绮艳,或尚虚无之宗;北地根株,不祖浮靡之习,若子山可谓穷南北之胜"。

从古代学者的评论中我们可以看出,对庾信的评价始终有两种较为对立的观点,或褒或贬,毁誉不一。到了现当代,对于庾信及其作品仍有争论,有些学者继承王若虚和全祖望的观点,认为庾信是一个投降变节的可耻文人。他作品中的"故国之思"是文过饰非、掩人耳目的欺人之谈,进而否定了他的全部创作。但大多数学者则能客观公允地评价庾信的创作,既指出其前期创作的弊端,又充分肯定其后期的成就,认为他对唐代文学有一定的开启之功。

(张新科　池万兴)

(原载王洪、田军、马奕主编:《古诗百科大辞典》,光明日报出版社 1994 年版,第 337~338 页)

# 后　记

本书收录了我二十多年前写的诗词鉴赏文章共 129 篇。这些诗词鉴赏文章主要是 20 世纪 80 年代末和 90 年代初所写的。其中最早的是《观石鼓》《秋日》和《代放歌行》三篇。这三篇是我 1987 年冬天读硕士研究生时应约为贺新辉先生主编的《古诗鉴赏辞典》所写。其他文章大多是 80 年代末 90 年代初为《全唐诗鉴赏辞典》《全宋词鉴赏辞典》《全清词鉴赏辞典》《中国禅诗鉴赏辞典》《古代言情赠友诗词鉴赏辞典》《红楼梦诗词鉴赏辞典》所写。只有岑参的《白雪歌送武判官归京》、李白的《行路难》《将进酒》、杜甫的《闻官军收河南河北》、李煜的《虞美人》《浪淘沙令》、苏轼的《水调歌头·明月几时有》《念奴娇·赤壁怀古》、秦观的《鹊桥仙》、李清照的《永遇乐·落日熔金》《声声慢·寻寻觅觅》、岳飞的《满江红》、辛弃疾的《破阵子·为陈同甫赋壮词以寄之》《永遇乐·京口北固亭怀古》等少数篇章是我 90 年代初为本科生讲授"诗词欣赏"课的讲稿（其他没有标明出处的鉴赏文章，是给《全唐诗鉴赏辞典》和《全宋词鉴赏辞典》所写，由于和他人所写重复而未收录的）。这些鉴赏文章虽然是二十多年前写的，但至今读来仍然感觉符合原诗的基本精神，并没有随着时代的变迁而过时，仍然具有较高的认识价值。

中国古典文学题材内容丰富多彩，而诗词是古典文学中最为主要的文学形式，也是中华传统文化精粹之所在。对于诗词的鉴赏往往是初涉古典文学最先接触的体裁和形式。虽然说"诗无达诂"，由于每个人的经历、个性、情感等主观上的差异，对于同一首诗词的理解往往并不一定一致，但诗词所表达的主要内容及其所蕴含的丰富情感，应该说还是具有内在规定性的，这就是我们进行诗词鉴赏的基础。

本书附录部分收录了我和张新科先生20世纪90年代合作写的几篇学术争鸣文章，这些文章全部收录在王洪、田军、马奕主编的《古诗百科大辞典》之中。这些文章虽然并非诗词鉴赏，但对于理解诗词、认识作家作品具有一定的意义，所以作为"附录"收在本书之中。

本书收录的鉴赏文章基本保持了当初的原始状态，只是对个别错误进行了校正。这些文章原来散见于上面所述的各种辞典中，今天能够得以结集出版，首先感谢我的工作单位西藏民族大学的大力支持，同时要感谢商务印书馆的支持与帮助，感谢王化文、赵发国先生的辛勤工作。书中谬误在所难免，恳请广大读者批评指正。

池万兴
2016年国庆于幽音阁